# 丢失词词典

[澳]皮普·威廉姆斯 著

闻若婷 译

The
Dictionary
of
Lost
Words
*A Novel*

桂图登字：20-2022-148

THE DICTIONARY OF LOST WORDS
Copyright © 2020 by Pip Williams
This edition arranged with Kaplan/DeFiore Rights, Inc. through Andrew Nurnberg Associates International Limited.
Originally published by Affirm Press, Australia.
All rights reserved.

## 图书在版编目（CIP）数据

丢失词词典 /（澳）皮普·威廉姆斯著；闻若婷译. — 南宁：接力出版社，2024.7
ISBN 978-7-5448-8457-0

Ⅰ.①丢… Ⅱ.①皮… ②闻… Ⅲ.①长篇小说-澳大利亚-现代 Ⅳ.①I611.45

中国国家版本馆CIP数据核字（2024）第050760号

丢失词词典
DIUSHI CI CIDIAN

责任编辑：曹若飞　　装帧设计：许继云　　责任校对：阮　萍
责任监印：刘　冬　　版权联络：金贤玲　　营销主理：贾毅奎　蔡欣芸
社长：黄　俭　　总编辑：白　冰
出版发行：接力出版社　　社址：广西南宁市园湖南路9号　　邮编：530022
电话：010-65546561（发行部）　　传真：010-65545210（发行部）
网址：http://www.jielibj.com　　电子邮箱：jieli@jielibook.com
经销：新华书店　　印制：河北鹏润印刷有限公司
开本：880毫米×1250毫米　1/32　　印张：17.75　　字数：308千字
版次：2024年7月第1版　　印次：2024年7月第1次印刷
印数：0 001—8 000册　　定价：98.00元

版权所有　侵权必究

质量服务承诺：如发现缺页、错页、倒装等印装质量问题，可直接联系本社调换。
服务电话：010-65545440

献给妈妈和爸爸。

# 目录

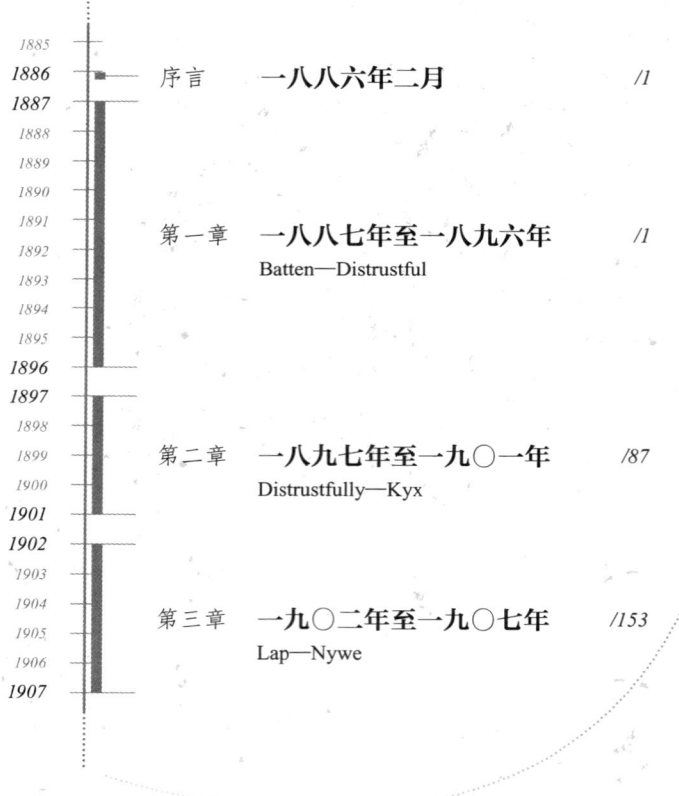

序言　**一八八六年二月**　　　　　　　　　　　/1

第一章　**一八八七年至一八九六年**　　　　　　/1
　　　　Batten—Distrustful

第二章　**一八九七年至一九〇一年**　　　　　　/87
　　　　Distrustfully—Kyx

第三章　**一九〇二年至一九〇七年**　　　　　　/153
　　　　Lap—Nywe

| | | | |
|---|---|---|---|
| *1907* | | | |
| *1908* | | | |
| *1909* | | | |
| *1910* | 第四章 | **一九〇七年至一九一三年** | */281* |
| *1911* | | Polygenous—Sorrow | |
| *1912* | | | |
| *1913* | | | |
| *1914* | 第五章 | **一九一四年至一九一五年** | */415* |
| *1915* | | Speech—Sullen | |
| *1916* | | | |
| | | | |
| *1927* | | | |
| *1928* | 第六章 | **一九二八年** | */521* |
| *1929* | | Wise—Wyzen | |
| | | | |
| *1988* | | | |
| *1989* | 尾声 | **一九八九年，阿德莱德** | */537* |
| *1990* | | | |

作者的话　　　　　　　　　　　　　　　/542
《牛津英语词典》时间轴　　　　　　　　/549
小说中提到的重要历史事件时间轴　　　　/551

## 序言　　　　　　　　　　　　一八八六年二月

在那一个词消失之前，另一个词先消失了。它来到累牍院时装在一个用过的信封里，信封上的旧地址被画掉，改为"牛津市，向阳屋，莫瑞博士收"。

爸爸负责拆信，我负责像宝座上的女王般坐在他膝上，协助他把每个词从折叠成的"摇篮"里轻柔地取出来。他会告诉我该把它放到哪一堆去，有时候他会停下来，用他的手盖住我的手，引导我的手指上上下下绕着字母画圈，在我耳边念出它们，我跟着重复，然后他会告诉我它是什么意思。

这次的词写在一小片牛皮纸上，撕成符合莫瑞博士偏爱的尺寸，因此边缘毛毛糙糙的。爸爸顿住了。我做好准备要学新词，但他的手没有盖住我的手。我转头催他，他的表情却让我一怔：虽然我们离得很近，他看起来却很遥远。

我转头看着那个词，试着弄懂。我没有依赖他的手指引导，自顾自地描画每个字母。

"这是什么词？"我问。

"莉莉。"他说。

"跟妈妈的名字一样？"

"跟妈妈的名字一样。"

"这表示她会被收进词典里面吗？"

"可以这么说。"

"我们都会被收进词典里面吗？"

"不会。"

"为什么？"

我感觉自己随着他呼吸的节奏上升、下降。

"有意义的名字才会被收进词典。"

我再看看那个词。"妈妈的名字也有百合花的意思吗？"我问。

爸爸点点头。

"世界上最美的花。"

他拾起那个词，读着底下的句子。然后他翻到背面寻找更多内容。"这不完整。"他说。他又读了一遍，目光快速地前后扫动，好像在找遗漏的文字。他把这个词放在最小的那堆纸条上。

爸爸将椅子往后推，离分类桌远一点儿。我爬下他的膝盖，准备接过最薄的那一沓纸条。这是我能帮忙做的另一项工作，我喜欢看每个词在分类格里归位。他捞起最小的那堆纸条，我试着猜测妈妈会去哪里。"不太高也不太低。"我唱给自己听。可是爸爸没有把那些词放到我的掌心，而是跨了三大步走到壁炉边，把它们一股脑丢进火里。

总共有三张纸条。它们脱离爸爸的手时，一张一张被热风带得舞动起来，落在不同的位置。我看到"莉莉"还没有落定就已经开始卷曲。

当我冲向壁炉时，我听到自己在尖叫，爸爸吼着我的名字。纸条在痛苦地扭动。

我伸手进去救它，这时的牛皮纸已经被烧得焦黑，写在上面的字也模糊一片，只剩阴影。我幻想像捧着一片褪色、冻脆的橡树叶一样捧着它，可是当我用手捧住那个词，它却碎了。

我原本可以永远停留在那一刻，但爸爸用蛮力把我拉开。他抱着我冲出累牍院，把我的手插入雪里。他脸色发白，所以我跟他说"我不痛"，可是当我摊开手掌，却发现那个词发黑的碎片已经粘在我被灼伤的皮肤上。

　　有些词比其他词重要，我在累牍院长大的过程中学到这一点，但我花了很长时间才明白背后的原因。

· 第一章 ·

# 一八八七年至一八九六年

Batten—Distrustful

## 一八八七年五月

累牍院，听起来像是一处气势磅礴的建筑，哪怕是跨出再轻的一步，都会在大理石地板和镀金穹顶之间制造出回音。但其实它只是个小棚屋，就在牛津一栋洋房的后花园里。

这座棚屋存放的不是铲子和耙子，而是文字。英语中的每一个词都写在一张明信片大小的纸条上。世界各地都有义工把这样的纸条寄过来。它们会被捆成一沓一沓，存放在沿着棚屋墙壁排列的几百个分类格中。将这棚屋命名为"累牍院"的人是莫瑞博士——他一定觉得把英文贮存在花园棚屋内有失体统——不过在这里工作的所有人都把它称为"阿牍"，除了我以外。我喜欢念出"累牍院"三个字时的感觉，它们在我的嘴巴里滑动，然后轻柔地落在我的双唇之间。我花了很长时间才学会怎么发音，等我终于学会了，别的称呼就再也无法满足我。

有一回，爸爸帮我在分类格里搜寻"累牍院"。我们找到五张纸条，上面列着这个词使用的实例，每条引文的日期都能追溯到一百年前。每条引文大同小异，没有一条提到牛津这栋洋房后花园里的棚屋。纸条告诉我，所谓的累牍院，指的是修道院里用来写字的房间。

但我明白莫瑞博士为何选了这个词。他和他的助手们有一点儿像修士，五岁的我容易把"大词典"想象成他们的圣经。当莫瑞博士告诉我，那些词要耗尽毕生的时间去编纂，我不禁好奇是谁的毕生。他的头发已经和灰烬一样白了，而他们才编到 B 开头的词的一半。

早在累牍院成立以前，爸爸和莫瑞博士都在苏格兰任教。由于他们是朋友，我又没有母亲照顾，也由于爸爸是莫瑞博士最信任的词典编纂师，所以每个人都对我待在累牍院里的事睁一只眼闭一只眼。

累牍院充满魔力，像是所有曾经存在和所有将会存在的东西都会被收纳进来。所有物品表面都堆着书，旧词典、史书和古老的故事书填满书架，有的书架隔开了一张张书桌，有的隔出一个小空位来放椅子。分类格从地板一直摆到天花板，里面塞满纸条。爸爸曾经说过，如果我读完每张纸条，我就能理解天下万物的意义。

屋子正中央是分类桌。爸爸坐在桌子一端，桌子两侧各可以坐三个助手。桌子另一端是莫瑞博士高高的书桌，他面对着所有文字以及所有协助他定义文字的人员。

我们总是比其他词典编纂师早到，在那小小的空当，我可以独享爸爸和所有文字。我会坐在爸爸腿上，靠着分类桌，帮他给纸条分类。每当我们遇到一个我不知道的词，他会念出底下附的引文，帮我理解它的意思。要是我提了好问题，他会试着找到载有引文的那本书，多念一些上下文给我听。这感觉像在玩寻宝游戏，有时候我会找到"黄金"。

"这个男孩一出生就是个傻头傻脑的孩子。"爸爸念出他刚从信封里取出的纸条上的引文。

"我是傻头傻脑的孩子吗？"我问。

"有时候是。"爸爸边说边挠我痒痒。

然后我问那男孩是谁，爸爸给我看纸条顶部标注的出处。

"《阿拉丁与神灯》。"他念道。

其他助手来了，我溜到分类桌底下。

"你要跟老鼠一样安静,不要妨碍大家做事。"爸爸说。

要躲起来很简单。

一天结束时,我坐在爸爸腿上,偎着温暖的壁炉,跟他一起读《阿拉丁与神灯》。爸爸说这是个很老的故事,是关于一个男孩的。我问还有没有别的人,他说还有一千个人。这个故事跟我听过的其他故事完全不一样,背景跟我去过的地方完全不一样,里面的人跟我见过的人也完全不一样。我环视累牍院,想象它是精灵的神灯。它的外表如此普通,里面却满是奇观。有些东西并不总是像它们看上去的那样。

隔天,我帮爸爸整理完纸条,便缠着他再讲一个故事。我太兴奋了,忘了要跟老鼠一样安静,我妨碍他做事了。

"傻头傻脑的孩子是不会被允许留在这里的。"爸爸警告,我幻想自己被放逐到阿拉丁的洞穴。那天剩余的时间,我都乖乖待在分类桌底下,结果有一件小小的珍宝主动找上了我。

那是一个词,它从桌子边缘滑落。我心想:等它落地时,我会把它救起来,然后亲手交给莫瑞博士。

我望着它。仿佛有一千秒那么久的时间里,我一直看着它乘着隐形的气流。我原以为它会落在没有扫过的地板上，可它没有。它像鸟一样滑翔，几乎要落地时，又往上扬起、翻转，像是被精灵操控着。我没想到它会落在我怀里，没想到它能飘那么远，但这就是发生了。

那个词落在我的裙子褶皱间，像是从天而降的亮闪闪的宝物。我不敢碰它。我只有跟在爸爸身边的时候，才被允许拿起这些词。我想呼唤爸爸，但莫名的力量扼住了我的舌头。我带着这个词坐了许久，我想摸它，但没有摸。这是什么词？我好奇。它是谁负责的？为什么没有人弯下腰来认领？

过了很久，我捞起那个词，小心翼翼地，确保没有弄皱它银色的翅膀，然后凑近了看。我躲藏在昏暗的角落，很难认出它。我挪到两张椅子之间，那里空气中四处飞舞的灰尘被阳光照射，就宛如金色的帘幕。

我将那个词举起来对着光。白纸上是黑墨水，八个字母；第一个字母是蝴蝶（butterfly）的B，我按照爸爸教我的方式，用嘴巴辨识剩下的字母：橙子（orange）的O、顽皮（naughty）的N、狗（dog）的D、莫瑞（Murray）的M、苹果（apple）的A、墨水（ink）的I，然后又是狗的D。我低声念出来，前半截很简单：bond。后半截花了一点儿时间，不过后来我想起来A跟I摆在一起怎么念了：maid。

这个词是"bondmaid"。底下是其他文字，字迹像一团线缠绕在一起。我看不出这是义工寄来的引文，还是莫瑞博士的助手写下的定义。爸爸说他在累牍院的大量时间，都倾注在解读义工寄来的词，以便这些词可以在大词典中被定义。这项工作很重要，这意味着我能够上学，能够吃上热腾腾的三餐，能够长成优雅的淑女。他说那些词都是为了我而存在的。

"所有词都会被定义吗？"我曾经问。

"有些会被排除。"爸爸说。

"为什么？"

他怔了一下。"它们不够可靠。"我皱眉。他解释道："写下那些词的人不够多。"

"被排除的词会怎么样？"

"它们会回到分类格里。关于它们的信息不够多，它们就会被舍弃。"

"可是如果它们不在词典里，它们可能会被遗忘。"

他侧头望着我，好像我说了重要的事。

"对，也许会。"

我知道一个词被舍弃时会发生什么事。我小心地把"bondmaid"折起，放进我的背心裙口袋。

片刻之后，爸爸的脸出现在分类桌底下："你该走了，艾丝玫，莉兹在等你呢。"

我从各种腿之间窥视——椅子腿、桌子腿、人的腿——看到莫瑞家的年幼女仆站在敞着的门外，围裙紧紧地系在腰上，上半身有太多布料，下半身也有太多布料。她告诉过我，那身衣服留了足够的空间等她长大，但从分类桌底下看过去，她真的让我想到小孩偷穿大人衣服。我从那些腿之间爬出去，蹦蹦跳跳地来到她面前。

"下次你应该直接进来找我，那样更好玩。"我对莉兹说。

"那不是我该在的地方。"她牵起我的手，带我走到白蜡树的树荫下。

"哪里是你该在的地方？"

她皱起眉头，然后耸耸肩。"我想是楼梯尽头的房间吧。还有厨房，但也仅限于我给巴勒德太太帮忙的时候，其他时间绝对不可以。再就是星期天的抹大拉的圣玛丽教堂。"

"就这些吗？"

"还有花园，当我负责照顾你的时候我们会去那儿，这样才不会妨碍巴勒德太太做事。还有我越来越常去的室内市集，因为她膝盖不舒服。"

"你一直都在向阳屋吗？"我问。

"不是。"她低头看我，我纳闷她的笑容跑到哪里去了。

"那你原来在哪里？"

她犹豫了一下。"跟我妈妈还有我家那些小萝卜头在一起。"

"什么是小萝卜头？"

"就是小孩子。"

"像我一样？"

"像你一样，艾西玫①。"

"他们死了吗？"

"只有我的妈妈死了。小萝卜头们被带走了，我不知道带去了哪儿。他们年纪太小，不能伺候人。"

"什么是'伺候'？"

"你什么时候才会停止问问题啊？"莉兹搂着我不停转圈，直到我们头晕眼花，倒在草地上。

"我该在的地方是哪里呢？"当晕眩感消退时，我问道。

"我想是阿姨吧，跟你爸爸在一起。还有花园、我的房间、厨房的小凳子上。"

---

① 莉兹说话带有口音，所以把"艾丝玫"叫成"艾西玫"。——本书脚注均为编者注

"那我家呢？"

"你家当然算一个，不过你待在这里的时间似乎比待在那里还多。"

"我不像你，星期天有地方可去。"我说。

莉兹皱起眉。"怎么会？还有圣巴拿巴教堂啊。"

"我们只有偶尔才会去，我们去的时候，爸爸会带一本书。他把书搁在赞美诗前面，他都在偷偷看书，没有认真唱歌。"我想到爸爸的嘴巴一张一合，却没发出任何声音的样子，笑了。

"这不好笑，艾西玫。"莉兹手抚向心口，我知道她的十字架就在心口的衣服里面。我担心她会对爸爸印象不好。

"是因为莉莉死了。"我说。

莉兹由皱眉转为悲伤，这也并不是我想要看到的。"但他说我应该自己决定关于上帝和天堂的事，这是我们去教堂的原因。"她的面容舒展开来，我决定回到比较轻松的话题。

"我该在的最好地方是向阳屋，"我说，"在累赘院里，然后是你的房间，再就是厨房，在巴勒德太太烘焙的时候，尤其是烤斑点司康的时候。"

"你真是个有趣的小东西，艾西玫，那叫水果司康，那些斑点是葡萄干。"

爸爸说莉兹也还是个孩子,他对她说话时我就看出来了。她尽可能一动不动地站着,两手交握,以免它们不安地乱动。不管爸爸说什么她都点头回应,几乎不说一个字。我想她一定很怕他,就像我很怕莫瑞博士一样。不过爸爸离开之后,她会侧目看我,眨眨眼睛。

我们躺在草地上,整个世界在头顶旋转,这时她突然靠过来,从我耳朵后面拉出一朵花,就像一个魔术师。

"我有个秘密。"我告诉她。

"什么秘密,我的小包心菜?"

"我不能在这里告诉你,它可能会被风吹走。"

我们蹑手蹑脚地穿过厨房,走向通往莉兹房间的狭窄楼梯。巴勒德太太在食品储藏室里,弯腰俯向面粉桶,我只能看见她硕大的背影,身上穿着层层叠叠的深蓝色格纹布裙子。要是被她瞧见我们,她准会找事情要莉兹做,那我的秘密就得先搁着了。我伸出手指抵在嘴唇上,但笑声却沿着我的喉咙往上蹿。莉兹看出来了,于是她用瘦巴巴的手臂一把捞起我,快速跑上楼梯。

这间房很冷,莉兹拿起她的床罩,铺在地上当作地毯。我不知道莉兹房间隔壁的那个房间里有没有莫瑞家的孩子。那里是育儿室,我们有时候会听见小乔威特在哭,不过不会持续很久。莫瑞太太或莫瑞家一个较大的孩子很快就会赶过来。我把耳朵贴向墙壁,听到了宝宝醒来的声音,那些细微的声响还不能称作词。我想象着他睁开眼睛,发现自己孤单一人。他呜咽了一阵子,开始放声大哭。这次来的是希尔姐。哭声停止后,我认出了她那清亮的嗓音。她跟莉兹同年,都是十三岁;她还有两个小妹妹瑶尔曦和萝丝芙,妹妹们总会跟在身后不远的地方。我跟莉兹坐在地毯上,我想象着在墙壁另一边她们做着同样的动作。我好奇她们会玩什么游戏。

莉兹和我面对面盘腿而坐,膝盖微微相触。我举起双手,准备玩拍手游戏,莉兹看到我怪异的手指时顿了一下。我手指上的皮肤皱缩,呈粉红色。

"已经不会痛了。"我说。

"你确定?"

我点点头,我们开始拍手,她非常轻柔地对待我的怪异手指,所以没办法响亮地击掌。

"话说回来,艾西玫,你的秘密是什么?"她问。

我差点忘了。我停下手,从背心裙口袋抽出今天早晨落在我怀里的纸条。

"这算哪门子的秘密呀?"莉兹问,她接过纸条,把它翻过来。

"这是一个词,但我只看得懂这部分。"我指着

"bondmaid"说。

"你可以把剩下的部分念给我听吗?"

她就像我先前一样,用手指沿着那些文字滑过去。过了一会儿,她把纸条还我。

"你在哪里找到它的?"她问。

"是它找到我的。"我说。我发现这样解释还不够,又说:"一个助手把它丢掉了。"

"他们把它丢掉了?"

"嗯。"我说,我的目光没有往下躲,连一点点都没有,"有些词没有意义,他们就把它们丢了。"

"那你要怎么处理你的秘密呢?"莉兹问。

我没想过。我一心只想拿给莉兹看。我知道不能请爸爸保管它,而它也不能永远待在我的背心裙口袋里。

"你可以替我收起来吗?"我问。

"应该可以吧,如果你希望我这么做。不过我不懂这有什么特别的。"

它是特别的,因为是它来找的我。这没什么大不了,却又不是完全没有意义。它又小又脆弱,或许不代表任何重要的东西,但我需要保护它远离壁炉的火焰。我不知道该怎么向莉兹解释这一切,而她也没有追根究底。她只是趴下,伸手从床底拖出一只小小的木头行李箱。

我看着她伸出一根手指，抹过布满刮痕的箱盖上那一层薄薄的灰。她没有急着打开它。

"里面是什么东西？"我问。

"没有东西，我带来的所有东西都放进那个衣柜了。"

"你去旅行时不会用到它吗？"

"我不会用到它的。"她说着，松开搭扣。

我把秘密放入箱底，然后蹲在那儿。它看起来那么小、那么孤单。我把它挪向一边，又挪到另一边。最后，我把它重新拿起来，双手捧着。

莉兹抚摸我的头发。"你得找到更多珍宝来陪它。"

我站起来，尽可能把纸条高举在行李箱上方，然后放手，看着它往下飘，左右摇摆，最后落在行李箱的一个角落里。

"它想要待在这里。"我说着，弯下腰把它压平整。但它不肯变平整，铺在箱底的纸质衬里下有个隆起。衬里的边缘已经翘起来了，我把它稍微翻开。

"箱子不是空的，莉兹。"我说，我看到一根针的顶部露了出来。

莉兹朝我俯下身来，看我在说什么。

"这是根帽针。"她说，伸出手把它拾起。帽针顶端有三颗小珠子，排成一排，每颗珠子都绚丽缤纷。莉兹用拇指和食指捏着它旋转。当它转动时,我看得出她在回忆。她把它贴在胸前,亲吻我的额头,然后小心翼翼地将帽针放在床头柜上她母亲的小像旁。

我们走回杰里科比平常花了更长时间,因为我是个小不点,而爸爸在抽烟时喜欢放慢脚步。我很喜欢烟斗的味道。

我们穿越宽敞的班伯里路,开始沿着圣玛格丽特路走,经过一幢幢高耸的房子,它们有漂亮的花园,行道树为我们遮阴。后来我带头走一条弯来绕去的路,穿过一些狭窄的街道,那里的房子都紧紧挤在一起,就像分类格里的纸条。当我们拐进天文台街,爸爸在一面墙上敲敲烟斗,把烟灰清干净后将烟斗收进口袋。然后他把我举起来,放到他的肩上。

"你很快就会长大,不能这么做了。"他说。

"我长大之后,就不是小萝卜头了吗?"

"莉兹是这么叫你的吗?"

"这是其中一种,她也会叫我'包心菜'和'艾西玫'。"

"'小萝卜头''艾西玫'我能理解,她为什么叫你'包心菜'?"

她叫我"包心菜"时，总会搂住我或是露出温柔的笑容，我觉得非常合理，却解释不出原因。

我们家在天文台街中段，一过阿得雷德街就到了。我们走到街角时，我大声数着："一、二、三、四，停住，我们的大门到了！"

我们家门上有一个古老的黄铜门环，形状像一只手。那是莉莉在室内市集的一个小古玩摊子上找到的——爸爸说当时它黯淡无光、刮痕累累，指缝里还有河底的沙子，但他把它清干净了，在他们结婚那一天装在门上。他从口袋里取出钥匙，我弯下腰去，伸手握住莉莉的"手"，扣了四下。

"没人在家。"我说。

"他们马上就到家了。"爸爸打开门，我低下头，他扛着我跨进门厅。


爸爸把我放下来，把他的包放在边柜上，然后弯腰捡起地上的信。我跟着他穿过走廊进入厨房，坐在桌边等他煮晚餐。我们有一个非全职的帮佣，每周来三次，负责煮饭、打扫和洗衣服，不过这天不是她的工作日。

"我不再是小萝卜头的时候，会去伺候人吗？"

爸爸翻翻锅里的腊肠，然后望向我坐的位置。

"不，你不会。"

"为什么？"

他又翻了翻腊肠。"这很难解释。"

我等着。他深吸一口气，眉头紧锁。"莉兹能够伺候人是她幸运，但换作是你，那是不幸。"

"我不懂。"

"嗯，我想也是。"他把煮豌豆的水沥干，将马铃薯捣成泥，然后把它们连同腊肠一块儿放在盘子上。等他终于在桌边坐定，他说："伺候人对不同的人有不同意义，小艾，这取决于他们在社会上的位置。"

"那些不同的意义会写在大词典里吗？"

他的眉头舒展开了。"我们明天在分类格里找一找，好吗？"

"莉莉有办法解释'伺候'是什么吗？"我问。

"你妈妈有办法用各种语句向你解释全世界，小艾。"爸爸说，"可是少了她，我们必须依赖阿胰。"

隔天早晨，我们整理信件之前，爸爸先把我举高，让我去搜寻装着 S 开头的词汇的分类格。

"好了，看看我们能找到什么。"

爸爸指着一个分类格，它太高了，不过还能够得着。

我抽出一沓纸条。"service"写在首页，它底下写着：有多种意义。我们在分类桌旁坐下，爸爸让我拆开绑住纸条的线。它们又分成四小沓引文，每一小沓都有自己的首页和定义，定义是莫瑞博士较为信任的一位义工草拟的。

"这些是伊蒂丝整理的。"爸爸边说边把每一沓纸条排列在分类桌上。

"你是说蒂塔姑姑？"

"是她。"

"她跟你一样，是个词典……词典编纂师，是吗？"

"词典编纂师？不是。但她是很有学问的女士，我们很幸运，她把为大词典收集整理词语当成一种爱好。每个星期蒂塔一定会寄信给莫瑞博士，提供某个词，或是下一个部分的校稿。"

每星期我们一定会接到蒂塔写的信。爸爸大声念出信的内容，它们大部分都与我有关。

"我也是她的爱好吗？"

"你是她的教女，这比爱好还要重要得多。"

虽然蒂塔的确切名字是伊蒂丝，但我很小的时候怎么念都念不好。于是她说，她的名字还有其他念法，她让我挑自己喜欢的那种。在丹麦，她的名字要念成蒂塔。我有时候会想：蒂塔比较甜美，我喜欢这种富有节奏感的名字。

我从来没再叫过她伊蒂丝。

"好了,我们来看看蒂塔是怎么定义'service'的。"爸爸说。

许多定义的描述都与莉兹相符,但没有任何一条解释为什么"service"对她和我可能代表着不同意义。我们看的最后一沓没有首页纸条。

"这些是重复的内容。"爸爸说。他帮我读了它们。

"它们会怎么样?"我问。爸爸还来不及回答,累牍院的门就开了,一个助手走进来,边走边打领带,好像刚刚系上去。他打好之后,领带歪七扭八的,而且他忘了把它塞进西装背心里。

米契尔先生的目光越过我的肩膀,落在摊在分类桌上的一沓沓纸条上。波浪状的黑发拂在他脸上。他把头发往后撩,但发油涂抹得不够,没办法固定住发丝。

"Service。"他说。

"莉兹在伺候人(in service)。"我说。

"确实是。"

"但爸爸说如果我去伺候人,对我来说很不幸。"

米契尔先生望向爸爸,他耸耸肩,露出微笑。

"艾丝玫,等你长大,我想你可以做任何你想做的事。"米契尔先生说。

"我想当词典编纂师。"

"不错,这是个好的开始。"他指着满桌的纸条说。

马林先生和鲍尔克先生走进累牍院,讨论着他们前一天就在争辩的一个词。然后莫瑞博士进门,黑袍荡起。我从一个男士望向另一个男士,想从他们的胡须长度和颜色判断他们的年纪。爸爸和米契尔先生的胡须最短、颜色最深。莫瑞博士的胡须开始变白了,一直垂到西装背心最上面的那颗扣子的位置。马林先生和鲍尔克先生的胡须长度介于两者之间。

既然他们都到齐了,我就该消失了。我爬到分类桌底下,注意着有没有脱队的纸条。我非常渴望有另一个词会找上我。我的希望落空了,不过当爸爸叫我跟着莉兹离开时,我的口袋倒也不是空无一物。

我把纸条拿给莉兹看。"另一个秘密。"我说。

"我应该由着你把秘密带出阿胰吗?"

"爸爸说这是重复的内容,有另一张纸条已经写了完全一样的字。"

"它写了什么?"

"它说你应该伺候人,我应该做针线活儿,直到有个绅士想要娶我。"

"真的?它这么说?"

"我想是这样,没错。"

"这个嘛,我可以教你针线活儿。"莉兹说。

我想了一下。"不了,谢谢你,莉兹。米契尔先生说我可以当词典编纂师。"

接下来几个早晨,我帮爸爸整理完信件后,就会爬到分类桌下,等着词落下来。可是每当有纸条落下,总是被某个助手迅速捡走了。过了几天,我忘了要留意纸条;又过了几个月,我连莉兹床下的行李箱都忘了。

# 一八八八年四月

"鞋子?"爸爸说。

"亮晶晶。"我回答。

"长袜?"

"往上拉紧了。"

"裙子?"

"有一点儿短。"

"会太紧吗?"

"不会,刚刚好。"

"呼!"他吁出一口气,抹了抹额头。然后他盯着我的头发看了好久。"这都是哪儿来的?"他喃喃道,一边试着用笨拙的大手把它压平。红色鬈发从他的指间滑落,他像在游戏似的抓住它们,但他的手不够用。一绺发丝被驯服,另一绺又逃脱了。我开始咯咯笑,他把双手往空中一甩。

因为我的头发,我们会迟到。爸爸说这很时髦。我问他"时髦"是什么意思,他说它对有些人很重要,对有些人一点儿都不重要,从帽子、壁纸,到参加宴会的时间,这个词都适用。

"我们喜欢时髦吗?"我问。

"通常不喜欢。"他说。

"那我们最好快跑。"我牵着他的手,拖着他小跑。十分钟后,我们气喘吁吁地来到向阳屋。

屋前的栅门上装饰着各种尺寸、风格和颜色的 A 和 B。前一个星期为了给我的字母上色,我安静了好几个钟头,现在我兴奋地看到它们夹杂在莫瑞家的孩子们画的那些 A 和 B 之间。

"米契尔先生来了。他很时髦吗?"我问。

"一点儿都不时髦。"米契尔先生走近时,爸爸伸出手。

"好个大日子。"米契尔先生对爸爸说。

"等待已久。"爸爸对米契尔先生说。

米契尔先生蹲下来,我们面对面。今天他的发油抹得够多,头发固定得很好。"生日快乐,艾丝玫。"

"谢谢你，米契尔先生。"

"你现在几岁了？"

"我今天满六岁，我知道这场宴会不是为我办的——是为了 A 和 B——但爸爸说我还是可以吃两块蛋糕。"

"这是一定要的。"他从口袋里取出一个小包裹递给我。"宴会一定要搭配礼物才行。这个送给你，小姑娘。运气好的话，你在过明年的生日前就能用它们给 C 上色了。"

我拆开包装，是一小盒彩色铅笔，我对米契尔先生露出开心的笑容。他站起来的时候，我看到他的脚踝，他一只脚穿黑袜子，一只脚穿绿袜子。

白蜡树下设了一张长桌，它完全符合我的想象。桌上铺着白桌布，摆满一盘盘的食物和满满一玻璃盆的潘趣酒。树枝上挂着五颜六色的彩带，现场的人多到我数不清。没人想要时髦，我心想。

莫瑞家的男孩们在桌子另一边玩抓人游戏，女孩们则在跳绳。如果我走过去，她们会邀请我一起玩——她们总是会邀请我——但绳子握在我的手里触感很怪，如果我在中间跳，又总是跟不上节奏。她们会鼓励我，我会再试几次，不过绳子老是卡住，谁都不觉得好玩。我望着希尔妲和爱瑟玟转绳子，用一首歌来计算她们转了几圈。萝丝芙和瑶尔曦站在中间，握着彼此的手，随着姐姐愈转愈快，她们也跟着愈跳愈快。萝丝芙四岁，瑶尔曦只比我大几个月。她们的金色发辫像翅膀一样上下飞舞。我在一旁看的时候，绳子连一次都没有卡住。我摸摸自己的头发，发现爸爸绑的辫子已经松了。

"在这里等一下。"爸爸说。他绕过人群走向厨房。一分钟后他回来了，莉兹紧跟在后。

"生日快乐，艾西玫。"她边说边拉起我的手。

"我们要去哪儿？"

"去拿你的礼物。"

我跟着莉兹穿过厨房，爬上狭窄的楼梯。我们进到她的房间后，她让我坐在床上，然后把手伸进围裙口袋。

"闭上眼睛，我的小包心菜，把两手伸出来。"她说。

我闭上眼睛，笑容在我脸上漾开。有个东西轻飘飘地落在我的掌心，是缎带。我努力不让笑容垮下来，我的床边就有一盒缎带，多到都快满出来了。

"你可以睁开眼睛了。"

两条缎带。不像这天早晨爸爸用来给我绑头发的缎带那么闪亮、光滑，而是两端绣着蓝铃花，跟我这身裙子绣了一样的图案。

"它们不像其他缎带那么光滑，所以你不会那么容易把它们弄掉。"莉兹边说边用手指梳理我的头发,"而且我想它们绑在法国辫上一定很漂亮。"

片刻之后,莉兹和我回到花园。"你是整场舞会最美的人,"爸爸说,"而且来得正是时候。"

莫瑞博士站在白蜡树的树荫下,面前的小桌子上摆着一本大书。他用叉子轻敲玻璃杯边缘,我们都安静下来。

"当约翰逊博士[①]着手汇编他的词典,他决心要检查每一个词,不漏掉任何一个。"莫瑞博士停顿一下,确保我们都在听。"这个念头很快就打消了,因为他意识到一项调查会引出另一项调查,一本书会提及另一本书,挖掘未必能获得发现,发现未必能获得知识。"

我扯了扯爸爸的袖子。"约翰逊博士是谁?"

"一本旧词典的编辑。"他悄声说。

"如果本来已经有一本词典了,你们为什么还要编新的呢?"

"旧的那本不够好。"

---

① 即塞缪尔·约翰逊(Samuel Johnson),英国作家、文学评论家和辞书编纂家。他历时九年编纂而成的《英语词典》(又被称为《约翰逊词典》),自出版以后到《牛津英语词典》第一版各卷出齐为止,一直是英语的词义标准和使用法式,对英语发展做出了重大贡献,被评论家称为英语史和英国文化史上的划时代成就。

"莫瑞博士的词典够好吗？"爸爸将手指抵在嘴唇上，转回头去听莫瑞博士说话。

"如果说我比约翰逊博士成功，那全都是因为有许多学者和专家付出善意，给了诸多帮助，大部分是另有要务在身的男士，但他们对这项任务的兴趣使他们甘于将一部分时间贡献给编辑工作，并且毫无保留地分享知识来让作品更加完美。"莫瑞博士开始感谢所有协助汇编 A 至 B 分册词汇的人，名单很长，我站得腿都痛了。我在草地上坐下来，开始拔草，把层层草叶剥开，露出最嫩的绿芽，然后啃着玩，直到我听见蒂塔的名字才抬起头，一会儿我又听到爸爸的名字，以及在累牍院里工作的其他人的名字。

致辞结束后，莫瑞博士接受祝贺，爸爸走到那本写满文字的厚书前，把它拾起来。

他把我叫过去，让我背靠着白蜡树粗糙的树干坐下。然后他把沉重的书放在我腿上。

"我的生日词汇在里头吗？"

"绝对在里头。"他翻开封面，一页页地翻，直到翻到第一个词。

A

他继续往后翻了几页。

Aard-vark（土豚）

然后又翻了几页。

我心想：我的词，全都用皮革装订，页面镶着金边。我觉得它们的重量会把我永远钉在原地。

爸爸把 A 至 B 分册放回桌上，人群将它吞没。我替那些词担心。"小心。"我说，但没人听见。

"蒂塔来了。"爸爸说。

她穿过栅门，我奔向她。

"你错过了蛋糕。"我说。

"我会说时间正好。"她说，并弯下腰亲我的头。"我只吃马德拉蛋糕，这是我的原则，它让我保持苗条。"

蒂塔姑姑的身材跟巴勒德太太一样宽，个头稍微矮一点儿。"什么是'苗条'？"我问。

"一种不可能实现的理想，也是你不太可能需要担心的事。"她说。然后她补上一句："它指的是把某个东西变小一点儿。"

蒂塔不是我真正的亲戚，我的亲姑姑住在苏格兰，家里有好多小孩，因此她没有时间宠我。爸爸是这么说的。蒂塔没有孩子，她跟她妹妹贝丝住在巴斯。她为了替莫瑞博士查询引文以及撰写她自己的英国历史书籍忙得不可开交，不过她还是有时间寄信给我，带礼物给我。

"莫瑞博士说你和贝丝是'多惨'的贡献者。"我有点装腔作势地说。

"多产。"蒂塔纠正我。

"那是好事吗？"

"它的意思是我们替莫瑞博士的词典搜集了很多词汇和引文，而我相信他说这话的用意是表达赞美。"

"可是你们搜集的资料没有汤玛斯·奥斯汀先生多，他比你们要'多惨'得多了。"

"是'多产'。的确，他很多产，我真不知道他哪来的时间。好了，我们去喝点潘趣酒吧。"蒂塔牵起我的手，走向长桌。

我跟着蒂塔钻进人群，迷失在森林般的棕色和格纹细平布长裤与印花长裙之间。每个人都想找她说话。我玩起一个游戏，每次我们被拦下来，我就猜一猜眼前的长裤穿在谁的身上。

"它真的应该被收录进去吗？"我听见一个男人说，"这个词令人非常不愉快,我觉得应该抑制它的使用率。"蒂塔用力紧紧牵着我的手。我不认得这条长裤,所以我抬头看看能不能认出他的脸,但我只能看到他的胡须。

"先生,我们不是英语的仲裁者。我们的工作必然只是记录,而不是批判。"

当我们终于来到白蜡树下的长桌前,蒂塔倒了两杯潘趣酒,在小盘子上堆满了三明治。

"信不信由你,艾丝玫,我千里迢迢来这里可不是为了谈论这些词的。我们去找个安静的地方坐着,然后你可以告诉我你和你爸爸过得怎么样。"

我带了蒂塔去累牍院。她把门关上以后,宴会的噪声沉寂下来。这是我第一次在没有爸爸、莫瑞博士或其他人在场的情况下,进了累牍院。我们站在进门处,我感觉自己身负重任,必须向蒂塔介绍装满词汇和引文的分类格、所有旧词典和参考书,还有那些分册——词汇还没有累积成完整一册时的最早印刷版本。我花了很长时间才学会发"分册"(fascicle)的音,我想让蒂塔听我说这个词。

我指着门边小桌子上两个托盘中的一个。"莫瑞博士、爸爸和其他人写的信都会放在那里。有时候在一天结束时,我可以负责把信投进邮筒。"我说,"你寄给莫瑞博士的信放在这个托盘里。如果信里有纸条,我们会先抽出来,爸爸让我把纸条放进分类格。"

蒂塔在她的手提包里翻找,抽出一个我非常熟悉的小信封。即使她就在我身边,她那整齐而熟悉的斜斜字迹还是让我有点兴奋。

"我打算省一张邮票。"她一边说,一边把信封递给我。

没有爸爸在旁边吩咐,我不确定该拿它怎么办。

"这里面有纸条吗?"我问。

"没有纸条,只有我对收录一个旧词的意见,那个词让语文学会诸公有点心烦意乱。"

"是哪个词呀?"我问。

她怔了一下,咬住嘴唇。"恐怕它难登大雅之堂。你父亲不会感谢我教你这个词的。"

"你是要请莫瑞博士不要收录它吗?"

"正好相反,亲爱的。我要鼓励他把它收进去。"

我把信封放在莫瑞博士书桌上那沓信件最上面,然后继续介绍累牍院。

"这些是装所有纸条的分类格。"我说,在离我最近的整面墙的分类格前上下挥舞手臂,然后又用同样的动作展示累牍院四周其他墙壁。"爸爸说会有成千上万的纸条,所以我们需要成百上千的分类格。它们是特别定做的,莫瑞博士把纸条的尺寸设计成刚好可以放进去的大小。"

蒂塔取出一沓纸条，我感觉心跳加速。"爸爸不在的时候，我不应该碰这些纸条。"我说。

"唔，我想如果我们非常小心，不会有人知道的。"蒂塔对我露出神秘的微笑，我的心跳得更快了。她快速翻过纸条，最终翻到一张格格不入的纸条，它比其他纸条要大。"你看，"她说，"这写在一封信的背面，瞧，信纸颜色跟你的蓝铃花一样。"

"信里写的什么？"

蒂塔尽可能读它的内容。"这只是一小部分，不过我觉得它可能是封情书。"

"怎么会有人把情书剪开呢？"

"我只能假设收信者没有用同样的感情回报。"

她把纸条放回分类格，完全看不出来曾经有人动过。

"这些是我的生日词汇。"我说，走到最旧的分类格前，从 A 到 Ant 的所有词都存放在那里。蒂塔扬起一边眉毛。"它们是我出生前爸爸在编的词。通常在我生日那一天会挑一个出来，爸爸会帮我弄懂它。"我说，蒂塔点点头。"这是分类桌。"我继续介绍，"爸爸就坐在这里，鲍尔克先生坐在那里，马林先生坐在他旁边。Bonan matenon（早上好）。"我观察蒂塔的反应。

"你说什么?"

"Bonan matenon。马林先生打招呼时,都会说这句话。那是'四界语'。"

"世界语。"

"没错。沃罗先生坐在那里,米契尔先生通常也坐那里,不过他喜欢换位置。你知道他每次都穿不成对的袜子吗?"

"你怎么会知道?"

我又咯咯笑。"因为我待的位置在底下。"我跪在地上,爬到分类桌底下,向外窥探。

"这样啊?"

我差点邀请她进来跟我坐在一起,后来又觉得不妥。"你需要更苗条一些才能进得来。"我说。

她大笑,伸手拉我出来。"我们坐在你爸爸的椅子上吧?"

蒂塔每年都会送我两个生日礼物:一本书和一个故事。她送的书都是大人看的书,里头有小孩从来不会用的有趣的词。我一学会识字,她就坚持要我大声朗读,等碰到我不认识的字她才会开始说故事。

我拆开书的包装纸。

"《物种起源》。"蒂塔念前两个字的速度很慢,还用手指在它底下画线。

"这本书在讲什么？"我翻开书页寻找插图。

"动物。"

"我喜欢动物。"我说，接着我翻到《绪论》，开始朗读，"在搭乘小猎犬号的时候……"我望着蒂塔，"主角是一只狗吗？"

她笑了："不，小猎犬号是一艘船。"

我继续念："……他身为……"我停下来，指着下一个词。

"博物学家。"蒂塔说，然后又慢慢念了一次，"就是研究自然界的人，包括动物和植物。"

"博物学家。"我试着念念看。我把书合上。"你现在可以说故事了吧？"

"要说什么故事好呢？"蒂塔一副茫然的表情，但她在微笑。

"你明明知道。"

蒂塔在椅子上换了个重心，大腿与肩膀好像构成了一张柔软的吊床，我把自己塞进她的怀里。

"你比去年长高了好多。"她说。

"但我还是塞得进去。"我向后靠，她用双臂搂住我。

"我第一次见到莉莉时，她在煮黄瓜水田芥汤。"

我闭上眼睛,想象妈妈搅拌一锅汤的模样。我试着给她穿上普通的衣服,但她拒绝摘掉她在爸爸床边的照片里披着的新娘头纱。在所有照片中我最喜爱那张照片,爸爸看着她,她看着我。那头纱会泡进汤里的,我心想,不禁露出笑容。

"教她做汤的是她的阿姨费恩利小姐。"蒂塔继续说,"费恩利小姐个子很高、非常能干,她不但是我们网球俱乐部的秘书,也是一座小型私立女子学院的校长。这个故事就是在网球俱乐部发生的。莉莉是她阿姨学校的学生,显然学煮黄瓜水田芥汤是课程大纲中一个科目的要求。"

"什么是'课程大纲'?"我问。

"那是一份清单,列有你在学校学习的科目。"

"我在圣巴拿巴女子学校也有课程大纲吗?"

"你才刚开始上学,你的课程大纲上只有阅读和写作。等你长大一点儿,他们会增加科目的。"

"他们会增加什么呢?"

"希望不像是学煮黄瓜水田芥汤那么家常的东西。我可以继续了吗?"

"嗯,请继续。"

"费恩利小姐坚持要莉莉煮网球俱乐部午餐时要喝的汤。那汤难喝死了,每个人都这么认为,有些人甚至说出来了。莉莉恐怕是听见了,因为她躲回俱乐部里,刻意忙着去擦根本就不需要擦的桌子。"

"可怜的莉莉。"我说。

"这个嘛,等你把故事听完,你可能就不会这么想了。要不是因为那锅难喝的汤,你或许根本不会出生。"

我知道接下来会是什么,便屏气凝神地听。

"不知怎么着,你爸爸设法把碗里的汤全喝下肚。我惊呆了,可是接下来我看到他把碗拿进厨房,请莉莉再给他第二碗。"

"第二碗他也喝掉了吗?"

"喝掉了。他一边喝汤,一边不停问莉莉问题,在短短十五分钟内,她就从害羞、别扭的女孩转变为充满自信的年轻女人。"

"他问了她什么问题?"

"这我不能告诉你,不过等他喝完汤,他们两人已经像是认识一辈子那么久了。"

"你知道他们会结婚吗?"

"嗯,我记得当时心想,幸好哈利知道怎么煮蛋,因为莉莉绝对不想在厨房花太多时间,所以,对,我预料到他们会结婚。"

"后来我就出生了,然后她死了。"

"嗯。"

"可是我们在谈到她时,她会活过来。"

"千万别忘了这一点,艾丝玫。语言是我们复活的工具。"

一个新词。我抬头看。

"那指的是你把某个东西找回来。"蒂塔说。

"但莉莉永远不会真的回来。"

"对,她不会。"

我顿了一下,试着回想故事其余的部分。"所以,你告诉爸爸,你会当我最喜欢的姑姑。"

"没错。"

"你说,你永远都会站在我这一边,即使我惹了麻烦。"

"我这么说过吗?"我转头看她的脸,她在微笑。"这完全是莉莉希望我说的话,而我每个字都是真心的。"

"剧终。"我说。

# 一八九一年四月

有天吃早餐时,爸爸说:"C 开头的词绝对会造成惊恐,因为有无数的可信案例一直进来。"(The C words would certainly cause consternation considering countless certifiable cases kept coming.)我只花了不到一分钟就找出破绽。

"'一直'(kept),"我说,"'一直'是 K 开头的词,不是 C 开头。"

他的嘴里还塞满麦片粥,我的反应就是这么快。

"我以为把'可信'(certifiable)加进去可能会迷惑你。"他说。

"可是它绝对是 C 开头的啊,它来自'确实'

（certain）这个词。"

"'确实'是如此。好了，告诉我，你最喜欢哪句引文。"爸爸把一页词典校样推过早餐桌。

庆祝 A 至 B 分册出版的野餐已经是三年前的事了，而他们还在处理 C 开头的词的校样。这一页已经排版完成，但有些句子被画掉，页面边缘的空白处是爸爸乱七八糟的修改痕迹。写到空间不够用时，他就在边缘钉一张纸条，把内容写在上头。

"我喜欢这句新的。"我说，指着那张纸条。

"它写了什么？"

"差人偕豆蔻女子往；令其亲言，汝当得其实。"（To certefye this thinge, sende for the damoysell; and then shal ye know, by her owne mouthe.）

"你为什么喜欢这个句子？"

"念起来很好玩，好像写的人不懂得拼写，有些字是他自己编造的。"

"那只是古字。"爸爸说，他取回校样，读着他写的内容。"你要知道，文字是会随着时间改变的。它们的拼法，它们的念法，有时候连它们的意思都会变。它们有自己的历史。"爸爸的手指沿着那个句子底下滑过去。"如果把一些 E 拿掉，这句子几乎就像现代的句子了。"

"什么是'豆蔻女子'（damoysell）？"

"就是年轻女人。"

"我是豆蔻女子吗？"

他看着我，极轻地蹙眉，然后眉毛一扬。

"我下一次生日就十岁了。"我兴冲冲地说。

"你说十岁吗？嗯，那没有疑问了。你很快就会成为豆蔻女子。"

"文字会一直变化吗？"

他准备送入口中的汤匙停在半空。"当意义被写下来，我想它有可能就固定了。"

"所以你跟莫瑞博士想让那些词代表什么意义都可以，而我们都必须永远按照你们的定义使用文字？"

"当然不是。我们的工作在于找出共识。我们遍观群书来看某个词是怎么用的，然后想出符合所有用法的定义。其实这是一种相当科学的做法。"

"那是什么意思？"

"'共识'吗？嗯，它的意思是每个人都赞同。"

"你们问过每个人吗？"

"没有，你这机灵鬼。但我怀疑有些书我们没有参考过。"

"那些书又是谁写的？"我问。

"各式各样的人。好了,别再问问题了,快吃早餐,你上学要迟到了。"

午休铃响了,我看到莉兹站在学校大门外她的固定位置,看起来有点局促。我想要奔向她,但我没有。

"你不能让她们看见你哭。"她牵住我的手说。

"我没有哭。"

"你有,而且我知道原因。我看到她们嘲笑你了。"

我耸耸肩,感觉眼中涌出了更多泪水。我低下头,看着两脚交替往前跨步的样子。

"是为了什么事啊?"她问。

我举起怪异的手指。她握住我的手,亲吻我的手指,然后嘴巴贴着我的掌心发出"噗"声。我忍不住笑出来。

"你知道吗?她们中有一半人爸爸的手指都怪怪的。"

我抬头看她。

"是真的。他们在铸字厂工作的人都把伤痕当作徽章一样炫耀,让整个杰里科的人都知道他们从事什么职业。他们的小萝卜头居然嘲笑你,真的太顽皮了。"

"可是我跟别人不一样。"

"每个人都不一样啊。"她说,她不懂。

"我就像'alphabetary'这个词一样。"我说。

"从来没听过。"

"它是我的生日词汇之一,但爸爸说它已经被归为废语了,对任何人都没有用处。"

莉兹笑了。"你在班上也这么说话吗?"

我又耸耸肩。

"她们来自不同类型的家庭,艾西玫。她们不习惯像你和你爸爸这样常常提到文字、书和历史。有些人哪,如果可以把其他人往下拽一点儿,心理会比较平衡。等你大一点儿,事情就会不同了,我保证。"

我们默默地继续往前走。我们愈接近累牍院,我的心情愈是好转。

在厨房里跟莉兹和巴勒德太太一起吃了三明治后,我就穿过花园去了累牍院。正在吃午餐或正在工作的助手们一个接一个抬起头,看看是谁走了进来。我静悄悄地走过去,坐在爸爸旁边。他清出一小块空间,我从书包里拿出练习簿,一笔一笔练习在学校学的字母。写完之后,我便溜下椅子,钻到分类桌下。

桌底没有纸条,所以我把助手们的鞋子仔细审视了一回。每双鞋子都恰好适合它的主人,各有各的特性。沃罗先生的鞋子鞣成了漂亮的颜色,它们静止不动,呈内八字形;米契尔先生正好相反,他的鞋子磨损得看起来很舒适,脚趾朝外，鞋跟片刻不停歇地上下抖动，两只鞋露出不同颜色的袜子；马林先生的鞋子很爱冒险，从来就不在我预期的位置；鲍尔克先生的鞋子向后收在椅子底下；斯威特曼先生的鞋总是依循某种节奏轻轻点地，我猜想他脑中肯定有某种旋律，我从桌子底下偷看时，他通常都面带微笑。爸爸的鞋子是我的最爱，我总是最后才看它们。在这一天，它们一只搁在另一只上，两只鞋底都露了出来。我停下来，戳了一下会渗水进去的小洞。鞋子晃了晃，像是在赶苍蝇。我又戳一次，它定住了。它在等待。我一点点地扭动手指。鞋子往旁边一倒，失去生命，突然间无比苍老。从它里头挣脱的脚开始蹭我的手臂。它的动作好笨拙，我的腮帮子几乎没有足够的空间容纳想要冲出口的笑声。我捏了一下他的大脚指，爬到光线勉强可以用来阅读的位置。

累牍院的门上传来短促的三响，把我们吓了一跳。爸爸的脚找到他的鞋。

我从桌子底下看着爸爸打开门，门口有个矮小的男人，他有一撮浓密的金色小胡子，头上几乎没有头发。"敝姓柯瑞恩，"我听到男人说，爸爸把他迎进屋，"我事先打过招呼。"他的衣服对他来说太大了，我好奇他是否期望自己还会长大来填满空隙。他是新助手。

有些助手只来几个月，但有时候他们会永远地留下来，就像是斯威特曼先生。他是前一年来的,围坐在分类桌旁的一众男性中,只有他没有留胡子。这意味着我能看见他的微笑,而他刚好是个笑口常开的人。爸爸向分类桌周围的人介绍柯瑞恩先生时,柯瑞恩先生完全没有露出微笑。

"这个小捣蛋是艾丝玫。"爸爸边说边拉我站起来。

我伸出手,柯瑞恩先生没有握我的手。

"她在那底下干什么?"他问。

"我猜就是做些小孩子在桌底下会做的事吧。"斯威特曼先生说,他和我相视而笑。

爸爸朝我弯下腰。"艾丝玫,去跟莫瑞博士说新助手已经到了。"

我穿过花园,进入厨房,巴勒德太太陪我一起走进饭厅。

莫瑞博士坐在大桌子一头,莫瑞太太坐在另一头。他们两人之间的空位足以容纳他们的十一个孩子,不过莉兹说有三个孩子已经离家了。剩下的孩子分坐在桌子两侧的高椅子上,最大的孩子坐在靠近莫瑞博士这一头,最小的孩子则坐在靠近母亲那一头。我默默地等他们念完祷词,这时瑶尔曦和萝丝芙向我挥了挥手,我也挥手回应,我要传达的讯息突然间变得没那么重要了。

"我们的新助手来了?"莫瑞博士看我鬼鬼祟祟地站在

那里，目光越过眼镜边缘对着我问道。

我点头，他站起来。莫瑞家的其他人开始用餐。

回到累牍院，爸爸正在向柯瑞恩先生解释什么事，后者听到我们进门便转过身来。

"莫瑞博士，很荣幸加入你的团队。"他说，伸出手并微微鞠躬。

莫瑞博士清了清喉咙，听起来有点像敷衍的闷哼。他跟柯瑞恩先生握手。"这不是每个人都做得来的，"他说，"需要有某种程度的……勤奋。柯瑞恩先生，你是个勤奋的人吗？"

"当然是，先生。"他说。

莫瑞博士点点头，回到住宅去把午餐吃完。

爸爸继续介绍。每当他告诉柯瑞恩先生关于整理纸条的方式，柯瑞恩先生都会点点头说："颇为直观。"

"这些纸条是世界各地的义工寄来的。"我说，爸爸正在给他示范分类格的次序如何安排。

柯瑞恩先生低头看我。他微皱着眉头，不过没有回应。我稍稍往后退了一点儿。

斯威特曼先生一手按在我肩头。"我曾经经手过一张从澳大利亚寄来的纸条，"他说，"那里差不多是世界上离英格兰最远的地方了。"

莫瑞博士吃完午餐回来，向柯瑞恩先生传达他的指示时，我没有坐在那里听。

"他会在这里待一阵子，还是永远不走？"我小声问爸爸。

"他会待到他走为止，"他说，"所以大概是永远不走吧。"

我爬到分类桌底下，几分钟后，一双陌生的鞋子加入我所熟悉的那些鞋子之间。

柯瑞恩先生的鞋很旧，跟爸爸的一样，不过它们已经有一阵子没抹鞋油了。我看着它们试图安顿下来。他把右腿跷在左腿上，又把左腿跷在右腿上。最后，他用两只脚踝钩住椅子前腿，似乎他的鞋子想躲起来不让我看见。

就在莉兹要带我回学校之前，一整沓纸条掉在柯瑞恩先生的椅子旁。我听到爸爸开玩笑地说有些 C 开头的纸条捆包"因有太多可能性而显得笨重"[①]。

柯瑞恩先生并没有笑。"这没绑好。"他说，弯下腰尽可能捞起最多的纸条。他包住纸条后将手握成拳头，我看到纸条因挤压而变形。我小声惊呼，这使他头顶撞上了桌角。

---

① 指的是有些 C 开头的单词引文太多，好像纸条都变重了，所以在后文中也提到蒂塔感到 C 开头的词好像永远编不完。

"柯瑞恩先生,你没事吧?"马林先生问。

"这女孩应该已经大到不该待在桌子下了。"

"她只待一会儿,就要回学校了。"斯威特曼先生说。

等我的呼吸归于平顺,累牍院平常的挪脚声和低语声也恢复了,我在分类桌底下的阴暗处搜寻。有两张纸条仍躺在沃罗先生整洁的鞋子旁,它们好像知道自己很安全,不会遭到粗心大意的践踏。我捡起它们,突然想起莉兹床底下的行李箱。我实在不忍心把它们还给柯瑞恩先生。

我看到莉兹在门口徘徊时,从爸爸椅子旁钻出来。

"时间已经到了?"他说,但我感觉他一直在看时钟。

我把练习簿放进书包,到花园里找莉兹。

"回学校之前,我可不可以放个东西到行李箱里?"

我已经很久很久没有往行李箱里放任何东西了,但莉兹只隔了一下就会意过来。"我经常在想你有没有找到别的东西可以放进去呢。"

那些纸条并不是唯一跑到行李箱里的文字。

爸爸衣柜里的底板上有两个木盒。我是在我们玩捉迷藏时发现它们的。我把自己往衣柜最深处塞时,其中一个木盒的尖角戳痛了我的背。我打开它。

在爸爸的大衣和莉莉有霉味的裙子之间,光线太暗了,我看不清木盒里装着什么，但我感觉摸到的像信封边缘。然后楼梯传来重重的脚步声，爸爸模仿《杰克与魔豆》里的巨人，唱着："嘻、嗨、呵、当。"我盖上盒盖，挪到衣柜中央。光线涌入，我跳进他的怀里。

当天晚上，我在应该睡觉的时候，却没有睡。爸爸还在楼下校稿，我溜下床，蹑手蹑脚地穿过楼梯平台，进入他的卧室。"芝麻开门。"我悄声说，一边拉开衣柜门。

我伸手进去把两个木盒都取出来。我抱着它们坐在爸爸的窗户底下，灰蒙蒙的夜光足够让我看清它们。这两个木盒几乎一模一样——浅色的木头，四角包着黄铜——但其中一个盒子擦得光亮，另一个则暗无光泽。我把光亮的盒子拉近，抚摸仿佛涂了一层蜂蜜的木头。里头有上百个信封，有的厚有的薄，按照寄信的日期紧紧塞在一起。他的纯白色信封和她的蓝色信封相贴。这些信大部分都是交错排列的，不过有时候会有连续两个或三个白色信封，好像爸爸对某件事滔滔不绝，而莉莉已经失去兴趣。如果我从第一封信读到最后一封，就能了解他们相知相恋的整个故事，但我知道这个故事有个悲伤的结局。我没有打开任何一封信就把盒子盖上了。

另一个盒子也装满信件，不过没有一封是莉莉写的。它们来自不同的人，都用细绳捆成小包。最大的一包是蒂塔写的信。我从绳子底下抽出最近的一封信，打开来读。信中大都在讲大词典的事，她提到 C 开头的词好像永远编不完，牛津大学出版委员会一直要求莫瑞博士加快工作速度，因为大词典花了太多钱。不过最后一小段与我有关。

*爱妲·莫瑞跟我说詹姆斯让孩子们给纸条分类。她向我描绘了十分生动的画面，说他们都围在餐桌边直到深夜，几乎被堆积如山的纸张淹没。她甚至大胆地说，这或许正是他生这么多孩子的原因。感谢上天，她这么明理，性情温和，我真心认为要不是如此，大词典可能根本做不起来。*

*你一定要跟艾丝玫说，她在阿胰里要躲好，否则莫瑞博士接下来可能就会要她帮忙。我敢说她足够聪明，事实上，我猜想她也许求之不得。*

*伊蒂丝*

我把两个盒子都放回衣柜，然后踮着脚穿过楼梯平台。那封信仍握在我手里。

隔天，莉兹看着我打开行李箱。我从口袋里掏出蒂塔的信，放在铺满箱底的纸条上面。

"你搜集了很多秘密啊。"她说，一手摸向她衣服下的十字架。

"这跟我有关。"我说。

"是被丢掉的,还是被漏掉的?"她很坚持原则。

我想了想。"被忘掉的。"我说。

我一次又一次地回到衣柜里,拿蒂塔的信来读——她总是会提到我。有些是回答爸爸提出的疑问。感觉我是个词,而这些信就是纸条,有助于定义我这个人。我心想:如果我把信全都看过一遍,也许我的存在会变得更合理。

可是我始终没办法去读那个光亮盒子里的信。我喜欢看它们,用手抚过侧面,感觉一封封信擦过我的手指。我的妈妈和爸爸一起待在那个盒子里,有时候在我快要睡着时,我好像能听见他们含糊不清的说话声。有一天晚上我溜进爸爸的房间,像狩猎中的猫一样爬进衣柜。我想要出其不意地逮住他们。可是当我掀开光亮木盒的盖子时,他们沉默不语。可怕的孤寂感跟随我回到床上,让我失眠。

第二天早晨,我累到没办法上学。爸爸带我去向阳屋,我带着空白纸条和彩色铅笔在分类桌下消磨了一个上午。我用不同的颜色在十张纸条上写下我的名字。

晚上我打开光亮木盒时,我把纸条都夹进白色和蓝色信封之间。现在我们三个人在一起了,我什么也不会错过。

莉兹床底下的行李箱开始能感觉得到信件和文字的重

量了。

"没有贝壳或石头,没有漂亮的小东西。"有一天下午我打开行李箱时,莉兹这么说,"艾西玫,你为什么要搜集这么多纸?"

"我搜集的不是纸,莉兹,是纸上的词。"

"可是这些词为什么特别重要?"她问。

我也说不上来,这更像是一种感觉而不是想法。有些词就像从鸟巢里掉下来的雏鸟。另外一些词,我感觉像一些线索:我知道它很重要,却不确定为什么。蒂塔的信也是一样,它们如同一块块拼图,有朝一日或许能拼在一起,解释爸爸不知道该怎么说,而莉莉或许知道该怎么说的事。

我不知道如何说明这些乱七八糟的想法,所以我问:"莉兹,你为什么要做针线活儿?"

她沉默了许久。她叠着洗好的衣物,然后换下床上的被单。

我不再等她回答,继续读一封蒂塔写给爸爸的信。"你有没有考虑过等艾丝玫大到不能读圣巴拿巴女子学校后,要拿她怎么办?"她问。我幻想我的头从教室的烟囱里冒出来,手臂从两侧窗户往外伸。

"我猜我是喜欢让手上有事情忙吧。"莉兹说。我一时间忘了刚才问了她什么。"而且这能证明我存在。"她补充。

"你在说傻话,你当然存在。"

她停止铺床,非常严肃地看着我,我不禁放下蒂塔的信。

"我打扫卫生,我帮忙煮饭,我生火,我做的一切都会被吃掉、弄脏或烧掉,到最后没有东西能证明我曾经在这里待过。"她停顿一下,跪在我旁边,轻轻抚摸我裙摆上的刺绣,它掩盖了我被荆棘划破裙子时她替我缝补的痕迹。

"我的针线活儿一直都会在。"她说,"我看到这个的时候,感觉就……嗯,我不知道确切的词,好像我一直都会在这里。"

"永久。"我说,"那其他时候呢?"

"我感觉像马上就要被风吹散的蒲公英。"

## 一八九三年八月

每逢夏季，总有一段时间累牍院会变得安静。"人生不是只有文字而已。"有一次我问到大家都跑到哪儿去的时候，爸爸这么回答我，但我想他不是真心的。我们有时候会去苏格兰探望我姑姑，不过我们总是比其他所有助手更早回到向阳屋。我喜欢在分类桌底下等待每双鞋子回来。当莫瑞博士进来的时候，他总是会问爸爸是不是忘了带我回家，爸爸也总是会假装他真的忘了。接着莫瑞博士就会看向分类桌底下，对我眨眨眼睛。

这年夏天要结束时，我已经十一岁了，米契尔先生的脚没再出现，莫瑞博士走进累牍院，几乎什么话也没说。我等着看穿绿袜子的脚踝跨在浅蓝色袜子的脚踝上，但米契尔先生平常坐的位置空了出来。其他的脚似乎都有气无力，虽然斯威特曼先生的鞋子仍然在轻轻点地，却不符合任何曲调的节奏。

"米契尔先生什么时候会回来？"我问爸爸。他过了很久才回答。

"他摔下来了，小艾，在爬山的时候。他不回来了。"

我想着他不成对的袜子和他送我的彩色铅笔。我把那些铅笔用到短得没办法握在手里，那已经是好几年前的事了。我在分类桌底下的世界感觉没那么舒适了。

新的一年来临，分类桌似乎变小了。有一天下午我爬进桌子底下，后来爬出来时撞到了头。

"看你的裙子变成什么样子了。"莉兹来带我去喝下午茶时说。我的裙子上沾了脏污和灰尘，简直像某种花纹。她尽可能把我的裙子拍干净。"在阿胺里到处爬，没有淑女样，艾西玫。我真不知道你爸爸为什么由着你。"

"因为我不是淑女。"我说。

"你也不是猫。"

我回到累胰院后，绕着屋内走了一圈。我用怪异的手指滑过书架、书本和累积在那里的小团灰尘。我不介意当一只猫，我心想。

我从斯威特曼先生身边经过时，他对我眨眨眼睛。

马林先生说:"Kiel vi fartas(你好吗),艾丝玫?"

我说:"我很好,谢谢你,马林先生。"

他看着我,扬起眉毛。"这句话用世界语怎么说?"

我得想一想。"Mi fartas bone, dankon.(我很好,谢谢。)"

他微笑着点头。"Bona.(很好。)"

柯瑞恩先生深吸一口气,让所有人知道我是个干扰源。

我考虑溜到分类桌底下,但最后我没有。这是个成熟的决定,我感觉不快,好像是别人替我做了这个决定。我在两个书架间找到一个空间,有点别扭地窝进去,扰动了蜘蛛网、灰尘和两张遗落的纸条。

它们藏在我右侧的书架底下。我把它们拾起来。C开头的词是最近才弄掉的。我把它们收起来,望向分类桌。柯瑞恩先生坐得离我最近,他的椅子旁边有另一个词。我很怀疑他到底在不在乎。


"她手脚不干净。"我听到柯瑞恩先生对莫瑞博士说。莫瑞博士把头转向我,我全身掠过一股寒意。我觉得我可能会变成石头。他回到他的高桌前,拿起一份校样,走向爸爸。

莫瑞博士试着营造出他们在讨论词汇的模样,但两人眼睛都没看着校样。莫瑞博士走开之后，爸爸沿着长长的分类桌望过来，看着书架之间的空隙。他对上我的视线，朝着累牍院的门比了个手势。

我们在白蜡树下站定后，爸爸伸出手。我只是盯着它瞧。他喊了一声我的名字，他从来没这么大声喊过我。然后他要我把口袋里的东西掏出来。

这个词无足轻重，也不有趣，但我喜欢附着的引文。当我把它放在他手里时，爸爸看起来好像不知道那是什么东西，好像不知道该怎么处置它。我看到他的嘴唇默念出那个词以及包含那个词的句子。

COUNT（认为）
我认为你是个傻子。

——丁尼生，一八五九年

好久好久，他一句话都没说。我们站在寒风中，好像在扮演雕像，谁也不想先动一下。他把纸条放进长裤口袋，然后半推着我走向厨房。

"莉兹，下午可以让艾丝玫待在你的房间吗？"爸爸问，一边把身后的门关上，以免炉灶的热气散掉。

莉兹放下她正在削皮的马铃薯，在围裙上擦擦手。"当然可以，尼克尔先生。艾西玫永远都受到欢迎。"

"别让她太开心，莉兹。她应该要坐在那里好好反省自己的行为。我希望你不要陪她。"

"知道了，尼克尔先生。"莉兹说，不过她和爸爸似乎没有看对方的眼睛。

我一个人在楼上，背靠莉兹的床坐着，我把手伸进裙子的袖子里，取出另外一个词：counted（重要的）。写下这个词的人笔迹很好看，我相信这是位女士，不仅仅是因为这句引文出自拜伦的作品。这些文字有着各种弧线和长长的线条。

我探到莉兹的床底，把行李箱拖出来。我总是觉得它会更重一些，但它毫无阻碍地滑过地板。纸条铺满箱底，像是秋叶铺成的地毯，其中夹杂着蒂塔的一封封信。

柯瑞恩先生这么马虎，有麻烦的人却是我，真是不公平。我确信这些词都是重复的内容——许多义工都会寄来的普通词汇。我把两只手都伸进行李箱，感觉纸条在我指间滑动。我把它们全部保存下来，就像爸爸通过把词收录进大词典的方式来保存它们。我的词来自角落和缝隙，也来自分类桌中央的废纸篓。

我心想：我的行李箱就像是大词典，只不过它收录的全是遗失或遭到忽略的词。我心生一念。我想要向莉兹讨一支铅笔，但我知道她不会违背爸爸的吩咐。我环视她的房间，好奇她会把铅笔收在哪里。

莉兹的房间少了她，感觉有点陌生，铅笔或许并不属于她。我从地上爬起来，走到衣柜前。看到她那件最上面的扣子和剩下的扣子不成套的冬季旧大衣，我松了口气。她有三件背心裙、两件洋装。她最好的、留到周日去教堂穿的洋装，颜色曾经绿得像三叶草，现在褪得很淡。我拂过它，莉兹裙子的接缝处露出了三叶草绿。我拉开她的抽屉，只看到内衣、一套备用的被单、两条披巾以及一个小木盒。我知道盒子里装着什么。不久前的一天，巴勒德太太决定是时候让我知道月经是什么了，所以莉兹给我看她放在木盒里的布块和腰带。我希望永远不用再看到它们，所以我没打开盒子，只是把衣柜门关上。

没有放游戏物品的箱子。没有放书本的架子。她的床头柜上有一块刺绣，还有她母亲的照片装在简陋的木框里，我仔细观察：一个戴着普通帽子、穿着普通衣服的平凡年轻女子，手里拿着一束朴素的花。莉兹长得跟她很像。相框后面放着我在行李箱里找到的帽针。

我跪下来往床底张望。一头是莉兹冬天穿的靴子，另一头是她的夜壶和针线盒。我的行李箱就住在正中央，灰尘间的一块净地标记出它所放的位置。再没别的东西了。

当然，没有铅笔。

我看着行李箱，它仍敞开放在地上，最新的那个词正面朝上压在其他词上头。然后我看着莉兹床边桌上的帽针，想起它是多么锐利。

丢失词词典，我花了整个下午才在行李箱盖子内侧刻出这行字，手都痛了。完成之后，莉兹的帽针弯曲变形，躺在地板上，上头的珠子就跟我发现它的那天一样鲜艳。

这时我突然有种异样的感觉，一种强烈的不安。我试着把帽针扳直，但它不肯恢复成原来的状态。它的末端已经钝到我无法想象它能刺穿毛料，哪怕是最廉价的帽子。我在室内搜寻，却找不到任何可以把它修好的工具。我把帽针搁在莉兹床头柜下面的地板上，希望她认为它是掉下来时摔弯了。

接下来一年，我大部分时间都跟累牍院保持距离。莉兹去圣巴拿巴女子学校接我，照顾我吃午餐，再送我回学校。下午放学后，我就自己看书、练习写字。我会待的地方有白蜡树树荫下、厨房桌子边和莉兹的房间，看当时天气如何。他们庆祝第二册词典出版时，我装病没有出席。第二册收录的是 C 开头的所有词汇，包括"count"和

"counted"。

我十二岁生日当天，爸爸到圣巴拿巴女子学校接我。我们通过向阳屋的栅门后，他仍握着我的手，我和他一起走向累牍院。

屋里只有莫瑞博士一个人。我们进屋时，坐在书桌前的他抬起头，然后他从高台上走下来迎接我。

"生日快乐，小姑娘。"他说。他看着我，脸上没有笑容。"应该是十二岁，对吧？"

我点点头，他继续盯着我。

我的呼吸变得不稳定。我长得太大了，没办法躲到分类桌底下去，没办法逃离他在想的任何事，所以我干脆直视他的双眼。

"你爸爸跟我说你是个好学生。"

我什么也没说，他转身朝他书桌后头的两册大词典比画了一下。

"只要你觉得需要，你就拿这两册词典来查资料。如果你不取用，我们的苦心就全都失去意义了。"他说。"如果你需要 C 之后的词，那么等到分册出版，你也可以随意翻阅。连分册都还没收录到的词嘛——"他再次打量我，"你得请你爸爸在分类格里找。你有任何疑问吗？"

"什么是'取用'（avail）？"我问。

莫瑞博士微笑，瞥了爸爸一眼。

"幸好这是 A 开头的字，我们来查一查如何？"他走到书桌后的书架前，取下 A 至 B 分册。

蒂塔给我的十二岁生日贺卡寄达时，里头附了一张纸条，蒂塔说它是个"冗余"的词。

"'冗余'是什么意思？"我问爸爸，他正在戴帽子。

"不必要的，"他说，"没有人想要或需要的。"

我看着纸条，是个 B 开头的词：brown（褐色的）。平淡而无聊，我心想。没有被遗落、忽视或忘记，只是个冗余的词。爸爸一定告诉蒂塔我偷拿了一个词的事。我把她的词放进口袋。

我在学校里一直想着这件事。我用手指把玩纸条边缘，想象它是个更有趣的词。我考虑过把它丢了，又下不了手。冗余，蒂塔说。也许我可以把这项特性加进莉兹坚持要遵守的规则清单里。

下午我抵达向阳屋后，直接上楼去莉兹的房间。她不在，不过她不会介意我在那里等。我从床底拖出行李箱并打开。

我刚从口袋里掏出纸条，她就来了。

"这是蒂塔寄的，"我赶紧说，以免她的眉头愈皱愈紧，

"因为我生日的关系。"

莉兹的眉头开始舒展,这时她突然看到了什么,整张脸都僵住了。我循着她的视线看过去,看到行李箱盖内侧刮出的粗糙字母。我想起自己当时有多么愤怒、盲目和自私。我转头看莉兹,她的脸颊滑下一滴泪。

感觉有个气球在我胸腔里扩张,挤压我需要用来呼吸和说话的所有空间。对不起,对不起,对不起,我心想,但一个字都没说出口。她走向床头柜,拿起帽针。

"为什么?"她问。

我还是没说话。说什么感觉都不对。

"那到底是什么句子?"她的嗓音在愤怒和失望之间摇摆不定。我希望她倾向愤怒,严厉斥责我的恶劣行为,最后在风暴之后归于宁静。

"丢失词词典。"我喃喃道,眼睛一直盯着地板上的一个树瘤痕迹。

"说是失窃词词典更贴切吧。"

我猛然抬起头。莉兹看着帽针的眼神,仿佛她在其中看出了什么先前未发现的东西。她的下嘴唇在颤抖,像个孩子。我们眼神相对时,她的表情垮下来,跟我被逮到那天爸爸的表情一模一样,好像她对我有了新的认知,而她并不喜欢。这么说她不是愤怒,是失望。

"它们只是词而已，艾西玫。"莉兹伸手拉我从地上站起来。她要我跟她并肩坐在床上，我身体僵硬地坐着。

"关于我妈妈的东西，我就只有那张照片而已。"她说，"她没有笑容，我想在我们这些孩子出生之前，她的人生就已经被压得喘不过气了。可是后来你找到这根帽针。"她转动它，上头的珠子化作模糊的色彩。"我对她的事能确定的并不多，我想象她很快乐，知道她的生活中也有美丽的事物，对我很有帮助。"

我想到我家到处都有莉莉的照片，想到爸爸的衣柜里还挂着的衣裙，想到那些蓝色信封，想到每年生日蒂塔都会讲给我听的故事。我妈妈像是有一千张纸条的词，而莉兹的妈妈像只有两张纸条的词，几乎不算数，几乎不够格，而我对待其中一张纸条的方式好像它是冗余的。

行李箱仍然敞着，我看着刻在箱盖上的文字，然后看向帽针，即使它的底部弯曲，在莉兹那双糙手的映衬下仍显得十分精致。我们都需要证据证明我们是谁。

"我会把它修好。"我说，我伸出手，心想可以凭着意志力把它扳直。莉兹让我拿去，看着我尝试。

"够好了。"我终于放弃时她说，"也许尖端可以用磨刀石磨一磨。"

我胸腔里的气球爆掉了，汹涌的情绪溢出。我的眼泪、鼻涕直流，断断续续地道歉："对不起……我很抱歉。"

"我知道，我的小包心菜。"莉兹搂着我，直到我不再哭泣，她抚摸我的头发，摇晃我的身体，就像我小时候那样，虽然我已经长得快比她还要高了。结束之后，她把帽针放回原本的位置，也就是她母亲的照片前面。我跪在坚硬的地板上，准备把行李箱盖起来。我的手指擦过粗糙而凌乱的字母，它们是永久的，丢失词词典。

柯瑞恩先生提早下班了。他看到我坐在白蜡树下，既没有说任何话，也没有对我微笑。我看着他大步走向自行车，把挎包转到背后，然后一腿跨过坐垫。他没有注意到有一捆纸条在他背后掉在地上。我没有喊他。

那是十张钉在一起的纸条。我把它们夹在我正在看的书里，返回白蜡树下。

首页纸条上写着"distrustful"，是柯瑞恩先生潦草的笔迹。他给它的定义是：对自己或他人不信任；缺乏信心；胆怯的；怀疑，有疑虑，不相信（incredulous）。我不知道"incredulous"的意思，翻着其他纸条想要掌握定义。每看一句引文，我的不安就增加一点儿。"胆怯的懦夫们，我做你们的护卫，战斗到最后一息！"，引自莎士比亚。

但我救了它们，让它们免受晚风和晨露的蹂躏。我从柯瑞恩先生的疏忽中救了它们，不可信的人是他。

我从纸条中拿出一张。这张纸条上的引文没有作者名、书名或日期，它会被丢掉。我把它折起来塞进鞋里，剩下的纸条回到我的书里。当牛津的钟声敲了五下，我便去累牍院找爸爸。

他一个人在分类桌边，面前摆着一份校样，周围摊放着许多纸条和书本。他弓着背，眼睛几乎贴在稿件上，我进来他也浑然不觉。

我用手指摸索口袋里的书本纸页，把"distrustful"那一捆纸条取出来。我走到分类桌边，把它们加进柯瑞恩先生座位前杂乱无章的东西里。

"她在干什么？"柯瑞恩先生站在累牍院门口，他背对午后的天光，我看不清他的面貌，可他微微驼背的身形和尖细的嗓音绝对不会被错认。

爸爸惊愕地抬起头，看到了我手下的纸条。

柯瑞恩先生大跨步走过来，伸出手的态势像是准备把我的手用力拨开，不过他似乎因为我的手伤残变形而有点畏缩。"这样真的不行。"他转向爸爸说。

"是我发现它们的。"我对柯瑞恩先生说，但他不肯看我。"我在你停自行车的篱笆附近发现了它们，它们是从你的挎包里掉出来的。"我看着爸爸，"我正要把它们放回去。"

"恕我直言，哈利，她不应该在这里。"

"我正要把它们放回去。"我说，但感觉好像谁也听不到我说的话或看不见我，他们两人都没有回应，都没有看我。

爸爸深吸一口气，呼气的同时几乎令人难以觉察地摇摇头。

"让我来处理吧。"他对柯瑞恩先生说。

"好的。"柯瑞恩先生说，然后他拿起从他包里掉出来的那一捆纸条。

他走了以后，爸爸摘下眼镜，揉着他的鼻梁。

"爸爸？"

他把眼镜戴回去，看着我。接着他把椅子从分类桌边往后拉，拍拍膝盖要我坐上去。

"你已经长得太大了。"他说，努力挤出笑容。

"真的是他弄掉的，我亲眼看到了。"

"我相信你，小艾。"

"那你为什么都不说？"

他叹了口气。"太复杂了，很难解释。"

"有什么词可以形容吗？"我问。

"词？"

"形容你为什么没替我说话的词,我可以查来看。"

于是他露出微笑。"我脑中第一个想到的是'圆滑',还有'妥协''缓和'。"

"我喜欢'缓和'(mollify)。"

我们一起在分类格里搜寻。

MOLLIFY(缓和)

借由纵容来缓和他盛怒的迫害者的怒火。

——休谟《英国史》,一七五四年

我思考了一下。"你是在试着让他不那么生气。"我说。

"对。"

## 一八九五年九月

我以为我尿床了，但我掀开被子，发现我的睡衣和床单都被染成红色。我放声尖叫。我的手因为沾了血而黏黏的。我原本就感觉背部和肚子隐隐作痛，这下这种疼痛突然令我惊恐。

爸爸冲进我的房间，惊慌地往四周看，然后他一脸忧虑地走到我床边。当他看到我染血的睡衣时，他松了口气，接着变得尴尬。

他坐在床沿，床垫陷下去。他拉起被子把我盖好，摸了摸我的脸颊。于是我知道这是什么了，突然间我不知道如何自处。我把被子拉高一点儿，回避他的目光。

"对不起。"我说。

"别说傻话。"

我们不自在地静坐了一会儿,我知道他多么希望莉莉在这里。

"莉兹有没有……"爸爸开口。

我点头。

"你有你需要的东西吗?"

我再次点头。

"我能不能……?"

我摇头。

爸爸亲吻我的脸颊,然后站起来。"今天早餐吃法式吐司吧!"他说。他关上门的方式好像我是个病人或是睡着的婴儿,但我已经十三岁了。

等到听见他踩在楼梯上的脚步声,我才掀开被子,坐到床沿。我感觉身体渗出的血更多了。我床边桌子的抽屉里有个莉兹专门给我做的月事盒,里头装着腰带以及她用小块的布缝成的布垫。我撩起睡衣,把布垫夹在两腿中间。

爸爸在厨房制造出乒乒乓乓的声音,让我知道周边很安全。我把盒子夹在腋下,穿越走廊,进了浴室,同时更用力地夹紧那块布垫,防止滴血。

"不用上学,"爸爸说,"今天你就跟莉兹待在一起吧。"

我感激到热泪盈眶。

我们离开家门，踏上往向阳屋走的熟悉路线。爸爸表现得若无其事，跟我说他正在编的一个词，要我猜猜它的意思。我几乎无法思考，一时间，我也不在乎它是什么意思。我觉得街道很长，从我们身边经过的每个人看我的眼神都好像他们知道什么。我走路的姿势好像全身上下没有一件衣服合身。

我的大腿之间湿湿的，有一滴液体滑下，像是眼泪滑下脸颊。等我们走到班伯里路的时候，血正沿着我的双腿内侧不停流淌。我感觉它渗入我的长袜。我停住脚步，把双腿紧紧并拢，一手按在流血的部位。

我呜咽着说："爸爸！"

他走在我前面两三步。他转身看我，沿着我的身体往下看，然后四处张望，好像旁边或许会有更内行的人出手相救。他牵起我的手，我们用最快的速度走到向阳屋。

"噢，亲爱的。"巴勒德太太边说边把我迎进厨房。她朝爸爸点点头，免除他接下来的责任。他吻我的额头，然后大步穿过花园进入累牍院。莉兹走进厨房时怜悯地看了我一眼，就直接去炉灶边烧热水。

上楼以后，莉兹脱掉我的衣服，用海绵帮我擦澡。那一盆温水被我的"耻辱"染成粉红色。她再次示范怎么把腰带固定在腰上，怎么把布垫固定在腰带里。

"你垫得不够厚，也绑得不够紧。"她给我套上她的睡衣，要我躺到床上。

"一定要这么痛吗？"我问。

"我想是吧，"莉兹说，"不过我不知道为什么。"

我发出呻吟声，莉兹看着我的表情既和善又有点不耐烦。"过一段时间应该就没那么痛了。第一次通常都是最糟的。"

"应该？"

"有些人运气没那么好，不过有些茶能让人舒服一点儿。"她说，"我会问巴勒德太太有没有蓍草。"

"它会持续多久？"我问。

莉兹正把我的衣服泡进水盆。我想象它们全都会被染成红色，从现在起那就是我的制服了。

"一星期，也许短一点儿，也许长一点儿。"她说。

"一星期？我得在床上躺一星期吗？"

"不，不是的，只要一天。只有第一天的量最大，或许那也是你会觉得那么痛的原因。在那之后它会慢慢变少，最后就没有了，但你大概一星期都需要使用布垫。"

莉兹告诉过我，每个月都会流血；现在她又告诉我，我每个月要流一星期的血，而且每个月都要在床上躺一天。

"我从不知道你在床上躺过,莉兹。"我说。

她笑了。"除非我快死了,我才会在床上躺一整天。"

"可是你怎么防止它沿着腿流下来?"

"有一些方法,艾西玫,但不应该说给小女孩听。"

"可是我想知道。"我说。

她看着我,手就泡在水里,她并不觉得碰到我的血很恶心。

"如果你要伺候人,你或许需要知道,但你不用。你是个小淑女,没人会介意你每个月有一天时间躺在床上。"说完之后,她端起水盆下楼去了。

我闭上眼睛,像块木板似的直挺挺地躺着。时间过得好慢,不过我最后一定还是睡着了,因为我做梦了——

爸爸和我抵达累牍院,我的长袜里满满都是血。我认识的所有助手和词典编纂师都围坐在分类桌边,甚至包括米契尔先生,他那不成对的袜子在椅子下隐约可见。没人抬头看。我转头看爸爸,他已经走开了。我看回分类桌,他就坐在他的老位置。他像其他人一样,头垂着看文字。我试着朝他走过去,却办不到;我试着离开,也办不到;我大叫,没人听到。

"该回家了,艾西玫,你睡了一整天。"莉兹站在床尾,我的衣服挂在她手臂上。"这些都暖烘烘的,一直放在炉灶前烤呢。来吧，我帮你穿衣服。"

她再次帮我套上腰带和布垫。她从我头上脱掉睡衣，换上一层层温暖的衣服。然后她跪在地板上帮我穿上长袜，套上鞋子，绑好鞋带。

接下来的一个星期，我制造的待洗衣物比前三个月加起来还要多，爸爸还得多付一些钱给非全职帮佣把它们都洗干净。我获准不必上学，每天都待在莉兹房间，并没有被限制在卧室。我不敢离厨房太远，累赎院超出了我的活动范围。虽然没人这么说，但我怕我的身体又会背叛我。

"这有什么用？"我在第五天问莉兹。巴勒德太太要我负责搅拌一锅棕色的酱汁，她自己要跟莫瑞太太讨论下星期的菜色。莉兹坐在厨房桌边缝补一沓莫瑞家的衣物。我已经几乎不再流血了。

"什么？"她问。

"流血。为什么会这样？"

她看着我，面带犹豫。"跟生小孩有关。"她说。

"怎么说？"

她耸耸肩，没有抬头。"我不知道怎么详细解释，艾西玫，反正就是有关。"

她怎么会不知道？这么可怕的事，每个月都要经历一次,当事人怎么会不知道原因?

"巴勒德太太也会流血吗?"

"已经不会了。"

"它什么时候不再来?"我问。

"当你老到生不出小孩的时候。"

"巴勒德太太生过小孩吗?"我从没听她提起小孩,不过也许他们都已经长大成人了。

"巴勒德太太没结婚,艾西玫。她没生过小孩。"

"她当然结婚了。"我说。

莉兹透过厨房窗户往外看,确保巴勒德太太还没有回来,然后她凑向我。"她自称'太太'是因为这样更让人尊敬。很多未婚的老小姐都会这么做,尤其是当她们地位很高,要使唤别人的时候。"

我太困惑了,没再继续问下去。

爸爸的表情带着歉意,说它来得比他预期中早。它称作"月经"(catamenia),而流出经血的过程称为"经期"(menstruation)。他伸手拿糖罐,认真地在他的麦片粥上撒了一大堆糖,虽然它本来已经很甜了。

这些是新词,却让爸爸浑身不自在。我活到现在第一次对自己的疑问没有把握。我们罕见地沉默着,"月经"和

"经期"毫无意义地悬在空中。

我远离累牍院两个星期。回去时，我选了人最少的时段。当时临近傍晚，莫瑞博士去出版社找哈特先生，大部分助手已经回家了。

只有爸爸和斯威特曼先生坐在长桌边，他们在准备 F 开头的词的条目，这表示他们必须检查其他所有助手的工作，确保它们符合莫瑞先生那非常明确的偏好。爸爸和斯威特曼先生比任何人都了解大词典的缩写词。

"进来吧，艾丝玫。"我在累牍院门边窥探时，斯威特曼先生说，"坏心眼的大野狼已经回家了。"

M 开头的词住在从分类桌这里看不见的分类格里，我要的词都塞在同一个分类格里。它们已经被归在草拟好的定义下了。蒂塔花了那么多时间就是在拟这些定义，我好奇能否在某一张首页纸条上认出她的笔迹。

形容这种流血的词汇有很多。"menstrue"跟"catamenia"意思一样，指的都是"不干净的血"。可是哪有血是干净的？血总是会留下污渍。

"menstruate"这个词上钉了四张写有不同引文的纸条，首页纸条为它下了两个定义："排出经血"以及"（用经血）弄脏东西"。爸爸提到第一种定义，但没提到第二种。

"menstruosity"是"经期的状态",而"menstruous"曾经意指"极度肮脏或受到污染"。

"menstruous"跟"monstrous"(恐怖的)很相似。这个词非常恰当地解释了我现在的感受。

莉兹称它为"诅咒"。她从没听过"menstruation"这个词,我念出来时她笑了。"大概是医生用的词吧,"她说,"他们有自己的语言,我们其他人根本听不懂。"

我从架上取下收录 C 开头的词的所有分册,寻找"诅咒"(curse):

某人不好的命运。

词典并没有提到流血的事,但我了解她为什么这么说。页面快速掠过我的拇指。光是这一册就有一千三百页,跟 A 至 B 分册差不多,而我记得爸爸说 C 开头的词永远收录不完。我环视累牍院,试着揣测分类格里、书里、莫瑞博士和他的助手的脑袋瓜里到底存放了多少个词。没有一个词能够完整地解释我身上发生了什么事,一个词都没有。

"她应该待在这里吗?"柯瑞恩先生的声音打断了我的思绪。

我匆匆合起词典,转过身。我看着爸爸,他看着柯瑞恩先生。

"我以为你已经下班了。"爸爸说,语气比实际上来得友善。

"这里实在不是小孩子该待的地方。"

我已经不是小孩子了,每个人都这么告诉我。

"她没有惹麻烦。"斯威特曼先生说。

"她在乱动书稿。"

我感觉心脏在用力跳动,我无法阻止自己开口说话。"莫瑞博士说我随时都可以取用大词典。"爸爸快速向我投来警告的眼神,我立刻就后悔了。但柯瑞恩先生既没有回应,也没有看我一眼。

"柯瑞恩,你要加入我们吗?"斯威特曼先生问,"我们三个人一起做,应该可以在晚餐前弄好。"

"我只是回来拿我的大衣。"他说。然后他朝他们两人点点头,就离开了累牍院。

我把C开头的巨册放回书架上,跟爸爸说我去厨房等他。

"你完全可以留在这里。"他说。

可我已经不确定了。

接下来两三个月,我待在厨房的时间比待在累牍院的要长。

爸爸读了蒂塔的信,完全没跟我分享任何内容。他读完之后把信折好，放回信封，然后塞进长裤口袋，而不是留在小桌子上。有时候蒂塔寄的一些信会在那里一搁就是好几天。

"她最近会来看我们吗？"我问。

"她没有说。"爸爸边说边拿起报纸。

"她有提到我吗？"

他放下报纸，看着我的脸说："她问你觉得上学愉不愉快。"

我耸耸肩。"很无聊。不过他们允许我写完功课帮着教更小的孩子，这我喜欢。"

他深吸一口气，我以为他准备告诉我什么事，结果没有。他只是多看了我一下，就说该睡觉了。

几天后，有一回爸爸吻我并道晚安，然后回到楼下去校稿，我踮着脚穿过走廊进到他的房间。我爬进衣柜，取出那个破旧的木盒，拿出蒂塔的信。

一八九六年十一月十五日

亲爱的哈利：

你上一封信令我百感交集。我一直在努力写出一封莉莉会赞同的回信（我的结论是那是你最想要的，所以我会试着不让你，或是她，或是艾丝玫失望。提醒你，只是试着，我不敢保证什么）。

柯瑞恩先生仍在指控我们的艾丝玫偷窃，这是个很严重的字眼，哈利，它让人联想到艾丝玫把一个布包扛在背上，鬼鬼祟祟地到处转悠，把烛台和茶壶往布包里塞的画面。然而，据我所知，她的口袋里只有别人随意放置的纸条而已。关于你的教养方式不符合传统这一点，嗯，我想这是事实，不过这话在柯瑞恩先生嘴里是种指摘，我想表达的却是赞美。传统一向对任何女人都没有好处，所以你就别再自责了，哈利。

好，来说说艾丝玫的教育一事吧。她当然应该继续升学，但当她大到不适合再读圣巴拿巴女子学校后要去哪儿呢？我向老朋友费欧娜·麦奇侬打听过了，她是一所相对亲民（我的意思是平价）的寄宿学校的校长，那所学校在苏格兰，靠近梅尔罗斯镇。我已经很多年没跟费欧娜联络了，但她以前是个优秀的学生，我敢说她把她自己当年早熟的需求列入考量，来经营管理考德希尔斯女子学院。由于你妹妹就住在距离该校不到五十英里[①]处，跟英格兰南部昂贵许多的学校相比，这似乎是个绝佳的替代方案。

短期来说艾丝玫大概不会喜欢这个主意，不过她已经

---

① 1英里约合1.6公里。

十四岁了，可以出去探险了。

最后，尽管我不想鼓励她做出任性的行为，不过我要附上一个艾丝玫可能会喜欢的词。伊莉莎白·格里菲斯在小说里用了"literately"这个词。虽然这个词没有其他范例，但是在我看来，它是"literate"（能读写的）的优雅延伸。莫瑞博士同意我为大词典写一个条目，但他也同时告诉我它不太可能被收录。看来我们的女作者没能证明自己是个"literata"——这个可憎的词是柯勒律治①发明的，意思是"女文人"。这个词也只有一个范例，但它确定会被收录。我这么说也许像有酸葡萄心理，但我实在不觉得它会广为流行。世界上的女文人必定人数够多，普遍有资格被纳入"literati"（文人〔复数〕）之中。

有若干义工（就我所知，她们全都是女性）寄来"literately"的同一句引文。总共有六封信，由于它们对大词典来说都毫无用处，我觉得没有理由不把其中一封送给艾丝玫。我期望知道你们两个怎么使用这个美丽的词。通力合作，我们或许能让它保有生命力。

伊蒂丝

---

① 英国诗人、文艺评论家，英国浪漫主义文学的奠基人之一，也是西方文学史上最令人注目的作家之一。

这是圣诞节前最后一次集会，圣诞节后我就不会再回去上学了。圣巴拿巴女子学校的校长陶德太太想对我说些祝福的话，所以我坐在礼堂前方的椅子上，面向参加集会的所有女孩。她们都是杰里科本地的孩子，牛津大学出版社和沃佛科特造纸厂工作人员的女儿。她们的兄弟读的是圣巴拿巴男子学校，长大以后会去造纸厂或印刷厂工作。我班上的女孩有半数会在一年内从事书籍装订的工作。我一直都觉得自己格格不入。

典礼先是宣布那些例行事项。我僵硬地坐着，低头看着自己的手，希望时间能过得快一点儿。我几乎没听见陶德太太说了什么，当女孩们开始鼓掌，我才抬起头。我获得了历史奖和英文奖。陶德太太点头示意我过去，我过去之后，她跟全校说我要离开了，要去读考德希尔斯女子学院。

"在遥远的苏格兰。"她转头看着我说。女孩们再次鼓掌，不过这次没那么热烈。我心想：她们没办法想象离开这里，就像我也没办法想象一样。不过蒂塔说去那里能让我做好准备。"准备什么？"我问。"做任何你梦想的事。"她回答。

圣诞节后那一周潮湿得令人郁闷。"这倒是能帮你适应苏格兰边区。"有一天巴勒德太太说。我忍不住哭起来，她停止揉面，走到我身边，那时我正坐在厨房桌子边剥豆荚。"噢，亲爱的。"她说，用双手捧住我的脸，把面粉抹到我的脸颊上。我停止抽噎后，她把搅拌盆放在我面前，分别加入称好的黄油、面粉、糖和葡萄干。她从食品储藏室最顶端的架子上取下肉桂罐，把它放在我旁边："记住哟，只要捏一小撮就好。"

巴勒德太太常说，石头饼干不在乎你的手是热是冷、是灵巧是笨拙。每当我没办法跟莉兹黏在一起，或是我心情低落时，她总会用石头饼干来分散我的注意力。这成了我的拿手点心。巴勒德太太继续揉她的面，我开始把黄油弄碎，跟面粉拌在一起。一如以往，我感觉右手像戴着手套。我必须看着我怪异的手指做事，才能真正感觉到碎屑开始成形。

巴勒德太太继续和我聊天。"苏格兰很漂亮。"她年轻时去过那里，跟一个朋友一起散步。我无法想象她年轻的样子，也无法想象她不在向阳屋的厨房里。"再说你又不是要永远待在那里。"她说。

那天，累赎院几乎所有人都出来和我道别。我们站在花园里，在清晨的寒风中颤抖：爸爸、巴勒德太太、莫瑞博士以及一些助手，但不包括柯瑞恩先生。莫瑞家最小的孩子也在场,瑶尔曦和萝丝芙分别站在她们的母亲两侧,各自牵着一个更小的孩子,盯着自己的鞋子。

即使爸爸呼唤莉兹过来,她仍站在厨房门口。她一向不喜欢跟编大词典的男人们站在一起。当我笑她时,她说:"我不知道怎么跟他们说话。"

我们站在那儿的时间刚好够莫瑞博士说些诸如我未来将学到很多东西,以及在考德希尔斯湖附近的山丘健行有益健康之类的场面话。他送给我一本素描簿以及一套绘图铅笔,跟我说他非常期待收到我的信,希望我能画下新学校周围的乡间风情。我把它们收进爸爸那天早晨送我的新书包里。

巴勒德太太给了我一盒饼干,才刚出炉没多久,还是热的。"你在路上吃。"她说,然后她紧紧拥抱我,我以为自己会窒息。

有一阵子谁都没说话。我相信大部分助手都在纳闷为何要这么兴师动众。我能看到他们不断改变身体重心,想要保持温暖。他们想要回到文字里,回到相对暖和的累牍院。一部分的我想跟他们一同回去,另一部分的我想要开始冒险。

我看向莉兹站的位置。即使隔着一段距离,我仍看出她眼睛肿肿的,鼻子红红的。她试着微笑,但这是非常勉强的欺骗，她不得不移开目光，肩膀颤抖着。

蒂塔说过，新学校会让我做好准备，它会把我变成一个学者。"等你离开考德希尔斯的时候，"爸爸补充说明，"你可以就读萨默维尔学院。那是所有女子学院中离家最近的一所，只和出版社隔着一条马路。"

爸爸轻轻推我一下，示意我应该回应莫瑞博士，感谢他送我素描簿和铅笔，但我心里只有透过盒子传到我手上的饼干的温度。我想着这趟旅程。它将耗去整个白天以及半个夜晚，等我抵达目的地，饼干将没有任何余热。

· 第二章 ·

# 一八九七年至一九〇一年

Distrustfully—Kyx

# 一八九七年八月

跟半年前相比,向阳屋的花园看起来变小了。树上长满树叶,天空是房屋和树篱之间的一块蓝色。我可以听到手推车的咔嗒声,以及马匹在班伯里路上拉着有轨马车的马蹄声。

我在白蜡树底下站了良久。我已经回家好几个星期了,但直到现在我才明白我想念的是什么。牛津像一块毛毯裹住我,几个月以来,我第一次开始顺畅地呼吸。

我从考德希尔斯返抵家门的那一刻起,最盼望的莫过于进入累牍院。可是每当我朝它走去,都会感到胃里掀起波涛。我不属于那里,我是个讨厌鬼。这才是我被送去那么远的地方的原因,不管蒂塔说了多少冒险啊,机会啊之类的话。所以我在爸爸面前假装我已经长大，不再想窝在累牍院里玩耍。事实上，我几乎抗拒不了它的魅力。

现在，也就是我回考德希尔斯的前一周，累牍院空无一人。柯瑞恩先生早就不在了——他因为犯了太多错而被辞退。爸爸告诉我这件事的时候，几乎无法直视我的眼睛。爸爸和莫瑞博士去出版社找哈特先生了，其他助手则在河边吃午餐。我好奇累牍院会不会被锁上。以前它从不上锁，但事情有可能改变。考德希尔斯任何地方都锁着，不让我们进去，或是不让我们出去。我跨出一步，又一步。我试着推门把，它发出熟悉的铰链嘎吱声，门打开了。

我站在门口往里看。分类桌上散落着书本、纸条和校样。我能看到爸爸的外套挂在椅背上，莫瑞先生的学位帽放在他的高桌子后方的架子上。分类格看起来都满了，但我知道总是能找到空间塞进新的引文。累牍院跟以前一样，可我的肠胃不肯安宁。我觉得自己变了。我没有进去。

准备转身离开时，我注意到进门处有一沓没有开封的信，是蒂塔的笔迹。大一些的信封，是她专门用来联络大词典事宜的。我不假思索地抓起它，然后离开。

厨房里，炉灶上炖着苹果，巴勒德太太却不见人影。我把蒂塔的信封放在苹果的水蒸气上方，直到蜡封软化。然后我两级并作一级地爬上楼梯，进入莉兹的房间。

信封里有四页校样,包含"hurly-burly"(喧闹)到"hurry-scurry"(慌乱)等词汇。蒂塔在每一页的边缘都钉上了额外补充的引文。第一页钉的是"大声喧闹的红发苏格兰教授",我好奇莫瑞博士是否会让它过关。我开始读她在校样上做的修改,试着理解它们如何改进条目。这时候我开始流泪。我一直很想见蒂塔,需要见她,和她说话。她说过复活节时会来接我出校,庆祝我的十五岁生日,但她并没有来。是蒂塔说服爸爸送我去考德希尔斯的,是蒂塔促使我也想去。

我抹掉泪水。

莉兹走进房间,把我吓了一跳。她看着散落在地上的稿件。

"艾西玫,你在做什么?"

"没做什么。"我说。

"噢,艾西玫,我虽然不识字,可我很清楚这些纸该在什么地方,它们并不该在这个房间。"她说。

看我不吭声,她坐到我对面的地上。她比以前胖了些,看起来坐得很不舒服。

"这些看起来跟你平常拿来的文字不一样。"她拿起一页说。

"这是校样,"我说,"文字变成大词典后,就会是这样。"

"这么说你进过阿胰了？"

我耸耸肩，开始收拾蒂塔的稿子。"我做不到，我只是往里面看了看。"

"你不能再从阿胰拿走文字了，艾西玫，你明明知道的。"

我把目光停留在蒂塔的笔迹上，看着钉在最后一页校样上的纸条。"我不想回学校，莉兹。"

"你有机会去上学是很幸运的事。"她说。

"如果你上过学，就会知道学校是多么残酷的地方。"

"我猜对你这样自由自在的孩子来说，学校必定会让你有这样的感觉，艾西玫。"莉兹安抚我，"可是这里没有人能教你，而你非常聪明，不该停止学习。这只是一小段时间而已，在那之后，你想做什么都可以。你可以当老师，或是像你姑姑汤普森小姐一样写历史书，或是像希尔妲·莫瑞一样帮忙编大词典。你知道她开始在阿胰工作了吗？"

我不知道。自从去了考德希尔斯，我就感觉离我曾经梦想的事物愈来愈远。莉兹试着和我对视，我移开目光。她从床底下拿出针线盒，然后走向门口。

"你应该把午餐吃掉，"她说，"你也应该把那些纸放回阿姨。"她把门轻轻带上。

我拆下蒂塔钉在校样上的纸条，那是对"hurry"这个词的补充说明：这个定义更偏向于"骚扰"而不是"匆忙"，底下只有一条引文支持它。我大声念出来，觉得很喜欢。我弯腰把床底的行李箱拉向自己，皮革握把的触感以及行李箱的重量让我安心。我离家的这段时间，莉兹一定都把行李箱藏得很隐蔽。我在想要是有人在这里发现它，她会怎么样。

这个念头令我迟疑，驱使我考虑把"hurry"钉回稿件上。但拿走它感觉像一种清算。我打开行李箱，吸入文字的气息。我把"hurry"放在最上面，然后盖上盖子。

在那一刻，我对蒂塔的怒意稍微消退了，我心生一念：我要写信给她。

我把校样放回信封，再把蜡封重新粘好。我离开向阳屋走回家时，顺道把蒂塔的信封丢进栅门上的信箱。

一八九七年八月二十八日

我亲爱的艾丝玫：

我在查看昨天收到的邮件时，一如既往欣喜地看到你熟悉的笔迹。除了你的信之外，还有一两封累牍院寄来的信：一封是莫瑞博士寄的，另一封则是斯威特曼先生寄的。

字母"I"造成了一些困扰——那么多前缀,何时才是个头?我很感激能把工作放置一边,读一读你回牛津过暑假的情形。

你几乎什么也没告诉我,只说天气很闷。在苏格兰待了六个月,你似乎已经适应了那个寒冷潮湿、无边无际的地方。我想知道你是否怀念"向着风云诡谲的天空延伸的山丘以及深不可测的湖水"。

你还记得这句话吗?这是你刚去考德希尔斯两三周时写的。我读了以后,想到你爸爸对那里的热爱。他说那种荒凉而孤独的感觉能令他恢复精力。我不敢苟同,我不像你们流着山丘和湖泊的血液。

但我可能误解了你对风景的描述?你用美丽的语言掩饰了真正的想法?因为你提出的要求令我颇为讶异。

从各方面来看,你在考德希尔斯茁壮成长。几个科目都在班级名列前茅,根据麦奇侬小姐所言,你"好问不倦"。我父亲一直认为,这是学者和自由主义者最重要的特质。

你的来信无一例外地描述出二十世纪年轻女性所受到的理想教育。我的老天,二十世纪!这好像是我第一次写下这几个字。这会是你的世纪,艾丝玫,它会跟我的世纪不一样。你会需要知道更多。

你认为我能够传授给你所有你需要学习的知识，这让我受宠若惊。事实上，让你跟我们住在一起的想法太有吸引力了，我跟贝丝讨论了几个钟头。我们两人合力，可以教你历史、文学和政治。我们可以帮助你在原有的法文和德文基础上更上一层楼，但自然科学以及数学超出了我们的能力范围。这需要时间，而我们的时间实在不够用。

你提醒我：我答应要永远和你站在同一边。可事关你的教育，我想我只能食言了。我拒绝你的要求，是希望跟更大一点儿的艾丝玫站在同一边。我希望有朝一日你会认同我这个说法。

我写了信给巴勒德太太，请她烤一炉姜饼给你，我想它们会在你回学校的漫长旅途中保持新鲜，并且在新学期的第一周为你提供丰富的营养。

等你安顿好了，请马上写信给我。阅读你的生活总是一件非常愉快的事。

       我的爱一如既往

        蒂塔

我坐在床沿，瞥向装着学校用品的行李箱。这一刻之前，我都很笃定它将陪着我前往蒂塔和贝丝位于巴斯的家。我又读了一遍蒂塔的信，我的爱一如既往。我把信揉成一团，丢在地上，踩在脚底。

爸爸和我默默地吃着晚餐。我想蒂塔根本没有费力气跟他讨论。

"明天要早起，小艾。"他边说边把空盘拿去厨房。

我道了晚安，爬上楼梯。

爸爸的房间几乎伸手不见五指，我拉开窗帘后，漫长白日的最后一缕天光洒了进来。我转向衣柜。"芝麻开门。"我悄声说，我好怀念以前的时光。我把手伸进莉莉的裙子之间，取出那个光亮的木盒。它散发着新刷的蜂蜡的气味。我打开盒盖，用怪异的手指拨过一封封信，好像它们是竖琴的琴弦。我希望莉莉开口说话，说服爸爸把我留在身边，她沉默不语。

我停止拨动。最后面的几个信封"走音"了，它们不是蓝色或白色的，而是考德希尔斯用的未染过色的棕色廉价信封。我取出最后一封，拿到窗边去读我自己写的文字。

每个字我都记得。我怎么忘得了？同样的话我写了一遍又一遍。它们不是我选择的字句，那些字句都被撕掉了。"你父亲只会担心的。"麦奇侬小姐说。然后她命令我写些适当的内容。"重写。"她说，一边撕掉新写好的那页，"写得工整一些，否则他会觉得你没有进步，没有努力。"她们是一群开朗的女孩……一趟美妙的远足……也许我会成为教师……我的历史考试得了 A。我的成绩是信里唯一的实话。"重写,"她说,"不要驼背。"其他女孩都去睡觉了,我坐在那个寒冷的房间里,直到午夜的钟声响起。"你被宠坏了,尼克尔小姐。你父亲心知肚明,其他人也一样知道。轻微不舒适就抱怨只会证明这一点。"然后她把我努力写出来的最后三封信一字排开,要我选出笔迹最漂亮的一封。不是最后一封,它几乎难以辨识。我怪异的手指弯曲着,好像仍然握着笔。活动手指的痛楚几乎超出我的承受范围。"那一封,麦奇侬小姐。""对,亲爱的,我也这么认为。现在去睡吧。"

于是它就出现在这里,被视若珍宝,像莉莉的信一样被珍藏着。虚假的话语为一个被迫承担父母两个角色的男人提供了虚假的安慰。也许我确实是个累赘。

我离家的每一周都会寄回一封信,我从木盒里把它们都取出来,抽出信封里的信纸。任何一封信里都不包含一丁点的我。爸爸怎么能相信这些文字呢?我把信封放回木盒时,它们已空无一字,所代表的意义却更胜以往。

我睡得很不安稳。对蒂塔和考德希尔斯,甚至还有对爸爸的怨恨、不解,在黑暗中蓄积能量。最后我放弃让它们安静下来的尝试。

爸爸在打鼾，这是一种预料之中的隆隆声，总能在我夜里醒来时让我安心。它现在就令我安心，这意味着他不会醒过来。我下了床，穿好衣服，从床边桌上拿了蜡烛和火柴，把它们塞进口袋。然后我溜出房间，走下楼梯，步进黑夜。

天空清澈，月亮几乎是满月。黑夜将物体的轮廓勾勒出一种奇妙的视觉效果。当我到达向阳屋时，莫瑞家的房子漆黑一片，静立在那里，我仿佛能听见一家人沉睡的呼吸声。

我推开栅门。房屋向天空伸展，它仿佛突然警觉起来，不过没有任何窗户亮起灯光。我侧身从缝隙溜过，栅门微开，我特地走在树下的暗处，绕着花园外围，来到累赘院门前。

在月光下，它看起来和其他任何棚屋没什么不同，我有些生气，我以为它不止如此。走近一些，我能看出它的脆弱：檐槽里有一层铁锈，窗框上油漆剥落，木材烂掉的地方塞着一团纸来挡风。

那扇门像往常一样开着，我站在门口等待眼睛适应。月光透过脏兮兮的窗户照进来，在房间里投射出长长的影子。在看见文字之前，我已经先闻到它们，回忆翻涌，我从前把这里看作神灯内部。

我从口袋里取出蒂塔的信。它仍皱成一团，我在分类桌旁找了个空位，尽可能把它摊平。我点燃蜡烛，感到叛逆带来的小小兴奋。夜风吹着烛焰，忽而往左，忽而往右，不过没能把它吹灭。我在分类桌上清理出一块空间，往桌面滴了些蜡来固定蜡烛。我确认它粘得很牢固。

我要的词已经出版了，但我知道到哪里去找原始的纸条。我用手指沿着一排分类格滑过去，直到找到"A 至 Ant"。我的生日词汇。爸爸告诉我，如果大词典是一个人，"A 至 Ant"就是它尝试的第一步。

我从分类格抽出一小沓纸条，将它们和钉在上面的首页纸条分开。

abandon（遗弃）

最早的使用范例已经有六百多年的历史，整句话晦涩难懂。我一张张地读起来，引文愈来愈简单，等我几乎读到最后一张时，我发现了我喜欢的。这句引文的年纪并不比我大多少，是由一位布莱登小姐所写。

我发现自己被孤单地遗弃在这个世界。

我把纸条钉在蒂塔的信上，又读了一次：被孤单地遗弃在这个世界。

"孤单"（alone）独占一整个分类格，几小捆纸条叠在一起。我拿出最上面一捆，解开细绳。纸条被分成不同的意思，每张首页纸条写着定义。我知道假如我从架子上取下A至B分册，我会看到这些首页纸条上的定义被列成好几栏，每一栏底部写着引文。

我选的定义是爸爸写的。我读着他紧凑的笔迹：自己一个人，无人陪伴，独处。

我短暂地思考，他有没有跟莉莉讨论过各种孤单的方式。莉莉绝对不会送我去住校。

我从写有引文的纸条中拿出那张首页纸条，毕竟它已经功成身退了，并且把引文放回分类格里。然后我回到分类桌边，将爸爸写的定义钉在蒂塔的信上。

这时传来声响，寂静中的长音，是栅门，它的铰链没有上油。

我在累牍院里四处张望，寻找可以躲藏的地方。我感到惊慌，心跳犹如奔腾的马蹄。这些词不能被夺走，它们解释了我这个人。我把手伸到裙子里，将信连同钉在上面的纸条塞进内裤的腰带。接着我从桌上拿起蜡烛。

门开了，月光涌入。

"艾丝玫？"

是爸爸。我的内心同时涌出安心和愤怒。

"艾丝玫,把蜡烛放下。"

蜡烛歪了一下,蜡滴在分类桌上散落着的校样上,把它们粘在一起。我用他的眼光去看待,用他的脑袋去想象,好奇我是否真的做得出来。

"我绝对不会——"

"把蜡烛给我,艾丝玫。"

"你不懂,我只是……"

他吹熄蜡烛,坐在椅子上。我看着一缕细烟摇摇晃晃地往上飘。

我把口袋翻出来,什么也没有,一个字也没有。我以为他会要求检查我的袜子、我的袖子,我看着他,仿佛我什么都没有隐瞒。他只是叹口气,转身离开累牍院,我跟上去。他低声叮嘱我把门轻轻关上,我照做了。

晨曦刚刚为花园染上颜色。房屋仍是暗的,只有厨房上方最高的窗户里出现了一簇摇曳的灯光。如果莉兹往外看,她会看到我。我几乎能感觉到从她床底拖出行李箱时的重量。

莉兹和行李箱就像苏格兰一样遥远。我离开之前无法再看到她们,这是对我的惩罚。

## 一八九八年四月

爸爸在复活节假期来考德希尔斯看我。他收到他的妹妹，也就是我的亲姑姑的来信，她很担心我。我一直都这么自闭吗？她印象中的我不是这样，而是有问不完的问题。她很抱歉没有早一点儿来看我——要跑一趟很不容易——她注意到我的两只手背上都有瘀青。打曲棍球弄的，当时我说。鬼话，她在写给爸爸的信中这么说。

这些都是我们坐火车回牛津的路上爸爸告诉我的。我们吃着巧克力，我告诉他我从来没有打过曲棍球。我越过他的肩膀，在车厢暗色的窗户上看到我的影子。我看起来老了一点儿，我心想。

爸爸把我的双手握在手里，用拇指绕着我的指关节画圈。我正常的那只手上的瘀青已经褪成病恹恹的黄色，几乎看不出来了，但我右手手背上有一条红肿的凸起。烧伤皱缩的皮肤总要花更长时间才能痊愈。他亲吻我的双手，把它们贴在他湿润的脸颊上。爸爸会把我留在身边吗？我不敢问。他会说，你妈妈会知道究竟该怎么做，然后他会写信给蒂塔。

我把手抽回来，躺在车厢座位上。我不在乎我已经和大人一样高了。我感觉自己像孩子一样小，而且我很累。我曲起膝盖，用手抱住。爸爸将大衣披在我身上。烟斗的烟草气味，有股模糊的甜味。我闭上眼睛吸气。我并不知道我这么想念它。我把大衣拉近一些，将脸埋进有点粗糙的毛料里。甜味底下潜藏着酸味，那是旧纸张的气味。我梦到我在分类桌底下。当我醒来时，我们已经回到牛津。

第二天，爸爸没有叫我起床，我下楼的时候，已经接近傍晚。我想在温暖的客厅打发晚餐前的空当，不过我一打开门，就看到了蒂塔。她和爸爸分别坐在壁炉的两侧，他们一看到我，对话就戛然而止。爸爸往烟斗里补充烟草，蒂塔走到我站的位置。她毫不迟疑地用粗壮的手臂搂住我，试着把我瘦长的身躯卡进她矮胖的轮廓里，好像她仍然能容纳我似的。我浑身僵硬，她松开手。

"我向牛津女子高中询问过入学的事。"蒂塔说。

我想对着她尖叫、痛哭、抱怨，但我什么也没做。我看着爸爸。

"我们当初应该送你去那里才对。"他悲伤地说。

我回到床上，听到蒂塔离开的声音，才又下楼。

在那之后，蒂塔每周都写信给我。我把她的信原封不动地搁在门口的边柜上，累积到三四封时，爸爸会把它们收走。过了一阵子，蒂塔把给我的信附在给爸爸的信里。他会把它们摊开放在餐具柜上，仿佛恳求有人来阅读。我会瞥一眼字迹，不由自主地看进几行字，然后把信纸抓在拳头里揉成团，再丢进垃圾桶或火堆里。

牛津女子高中就在班伯里路，爸爸和我都没有提起它离累牍院有多近。有少数几个读过圣巴拿巴女子学校的同学现在在那里，她们对我表示欢迎。我跌跌撞撞地把剩下的学期念完。校长把爸爸叫去她的办公室，通知他我的考试成绩都不及格。房门紧闭，我坐在门外的一张椅子上，听到她说："我不建议她继续读下去。"

"我们该拿你怎么办好？"我们走回杰里科时爸爸说。

我耸耸肩。我只想睡觉。

我们到家时，有一封蒂塔寄给爸爸的信。他拆开来阅读。我看到他的脸颊涨红、下巴绷紧，然后他就进到客厅并关上门。我站在门厅，等待坏消息。他出来时，一只手拿着蒂塔写给我的信。他用另一只手抚摸我的手臂，直到我们的手交握。"你能原谅我吗？"他说。他把信纸放在餐具柜上。"我想你应该看这封信。"然后他走进厨房，给热水壶装水。

我拿起那封信。

一八九八年七月二十八日

我亲爱的艾丝玫：

哈利来信说你仍然没有恢复正常。当然，他说得很委婉，但他在同一段话中形容你"疏离""心不在焉""疲惫"。最令我不安的是，他说你避开阿姨，整天都关在房间里。

我原本期盼你离开考德希尔斯，回家跟你爸爸一起生活后，情况会有所改变，可现在已经三个月过去了。夏天已经到了，我希望你的情绪能逐渐好转。

艾丝玫，你好好吃饭了吗？我上回见到你时，你太瘦了。我请巴勒德太太用食物宠着你，聊以自慰地幻想你坐在她厨房的小凳子上，等她帮你烤蛋糕，后来哈利才跟我说，你几乎不出门。在我心里，你还很小，穿着一件黄色圆点花纹围裙，它正好系在你胸前。有一次我去牛津时，你就是这副装扮。当时你是九岁还是十岁？我记不起来了。

艾丝玫，在考德希尔斯发生了一些事，对不对？你在信中从来没说过。不过我现在想想，你的信太完美了。我现在拿起来读，看得出它们可能是别人撰的，然而它们确实以你独特的笔迹写成。

前几天，我重读一封信，信中写了你是如何走去崔蒙提的罗马要塞，如何以华兹华斯的浪漫主义风格写了一首诗歌，并且在数学考试中表现出色。我想知道你是否喜欢这趟健行，是否满意你的诗作。信中所缺少的文字是线索，但我没有察觉。

我应该多加注意你信中缺少的东西，艾丝玫。我应该去看你。如果不是贝丝生了场病，我会去看你的。贝丝痊愈了之后，校长又劝我不要去，她说在学期中去探视会打扰你。我听信了她的话。

哈利想让你尽早回家（说实话，哈利从来都不希望你离家），亲爱的艾丝玫，是我认为他的担忧毫无根据，我说，对一个习惯在当地教区学校上完课，午餐都回累牍院吃的孩子来说，应该多给她点时间适应寄宿学校。我告诉他再观察一年，情况也许会好转。

哈利在复活节把你接回家后，寄给我一封他这辈子措辞最直接的信。他说无论我有什么意见，你是不会再回那所学校了。你还记得我第二天就去了牛津吧？当我看到你的时候，我完全不想反驳他的决定。

你和我，我们几乎没有交谈。我原本希望时间能治愈一切，但你似乎需要更多。你仍在我的心里，亲爱的女孩，即使我被赶出了你的心，我希望这不是永久的驱逐令。

我附上了一份剪报，我想你或许会认为这是重要的消息。我不想擅自揣测，却情不自禁。请原谅我的盲目。

　　　　　　带着最深切的爱

　　　　　　　　蒂塔


我用信纸包住小小的剪报，折好放进口袋。当我去莉兹房间时，又有东西可以放进行李箱了，这是很久以来的第一次。


"艾西玫，你拿什么来了？"莉兹问，她进入房间后，从头上脱下弄脏的围裙。

我看着从报纸上剪下来的小小文章。那只是一句话，就跟一句引文差不多：考德希尔斯女子学院一名教师因造成学生住院遭到解聘。"只是文字而已，莉兹。"我说。

"对你来说没有什么'只是文字'，艾西玫，尤其是它们被收进行李箱的时候。那上面说什么？"

"它们说我不孤单。"

## 一八九八年九月

白天我在厨房帮巴勒德太太的忙,只有接近傍晚时才敢靠近累牍院,那时候几乎所有人都下班了。我会像莉兹以前那样在门口踟蹰,看着希尔妲在分类格前来回走动。她会把纸条归档或移除,她会写信和校稿。而莫瑞博士始终像只睿智的猫头鹰一样坐在他的高桌子前。他有时候会邀我进屋,有时候不会。

"不是因为他不同意,"斯威特曼先生曾经悄声说,"而是因为他太专注了。当他在钻研某个条目时,就算他的胡须着火,他也不会注意到。"

有一天下午我走向分类桌旁的爸爸。"我可以当你的助手吗?"我问。

他正在校稿，他把某个地方用线画掉，在旁边写下注解。接着他抬起头。

"可是你是巴勒德太太的助手啊。"

"我不想当厨师，我想当编辑。"

对爸爸和对我而言，这句话都出乎意料。

"呃，不是编辑啦，或许是助手，像希尔姐那样……"

"巴勒德太太并不是在训练你成为厨师，只是在教你做菜。等你结婚了，这项技能会有用处。"爸爸说。

"可是我不打算结婚。"

"嗯，不是现在。"

"如果结婚，我就不能当助手了。"我说。

"你为什么这样想？"

"因为我得照顾孩子，整天都在煮饭。"

爸爸哑口无言。他望向斯威特曼先生寻求支援。

"既然你不打算结婚，为什么不直接把成为编辑当作目标？"斯威特曼先生问。

"我是女孩。"我说。他的揶揄令我恼火。

"那很重要吗？"

我涨红了脸，没有回答。斯威特曼先生歪着头，扬起眉毛，好像在说："怎么样？"

"说得有理，弗瑞德。"爸爸说，然后他看着我，判断我刚才所言在多大程度上是认真的。"我正好需要一个助手，小艾。"他说，"我相信斯威特曼先生偶尔也需要人帮忙。"

斯威特曼先生点头表示赞同。

他们信守了承诺，我开始期待每天下午待在累牍院的时光。他们安排给我的任务通常是礼貌地答复祝贺莫瑞博士最新分册出版的来信。当我的背开始疼痛，或是手酸需要休息，我就会去归还书籍和手稿。累牍院里有满书架的旧词典和书籍，不过助手们需要向学者或大学图书馆借来各种文本详查一些词汇的起源。天气尚好的时候，这完全不算是苦差事。上佳的大学图书馆大部分都靠近市中心。我会沿着帕克斯路骑车，到达宽街，然后下车，在往来布莱克威尔书店、老阿什莫林博物馆之间熙熙攘攘的人群里穿梭。这是牛津市里我最喜欢的地方，在这里，市民和学界人士罕见地融洽。在他们看来，他们都比那些试图一睹三一学院的花园，或是进入谢尔登剧院的游客优越。我是市民还是学术人士？我有时候很纳闷。我无法贴切地符合任一方的定义。

"今天早上的天气很适合骑自行车。"莫瑞博士有一天说。他要从向阳屋的栅门往内走，而我正准备出去。"你要去哪里?"

"去大学那里,先生。我负责还书。"

"书?"

"助手们用完之后,我负责把它们物归原位。"我说。

"这样啊?"他说,然后发出一个我不理解的声响。他继续往里走,我开始紧张不安。

隔天早晨,莫瑞博士把我叫过去。

"艾丝玫,我希望你跟我一起去一趟博德利图书馆。"

我望向爸爸,他微笑着点头。莫瑞博士套上他的黑袍,带着我走出累牍院。

我们并排骑行在班伯里路上,然后莫瑞博士选了跟我平常一样的路线,拐进帕克斯路。

"这条路线令人心旷神怡,"他说,"郁郁葱葱。"

他的长袍被风吹得鼓了起来,长长的白胡须越过一侧肩膀向后飞扬。我不知道为什么要去博德利图书馆,我很惊讶,但是不敢询问。我们进入宽街后,莫瑞博士下了自行车。他朝着谢尔登剧院走去,市民、学界人士和观光游客似乎都后退让路。他进入中庭时,我想象着守卫在周围的一尊尊帝王石像都微微颔首,向大驾光临的主编致意。我像门徒一样跟在后头,最终我们在博德利图书馆的门口停下脚步。

"艾丝玫,正常来说,你不可能成为这里的读者,因为你既不是学者也不是学生。但我打算说服尼可森先生,如果允许你来这里替我们查证引文,大词典会更快完成。"

"莫瑞博士,我们不能把书借回去吗?"

他转过头看着我。"就连女王陛下都没有权力从博德利图书馆把书借出去。好了,我们进去吧。"

尼可森先生没有立马被说服。我坐在长椅上看着来往的学生,听到莫瑞博士的声音上扬了。

"不,她不是学生,这是显而易见的。"他说。

尼可森先生瞥了我一眼,然后压低嗓音对莫瑞博士又提出一番异议。

主编的回应又是声如洪钟。"尼可森先生,不论她的性别还是年龄,都不能证明她资格不足。只要她是受雇从事学术工作——而我向你担保她确实是——她就有理由成为一名读者。"

莫瑞博士叫我过去。尼可森先生递给我一张卡片。

"念出上面的文字。"尼可森先生明显不情愿地说。

我看了看卡片,然后环视周围所有穿着短袍的年轻男人和穿着长袍的年长男人。我发不出声音。

"麻烦大声一点儿。"

一个女人走过,是个穿短袍的学生。她放慢脚步,微

笑点头。我挺直腰杆,直视尼可森先生的眼睛念出:

"我在此保证,不会以任何方式带走、涂抹或损坏属于图书馆或由其保管的任何书籍、文件或其他物品,不会把任何火烛带进图书馆或在馆内生火,也不会在馆内吸烟。我承诺遵守本馆的所有规定。"

几天后,等着被归还给学者和大学图书馆的那堆书籍上面,放着一张字条。

帮我一个忙,去博德利图书馆查询"flounder"这句引文的日期。它出自托马斯·胡德的一首诗,发表在《文学纪念》这本书里:

"或是你在鲽鱼(flounder)聚集的地方,几十英寻深的海水里。"

——托马斯·胡德《致汤姆·伍德盖特的数节诗》,

一八一一年

詹·莫

我的情绪确实逐渐好转了。随着任务和杂事增多,我下午前往累牍院的时间越来越早。到了一八九九年夏末,我已经是许多大学图书馆的常客,也经常拜访一些乐于把藏书提供给大词典项目参考的学者。后来，莫瑞博士开始请我送字条到瓦尔顿街的牛津大学出版社。

"如果现在就出发，你可以赶上哈特先生和布莱德利先生都在的时机。"莫瑞博士边说边匆忙地写着字条，"我离开的时候，他们两人还在争论'forgo'这个词。当然，哈特是对的，关于我们没有添加'e'的理由。但布莱德利需要被说服。这个应该有帮助，不过布莱德利不会感谢我的。"他把字条交给我，看到我一脸困惑，又补充道："这个词的前缀是'for-'，就像'forget'，而不是'foregone'。你明白了吗？"

我点点头，尽管我根本不确定自己是否理解。

"你肯定懂，这很直观（straightforward）。"然后他看着我，嘴角上扬，露出一个罕见的微笑。"对了，那是'forward'，可没有'e'。布莱德利所负责的部分进展缓慢，不是意料中的事吗？"

差不多十年前，出版委员会又聘请了布莱德利先生作为第二位编辑，不过莫瑞博士习惯提醒他自己的身份。爸爸有一次说，他用这种方式提醒别人谁才是掌舵的人，最好别去回应这类评论。我微笑，莫瑞博士转回他的书桌。我走出累牍院后，看了一眼字条的内容。

通俗用法不该凌驾于词源学的逻辑之上。"forego"太荒谬了。我很遗憾大词典把它列为另一种拼法,并乐见《哈特规则》能阻止这种拼法的使用。

詹·莫

我知道《哈特规则》,爸爸手边总会备着这本书。"艾丝玫,我们未必总是可以达成共识,"他有一次告诉我,"但保持一致是可能的,在某个词因拼写或是需不需要加连字符的问题而引起争端时,哈特这本制定规则的小书可以作为最终的裁决依据。"

在我小时候,爸爸为了某些事要去找哈特先生谈话时,偶尔会带我一起去出版社。哈特先生被大家称为"大总管",大词典印刷流程的每个环节都由他负责。第一次穿过石拱门进入那个四方院落时,它的恢宏令人感到敬畏。方院中央有个大水池,周围是树木和花园。四面的石造建筑都有两到三层楼高,当时我问爸爸为什么出版社需要比累牍院大那么多。"艾丝玫,他们印刷的不只有大词典,还有各种各样的书。"我把他的话理解为全世界每本书都来自那个地方。它的恢宏突然显得完全合理了,我想象大总管的地位跟上帝有一点儿像。

我在雄伟的石拱门前下车。方院里挤满了显然属于这里的人。穿着白围裙的男孩们推着装满一令一令纸张的手推车，有的已经印刷，裁成了较小的尺寸，有的还是白纸，像桌布那么大。穿着有墨渍的围裙的男人三三两两地聚在一起抽烟。还有些男人没穿围裙，他们眼睛盯着书本或校样而不是前方的路，其中一人撞到我的手臂，喃喃道歉，却始终没抬头看一眼。他们两两交谈着，指着松散的纸页，上面的内容显然有缺陷。我想知道他们穿过这个方形空间时，解决了多少个语言问题。这时我注意到两个年纪比我稍大的女人。她们穿过方院的态度像是每天都这么做，我意识到她们一定是在出版社工作。当我走近时，我看到她们的交谈方式跟男人不同：她们探着身子，其中一人用手遮着嘴，另一人听完后轻声笑起来。她们手中没有令她们分心的东西，也不像在解决问题。她们一天的工作已经结束了，她们很开心能回家了。我经过时，她们点点头。

方院一侧停放着上百辆自行车。我把我的自行车停在稍远的地方，这样离开时更容易找到它。

我敲了敲哈特先生办公室的门，他没有回应，所以我沿着走廊游荡。爸爸说大总管从不在晚餐前离开这栋建筑，而且在离开前必定会向排字工人道别，顺便查看一下印刷机。

排字间离哈特先生的办公室很近，我推开门往里张望。

哈特先生在房间另一边，正在和布莱德利先生以及一名排字工人说话。我跟着爸爸来这里时，印象最深的就是大总管浓密的八字胡。过了这些年，它变白了一些，不过没有变稀疏。现在它就像个地标，引导我沿着一列列排字工人的工作台走过去，工作台倾斜的表面摆满了放在浅盘里的铅字。我觉得我可能擅闯了禁区。

我走近时，哈特先生瞥了我一眼，但没有中断他跟布莱德利先生的对话。对话渐渐转变为辩论，我感觉它会一直持续下去，直到哈特先生获胜。他的身高比不上第二编辑，西装品质也没有对方好，但他表情严肃，而布莱德利先生一副亲切的模样。结果出炉是迟早的事。那个排字工人和我对视一眼，朝我微笑，好像在替那两位年长的男人道歉。他比他们两人都高出许多，身材精瘦，胡子剃得很干净。他的头发几乎是黑色，眼睛近似深紫色。这时候我认出他了，他以前是圣巴拿巴男子学校的学生。当年我们院子里的女孩都不愿和我玩耍，所以我花了很多时间看男生们在他们的院子里玩。我看得出他并不认得我。

"我可以请教你怎么拼写'forgo'吗？"他向我靠近，问道。

"真的吗？他们还在谈论这个问题？"我小声说，"我正是为了这件事来的。"

他皱起眉头，还来不及追问，哈特先生就喊我。

"艾丝玫，你爸爸还好吗？"

"先生，他很好。"

"他在这里？"

"没有，莫瑞博士派我来的。"我把字条递过去，它被我紧张的手攥得有些皱。

哈特先生读了字条，慢吞吞地点头表示认同。我注意到他八字胡的卷曲末梢微微往上翘。他把字条传给布莱德利先生。

"这应该能解决一些问题，亨利。"他说。

布莱德利先生读着字条，他的八字胡末梢一动不动。他点点头，颇具绅士风度地承认在"forgo"之争中落败。

"好了，盖瑞斯，给布莱德利先生看一下'get'的字模。"哈特先生边说边跟编辑握手。

"好的，先生。"排字工人说。然后他转向我："小姐，很高兴认识你。"

我们不算真正认识，我心想。

他转向他的工作台，布莱德利先生跟在后面。

我打算向哈特先生道别，他已经走到另一个工作台前，检查一个年长男人的工作状况。我想跟着他，了解每个人都在做什么。大部分人在对照手稿排字：那沓尺寸相同的纸张都是同一种笔迹，只有一个作者。我望向布莱德利先生跟那个年轻排字工人，那里有三沓用细绳捆起来的纸条，还有一沓已经拆开，半数的词汇已排版完成，另一半则等着排版。

"尼克尔小姐。"

我转身看到哈特先生拉着开着的门。我穿过一列列工作台往回走。

接下来几个月，莫瑞博士几度给我字条要我送去给大总管。我很乐意接下任务，希望还有机会一探排字间。但后来每次我敲哈特先生办公室的门，他都回应了我。

只有莫瑞博士要求得到立即答复时，哈特先生才会让我留下，而在这种情况下，他也不会请我坐下来。我认为哈特先生这么做是出于疏忽而不是有偏见，因为他看起来总是很烦躁。我心想，他也宁可待在排字间吧。

每天早晨我都属于巴勒德太太，不过我表现得像块朽木。"烹饪可不只是把碗舔干净那么简单。"每次我烤的蛋糕凹陷下去，或是在她尝过之后发现少放了重要材料，她都会这么说。我因大词典的差事减少了待在厨房的时间，这对我们两人来说都是解脱。自从我开始偶尔替莫瑞先生送信以后，我便觉得待在累牍院里更自在了。我的小罪过或许还没有被遗忘，不过他们至少注意到我也能发挥作用。

"等你带着那本书回来,我就可以写好两个条目,没有那本书我是办不到的。"斯威特曼先生有一次说,"保持这种进度,我们可以在本世纪结束前完成。"

我为巴勒德太太做的杂事都完成了,我脱下围裙,挂在食品储藏室门上的挂钩上。

"你变得更开心了。"莉兹说,她暂停切菜的动作。

"因为时间。"我说。

"是阿姨。"她说,脸上带着令我困惑的小心翼翼的表情,"你在那里待得愈久,愈是像以前的你。"

"这是好事,不是吗?"

"当然,绝对是好事。"她把一堆切好的胡萝卜放到盆子里,开始把一些欧洲防风草对半切开。"我只是不希望你被引诱。"她说。

"引诱?"

"被词引诱。"

这时我才醒悟:根本就没有词。他们给我交代了各种杂务,书本、短信和口头讯息,但没有词,没有校样,连一张纸条都不曾信任地给过我。

累牍院门边摆着一个我专用的杂务篮。每天那里都装满了要归还到不同单位的书,还有一份待借的图书清单。

有些引文要去博德利图书馆查证，有些信要寄送，有些字条要送给哈特先生，有时也要送给大学里的学者们。

某一天，有三封信被搁置在一旁，是写给布莱德利先生的。累牍院经常收到这类信件，而我负责把信拿去出版社的词典室。这个房间跟累牍院完全不同：它只是一间普通的办公室，不比哈特先生的办公室大多少，但布莱德利先生要和三个助手一起办公。其中一个助手是他的女儿爱莲诺，她大约二十三岁，跟希尔妲·莫瑞一样大，但她看起来已经像个大婶。每当我去拜访时，她都用茶水和饼干招待我。

在我要说的这一天，我们坐在房间内侧的小桌子边。桌子上摆满茶具，几乎没有空间给我们两人使用，但爱莲诺不想在她的书桌前吃喝，以免把稿件弄脏。她咬了一口饼干，碎屑落在她的裙子上，她浑然未觉。接着她靠向我。

"传言出版委员会很快就会任命第三位编辑。"她的眼睛在金属框眼镜后面睁大，"似乎是因为我们的进度不如他们的预期。出版更多分册意味着出版社能收回更多资金。"

"他要坐在哪里？"我环视拥挤的办公室，"我无法想象莫瑞博士跟他共用累牍院。"

"谁都无法想象。"爱莲诺说，"谢天谢地，还有另一个传言说我们要搬去老阿什莫林。爸爸上星期还去那里测量空间。"

"搬去宽街？我一直很喜欢那栋建筑，它不是博物馆吗？"

"他们要把大部分馆内藏品移到帕克斯路上的自然史博物馆，把二楼的宽敞空间让给我们。他们依然可以在楼上开办讲座，楼下也有他们的实验室。"她环顾四周，"这是不小的改变，不过我想我们会习惯的。"

"你觉得布莱德利先生会介意和另一个编辑共用他的词典室吗？"

"如果能加快进度，我认为他完全不介意。到时候我们隔壁就是博德利图书馆。全英格兰可能有一半的书是在这个出版社印的，而博德利图书馆存放着英格兰所有这些书的副本。多么完美的邻居啊。"

我啜着加了奶的茶。"爱莲诺，你正在编哪些词？"

"我们开始进行'go'这个动词了。"爱莲诺说，"我怀疑它会耗掉我好几个月的时间。"她把茶喝完，"跟我来。"

我从没近距离看过她的书桌，她桌上摆满纸张、书本和装着几百张纸条的窄盒子。

"看哪，是'go'。"她边说边比出一个很有气派的手势。

我有股冲动想触摸它们，紧接着是一阵羞愧。

我离开时，推着自行车穿越出版社繁忙的方院，从石拱门底下走到外面的瓦尔顿街。自从回到累牍院以来，爱莲诺的纸条是我近距离接触过的第一批纸条。他们是否讨论过这件事？只要我远离这些纸条，莫瑞博士就同意我回来吗？"也许我可以帮忙整理纸条。"当天晚上我和爸爸走回家时，我对他说。他一言不发，手在口袋里摸着钱币。我听到他用手指转动钱币时它们相互碰撞发出的清脆声响。

我们沉默地走了几分钟，我脑中的每个疑问都能找出令人不愉快的答案。走到圣玛格丽特路的中段时，他说："等詹姆斯从伦敦回来，我会问问他。"

"你以前从来不问莫瑞博士。"我说。

我听到他口袋里钱币转动的声音。他望着人行道，什么也没有说。

几天后，莫瑞博士要我去找哈特先生，要我递送"grade"和"graded"的纸条。他把成摞的纸条递给我。几捆用细绳捆起的纸条，每张都标上了数字，以免顺序被打乱。我用怪异的手指握住它们，莫瑞博士没有放手。他紧紧看着我。

"艾丝玫，在它们用铅字排版之前，这是唯一的文本。"他说，"每一张都弥足珍贵。"他松开手，我还来不及想该怎么回答，他已经转身回到书桌前。

我打开背包，小心翼翼地把它们牢牢地塞到底部。每一张都十分珍贵，然而太多种可能发生的事会让它们遗失。我记起排字工人工作台上成摞的文字，幻想出现一阵风或是一个笨手笨脚的访客，纸条掉在地上，其中一张乘着气流，降落到除了孩子谁也发现不了的地方。

先前我被禁止触摸它们，现在我则被赋予保护者的角色。我很想告诉别人。要是当下有人在花园里，我会设法把纸条拿给他们看，说是莫瑞博士把它们托付给我的。我到累脏院后面推了自行车，骑出向阳屋的栅门，沿着班伯里路前进。当我拐到圣玛格丽特路的时候，泪水开始沿着我的脸颊流下。它们滚烫，令人欣慰。

瓦尔顿街上的建筑用不同的方式迎接我，它那宽阔的入口不再令人生畏，而是表示接纳——我正在从事重要的大词典编纂工作呢！

进入建筑后，我从背包里取出一捆纸条，解开绑住它们的蝴蝶结。"grade"这个词的每种含义都被列在首页纸条上，接下来是阐述使用方法的引文。我浏览各种定义，发现有一项不够格。我考虑告诉爸爸或是莫瑞博士，我的狂妄令自己发笑。这时有人撞到我，也许是我撞到别人，我怪异的手指没有抓牢，纸条像垃圾一样掉落在地上。当我想看它们都掉在哪里了，却只看到一双双匆忙的脚。我感觉血液涌上我的脸。

"别担心。"有个男人说着，弯腰捡起掉落的纸条，"它们标上号码是有原因的。"

他把纸条递给我。当我伸手去接时，双手在颤抖。

"天哪，你还好吗？"他扶住我的胳膊，"先坐下，别晕倒了。"他打开距离最近的一扇门，让我坐在门口的椅子上。"希望你不会觉得这里吵闹，小姐。休息一下，我去给你倒杯水，马上回来。"

这里是印刷室，确实很吵。不过这噪声有层层套叠的节奏，我试图通过分辨不同的节奏让自己镇定下来。我检查纸条：一、二、三……我数到了三十。没有任何一张丢失。我用细绳把它们系好，重新放回背包里。那个男人回来时，我正把脸埋在掌心里，过去一小时的情绪汹涌澎湃，难以控制。

"来，喝吧。"他说着，蹲下，递来一杯水。

"谢谢你，"我说，"我也不知道我是怎么回事。"

他伸手把我从椅子上扶起来，他的目光停留在我那怪异的手指上，我把手抽了回来。

"你在这里工作吗？"我问，同时看向他身后的印刷室。

"只有在机器需要修理时，"他说，"我大部分时间在排版。我是个排字工人。"

"你让词语变成真的。"我说着，看向他的脸。他的眼睛几乎是深紫色的，他是我第一次来访时，跟哈特先生、布莱德利先生站在一起的年轻排字工人。

他歪了歪头，我想他或许不理解我的意思。不过接着他露出微笑。"我更喜欢说我给了文字形体——一个真正的词是被人大声说出来，并且赋予意义的词。它们并不是都能印在纸面上，有些词我这辈子听过无数次，却从来没用铅字排出来过。"

什么词？我想要问。它们是什么意思？谁会说？可我的舌头仿佛被绑住了。

"我该走了。"我终于勉强说道，"我得把这些纸条交给哈特先生。"

"嗯，很高兴可以偶遇你，艾丝玫。"他微笑着说道，"你是艾丝玫对吧？上次没有人正式介绍我们认识。"

我记得他的眼睛，却不记得他的名字。我愣在原地，没有说话。

"盖瑞斯。"他说，再度伸出手，"很高兴认识你。"

我迟疑了一下，然后握住他的手。他的手指修长，指尖纤细，拇指奇怪地肿大。我的目光停留在他的手上。

"我也很高兴认识你。"我说。

他打开门,送我到走廊。

"你认识路吧?"

"嗯。"

"好吧,走路小心些。"

我转身走向大总管的办公室,把那一沓纸条交出去时如释重负。

新世纪开始了,虽然感觉任何事情都可能发生,我却从没想过莫瑞博士会来到厨房门前。巴勒德太太看到他大步流星地穿越草地时,拍干净围裙,整理从软帽中掉落的发丝。她打开门,莫瑞博士探身进来,长胡须在壁炉送出的暖流中飘荡。

"莉兹在哪里?"他问,瞥向我这里,我正站在工作台旁搅拌做蛋糕要用的面糊。

"莫瑞博士,我派她去买东西了,"巴勒德太太说,"她很快就会回来,然后艾丝玫会帮她在烘干室晾晒衣物。艾丝玫帮了我们大忙。"

"嗯,或许是吧,但我希望艾丝玫跟我来一趟累牍院。"

我本能地检查口袋。巴勒德太太看着我,我摇摇头,仿佛在说"我保证我什么也没做"。

"去吧,艾丝玫,跟莫瑞博士去阿胰。"

我脱掉围裙,走向厨房门,脚步沉重得像在糖浆里跋涉。

我到了累牍院后,看到爸爸在那里,面带微笑。他有很多种笑容,但我最爱的是他"被关在笼子里的笑容",它挣扎着想从抿起的嘴唇和抖动的眉毛中逃出来。我原本双手握拳,现在我的手指松开了。

爸爸牵起我的手,我们三人走向后面。

"小艾,这是给你的。"爸爸说着,放他的笑容自由。

在摆满旧词典的书架后面有一张木桌,它跟我在考德希尔斯冰冷的房间里用过的那种一模一样。我想起桌盖砸下来时的疼痛,手指不禁抽搐起来。我的脑海中回荡着轻声的嘲弄,那声音说反正我的手指本来就已经废了。我开始发抖,爸爸的手按在我肩膀上,把我的思绪带回累牍院。莫瑞博士掀起桌盖,里面摆着新铅笔和空白纸条,还有两本我一眼就认出来的书。"这是瑶尔曦的书。"我听到自己对莫瑞博士说,我想澄清我没有乱拿她的东西。

"瑶尔曦已经读过了,艾丝玫,她希望送给你。把它们当作迟来的圣诞礼物吧,或者作为庆祝新世纪的礼物。"

这时候我注意到桌盖底侧贴着壁纸的一块边角料——

浅绿的底色上绽放着小小的黄玫瑰。莫瑞家的客厅贴的就是这种壁纸。这张桌子的其他地方也跟考德希尔斯的桌子不同：它更大，木头锃亮，铰链反光，而且座位是分开的。

莫瑞博士盖上桌盖，有点尴尬地站着。"好吧，"他说，"你就坐在这里，你爸爸会吩咐你去做各种有用的事。"

说完，他草草向爸爸点了点头，便回到自己的书桌前。

我搂住爸爸，第一次发现我必须低头才能和他脸颊相贴。

第二天早晨，我比以往更用心地打扮。我注意到先前丢在地上的裙子有些皱了，便从衣柜挑了一件干净的。我花了半小时试着把头发驯服，编出一条紧密的辫子，像莉兹曾经做过的那样，但最后还是像往常一样挽成了凌乱的发髻。我往鞋子上吐口水，用床单的一角用力擦拭。做完这些后，我走进爸爸房间去照了照莉莉的镜子。

"如果你喜欢的话，可以把它拿到你的房间。"爸爸的声音吓了我一跳，"你妈妈不是一个虚荣的女人，但她喜欢那面镜子。"

我脸红了，镜子中的影子令我害羞，并且意识到自己被观察和比较。莉莉跟我一样又高又瘦，我也有她那样的白皙皮肤和棕色眼睛。但我没有她的亚麻色秀发，而是和爸爸一样长着火红的鬓发。我在镜子中看他，想知道他看到了什么。

"她会为你骄傲。"他说。

到了向阳屋,爸爸检查早晨的邮件,我没有去厨房找莉兹和巴勒德太太,而是随着他走到累牍院。他打开新装的电灯,用木炭生火直到它们发光。温度几乎没有变化,不过木炭制造出了温暖的错觉。我站在分类桌旁,紧张地等候指示。

爸爸把一沓信递给我。"从现在开始,这就是你的工作了,小艾。"他说,"像你看我做的一样,搜集和整理信件。你很幸运,莫瑞博士已经不再向天下广征词汇,我们以前一次收到一麻袋的信呢。你仍然必须打开每一封信,看看有没有纸条。"他拆开一个信封,"这是一封信,所以你要把它跟信封钉在一起,留给收件人,你知道每个人坐在什么位置吗?"

我点头。我当然知道。

我把那沓信带到累牍院后面。我的书桌放置在由两个摆着旧词典的书架和唯一露出来的一块墙壁所形成的凹槽里。我把它想象成一个大型分类格,特别为我量身定做的。我从那个位置可以看到分类桌以及在高桌子前的莫瑞博士,但他们要看我,就得转身,伸长脖子。

我意识到自己可以观察别人,又不会被别人观察,真是让我松了口气。我的存在也不是一种附属。我有自己的桌子，也不会有人让助手们忽视我。我会像他们一样为文字服务。莫瑞博士说他每个月会付我一英镑五先令，这几乎只有爸爸薪水的四分之一，甚至比莉兹的工资还要少，但它足够让我每周买一次花，以及订做客厅的窗帘。当我想要新裙子时，我也不用再向爸爸要钱了。

我很期待每天整理邮件的例行仪式，以及当我把信分发给助手们时他们的反应。他们每个人都有能定义个人特质的态度和惯用语，就像我曾经用他们的鞋袜来定义他们。

我的送信任务从马林先生开始。"Dankon.（谢谢。）"他会说，上半身微微鞠躬。鲍尔克先生鲜少抬头看一眼，还总是把我叫成莫瑞小姐。希尔妲去年就离职了，她去了位于萨里郡的皇家哈洛威学院担任讲师，瑶尔曦替代她的位置坐在她们父亲的书桌旁。尽管我个子很高，发色也不一样，鲍尔克先生却似乎依然无法分辨我们。爸爸只是说声谢谢，是不是抬头看，取决于他工作的复杂程度。

我只会在斯威特曼先生那里停留。他会放下铅笔，扭过身体。"艾丝玫，你从巴太太厨房打听到了什么消息？"他总会问。

"她说下午茶准备了海绵蛋糕。"我或许会说。

"好极了。你可以继续忙你的了。"

大部分的信是寄给莫瑞博士的。

"信件来了,莫瑞博士。"

"值得看吗?"他看着我说。

"我说不上来。"

然后他会把信接过去,按照他对寄件人的好感度重新排序。语文学会某些绅士寄的信会被往后放,而出版委员会的信总是垫底。

送信任务结束后,我会回到我的书桌前,处理交给我的其他小事。不过我一天大部分的时间都在整理堆积如山的纸条,那些纸条上写着 M 开头的特定词汇,而我要按照引文的新旧将它们排好顺序。

邮件中有纸条的日子,是我最喜欢的日子。我在检查每一张纸条时都抱着希望,想要率先与爸爸或莫瑞博士分享新词。不论是哪个字母开头的词,我们都必须拿来和已经搜集到的词进行比对。有的引文或许会呈现出这个词稍微不同的意义,或是比我们原先搜集到的引文都出版得更早。当邮件中有纸条时,我可以花数小时在分类格之间,几乎察觉不到时间的流逝。

## 一九〇一年八月

我努力工作,又一年就这么过去了。每天的生活都一成不变,不过词汇为日子点缀了不同的色彩。我要整理邮件、纸条,回信。下午我仍然会借书、还书,在博德利图书馆确认引文。我从来不会感觉焦躁或无聊,就连维多利亚女王去世都没有影响我的好心情,我和所有人一样换上黑色衣服,但这段时光依然是自我躲在分类桌下以来最开心的一段时光。

当冬天过渡到春天,布莱德利先生从出版社搬到设在老阿什莫林的新词典室,第三位编辑克雷吉先生也带着两个助手加入他的行列。莫瑞博士不赞同招新编辑,而更愿意推动自己的团队加快产出文字的速度。他似乎想证明没必要再招新编辑，尽管我们都知道大词典的进度已经滞后了十年。

到了一九〇一年夏天，鲍尔克先生总算开始称呼我尼克尔小姐了。

当我刚把头伸进厨房道早安时，莉兹说："今天阿胰会很热。"

"你会帮我们泡些柠檬水吗？"我问。

"我已经去过市场了。"她把头歪向一盆鲜黄的柠檬。

我向她送了个飞吻，然后走向累牍院，边走边浏览手中的邮件。

我养成了一个习惯——在拆信之前猜测信封里有什么。当我穿过花园时，我逐一检查每封信，粗略地评估。有少数几封的收件者是"编辑收"，有些薄到肯定只装了一张纸条。这些是给我的，我心想。有几封信是寄给"詹姆斯·莫瑞博士"的——大部分来自普通民众（他们的笔迹和回信地址都很陌生），有几封来自语文学会的绅士，还有一封是来自出版委员会。最后这一封信很可能是针对资金提出的警告信，如果它建议莫瑞博士删减大词典的内容来加快进度，那我们可都要忍受他的恶劣情绪了。我把它挪到最后，这样他就可以从陌生人的赞美开始他的一天。

每个助手都各会收到一两封信,然而在整沓信的底部,有一封信竟然是寄给我的。

*初级助理艾丝玫·尼克尔小姐收*

*向阳屋,累牍院*

*班伯里路,牛津市*

这是我在累牍院收到的第一封信,也是第一次有人给我冠上助理的头衔。我兴奋得全身发麻,可当我认出这是蒂塔的笔迹时,那种感觉立马消失得无影无踪。已经三年了,我仍然一想到她就会联想到考德希尔斯,而我并不希望想起那个地方。这天的气温已经开始升高,我书桌周围的空气凝滞得让人窒息。蒂塔的信与其他几沓信分开放,她寄来一页信和一张纸条。她关心我的健康,以及我在累牍院工作的情况。她写道,她从不同地方收到关于我的正面评价,我不禁骄傲得脸红了。

那张纸条上写的是个常见的词。我并不想被它打动,却不由自主。我在分类格搜寻过后,没有找到相应的引文。它应该被归入一捆很厚的纸条,这些纸条已经过整理,被初步分成二十种不同的意义。但我没有这么做,而是把它带回我的书桌。

我用手描画文字，就像我学会认字之前跟爸爸一起做的那样。蒂塔用厚厚的羊皮纸做成这张纸条，还在边缘画上涡形花纹。我把它拿起来贴近我的脸，呼吸着熟悉的薰衣草气味。我想知道，她是在纸条上喷了香水，还是在装入信封前把它紧紧地拿着？

先前我唯一能惩罚她的手段就是沉默，但后来我又找不到合适的理由去打破沉默。我很想她。

我从书桌上拿了一张空白纸条，把蒂塔纸条上的内容一字不漏地抄下来。

LOVE（爱）

*爱让人心生慈悲。*

*——《幼儿之书》，一五五七年*

我回到分类格前，把抄本钉在字义相近的首页纸条下面，蒂塔的原始纸条则进了我的裙子口袋。这是许久以来的第一次，我松了一口气。

我耗掉一个小时想蒂塔，想我可能用哪些词汇来终结沉默。当我终于又回到整理信件的工作上后，我从另一个信封里抽出一张纸条。这一张没有任何花纹装饰，不过倒不乏味。有些词我从没听人说出口，也几乎无法想象有人使用它，它们却在大词典中占有一席之地，因为某个伟人曾经写下它们。我以前每次遇到这种词，心中都会浮现"束之高阁"这个词。

而"misbode"（伤害）就是一个被束之高阁的词。那句引文出自乔叟的《骑士的故事》。

"汝伤害抑或冒犯了何人？"引文如是说。

它至少有五百年历史了。我检查纸条上的信息是否完整，然后去寻找对应的分类格。那个格子里有一小沓纸条，没有首页纸条。我把乔叟的引文加进去。要不了多久，M开头的词就需要进行定义工作了。K开头的词已经近乎大功告成。我回到书桌前，拿起下一个信封，把里面的东西取出来。等所有信件都检查和整理完毕，我绕着桌子走，把它们交给各个收件人，并换得他们需要我协助的事项。当我走向莫瑞博士的书桌时，他递给我一沓上周积累的信件。

"不重要的询问信，"他说，"你应该可以驾轻就熟地回应。"

"谢谢莫瑞博士。"

他点点头，继续修改他的稿件。

大约一个小时里，只有男人们脱下外套、解开领带的动作会扰乱我的工作。当太阳曝晒铁皮屋顶时,累牍院在呻吟。斯威特曼先生打开门,让微风吹进来,不过也没有风。

我读到一封信,信里问"Jew"(犹太人)为什么被分在两册呈现。是否把一个词分在两本出版物中,曾是莫瑞博士和出版委员会多次争论的焦点。当莫瑞博士告诉出版委员会下一本分册要延迟出版时——因为"Jew"的各种变体需要更详细的研究,出版委员会则坚持认为要考虑收益问题——他被告知"现有的先出版"。

"Jew"的问题花了六个月才解决,每周他都收到至少三封民众的信,要求他解释原因。我草拟了一封回信,表示印刷的要求是每本分册都必须符合特定页数,但英文无法被编辑到恰好符合这样的限制。有时某个词不得不被拆成两部分,不过等 H 至 K 分册出版时,"Jew"的含义就会重新合并在一起。

我读了一遍自己写的内容,感觉很满意。我抬头望向莫瑞博士坐的位置,考虑要不要先请他审核一遍,再封上信封,贴上邮票。

莫瑞博士要在牛津大学的基督堂学院吃午餐,因此他已经换上学位袍,坐在面向分类桌的高桌子前。他的学位帽戴得稳稳的,长袍像是神鸟的黑色大翅膀。从我所在的角落看过去，他就像主持陪审团会议的法官一样。

我鼓足勇气正准备走向"法官席"，请他检查我写的信时，莫瑞博士把椅子往后一推。椅脚刮过地板，换作其他人这么做，一定会惹来责骂。大家都抬起头，看到是主编，只能生闷气。

莫瑞博士手里拿着一封信，左右摇头，缓慢地否认他读到的内容。累牍院变得一片静默。莫瑞博士转身从架上取下A至B分册。

它落在桌上发出重响，让我感觉胸口被捶了一拳似的。

他从中间翻开，一页又一页，找到那页后深吸了一口气。他的眼睛扫视着文字栏，助手们开始局促不安地扭动，就连爸爸也很紧张，他把手伸进口袋抚摸硬币。莫瑞博士扫视完一整页，又回到了那页顶部，更仔细地看起来。他的手指沿着一栏往下滑动。他在寻找某个词。我们都在等待，一分钟好似一小时。不管他在找什么词，他都没有找到。

他抬起头，脸如火山。然后他顿了一下，要宣判什么似的。莫瑞博士依次看着我们，他眯起眼睛，银色长胡须上方的鼻翼翕动着。他的目光严肃而坚定，仿佛想在我们的心里找到真相。直到他看到我时，目光才闪烁了一下。他歪着头，眉毛扬起。他想起了我躲在分类桌下的那段岁月，我也是。

汝中伤了何人？我想象他在心里问。

爸爸是第一个顺着莫瑞博士的目光看向我的人，然后是斯威特曼先生。所有助手都伸长脖子看我，不过那些新来的助手感到困惑。我从未像这一刻如此显眼。令我都惊讶的是，我反而坐得更直了，没有忸忸怩怩，或是垂下目光。

莫瑞博士原本打算揪出我，但最后还是没有这样做。相反，他又拿起那封信，重新读了一遍，然后瞥向摊开的词典。没必要再检查第三遍了。他把信夹在书页之间，一言不发地离开了累牍院。瑶尔曦也跟着他走了。

助手们喘着气。爸爸用手帕擦拭额头。当他们确定莫瑞博士已经进了屋里，有几个人大胆地到花园里吹吹风。

斯威特曼先生站起来，走向莫瑞博士桌子上的那本词典，A 至 B 分册。他拿起那封信读了一遍。当他望向我时，他的眼神流露出同情，还有一丝笑意。爸爸走过去，浏览了整封信，然后大声念出来。


先生您好：

我来信是想感谢您编出如此优秀的词典。我订阅了分册，它们一出版，我就会收到，目前收藏了已经出版的四册大词典。我把它们放在特别定做的书架上，希望有朝一日能见到书架被填满，不过这种圆满或许只能留给我儿子去享受了。我已经六十岁，健康状况也不甚佳。

由于您提供了称手的工具，我养成了思考某些词汇并去了解它们的历史的习惯。在读《群岛之王》这首诗时，我想查找"bondmaid"（女奴）一词。这不是一个晦涩的词，但斯科特在词间加了一个连字符，我认为不需要加。它的男性同义词列出了充足的参考资料，但"bondmaid"却未被收录。

我必须承认我相当困惑。在我的心中，您编的大词典已高居不可置疑的权威地位。我知道期望任何人类的作品完美无瑕，都是不公平的，而我只能做出这样的结论：您和我一样都有缺陷，这个词被意外地遗漏了。

先生，我在此致以善意和敬意。

以上。


我慢吞吞地穿过草坪，从躺在草地上的助手们身边经过，他们每个人手里都拿着一杯柠檬水。当我上楼去莉兹的房间时，巴勒德太太从食品储藏室里走了出来，两手各拿着两个鸡蛋。

"不打招呼就穿过我的厨房，这不像你。"她说。

"巴太太，莉兹在吗？"

"嗯，你也早安啊，小姑娘。"她看着我。

"对不起，巴太太。刚才累牍院里发生了不愉快的事，我们都出来休息一下。我本来希望莉兹在家，也许我可以……"

"你说不愉快的事？"她走向厨房的工作台，就着碗沿敲蛋壳。她看着我，等我回应。

"他们弄丢了一个词，"我说，"莫瑞博士非常生气。"

她摇摇头微笑。"难道他们以为词典没有收录，我们就不会继续使用那个词了吗？那不可能是他们弄丢的第一个词。"

"我想莫瑞博士相信它确实是第一个。"

巴勒德太太耸耸肩，把大碗抵在腰臀处。她搅拌着鸡蛋，快到一团模糊，厨房里充满了令人安心的声音。

"我去莉兹房间等她。"我说。

正当我伸手去拿行李箱时，莉兹进了房间。"艾西玫，你在做什么？"

"这底下很脏，莉兹。"我说着，把头塞进她的床底下，两手在空隙中摸索。"我可没料到全牛津最优秀的女仆床底下会这么脏。"

"快出来，艾西玫，你会把裙子弄脏。"

我向后爬，边爬边拖出行李箱。

"我还以为你完全忘了这个行李箱。"

我想到蒂塔寄给我的剪报，它应该压在行李箱里其他文字的上面。我有很长时间都无法面对它。

行李箱覆着一层灰。"莉兹，我去寄宿学校的时候，你是故意把它藏得好好的，还是意外巧合？"

莉兹坐在床上看着我。"我好像没有理由对任何人提起。"

"我真的是很坏的孩子吗？"我问。

"不，就像我们很多人一样，你只是个没有妈妈的孩子。"

"这不是他们送我走的原因。"

"他们只是送你去上学。这可能也是因为你没有妈妈照顾，他们觉得这样做最好。"

"但这并不是最好的选择。"

"我明白，后来他们也知道了，他们带你回家了。"莉兹把我一绺不受控的头发塞回发夹里，"你怎么会想起行李箱？"

"蒂塔寄了一张纸条给我。"我拿给她看。我念出引文时，看到她松了口气。

然后我心虚地看着她。"还有一个原因。"我说。

"什么原因？"

"莫瑞博士认为大词典漏掉了一个词。"

莉兹看着行李箱，摸向她的十字架。我以为她会开始慌张，但她没有。

"慢慢打开它，"她说，"以免有什么小东西拿它当家，被光吓到。"

我整个下午都跟我的"丢失词词典"腻在一起。莉兹进进出出，端来三明治和牛奶，不情愿地向爸爸传话说我身体不舒服。当她第三次走进房间时，她打开灯。

"我快累坏了。"她说，重重地往床上一坐，弄乱了摊在床上的纸条。她的手在纸条间穿梭，就像在落叶里穿过。"你找到了吗？"她问。

"找到什么？"

"那个漏掉的词。"

我回想起莫瑞博士的表情。

"是的，"我说，"我最后终于找到了。"

我伸长手臂从莉兹的床头柜上拿起那张纸条。我是不可能把它交给莫瑞博士的。即使他没有大发脾气，我也想不出哪种理由可以合理解释这个词为什么会在我手上。

"莉兹，你记得它吗？"我将纸条举向她问道。

"我为什么会记得？"

"这是第一张。我本来不确定，但我把行李箱里所有东西拿出来后，它就在底部。你还记得吗？它看起来很孤独。"

她想了一会儿后，脸色一亮。"噢，我想起来了，你还找到了我妈妈的帽针。"

我看着行李箱内侧刻的字：丢失词词典。我的脸涨红了。

"别想那件事了。"她说，然后对着我手里的词点点头，"莫瑞博士怎么可能知道漏了那个词？他数了？那么多词……"

"他收到一封信，写信的男人以为会在 A 至 B 分册里找到它，结果没有。"

"大家总不能指望每个词都在那里面吧。"莉兹说。

"可他们确实是这么想的，有时候莫瑞博士还得写信告诉他们某个词为什么没被收录。爸爸告诉我，不收录某些词的正当理由有很多，但这次情况不同。"回想起早晨戏剧性的场面，我不禁有点激动。不合常理地，我心生一股成就感。因为我，一件似乎很重要的事发生了！

我看到莉兹面露忧虑。

"那它是什么？"她问，"这是哪个词？"

"bondmaid," 我刻意且缓慢地发音，感觉它从我的喉咙里和嘴唇上吐露，"那个词是'bondmaid'。"

莉兹试着念了一下："bondmaid，它是什么意思？"

我看着那张纸条。它是一张首页纸条，我认出了爸爸的笔迹，看出了原本它和其他引文纸条或校样钉在一起的痕迹。如果我知道这是爸爸写的，我还会把它私藏起来吗？

"怎么样，是什么意思呢？"

有三项定义。

"奴隶女孩，"我说，"或是受契约束缚的仆人，或是受契约束缚必须服务到死亡为止的人。"

莉兹思考了一下。"那就是我嘛，"她说，"我猜我受契约束缚，必须服务莫瑞一家到我死的那天。"

"欸，我不认为它的描述符合你的情况，莉兹。"

"足够符合了。"她说，"不要一副深受打击的模样，艾西玫。我很庆幸我在大词典里，或者说本来会在的，如果不是因为你。"她微笑，"不知道大词典里还有什么跟我有关的词呢？"

我想着行李箱里的词。有些词只在纸条上看到过，我从来不知道有人说过或写过。大部分词都很普通，不过纸条或笔迹的某种特质让我对它们产生亲切感。有些词写得拙劣，引文也残缺不全，根本没机会被收录在大词典里；有些词就只出现在一个句子里，犹如刚学飞的雏鸟，临时造出来的词，后来始终不成气候。这些我全都喜爱。

"bondmaid"不是雏鸟型词语，而它的意义让我困扰。莉兹说得对，它指的可以是她，也可以是古罗马的奴隶女孩。

这时回想起莫瑞博士的怒气，我感觉我的怒气也升腾起来去直面它。我心想：这个词有问题，它不该存在。它的意义应该晦涩难解、不可想象。它应该被束之高阁，然而从古至今，它是个人人知晓的词。跟莉兹讲这个故事的喜悦消失无踪。

"我很高兴它不在大词典里，莉兹。这是个可怕的词。"

"也许吧，但它是个真实存在的词。不管有没有大词典，奴隶女孩永远都会存在。"

莉兹走到衣柜前挑选干净的围裙。"巴太太让我负责张罗晚餐，艾西玫，我得走了。如果你愿意，可以留下来。"

"莉兹，如果你不介意，我会继续待在这里。我需要写信给蒂塔，希望能赶上早晨的寄件时间。"

"现在是时候了。"

一九〇一年八月十六日

我亲爱的艾丝玫：

我等你的信等了很久。我把这当作对我的惩罚，我罪有应得。尽管如此，这仍然是一段难熬的刑期，我很庆幸它结束了。

我并非过着单独监禁的生活，我很清楚所有可以作为事实来报道的那些事。詹姆斯在描述庆祝 H 至 K 分册出版的花园派对时，罕见地"添油加醋"，说你像"柳树苗"一样生长。你父亲抱怨你现在比他高了，不过你愈来愈像莉莉，让他不禁愈来愈怀念她。

我知道的很多，知道你读了很多书，学习了一些被认为是年轻小姐该懂得的家务技能。我满怀感激地收到这些生活细节，不过这几年我最渴望知道的是你本身，艾丝玫，你的想法和欲望，你不断发展的观点和好奇心。

在这方面，你的信不啻是一种慰藉。我一读再读，每一遍都注意到更多证据，证明你思维敏捷。最近闹得沸沸扬扬的"漏词事件"显然引起了你的兴趣，尽管它并非是被刻意排除的，但"bondmaid"确实跟若干应该被纳入第一册，却没有被收录的好词落得了一样的下场（譬如，千万不要对莫瑞博士提到"Africa"〔非洲〕：这是他的痛处）。

在我看来明显的是，你待在分类桌下所吸收的知识超过了坐在黑板前上六年课的学生所学习到的。我们所有认为累牍院不适合孩子成长和学习的人都犯了错。我们的思想被传统（最隐秘却最具压迫性的独裁者）限制。请原谅我们缺乏想象力。

那么，来说说你此次最主要的疑问。

不幸的是，大词典没有空间容纳缺乏文献来源的词汇。每个词都必须曾经写成白纸黑字，而你的假设是对的，它们大部分都来自男人所写的书，不过也未必总是如此。许多引文都是由女性所写，尽管这显然属于少数情况。你知道这件事或许会讶异：有些词汇的出处仅仅是不太可靠的技术手册或说明书。据我所知，至少有一个词是源自药瓶上的标签。

你的观察是对的，被普遍使用却未曾被书写下来的词汇，势必会被排除在外。你担心某些类型的词，或是某些类型的人常用的词，在未来会遗落，会消失，你观察得很敏锐。我想不到任何解决办法，然而试想另一种选择：把这些时兴了一两年又消失的词、这些不会被我们代代相传的词，通通都收录进去，它们会把大词典塞得喘不过气。不是所有词都是平等的（我在写下这句话时，好像更能体会你的忧虑了：如果某一个族群的用词被视为比另一个族群的用词更有保存价值……嗯，你让我必须停下来好好想一想）。

我们以前雄心勃勃，希望大词典能完整记录所有英语词汇的意义和历史，现在已证明是异想天开。我可以向你坦白，还有很多有文献记录的好词，也没能通过莫瑞博士和语文学会的考查。我告诉你其中一个词是什么。

"forgiven-ness"（被宽恕）。

它出自艾德琳·惠特尼的小说《视觉与洞见》。在此书出版后不久，贝丝就读了这本书。她并没有什么正面评价（惠特尼太太公然表达了个人观点，认为女性应该完全待在家里、只谈论家务事），但她觉得这个词很有意思，亲自写了一张纸条。又过了几年，他们要求我写这个词的条目，不过它始终未通过门槛列入初稿。

我确信我不需要解释理由。我最近常想起这个词。我一向不太勤于把遭到拒绝的词交还给累牍院，所以，喏——这是我的馈赠，也是我的请求。如果你接受了，我的灵魂会因感到被救赎、被宽恕（引用惠特尼太太的话）而充满喜悦。

        爱你的蒂塔

· 第三章 ·

# 一九〇二年至
# 一九〇七年

Lap—Nywe

## 一九〇二年五月

我领到第一份薪水两年后,莫瑞博士要我教萝丝芙整理纸条、确认字义,以及任何有助于她适应新助手身份的工作事项。半小时后,我确定她不需要我的指导。萝丝芙就和她的姐姐们一样,从小时候就开始给纸条分类了。她或许不曾躲在分类桌下,但她对累牍院熟门熟路。

"你不需要我。"我说,萝丝芙咧嘴一笑。她和瑶尔曦长得很像,只是稍微瘦一点儿,稍微高一点儿,稍微白一点儿。她有同样精致的五官,同样稍微下垂的眼角。如果不是她时常微笑,那双眼睛会使她看起来很悲伤。我把她留在了她和她姐姐共用的桌子前,它紧靠在莫瑞博士的书桌左侧,然后我回到自己的座位。写着 L 开头的词的纸条一沓沓整齐地排在书桌边缘。我坐下来的时候，不禁好奇和与自己长得有点像的人合作，把纸条整理分类，会是什么感觉。

正常来说，我会不疾不徐地整理词汇。如果是熟悉的词，我会用我对它的理解跟义工提供的例句比对。如果是不熟悉的词，我会把它的意义刻在脑海中。这些新词会成为我跟爸爸回家路上的焦点话题。如果他不知道那个词，我会解释给他听，我们会用更复杂的句子把它练熟。

但"listless"（倦怠）让我呵欠连连。它有十三张纸条，上面写的意义千篇一律，我的心思很容易就飘出累牍院。我想着蒂塔说过的话，她说词汇必须有历史文献记录。好吧，"listless"绝对符合要求。最早的引文出自一本在一四四〇年写成的书，所以它势必会被收录，但它绝对没有莉兹的词"knackered"（累死了）有趣。莉兹一次都没说过她很"倦怠"，但她总是说"累死了"。

我把所有"listless"纸条钉在一起，从最早的引文排到最新的。有一张只写了一部分内容："listless"写在左上角，底下有引文，但没附上引文日期、书名或作者。它将被丢弃，我把它放进口袋时，心脏在狂跳。

我走进厨房时，巴勒德太太已经坐在桌边，莉兹在做她们午餐要吃的火腿三明治。桌上已经摆好三个茶杯。

"莉兹,'knackered'是什么意思?"

巴勒德太太哼了一声。"艾丝玫,你问任何用人都可以。我们都能回答你。"

莉兹倒完茶坐下来。"意思是你很累(tired)。"

"那你为什么不直接说你很累?"

她想了一下。"这不只是因睡不够而累,更是工作造成的累——干粗活儿的累。天亮前,我就要起床,确保大房子里的每个人在醒来时都能感到温暖,都能饱餐一顿,然后等他们又呼呼大睡时,我再去睡觉。我有一半时间都感觉累死了,像是操劳过度的马,绝对不是个闲人。"

我从口袋拿出纸条,看着那个词。"listless"跟"knackered"不一样,前者给人懒散的感觉。我看着莉兹,明白了她为什么从来没有理由使用这个词。

"巴太太,你有铅笔吗?"

巴勒德太太迟疑了一下。"艾丝玫,我不太喜欢你手里那张纸条。"

我拿给她看。"你瞧,这张不完整,只是废纸,我拿来再使用。"

她点点头。"亲爱的莉兹,食品储藏室一进门那儿有铅笔,在我的购物清单旁边,你帮艾丝玫拿来好吗?"

我把"listless"画掉，然后把纸条翻过来。背面是空白的，但我犹豫不决。我从来没有自己写过。我从很多年前就开始拿取词汇，阅读它们，记住它们，拯救它们。我向它们寻求解释。可是当大词典的词条让我失望时，我从未想过我也可以为它们增添资料。

在莉兹和巴勒德太太的注视下，我写道：

KNACKERED（累死了）

"天亮前，我就要起床，确保大房子里的每个人在醒来时都能感到温暖，都能饱餐一顿，然后等他们又呼呼大睡时，我再去睡觉。我有一半时间都感觉累死了，像是操劳过度的马，绝对不是个闲人。"

——莉兹·雷斯特，一九〇二年

"我认为莫瑞博士不会把这当作正式的引文。"巴勒德太太说，"但我很高兴看到它被写下来。莉兹说得没错，整天都站着干活儿真的让人很累。"

"你写了什么？"莉兹问。

我念给她听，她抬起手触摸十字架。我纳闷我是否惹她生气了。

"我说的话从来没有被写下来过。"她终于开口，然后她站起身收拾桌面。

我看着我的纸条,我觉得它在分类格里应该会感到很自在。我想知道莉兹怎么看待她的名字和她的话跟华兹华斯以及斯威夫特这样的文豪挨在一起。我决定做一张首页纸条,钉在莉兹的词上,这时我才想起来所有 K 开头的词都已经出版了。

我离开吃午餐的莉兹和巴勒德太太,两步并作一步爬上楼梯。莉兹床底下的行李箱已经半满,我把"knackered"放在最上面。

这是第一张,我心想。它很特别,因为它不是出自任何一本书。它跟其他纸条搁在一起,没办法区分出来。我取下发带,绕着纸条系好。它看起来很孤单,但我想一定会有别的纸条加入。


爸爸有一次告诉我,莫瑞博士出主意要使用统一尺寸的纸条。起初他把裁好的纸条寄给义工,不久之后,改为指导大家用六英寸[①]乘以四英寸的纸张来提供词汇和例句。对某些义工来说,空白纸张并非唾手可得。我小时候,爸爸会钻到分类桌底下找我,给我看用报纸、旧购物清单、

---

① 1 英寸约合 2.5 厘米。

用过的包肉纸（棕色的血迹洇在文字间），甚至是从书上撕下的一页做成的纸条。最后这种让我惊愕不已，我建议莫瑞博士开除破坏书籍的义工。爸爸笑了。他说最严重的犯事者是弗德里克·费尼沃。莫瑞博士也许偶尔想开除他，但弗德里克·费尼沃是语文学会的干事，编纂大词典是他的主意。

爸爸说莫瑞博士的纸条设计得非常巧妙，简单而有效，随着累牍院填满文字，贮存空间愈来愈有限，他的纸条变得愈来愈有价值。莫瑞博士把它们设计成刚好适合放进分类格的尺寸，没有浪费一英寸空间。

每一张纸条都有它自己的个性，在被分类的过程中，它承载的词汇意义都有机会获得理解。它起码会被拿起来阅读。有些纸条在大家手里传递，有些成为漫长辩论甚至争吵的主题。有一段时间，每个词都跟它的前一个词以及后一个词同等重要，不论写着词汇的纸是从哪里裁下来的。如果纸条写得完整，它会被保存在分类格里，与其他纸条钉或绑在一起。跟那些大大的、彩色的纸条相比，这些整齐划一的纸条更为显眼。

我经常思考，如果我是一个词，我会被写在什么样的纸条上。绝对是一张特别长的纸条，或许颜色也不对，是一张不太合适的纸条。我担心或许根本无法在分类格里找到属于自己的位置。

我决定我的纸条要跟莫瑞博士的一样，于是我开始搜集各种纸张，裁切成标准尺寸。我最爱的是莉莉以前常用的蓝色铜版纸。我从爸爸的书桌抽屉里拿走几张这样的纸，留给美丽的文字使用。剩下的纸条有的普通，有的特别：有从累牍院拿来的一沓空白纸条，它被遗忘在满是灰尘的角落，肯定没有人在乎；有用学校作文和代数考卷剪成的纸条；有爸爸买来但从未寄出的几张明信片（几乎大小刚好，但还是要修剪）；还有多余的壁纸，虽然有点厚，但有一面有漂亮的图案。

我开始随身携带纸条，希望能捕捉到更多像"knackered"这样的词。

莉兹是很棒的词汇来源。一周之内，我便记下了七个我确定不在分类格里的词。我去求证时，发现其中五个已有记录。我把重复的词扔掉，剩下两个词放进行李箱与"knackered"做伴，通通用缎带绑在一起。

累牍院的工作成果就没那么丰硕了。每隔一阵子，莫瑞博士便会用特别的口音讲出有趣的苏格兰方言，通常是压低音量地讲。他经常用"glaikit"来回应能力不足或效率低下的状况，我哪敢请他再说一次，不过我倒是写了张纸条，把它定义为"白痴或笨蛋"。我查阅F至G分册时，诧异地发现这个词已经收录其中。其他助手只会使用在优秀作品中读过的词。我怀疑他们是否花时间听过巴勒德太太在厨房中说的话，或是室内市集的商人之间的对话。

我不再需要在厨房里帮忙了，不过有时候我还是会待在那里。在爸爸加班的日子，我宁可在厨房打下手，也不想一个人回家。新窗帘和鲜花令我们的家焕然一新，不过在漫长的夏夜，我更愿意留下来和莉兹聊天。天气变冷时，我又觉得回家烧炭给一个人用是一种浪费。

"莉兹，你可以为我做一件事吗？"我们并肩站在水槽前。

"要我做什么都可以，艾西玫，你应该知道的。"

"你能不能帮我搜集词汇？"我说，侧目观察她的反应。她绷紧下巴。"不是从累牍院搜集。"我赶紧补充。

"我要在哪里找到词汇？"她问，眼睛一直盯着正在削皮的马铃薯。

"你去的任何地方。"

"艾西玫，这个世界跟阿胰不一样，不会到处都有词汇等着手指灵巧的女孩把它捡起来。"她转过身，对我露出安抚的笑容。

"这就是重点，莉兹。我相信周围还有很多美好的词在飘荡，而它们从来没被写在纸条上。我希望记录它们。"

"有什么用呢?"

"因为我觉得它们跟莫瑞博士还有爸爸搜集的词一样重要。"我说。

"它们'单然'——"她停住,纠正自己的发音,"我是说,它们当然没那么重要。我们用那些词,只是因为我们不懂更好的词。"

"我不这么认为。我觉得有时候那些正式用词没那么传神,所以大家才会创造新词,或是把旧词拿来发挥新的作用。"

莉兹轻声笑起来。"我在室内市集跟一些人说话,他们根本不知道正式用词是什么。大部分的人连字都不认识,每次有绅士停住脚步聊天,他们只会呆愣愣地站着。"

我们削完马铃薯,莉兹把它们从中间切开,然后放进大锅里。我用挂在炉灶旁的热毛巾把手擦干。

"再说,"莉兹继续道,"伺候人的女人在那些喜欢用花哨语言的人周围闲晃,这是不对的。如果被人看见我办完事还跟人聊不该聊的,会坏了莫瑞家的名声。"

我原本想象有一大堆的词,多到要用新的行李箱才装得下,但如果莉兹不肯帮忙,我能搜集到的,只用缎带绑上就够了。

"拜托嘛,莉兹。我不能一个人没有理由地在牛津市到处游荡。如果你不能为我做这件事，我只能放弃了。"

她切完最后几块马铃薯后，转身看着我："即使我真的待在那里偷听，也只有女人会欢迎我。男人哪，即使是在驳船上工作的，也会为了我这样的人修饰说话方式。"

我心中开始浮现另一个想法。"你觉得是不是有些词只有女人会用，或是特别要用在女人身上？"

"应该是吧。"她说。

"你能告诉我有哪些词吗？"我问。

"把盐拿给我。"她掀开煮马铃薯的锅的盖子。

"怎么样？"

"我觉得不行。"她说。

"为什么？"

"有些我不愿意说，有些我没办法解释。"

"也许我可以跟你一起去办事，我负责听。我不会妨碍你工作，也不会让你偷懒。我只会听着，如果听到有趣的词，就写下来。"

"那好吧。"她说。

我开始在星期六早起，陪莉兹去室内市集。我在口袋里装了许多纸条和两支铅笔，像童谣中玛丽的小羊一样跟着莉兹。我们会先买水果和蔬菜——首要任务是买到最新鲜的蔬果，然后去肉摊或鱼摊、烘焙坊和杂货铺。我们会穿梭在一条条小巷中，隔着橱窗望着在小店铺里展售的巧克力、帽子或木头玩具，然后我们会走进小小的男子服饰用品店。莉兹有时候会带着新的针线回家，我回家时多半带着失望。那些摊贩都友善又客气，他们说的每个词都是我熟悉的。

"他们希望你掏出钞票，"莉兹说，"所以不会冒险得罪你娇贵的耳朵。"

有时候我们经过鱼摊或是一群正把满满一推车蔬菜卸下来的男人，我会听到某个字眼。可是莉兹不肯问他们那是什么意思，也不让我靠近他们。

"照这样下去，我一个词都搜集不到，莉兹。"

她耸耸肩，继续沿着惯常的路线穿过市集。

"也许我应该重操旧业，再从累牍院救出一些词。"如我所料，这话让她停住脚步。

"你不会真的……"她说。

"我也许克制不住。"

她打量我一会儿。"咱们去看看梅宝今天在卖什么吧。"

梅宝·欧肖纳西就像磁铁的两端，兼具排斥力和吸引力。她拥有整个室内市集最小的摊位：并排放置的两个木箱，原本装在木箱里的物品被搁在木箱上面出售。莉兹通常把我们带向另一个方向，有很长一段时间，梅宝对我来说只是路过时掠过的人影，锐利的骨架像要刺破薄如纸张的皮肤，破旧的帽子几乎遮不住光秃的头皮。

我们走近时，我可以清楚地看出莉兹和梅宝彼此熟识。

"梅宝，你今天吃饭了吗？"莉兹说。

"赚的不够，连个不新鲜的面包都买不起呀。"

莉兹伸手从我们采买的东西里拿出一个面包卷递给她。

"这是谁呀？"梅宝满嘴面包地问道。

"艾西玫，这是梅宝；梅宝，这是艾西玫。她的爸爸在为莫瑞博士工作。"她带着歉意看着我，"艾西玫也在编大词典。"

梅宝伸出手，满是脏污的长手指从破布般的无指手套里伸出来。我通常不跟人握手，我出于本能地在裙子上擦了擦我怪异的手指，仿佛能去除某种令人不快的东西。我把手伸出去时，老妇人笑起来。

"你这手再怎么擦都没用。"她说。然后她用双手捧着我的手，像医生一样检查。她满是脏污的手逐一握住我的每根手指，测试关节是否正常，并轻轻把手指拉直。我的手指弯曲而僵硬，而她的手指笔直而灵巧。

"它们能用吗？"她问。

我点点头，她似乎很满意地放开我。接着她朝她摊位的商品比了个手势："那你可以自己动手了。"

我开始挑选她的商品。难怪她没东西吃。她卖的全是漂流物——从河里捞出来的已经破损的东西。唯一的色彩来自茶杯和茶碟，两件都缺了角，不过大体能用。她把茶杯放在茶碟上当作一套，但根本不搭。我心想：有闲钱的人绝对不会用这个杯子喝茶的，不过出于礼貌，我拿起茶杯仔细观察精致的玫瑰图案。

"那是瓷器，茶碟也是。"梅宝说，"把它们对着光线看看。"

她说得对，两件都是上等的薄瓷。我把玫瑰花杯放回蓝铃花碟上，在其他沾了泥污的棕色物品之间，这个组合有些风趣。我们相视而笑。

这还不够。梅宝又朝她的商品点点头，于是我又摸了摸，转过身，拾起一两样东西。有一根棒子，长度跟铅笔差不多，不过是扭曲的。我以为它质地粗糙，一摸才知道它跟大理石一样光滑。我把它拿近，看到扭成一团的末端有一张古老的脸庞。毕生的雕功都凝聚在老人的表情里，他的长胡子绕着扭曲的棒子延伸。我幻想它出现在爸爸的桌上，感觉胸腔里一阵兴奋紧张。

我看着梅宝。她一直在等待,现在她对我露出满是牙龈的笑容,并伸长手臂。

我从钱包里拿出一枚硬币。"很棒的作品。"

"现在没人想让咱的手握住他们那话儿,咱的手闲着也是闲着。"我不确定自己是否理解。看我没有做出她预期中的反应,她看着莉兹。"她是傻瓜吗?"她问。

"不是,梅宝,她只是听不懂你说的英语。"

等我们回到向阳屋,我拿出纸条和铅笔。莉兹不肯告诉我"那话儿"(shaft)是什么意思,但她用点头和摇头来回应我的猜测。她脸上的红潮令我知道我猜中了答案。

我们成为梅宝小摊的常客。我的词汇库增加了不少词汇,我偶尔送给爸爸的小木雕令他很开心。他的书桌上一直有个旧骰盅,那些小木雕及他的钢笔和铅笔一起插在骰盅里。

梅宝每讲几个字就要咳嗽,清掉喉咙里大坨的痰液。我跟莉兹经常去看她,已经持续了大半年。我们从来没有见她安静过,我以为咳嗽能够阻止她说话,结果并没有,咳嗽只会让人更难听懂她在说什么。她再度咳起来时,我把手帕递给她,希望她别再往她凳子旁的石板地上吐痰。

她看了看手帕，却没有接过去的意思。

"免啦，咱行的，小妞。"她说。然后她身体倾向一侧，把嘴里累积的东西都啐到地上。我畏缩了一下，她得意扬扬。

我在仔细看她的木雕时，梅宝没完没了地抖搂相邻的摊贩们有什么犯罪方面、财务方面、性方面的不可告人之事。她能一边不停地讲八卦消息，一边告诉我某件东西的售价。

在梅宝充满黏液的语句中夹杂着一个我好像听过的词——莉兹否认她知道那个词，不过从她涨红的脸可以明显看出她在说谎。

"cunt."我要梅宝重复一遍时，她说。

"走吧，艾西玫。"莉兹说，她匆匆挽起我的手臂。

"cunt."梅宝稍微提高音量。

"艾西玫，我们该走了，我们还有好多事要办。"

"这是什么意思？"我问梅宝。

"意思是她是个'cunt'：一个肮脏下流的贱骨头。"梅宝瞥向卖花的摊位。

"梅宝，小声点。"莉兹悄声说，"你明知道他们会因为你乱讲话而把你赶出去。"

"但这个词确切的意思是什么？"我又问梅宝。

她看着我，笑得露出牙龈。她喜欢我请她解释。"小妞，你带了铅笔和纸吧？你会想把这个写下来的哟。"

我甩掉莉兹抓着我手臂的手。"你先走，莉兹，我会追上你。"

"艾西玫，要是有人听到你说那种话……甚至在我们到家前，巴勒德太太就会知道。"

"别担心，莉兹，梅宝和我会小声地说。"我说着，同时转头严肃地看着这个老妇，"对不对，梅宝？"

她点点头，像在等人施舍一碗汤的流浪儿。她希望她的话被写下来。

我从口袋里拿出空白纸条，在左上角写下"cunt"。

"就是你的……"梅宝一边说，一边指了指身体某处。

我望着她，希望能理解她说的意思，就像有时候我会过一两秒才能领悟一样，但这次我被难住了。

"梅宝，这么说没有用。帮我用'cunt'造句。"我说。

"我的'cunt'很痒。"她说，挠了挠裙子前方。

这有用，但我没写下来。"跟胯下意思一样吗？"我小声问。

"小妞，你真的够笨。"梅宝说，"你有'cunt'，我有'cunt'，莉兹有'cunt'，但那边那个老奈德，他没有'cunt'，懂了吗？"

我凑近一些，梅宝身上的臭味令我不禁屏住呼吸。"是阴门吗？"我低声说。

"你是个天才，真的是天才。"

我向后退，但慢了一步，她的笑声携着浓重的气息拍到我的脸上，充满烟草和牙龈上病菌的气味。

我写下：女性的阴门；辱骂语。然后我画掉"女性的"。

"梅宝，我需要一个句子，清晰明了地解释它的意思。"我说。

她想了想，准备说什么，又停住，继续想。接着她看着我，一种孩子气的喜悦在她那张有着复杂表情的脸上荡漾开来。

"小妞，你准备好了？"她问。我靠在她的木箱上，写下她的话……

她的笑声引起一阵剧烈的咳嗽，我快速拍了拍她的背。

等她喘过气来，我在引文底下写道：梅宝·欧肖纳西，一九〇二年。

"谢了，梅宝。"我边说边把纸条放回口袋。

"你不用我造句吗？"

"你已经造了很多句子，我回家以后会选出最好的。"我说。

"要加上我的名字。"她说。

"会的,没有人会想冒领你的句子。"

她再度笑得露出牙龈,然后给我一根木雕棒。"美人鱼。"

爸爸一定很喜欢。我从钱包里拿出两枚硬币。

"我想它应该值得多付一便士吧。"梅宝说。

我多付了两便士,一个词一便士,然后去找莉兹。

"最后梅宝说了什么?"走回向阳屋时莉兹问道。

"她确实真能说,我的纸条都不够用了。"

我等着莉兹问更多问题,不过她已经学聪明了。我们到达向阳屋后,她邀我进去喝茶。

"我得去累牍院查一个东西。"我说。

"你不把新词放进行李箱吗?"

"晚一点儿再说,我想先查查大词典给'cunt'的定义。"

"艾西玫,"莉兹急忙说道,"你不能大声讲这个词。"

"所以,你知道?"

"不。唉,我知道这个词,我知道它不礼貌。艾西玫,你不能说这个词。"

"好吧!"我说,这个词能引起这样的效果令我愉悦,

"那我们就称它为'C开头的那个词'好了。"

"什么称呼都别用，我们根本不会再用到它。"

"梅宝说它是个很古老的词，所以C分册里应该有。我想知道我给它下的定义有多精准。"

阿胰空无一人，不过爸爸和斯威特曼先生的外套都还挂在他们的椅背上。我走到莫瑞博士书桌后的书架前，取下第二册词典。C分册比A至B分册还厚，它历经我半个童年才编完。我查找后发现梅宝的词并不在里面。

我把词典放回去，开始搜寻放C开头的词的分类格。由于缺乏关注，它们积了不少灰尘。

"你有什么特定要找的目标吗？"是斯威特曼先生。

我把梅宝的纸条攥在手心里，转过身。"没有什么不能等到星期一再找的，"我说，"我爸爸跟你在一起吗？"

斯威特曼先生从椅背上拿起外套。"他经过房屋时顺道跟莫瑞博士说两句话，马上就过来。"

"我去花园里等他。"我说。

"好的。我们星期一见。"

我掀起我的桌盖，把纸条夹在一本书里。


我开始一个人去室内市集。每当我必须去博德利图书馆或老阿什莫林办事时，我都会刻意绕路，穿过那些满是摊贩和店铺的拥挤巷弄。我慢慢散步，我在女帽店橱窗前停留，偷听杂货店老板和他儿子在街头的对话。每逢周五，我会慢慢地挑选要买的鱼，希望能刚好听见鱼摊老板和他的妻子提到我不熟悉的字眼。

"莫瑞博士为什么不愿收录没有书写过的词呢？"有一天早晨我们走去累牍院时，我问爸爸。我口袋里装着三张新的纸条。

"如果没有书写过，我们就不能验证它的意义。"

"如果它是人人皆知的词呢？我在室内市集经常听到相同的几个词。"

"它们或许在口语里普遍使用，但只要没有普遍地出现在文章里，就不会被收录。杂货店老板史密斯先生的话实在不符合作为引文的资格。"

"但作家狄更斯先生胡诌的词就够资格吗？"

爸爸斜瞄我一眼。

我微笑。"还记得'jog-trotty'吗？"

前两年"jog-trotty"在分类桌边引发了不小的辩论。它有十七张纸条，全都写着同一句引文。就马林先生所知，它是唯一的例句。

它颇为呆霸（jog-trotty）而无聊。

"这可是狄更斯写的句子。"一个助手说。"它是个乱写的词。"另一人说。"由编辑决定。"马林先生说。当时莫瑞博士刚好不在,事情便落到新来的编辑克雷吉先生身上。他一定很崇拜狄更斯,因为这个词被收录在H至K分册里。

"一针见血。"爸爸说,"那你举个例子,你在市场听到了什么词?"

"Latch-keyed。"我说,想起了花摊老板史提斯太太曾经对一个客人说过的词,想起了她瞥向我的动作。

"你知道吗?这个词听起来有点耳熟。"他看起来很得意,"我觉得你可能会发现它已经被收录了。"

爸爸加快脚步,到达累牍院后,他走到放着分册的书架前。他取下"Lap至Leisurely"这一本,开始一页页地翻,同时低声念叨"latch-keyed"。

"喏,'latch-key'(弹簧锁钥匙)是用来打开弹簧锁的钥匙,但这里没有提到'latch-keyed'。"他走向分类格,我跟过去。

除了我们之外,累牍院空无一人。我感觉像回到了孩提时代。我心想:"latch-keyed"应该是放在中间的分类格,不会太高也不会太低。

"找到了。"爸爸把一小沓纸条拿到分类桌,"啊,我现在想起来了——这个条目是我写的。'latch-keyed'的意思是'握有弹簧锁钥匙的'。"

"那么,如果某个人是握有弹簧锁钥匙的人,那人可以随意进出?"

"应该是。"

我读着首页纸条,爸爸的笔迹还写了好几种不同的定义。

没有监护人陪伴的;缺乏纪律的;指不安分的年轻女性。

"所有引文都来自《每日电讯报》。"爸爸边说边递给我一张。

"这很重要吗?"

"莫瑞博士也问过相同的问题。"

"问谁?"

"问出版委员会的人,因为他们想要缩减成本。缩减成本代表删减词汇。按照他们的说法,《每日电讯报》不是可靠的来源,它上面写的词都可以忽略不计。"

"《泰晤士报》是可靠的来源?"

爸爸点点头。

我看着他给我的纸条。

LATCH-KEYED（不安分的）

*所有不安分的女儿以及穿着灯笼裤的少女，通常还有不知足的人。*

——《每日电讯报》，一八九五年

"所以这不是赞美的意思？"

"这取决于你是否认为年轻小姐应该受到监护人陪伴、有纪律并且安分地待在家里做家务事。"他笑了笑，然后变得严肃起来，"总的来说，我认为它会被用于批评。"

"我把它们放回去。"我说。

我把纸条收拢。我走回分类格时，将"不安分的女儿"藏进裙装袖子里。这是个多余的句子，我想。

到了一九〇二年年底时，我已经对搜集自己的词汇很有信心。不过在累牍院，我还是负责跑腿，以及为几年前义工就已经贡献的成堆纸条添加新的引文。我发现自己对某些词的定义感到恼火。我想拿笔画掉很多处，但我没这个权力，所以那种诱惑只能被短暂地挡在门外。

"艾丝玫，这是你的杰作吗？"

爸爸把一份校样推过早餐桌，指着钉在边缘的一张纸。笔迹是我的。从他的语气中没有任何迹象表明我的编辑是好是坏。我保持沉默。

"你什么时候做的？"他问。

"今天早上，"我说，眼睛始终盯着我的那碗麦片粥，"你昨晚睡觉时把它留在了外面。"

爸爸坐下来看着我写的内容。

MADCAP（鲁莽的人）

经常用来谐趣地形容个性活泼或冲动的年轻女性。

"一登上舞台，她就是全世界最欢乐、最愉快、最鲁莽的人。"

——梅波·柯林斯《华沙第一美人》，一八八五年

我抬起头。爸爸在等我解释。"这个句子呈现出原本没有收录的一种意思，"我说，"我是从另一条定义底下把这句引文挪过来的，它根本不适合放在那条定义底下。我经常觉得那些义工的理解完全错了。"

"我们也这么认为。"爸爸说，"所以我们才要花这么多时间重写。"

我脸红了，因为我意识到爸爸把校样留在外面，是因

为他还没有改完。"你会想到更好的写法，不过我想如果我先拟草稿，可以帮你省下一点儿时间。"我说。

"不，我已经改完了。我以为我的定义足够了。"

"噢。"

"结果我错了。"他拿起校样折起来。我们两个都沉默了一会儿。

"也许我可以提出更多建议？"

爸爸扬起眉毛。

"关于词汇被赋予的意义，"我说，"我在分类以及添入新纸条时，也许可以在一些首页纸条上写下建议，只要我觉得那些首页纸条……"我顿住，说不出批评的话。

"不够好？"爸爸说，"过于主观、有偏见、夸张、不正确？"

我们都笑了。

"也许你可以这么做。"他说。

莫瑞博士打量着我，我提出的要求悬在空中。

"你当然可以。"他终于说，"我期待看到你的见解。"

我已经准备好了一番说辞，以防他拒绝我，所以他爽快答应反而令我不知所措。我非常惊讶，呆站在他的书桌前。

"无论你建议什么，可能都会经过再次润色。"他说，"不过从我们定义词汇付出的努力来说，你的观点是有所裨益的。"这时他倾身向前，嘴角的胡须微动。"我的女儿们最喜欢指出那些年迈的义工根深蒂固的偏见，我相信她们会很高兴有你站在她们这一边的。"

从这时候开始，我不再觉得自己是多余的，整理纸条面临新的挑战。只要我的建议获得采纳、列入分册，爸爸都会告诉我。随着信心的积累，建议获得采用的比例也增加了，我在书桌内侧做记录：每有一条我写的定义被采纳，我就刻一道痕迹。随着时间的推移，书桌内侧刻满了我的小小成就。

## 一九〇六年五月

我享受着领薪水获得的自由,渐渐和室内市集的一些商人熟识起来。我仍在周六早晨与莉兹同去,不过我有自己的篮子,爸爸也给了我零用钱来买杂货。我们买完食物后,我会带她去布行。我正在一点儿一点儿地淘汰掉我们家破旧或不再实用的布制品。我喜欢把钱花在这上面,虽然爸爸只有偶尔才会注意到家里出现的新东西。我们最后去的总是男子服饰用品店,给莉兹买一捆新的缝线是我最大的乐趣。

在没有莉兹同行的日子,我会拜访一些能说会道的摊贩。他们说话带有遥远北方或英格兰西南方的口音,有些是吉卜赛人或旅行的爱尔兰人,来来往往。他们多半是女性，有的年老，有的年轻。当我把他们给我的词汇写下来时，很少有人能读懂，但他们喜欢分享。几年时间内，我设法搜集了一百多个词。有些词已经在分类格里，但还有很多没有。要是我想要搜集一些粗鄙的词，我总是去找梅宝。

一个我以前从没见过的女人在翻看梅宝的商品，她心不在焉的神情跟平常的我相似。她们在深谈，我不想打断她们。于是我在史提斯太太摊位的一桶桶鲜花之间徘徊。

我每周都从史提斯太太那里买花，但过去几年我和梅宝的关系引起了人们的注意，所以花商也不友好，这使得逗留变得更加尴尬。

"你决定要买什么了吗？"史提斯太太从柜台后面出来，把不需要打理的花理了理。

我听到梅宝对那个女人说的话嗤之以鼻。我望过去，只见那个女人面色苍白，脸颊上涂着胭脂，微微地把脸转向一边，避开那股扑面而来的恶臭味。我纳闷她为何还待在那里，不过怜悯只需片刻就够了。我有种不可思议的感觉，好像在用别人的目光观察着自己——也许史提斯太太就是这么看待我的。

花摊老板在等我回应，所以我慢慢走向那一桶康乃馨。

那对称的粉色花瓣平平无奇，甚至有点令人腻烦，不过它们放在一个绝佳的位置，方便我把梅宝的访客看得更清楚。我微微弯下腰，仿佛在查看这束花。我感觉到史提斯太太几乎难掩她的反感，她用力地调整手边的紫丁香，花瓣纷纷落下。

"送给你，梅宝。"几分钟后我说，递给她一小束紫丁香，梅宝的新朋友闻到花香显然松了口气。我不敢回头看花摊老板，但梅宝却不以为意。她接过花束，挑剔地打量着褐色的包装纸和简单的白色缎带。"重点是花。"她大声说，然后用夸张的愉快姿态把花凑到鼻子前。

"闻起来怎么样？"年轻女人问。

"这我没办法回答你，咱已经好多年闻不到味道了。"梅宝把花递给她，女人将脸埋在花里，吸着花的香气。

趁着她闭上眼睛，我打量着她。她个子很高，不过没我高，她的身段像某香皂广告中的女人一样凹凸有致。她的蕾丝高领上是白皙无瑕的皮肤。蜂蜜色的头发松散地编成一条辫子垂在背后，她没有戴帽子。

她把花束放下，放在一个大概再也不会响的布满藤壶的铃铛和天使面孔的木雕之间。

我拾起那个木雕。"梅宝，我以前没见过这个。"

"今天早上刚刻好。"

"刻的是你认识的人吗?"我问。

"这是掉光牙齿之前的我。"梅宝笑着说。那个女人没有离开,我怀疑自己是否打断了她们的私人谈话。我从口袋里掏出钱包,准备拿出正确数目的硬币。

"我想你会喜欢它。"梅宝说。我一开始以为她说的是那个年轻女人,但她拿起天使木雕,并接下我的硬币。

"我叫缇尔妲。"女人说着,伸出了手。

我迟疑着。

"她不喜欢握手,"梅宝说,"怕会吓到你。"

缇尔妲看看我的手指,然后直视我的眼睛。"能吓到我的事不多。"她说。她牢牢握住我的手,我很感激。

"我叫艾丝玫。"我说,"你是梅宝的朋友吗?"

"不是,我们才刚认识。"

"我们大概是志趣相投吧。"梅宝说。

缇尔妲凑近我。"她坚持说我是个'dollymop'。"

我听不懂。

"你看她的表情,从来没听过'dollymop'呢。"梅宝随意地说。史提斯太太用水桶发出刮擦声来表达不满。"来吧,丫头,"梅宝对我说,"拿出你的纸条。"

缇尔妲歪着头。

"她在搜集词语。"梅宝说。

"哪种词语？"

"女人用的词，下流的词。"

我愣愣地站着，一时之间说不出好的解释，感觉就像爸爸要我交出口袋里东西的那个当下。

但缇尔妲的反应不是惊骇厌恶，而是饶有兴味。"真的吗？"她说，打量我稍显宽松的外套以及莉兹在我袖口绣的雏菊花边，"下流的词？"

"不是。好吧，有时候是。说粗鄙的词是梅宝的专长。"

我拿出一沓空白纸条和铅笔。

"你是个'dollymop'吗？"我问道，虽然我不确定这个词有多冒犯人，但是很好奇要怎么使用。

"我是演员，不过对某些人来说这是一回事。"她朝梅宝微笑，"我们的朋友告诉我，登台表演是她进入这行的契机。"

我开始理解了，便在一张从废弃校样上裁下的纸条左上角写下"dollymop"。这一类纸条成为我的新宠，不过我把正规用词画掉，在反面记下梅宝说的词时，总是在喜悦中夹杂着一点儿羞愧。

"你能用一句话表达出来吗？"我问道。

缇尔妲看看纸条，然后看着我。"你是认真的吗？"她说。

我蓦地感到脸颊发热。我想象着透过她的目光看待这张纸条的无用。我一定像个怪人。

"给她造个句子。"梅宝催促道。

缇尔姐等着我抬起头。"我有一个条件，"她微笑说道，"我们要在新剧院演出《玩偶之家》，你今天下午一定要来看日场演出，结束后再跟我们一起喝茶。"

"她会的，她会的。现在给她造个句子吧。"

缇尔姐吸了一大口气，挺直腰杆。她的目光落在我肩膀后方，她念出句子时带着一股我先前并未察觉的劳工阶层口音："给'dollymop'一文钱，她可以让你暖暖大腿。"

"要我说这可是经验之谈。"梅宝笑着说。

"没人问你，梅宝。"我说。我把句子写在纸条中间。

"它跟'娼妓'的意思一样吗？"我问缇尔姐。

"可能吧。不过'dollymop'是临时的，更缺少经验。"

缇尔姐看着我拟出一番定义。

"表达得很精准。"她说。

"你姓什么？"我的铅笔悬在纸上。

"泰勒。"

梅宝用雕刻刀敲了敲木箱，来吸引我们的注意。"念给我听。"

我看了看四周采买的人群。

缇尔妲伸手向我讨纸条。"我保证不会引人注意。"

我交给她。

DOLLYMOP（流莺）

偶尔从事性服务并获得报酬的女人。

"给流莺一文钱，她可以让你暖暖大腿。"

——缇尔妲·泰勒，一九〇六年

我边把纸条收回口袋，边想：这是很好的词。这也是很好的来源。

"我得走了。"缇尔妲说，"一小时后要彩排。"她伸手从包里拿出一份节目单。

"我演娜拉，"她说，"两点开演。"

爸爸从累胲院回来时，我已经准备好午餐：从市集买回来的猪肉派和水煮青豆。厨房桌上放着一瓶鲜花。

"我被邀请去新剧院看《玩偶之家》的日场表演。"我们吃饭时我说。

爸爸抬起头，惊讶却面带微笑。"谁邀请了你？"

"我在室内市集遇到的人。"爸爸的笑容变成皱眉，我赶紧接着说,"是个女人,她是演员,她参演了那出戏。你想和我一起去吗?"

"今天?"

"我一个人去也没问题。"

他看起来松了口气:"我很期待一个看报的下午。"

午饭后,我沿着瓦尔顿街朝市中心走。到了出版社,一群刚结束一周工作的人从拱门内拥出,长长的午后时光让他们的谈话变得活跃起来。大部分的人往与我相反的方向走去,回到他们在杰里科的家,不过也有一小群男人和几对年轻情侣开始走向牛津市中心。我跟在后面,想知道是否有人要去新剧院。

到了乔治街,我刚才跟随的一小群人散开,去了酒吧和茶馆。没有人进剧院。

我来得早,剧院空旷得令人意外。它看起来比我记忆中的大。这里能容纳数百人,不过观众最多只有三十人。我犹豫了半天,不知道该坐在哪里。

缇尔妲从幕布后面走出来,沿着铺了地毯的楼梯小跑,来到我身边。"比尔说他看到令他惊为天人的女人走进剧院,我就知道是你来了。"缇尔妲牵住我的手,把我拉向前排,那里只坐了一个人。

"比尔,你猜对了,这就是艾丝玫。"

比尔站起身，略微戏剧性地鞠了一躬。

"艾丝玫，这是我弟弟比尔。你一定要跟他坐在前排，我才能看到你。如果坐在别的位置，你会被淹没在人群里。"缇尔妲吻了一下她弟弟的脸颊，便丢下我们。

"当你坐在前排的时候，你可以想象剧院座无虚席，而你在一场观众爆满的表演中占得最佳座位。"我们都坐下后，比尔说。

"你经常要做这种事吗？"

"通常不会，但就这出戏来说很实用。"

我以为我会感到不安，但实际上和比尔坐在一起很自在。他不像累牍院那些与我相处习惯了的男人那么拘谨。当然，他是市民，而非学术人士，不过他还有种我说不上来的特质。比尔说他比缇尔妲小了十岁，也就是说他二十二岁，只比我小两岁。他个子很高，可以直视我的眼睛，他拥有跟缇尔妲一样的高挺鼻梁和丰满嘴唇，可惜它们都隐没于一片雀斑之中。他和他姐姐一样有双绿眼睛，不过没有她蜂蜜色的头发。比尔的发色更深，像是糖浆。

等戏开演时，我听着他说话。他谈的多半是缇尔妲的事。他告诉我，在别人都不关心他时，她一直在照顾他。"你们没有父母可以依靠吗？"我问。

"没有，不过他们没死，"比尔说，"只是缺席了。所以剧院让她去哪里，我就跟到哪里。"这时候灯光熄灭，幕布升起。

缇尔妲令人着迷，其他表演者则不然。

"我不确定今天下午只喝茶够不够。"我们终于离开剧院时缇尔妲说，"艾丝玫，你知道我们可以去哪里喝一杯吗？最好是其他演员不会去的地方。"

我只有在周日吃午餐时跟爸爸去过酒吧，但从来不是去喝酒。我们大部分时间都待在杰里科，有一次我们去了基督堂学院附近的一家小酒吧。我带他们去圣阿尔达特路。

"老汤姆是老板的名字吗？"我们站在酒吧门口时，比尔问道。

"它是以汤姆塔里的大钟'大汤姆'命名的。"我指着圣阿尔达特路上的钟楼。我准备多说一些，但缇尔妲已经转身走了进去。

下午五点，"老汤姆"的人渐渐多起来，比尔和缇尔妲最耀眼。他们像热刀切过黄油一样穿过人群，我跟在后面，微微弯腰，目光低垂。这不是吃正餐的时间，所以在场的女性用一只手都数得出来。我想象当我告诉莉兹我今天下午做了什么时，她伸手握住十字架的模样。

"你们真好。"我听到缇尔妲说，三个男人从桌边起身，把桌子让给她。

比尔拉开椅子让她入座，然后为我做同样的事。"你要喝什么？"他问。

我真的拿不准。"柠檬水。"我说，用一种寻求认可的语气。

吧台近在咫尺，比尔越过其他人头顶喊出要点的饮料。一开始，还有人抱怨，可是当比尔指向我们的座位时，突然间我们的茶点变成人们的焦点。

缇尔姐把威士忌喝光。"艾丝玫，你喜欢这出戏吗？"

"你的演出很棒。"

"谢谢你这么说，但你巧妙地回避了这个问题。"

"太平庸了。"比尔说，他解救了我。

"这可能是它得到过的最好的评语了，比尔。"她把手放在他的手臂上，"正因如此，我们这一季的演出被取消了，立即生效。"

"浑蛋。"

我吓了一跳。不是因为这个词，而是因为他竟然如此自然地使用。

比尔转过头。"抱歉。"他说。

"不用道歉，比尔。艾丝玫是个文字收藏家。如果你幸运的话，她会把那个词写在她的小纸条上。"缇尔姐举起空杯子。

"抱歉,姐姐,我们刚失业,喝不起两杯威士忌。"

"我还没告诉你好消息呢。"缇尔姐微笑说道,"正如艾丝玫所说,我的演出很棒。有几位牛津大学的演员也这么认为,他们是今天的主要观众,他们邀请我加入他们《无事生非》的演出,我要饰演贝特丽丝。他们原定的演员得了水痘,不能登台。"她停顿一下,给比尔留出理解的时间,"他们的名声响亮,开演的几个夜场几乎满场。我和他们谈好了,能分到一部分票房收入。"

比尔用力拍了一下桌子,所有杯子都跳起来。"太棒了(fuck)!有我的工作吗?"

"当然,我们共进退。你要帮忙换戏服,偶尔还要提词。他们会抢着要你的,比尔。"

比尔回到吧台边,我拿出纸条。梅宝只把"fuck"用在负面的情境下。

"你可能需要不止一张,"缇尔姐说,"我想不到比它更万能的词了。"

"fuck"没有在 F 至 G 分册里。

"小艾,你在找什么特定词汇吗?"我把词典放回架上时,爸爸问道。

"是的，但你不会希望我大声说出来的。"

他微笑。"我明白了。找找分类格吧，如果它曾被写下来，就会在那里。"

"如果它曾被写下来，难道不应该在大词典里吗？"

"不一定。它必须在英语语言中有正统的历史。即使如此……"他停顿一下，"这样说吧，如果你不想大声说出来，或许是因为它会冒犯到某些人。"

我在分类格搜寻。"fuck"的纸条比大多数词的都多，这堆纸条列出的意义比缇尔姐和比尔能提供的更多，最古老的引文源自十六世纪。

累牍院的门开了，马林先生和尤克尼先生走进来，尤克尼先生是我们最新、最矮、头最秃的助手。我把纸条放回去，回到桌子前整理邮件。

十一点钟，我去厨房跟莉兹坐在一起。

"梅宝说你星期六交了一个新朋友。"她边为我倒茶，边说。

"其实是两个朋友。"

"你打算告诉我他们的事吗？"

我讲述当天的经历时，莉兹几乎没有说话。当我提到"老汤姆"酒吧，她的手探向十字架。我没有告诉她缇尔姐喝的是威士忌，不过我强调我喝的是柠檬水。

"他们要排练几个星期,"我说,"等正式开演时,我们可以一起去。"

"再看吧。"莉兹说。然后她收拾桌子。

回到累牍院之前,我爬上楼梯,来到她的房间,把比尔和缇尔妲的词放进行李箱。

博德利图书馆离新剧院只有几分钟的路程,所以每次奉命查找字词或是核实一段引文,都成为我去看比尔和缇尔妲排演的机会。我对这类跑腿任务的殷勤引起了注意。

"艾丝玫,今天早晨要去哪儿?"我正准备骑自行车离开时,斯威特曼先生推着他的自行车走向累牍院。

"博德利图书馆。"

"可这已经是三天里的第三回了。"

"莫瑞博士在找一句引文,我有责任把它找出来。"我说,"这也是我的荣幸,我很爱那座图书馆。"

斯威特曼先生看着累牍院的铁墙。"是的,我明白。我可以问问是哪个词吗?"

"Suffrage(投票权)。"我说。

"很重要的词。"

我微笑。"每个词都很重要,斯威特曼先生。"

"当然,不过有些词比我们想象的更重要。"他说,"有时，我会担心大词典有不足之处。"

"怎么可能没有呢？"我忘了我在赶时间，"斯威特曼先生，你不觉得词汇就像故事吗？口口相传的过程中，它们会发生变化，它们的意义会延伸或压缩以适应说话的需求。大词典不可能捕捉到每一种意义，尤其是许多意义从来没有被写下来。"我停住，突然害羞起来。

斯威特曼先生笑得很灿烂，不过没有嘲弄之意。"你的观点非常好，艾丝玫。如果你不介意的话，我想说你开始像个词典编纂师了。"

我用最快的速度沿着帕克斯路骑车，以破纪录的时间到达博德利图书馆。布莱克斯通的《英国法释义》很容易找到，我把它拿到最近的桌子上，看着莫瑞博士要我查找的三张纸条。它们或多或少都写着同一条引文（"我需要你核实的正是'或多或少'的部分"，莫瑞博士说过）。

我找到那一页，浏览了一遍，我的手指沿着句子滑过去，比对每句引文。三句引文各缺少一两个词。我一边把义工写的句子画掉，一边想：美好的一天将在图书馆度过。虽然我着急走，但还是小心翼翼地把正确的引文抄写在一张干净的纸条上。

因此在所有民主政体中，最重要的是规定投票权应该给予何人，以及以何种方式赋予。

我重读一遍引文，反复确认抄写无误。查找出版日期：一七六五年。我想知道布莱克斯通认为应该把投票权给予什么人。我在纸条左下角写上"订正"，并签上我的姓名缩写"E.N."，然后把它跟另外三张纸条钉在一起。

我绕路回累牍院，顺道在新剧院停留。

进去之后，我过了一会儿才适应黑暗。演员们在舞台上，戏演到一半停了下来。有一些人坐在中间那几排。

"我正在想今天会不会见到你呢。"我坐到比尔旁边时，他说。

"我有十分钟。"我说，"我想看他们穿着戏服的样子。"

今天是彩排，还有三天就是开幕之夜了。

"你为什么每天都来？"比尔问。

我得想一想。"因为我想看某样东西从尚未完全成形到它越来越完整的样子。我想象着开幕之夜坐在这里时，更加沉醉其中，因为我知道每一幕是怎么变化而来。"

比尔笑了。

"你笑什么？"

"没什么，你不常说话，但一开口总是很完美。"

我垂下目光，摩挲着手。

"我欣赏你从来不聊帽子。"比尔说。

"帽子？我为什么要聊帽子？"

"女人喜欢聊帽子。"

"是吗？"

"你不知道这件事会让我爱上你。"

突然间，我知道的每个词都消散无踪。

一九〇六年五月三十一日

我亲爱的艾丝玫：

你的新朋友听起来像一对有趣的姐弟。我说的有趣是指不落俗套，这通常是一件好事，可是也不绝对。我相信你能判断其中的区别。

至于将粗鄙的词纳入大词典一事，莫瑞博士的准则应该是唯一的裁定依据。它十分符合科学精神，申请程序严格，必须有特定种类的证据。只要证据存在，这个词就应该被收录。这套方法很高明，因为它摒除了情感因素。只要使用得当，它就能切实发挥所预设的作用。如果被忽视，它就毫无用处。曾经有过几次，它（甚至是它的发明者）被忽视，为了遂行个人的意见。你所说的那些粗鄙的词往往就是这种状况下的牺牲品。不管有什么证据，总有人希望把它们排除在外。

就我而言，我认为它们能增添色彩。一个粗鄙的词，如果放在适当的位置、用恰当的力度说出来，远比它文雅的同义词更加传神。

如果你开始搜集这类词汇，艾丝玫，容我建议你不要公然说出这些词——这对你一点儿好处也没有。如果你确实想用它们来表达情绪，你或许可以请马林先生把它们翻译成世界语。你会惊讶那种语言是多么灵活实用，也会讶异马林先生对待粗鄙的用语是多么开明。

*爱你的蒂塔*

# 一九〇六年六月

六月九日,《无事生非》在新剧院开演。开幕之夜,比尔的工作是协助演员换胸衣、裤袜和假发。因为经常发生状况,所以我跟他一起坐在舞台侧区,从旁边观看台上的表演。

"你有没有向往过?"我们看着缇尔妲变成贝特丽丝时我问道。

"就算为了活命我都不会演戏,"比尔说,"这就是我这么擅长缝纫的原因。"

"真的吗?"

"还有木工、迎宾以及其他需要做的工作。"他的手碰到我的手,"那你呢?你有没有向往过?"

我摇头。比尔的手指逗弄着我的手指,我没有把手挪开。

"你能感觉到吗?"他触摸我布满疤痕的皮肤问道。

"是的,但感觉若有似无,就像你在隔着手套触摸我的手。"

这解释很拙劣。他的触摸就像一阵耳语,气息传遍全身,令我战栗。

"会痛吗?"

"一点儿也不会。"

"这是怎么发生的?"

当我还小的时候,答案像是一团复杂情绪缠成的结,堵在我的胸口,我无法用语言去解释它。比尔牢牢地握着我的手,而我渴望他带来的温暖。

"有一张纸条……"我开口。

"一个词?"

"我认为它很重要。"

比尔认真聆听。


在累牍院的时间总是随着我的心情变化而拉长或缩短,不过我鲜少感觉漫长。自从认识缇尔妲和比尔后,我发现自己看时钟的次数变多了。

连续几周，《无事生非》场场座无虚席。我去看了三场周六的日场演出，还带爸爸去看了一场夜场演出。我坐在书桌前，时钟的指针似乎停滞在三点半。

莫瑞博士跟出版委员会的人会面回来后，花了整整半小时把别人训斥他的内容转化成他训斥助手们的内容。"M开头的词已经编了三年，而我们才出版到'mesnalty'。"他大声说。我试着回想"mesnalty"的含义，它是个法律用语，爸爸和我几乎不会用到它。它的词根是"mesne"，这让我联想到"mense"，意思是慷慨、仁慈、得体。爸爸花了比平常更久的时间校对引文以及整理定义。最后莫瑞博士画掉了其中几项定义。我看向爸爸坐的位置，知道他不会后悔花在这个美妙的词上的每一分钟。

训话结束，大家都噤若寒蝉。时钟显示四点。莫瑞博士坐在高桌子前看校样，神情比平常更加焦躁。助手们全都在伏案工作，不敢挺起身体，没有人说话，没有人敢在五点前离开。

时间一到，大家一致望向莫瑞博士，他还保持原样，于是大家只能继续工作。五点半时，又有人转头。从我坐的位置看去，那简直像精心编排过的舞蹈一样整齐。我不禁发出细微的声响，爸爸转过头，"你要像老鼠一样安静"，他用眼神示警。莫瑞博士仍然坐着，他的铅笔准备订正和删除。

六点钟，莫瑞博士把他在看的那份校样装进一个信封，从桌前起身。他走到累牍院门口，把信封放到托盘上，准备明天一早送去出版社。他回头看向分类桌，七个助手都垂着脑袋，铅笔停在半空，期盼着能获得释放。

"你们没有家要回吗？"莫瑞博士问。

我们放松下来——风暴过去了。

"小艾，你有什么有趣的词要跟我分享吗？"爸爸关上累牍院的门时问道。

"今晚没有。我要带莉兹去看戏，还记得吗？"

"又去？"

"莉兹还没去过。"

他看着我。"我猜是《无事生非》？"

"我想她会觉得很有趣。"

"她以前看过戏吗？"

"她没有和我说过。"

"你不认为戏剧语言会……"

"爸爸，你怎么这么说呢？"我亲了一下他的额头，走向厨房，心中微微浮现一股不安。

这么多年来，莉兹始终反复缝补她唯一一件好看的裙子。它从来都不时髦，不过我一直认为它的三叶草绿让她看起来更轻盈。我们走在抹大拉街上时，我觉得裙子把她衬托得有点苍白。我们经过教堂时，莉兹在胸前画了个十字。

"噢，莉兹，那里有一块污渍。"我碰了碰她腰部上方一块油腻的痕迹。

"巴勒德太太需要人帮忙给烤肉抹油，"莉兹说，"她的手不像以前那么稳了，她从烤炉里拿出烤肉的时候，油溅了出来。"

"你不能把它擦干净吗？"

"最好用水泡，不过没有时间了。我想说只有你跟我，没人会注意的。"

现在改变计划已经太迟了——缇尔妲和比尔在"老汤姆"等着我们。我用他们的视角看着莉兹。她今年三十二岁，只比缇尔妲大一点点，不过她脸上布满皱纹，头发直直地垂着，棕色发丝间掺杂着灰白色。她的体态没有让我联想到香皂的广告，反倒是更像巴勒德太太。我先前几乎都没有注意到。

"我们不是应该在乔治街转弯吗？"当我继续径直走进谷物市场街时，莉兹问。

"其实呢，莉兹，我想说你可能想见见我的新朋友。我们约好在看戏前先在'老汤姆'喝一杯饮料。"

"老汤姆是谁?"

"一家酒吧,在圣阿尔达特路上。"她跟我挽着手臂,我感觉她的手臂变得僵硬起来。

我们进入"老汤姆"时,比尔露出灿烂的笑容,缇尔姐则朝我们挥挥手。莉兹在门口迟疑,就像我看到她在累牍院门口踌躇不前的样子。

"你不需要有邀请卡就能进入,莉兹。"我说。

她跟着我,我感觉我是姐姐,她是小孩。

"这位一定就是大名鼎鼎的莉兹了。"比尔说,他鞠了个躬,牵起她垂在身侧的手,"你好吗?"

莉兹讷讷地说了什么,快速抽回她的手,揉了揉,好像有人用力打了它一下。比尔假装没有注意,把焦点转向缇尔姐。

"缇尔姐,吧台边围了三圈人,用你的魅力帮我们点一杯酒吧。"他看着莉兹,"看他们怎么分开来让她通过,她简直像摩西。"

莉兹凑向我:"艾西玫,我不喝酒。"

"给莉兹点杯柠檬水就好,比尔。"我说。

缇尔姐用点头和微笑穿过等着点单的紧密人墙。比尔不得不大叫:"姐,柠檬水加点料,老样子。"

缇尔姐举起一只手臂示意听到了。我转向莉兹,发现她看我的眼神宛如初识,而她在思考我可能是什么样的人。

"我跟他们说我七点钟就得换好全套戏服,"几分钟后,缇尔姐熟练地捧来四杯饮料说,"有一个人说要帮我换衣服,三个人保证会来看戏。我卖掉那么多张票,真应该拿佣金。"

莉兹接过缇尔姐递出的杯子,目光垂落到缇尔姐的低胸裙和她丰满的胸脯上。我轮番看着两人,分别以一个人的目光打量着另一个人:一个老女仆,一个妓女。

"敬你一杯,莉兹。"缇尔姐举起威士忌说,"从艾丝玫和老梅宝的口中,我感觉早就认识了你。"说完,她仰起头,一饮而尽,"我得去换装了。我们演出后再见,好吗?"

"当然可以。"我说,但莉兹在我旁边挪了挪身体。"也许吧。"

"比尔,交给你来说服她们了。这是你最擅长的。"

缇尔姐穿过人群,吸引了男人们的一种目光,女人们的另一种目光。

接下来的星期一,莉兹从炉灶上的大茶壶里倒茶,把杯子递给爸爸。

"莉兹,你喜欢那出戏吗?"他问。

她继续倒另一杯茶,没有抬头。"我只看懂一半,尼克尔先生,不过我觉得很热闹。艾西玫非常好心地带上我。"

"你见过艾丝玫的新朋友吗?泰勒小姐的演出给我留下了深刻的印象,不过恐怕我得靠你来保证他们的为人。"

下一杯茶是给我的,莉兹慢条斯理地加着糖,她知道我喜欢喝甜一点儿的。

"我不能说我遇到过像他们这样的人,尼克尔先生。他们有一种我不习惯的自信,不过他们对我很客气,对艾西玫也很亲切。"

"这么说,你赞成了?"

"我没有立场过问,先生。"

"但你还会再去,去剧院?"

"我知道我应该更喜欢它,尼克尔先生,但我不确定它是否适合我。第二天,我累得要命,还要生火做早餐。"

"我会不会赞成?"稍晚一些,我们穿过花园走向累牍院时,爸爸问道。

我希望他赞成吗?我纳闷。

"你会喜欢的。我敢说,在争论中你会跟缇尔妲站在同一边。"我犹豫了一下,脑海中浮现演出后缇尔妲在"老汤姆"的样子，一手拿着雪茄，一手拿着威士忌，模仿亚瑟·贝尔福。她压低嗓音，刻意字正腔圆，嘲笑他去年辞去首相一职的事，在场的人都被她逗笑了。"不过我不确定你是否赞成。"我把话说完。

他打开累牍院的门。他没有走进去，而是转身抬头看着我。我认得这种表情，于是等着他召唤莉莉更高深的智慧。他会说，她会知道该怎么做，而他自己不必提供鼓励或警告，直到蒂塔寄信来，他可以复述信里的一些话。这次他却没有推诿。

"我发现我下的定义越多，我懂的越少。我终日试图理解早已作古的人如何使用词语，以便拟出一种足以供当代和未来使用的定义。"他拉起我的手，轻抚疤痕，好像莉莉仍然烙印其中。"大词典是一本历史书，艾丝玫。如果说这本书教会了我什么，那就是我们现在看待事物的方式肯定会改变。至于将如何改变，唉，我只能期盼和推测。不过我知道，你的未来会和你母亲在你这个年纪时所期望的不一样。如果你的新朋友能教你一些道理，你可以听，但请相信自己的判断，小艾，哪些想法与经验应该纳入未来，哪些不该。如果你来询问我，我永远都会给你建议。不过你已经是成年女性，虽然有些人不认同，但我还是认为你有权自己做决定，我不能一意孤行。"他把我怪异的手指放到唇边吻了吻,然后贴在脸颊上。那是一种道别。

我们踏进累牍院。我呼吸着周一早晨的气味,走到我的书桌前。

桌上有一沓纸条等着整理归类,几封信需要简单回复,还有一页校样,上面有莫瑞博士的注记:确保每一条引文都按照正确的时间顺序排列。今天不是辛苦的一天。

累牍院的人渐渐多起来。男人们弯腰俯向他们的文字,精准传达文字意义的挑战使他们皱起眉头,也引起了低声辩论。我把十五世纪的引文挪到十六世纪的引文前面,没有人询问我的意见。

午餐前,爸爸告诉我,我对"mess"的一种定义提出的建议经过些许调整后,将被收录在下一本分册里。我掀起桌盖,在痕迹累累的木头上加了一道刻痕。消息不像以前那样令我满足,感觉像是一种和解。我望向莫瑞博士。他坐得笔直,头歪向纸页,是校样或信件,我看不清楚。他的表情放松,运笔的动作流畅。这是找他的最佳时机。我从桌前站起来,带着比预想的更加充分的自信走到前面。

"莫瑞博士。"我把拟好的信放到他的桌上,他埋头工作,没有抬头。

"我相信它们都很不错,艾丝玫。请把它们放到要寄出的邮件那里吧。"

"我在想……"

"嗯?"他仍在工作,那项任务令他沉醉其中。

"我在想我是不是能做得更多?"

"下午的信件可能会引起更多人对下一本分册出版时间的询问,"他说,"我希望他们别再问了,不过我很高兴你乐于答复。瑶尔曦拒绝忍受这桩枯燥的差事。"

"我的意思是我想多做一些与文字有关的工作,或许是一些研究工作。当然,我还是会处理信件,不过我想做出更有意义的贡献。"

莫瑞博士的铅笔停了下来,我听到罕有的轻笑声。他打量着我,好像我是他好一阵子没见过的侄女一样。然后他翻了翻桌上的几张纸,找到他要的东西后默读着。他又把那张信笺递了过来。"这是你的教母汤普森小姐写的。我请她研究'pencil'的一个变体。也许我应该请你做这件事。"他把信笺交给我,"把后续工作完成,找到相关的引文,然后给这个词下定义。"

一九○六年七月四日
亲爱的莫瑞博士:

我觉得到处去搜罗这些东西有损我的声誉。那些东西要到美发店去找。我说要买"eye-pencil"（眼线笔）时，他们拿出了棕色、栗色、黑色的，还有红棕色的。他们没听过"lip-pencil"（唇笔）这个词。

伊蒂丝·汤普森敬上

前排座位坐满了人，缇尔姐却不知去向。饰演班尼迪克的年轻人对着比尔大呼小叫。

"她是你姐姐，你怎么会不知道她在哪里？"

"我不是她的监护人。"比尔说。

那个演员不可思议地看着比尔。"你当然是。"然后他气冲冲地走开，假发歪了，涂着颜料的脸上一道道汗水在流淌。

比尔转向我。"你知道，我真的不是她的监护人，她是我的监护人才对。"他瞥向舞台的门。

"如果她还不出现，你可能要扮演贝特丽丝了。"我说，"台词你应该能倒背如流了吧。"

"她去了伦敦。"他说。

"伦敦？"

"她去办她所谓的'那件事'。"

"什么事？"

"女性投票权。她加入了艾米琳·潘克斯特的阵营。"

突然，舞台的门打开，缇尔姐冲了进来。她脸上挂着灿烂的笑容，手里抱着一个大包裹。

"帮我照看这个，比尔，我得换衣服了。"

"当心班尼迪克。"我说。

"我会撒一个能让他相信的谎。"

当天晚上贝特丽丝骗过了班尼迪克。缇尔姐谢幕时，掌声经久不息，班尼迪克没等到掌声结束就离开了舞台。

结束后，我们没有去"老汤姆"，缇尔姐带我们朝反方向走，去圣吉尔斯街的"老鹰与孩童"酒吧。

两个前厅中的一个已经坐满了人，缇尔姐巧妙地从人群间穿过。我跟比尔留在狭窄的门口，试图弄清楚这是什么场合。我数了数，有十二个穿着各色裙子的女人。有些是贵妇，其他大部分是爸爸所说的"中产阶级"：跟我差不多的女人。

缇尔姐停止跟人打招呼，回头朝我们这里喊道："比尔，包裹，可以把它传过来吗？"

比尔把包裹交给一个矮矮胖胖的女人，她对他表示感谢："好家伙，我们需要更多像你这样的人。"

"我不是什么稀有品种。"他说，似乎明白她的意思。我感觉自己闯入了别人的谈话。

"你还是老样子？"比尔问。

"能有人让我搞清楚状况吗?"

"你很快就会明白的。"他沿着狭窄的走廊走向吧台。

"姐妹们,"缇尔妲开口,"谢谢各位加入战斗。潘克斯特太太答应你们会来这里。现在欢迎你们的到来。"十二个女人看起来都很高兴,像是受到老师偏爱的学生。

"我带来了传单,还有一张地图,上面标明了我们每个人分发传单的位置。"缇尔妲打开包裹,让大家传递传单。传单上印着一个穿学士袍的女人,与一个罪犯和一个疯子关在同一间牢房里。

"牛津大学的学位是个不错的东西。"我听到有个女人说。

"把它加到传单上。"另一个女人说。

"艾丝玫,"缇尔妲在嘈杂声中喊道,"你可以把地图摊在那张桌子上吗?"她把一张折起来的地图举过面前女人们的头顶。我犹豫了,不确定我可能还连带同意了什么。她似乎能理解,举着地图,耐心地凝视我的眼睛。我点点头,随着其他女人一起走进房间。

我背对着临街的窗户坐下,手压着地图的一角,以免它在女人们兴奋的注视下滑落。交谈声令人振奋。女人们讨论着策略,根据她们的住址交换路线——有些人想在无人认识她们的区域发传单,有些人想在自家附近发传单,如果遇到阻碍可以迅速逃离。

大部分女人赞同应该在晚上发传单,还有一些人因为怕黑或是担心丈夫不准许,想出一个办法:用戒酒会通知单把传单包起来。这个主意获得赞许,不过选择这么做的人必须自己承担额外的准备工作。

细节都确定后,缇尔妲给了每个女人一小包传单,她们兴奋地陆续结伴离开"老鹰与孩童"。

有三个女人留了下来,等其他人都走了,缇尔妲把她们聚到地图边。她们讨论进一步的计划时,我移动到小房间的另一头。我拿出一张纸条。

SISTERS(姐妹)
因共同的政治目标而联系在一起的女性;同志们。
"姐妹们,谢谢各位加入战斗。"

——缇尔妲·泰勒,一九〇六年

那三个女人带着传单和另一个更大的包裹离开了。缇尔妲正在折地图,比尔回到房间。

"准备好喝你们的酒了吗?"他说着,递上威士忌和我逐渐喜爱的柠檬啤酒。

"时机算得刚刚好,比尔。"缇尔妲说,她接过酒,然后看着我。"很令人兴奋吧?"

我不确定是否令人兴奋。我很好奇,同时感觉面红耳赤,心跳加速,但这可能是出于焦虑。我完全不确定这是我应该参与还是回避的事。

"快喝吧,"缇尔妲说,"我们还有工作要做呢。"

我们离开"老鹰与孩童",转向班伯里路。缇尔妲递给我一沓传单,用牛皮纸包着,再用细绳扎好,看上去像一沓刚从出版社送来的校样。

"我不确定该不该这么做。"我说,不自在地抱着它们。

"你当然应该。"她说。比尔走在前面,故意不参与我们的谈话。

"我跟你不同,缇尔妲。我跟刚才那些女人都不一样。"

"你有子宫,不是吗?你也有大脑,能够决定支持贝尔福还是甘贝尔-班纳曼吧?你跟刚才那些女人没什么不同。"

我把传单拿得离我远一点儿,仿佛它们沾有某种腐蚀性物质。

"别像个胆小鬼似的,"她说,"我们所做的只是往别人的信箱里放些纸张而已。最坏的情况,它们会被烧掉;最好的情况，它们会被阅读，一颗脑袋可能会因此改变思想。你表现得像我要逼你去投放炸弹一样。"

"要是被莫瑞博士发现……"

"如果你真的认为他会在乎，那就不要让他发现。好了，这是你的路线。你手上的传单足够发给班伯里路两侧的住户，从贝文顿路到圣玛格丽特路中间这一段。"

这段路包括向阳屋。我仍然犹豫。

"你住在杰里科，是吗？"

我点点头。

"你不必特地绕远路。"她说，"比尔，陪她去。"

"那你呢？"我问。

"真是遗憾，我独自呼吸夜晚的空气，没有人会诧异，而你需要有个男人挽着你的手臂。"

我们沿着圣吉尔斯街走时，需要打招呼的人变少了：一对男女、一群喝醉了的学术人士，他们分开来绕过我们时，非常礼貌。从圣吉尔斯街转进班伯里路时，空无一人。我的焦虑消退，取而代之的是我对自己先前犹豫不决的懊悔。

"需要我来做吗？"过了贝文顿路后，我们走向第一个信箱时，比尔问道。

比尔知道我的所思所想——我确实跟那些女人不同。

我或许赞同她们的主张,却没胆量跟她们并肩作战。他伸手要拿传单时,我摇摇头。他把手移到我的后腰,我很感激有这股力量的支撑。我拉开缇尔妲绑的蝴蝶结,包装纸散开来。图片上被囚禁的女人指控着我的冷漠。

等我们走到向阳屋时,我那一沓传单已经少了许多。我加快了脚步,比尔保持着安静,因为我提醒他说笑可能会把住户吵醒。看到红色的邮筒时,我放慢脚步。我小时候认为,莫瑞博士一定很重要才会拥有自己的邮筒。我喜欢想象邮筒里装满信件,每封信都只谈论文字。我学会字母之后,爸爸让我自己练习字母,写一些自创的词、自创的意义和笨拙的句子。除了他和我,这些对其他人来说没有任何意义。接着,爸爸还会给我一个信封和一张邮票,我把写给他的信填上地址——牛津市班伯里路累牍院,我一个人穿过花园,走出栅门,把信投进莫瑞博士的邮筒。接下来的几天里,我会观察爸爸的表情,看着他打开寄到向阳屋的邮件,把纸条归类,读信。等他终于读到我的信,他会像读其他信时一样严肃。他会从头看完一遍,点点头仿佛赞同某个重要论点,然后把我叫过去询问我的意见。即使我笑个不停,他也会保持正经的表情。现在向累牍院的邮筒投递信件,我仍然会感觉特别兴奋。

"七十八。"比尔在寂静中说。

"累赘院。"

"如果你希望的话,可以跳过它。"

我快步走向栅门上的信箱,把传单投进去。它嗖的一声落到底部。

第二天早晨,爸爸撑着伞,我负责把向阳屋的信箱清空。传单在最底下,因为没有信封而暴露在外。我能看到它的边角,突然担心别人可能想到我会把它扔掉。我应该把它放在谁的信件里?从我把它投进信箱后,它的意义越来越大,我也越来越焦虑。在晨光下,夹在这些学识渊博的男男女女的信件之间,这张传单仿佛失去了力量。

我很失望。我原本深恐它发挥作用,现在却又担心它起不了任何作用。

"爸爸,我答应莫瑞博士会在他要寄给蒂塔编辑的纸条上添加一些新的引文。"我说,"今天早上的信能不能晚点再整理?"

"让我来吧,这对我来说是个轻松的开始。"

我很庆幸他做出我预期中的回应。

从我的座位可以清楚地看见爸爸的侧面。我没在整理纸条,而是观察他在检查信件时的表情变化。他整理到最底下时,拾起那张传单。我屏住呼吸。

他看了一遍，读了标题，严肃地思索片刻。然后他放松下来，露出微笑，点头表示理解漫画的意思，也许还觉得绘制漫画的人很聪明或是认同其中传达的理念？他没有把它揉成团，而是放在其中一沓信上。他从分类桌旁站起来，把每一沓信分给收件者。

"你应该会对这个感兴趣，小艾。"爸爸边说边把一小沓纸条放在我的桌上，"它是随信寄来的。"

他看着我接过传单，装作从未见过似的打量。

"值得跟你的年轻朋友讨论。"爸爸说完就走开了。

缇尔妲说得对，我是个胆小鬼。我把传单收进桌子，从口袋里取出最新的纸条。

姐妹。我搜寻分类格。"姐妹"的纸条很多，都已整理分类，上面写了不同的意义，但"同志们"不在其中。

自从巴勒德太太开始反复发病，莉兹待在厨房的时间越来越多。医生叮嘱巴勒德太太不能长时间站立，所以她现在常常泡一壶茶坐在厨房桌边发号施令。我进屋时，她正一边翻阅《牛津纪事报》，一边提醒莉兹给刚送来的鸟肉撒上盐。

"别小气，"她说，"足够的盐才能让肉质变软，腌得越久越好。"

莉兹翻了个白眼，不过仍然保持笑容。"巴太太，从我十二岁起，你就叫我用盐腌鸟肉了，我想我知道该怎么做。"

"听说城里不太平静，"巴勒德太太没有理睬莉兹，说道，"有些妇女参政运动者被发现在市政府墙上乱涂标语。听说她们被追捕，逃向圣阿尔达特路，本来应该可以逃走的，但是其中一人跌倒了，另外两个人停下来扶她。"

"妇女参政运动者？"莉兹说，"我从来没有听过这个词。"

"这上面是这么写的。"巴勒德太太浏览了文章，"他们用这个词指代潘克斯特太太带领的那群女人。"

"只是涂标语？"我问。我以为她们会纵火。

"这里说她们用红色油漆写下'女人，拥有的权利不比罪犯多'。"

"艾西玫，你的传单不就是这么说的吗？"莉兹问，她双手插在鸟肉里，眼睛盯着我。

"跌倒的那位还是地方法官的妻子呢。"巴勒德太太继续说，"另外两个是萨默维尔学院毕业的，都是受过良好教育的淑女。多么可耻。"

"那不是我的传单，莉兹，它是跟邮件一起送来的。"

"你知道是谁送的吗？"她问，仍紧盯我。

我感到一股红潮沿着脖子上涌，淹没了我的脸。她得到了我的回答，继续腌她的鸟肉，动作变得有点粗暴。

我走过去，站在巴勒德太太身后读那篇报道。三人被捕，还没有审判定罪。不知道缇尔妲和潘克斯特太太会不会失落。

在累牍院，我到分类格前寻找。我找到了"suffrage"（投票权），也有"suffragist"（支持妇女参政者），但没有"suffragette"（妇女参政运动者）。我把最近几天的《伦敦时报》《牛津时报》和《牛津纪事报》拿到我的书桌上。每一份都有文章提到"suffragettes"，有一份提到"suffragents"，还有一篇用了动词形式的"suffragetting"。我把它们剪下来，在引文下面画了线，然后把它们贴在对应的纸条上。我又把所有资料都放进它们所属的分类格里。

又一晚的演出结束了，比尔和我帮缇尔妲换回她的便装。

"你的日子过得太舒适了，艾丝玫。"缇尔妲边跨出贝特丽丝的灯笼裤边说。

"我住在这里啊，缇尔妲。"

"地方法官的妻子和那两个萨默维尔学院的毕业生也住在这里。"

一小时后，我们再度来到"老鹰与孩童"。聚集在那里帮忙的女人热情洋溢，我感觉自己很沉闷。新的传单敦促她们去伦敦参加由艾米琳·潘克斯特发起的游行，她们已经在讨论旅行计划了。我希望她们的决心能感染我，可当我们走到街上时，我已经说服自己不要加入她们的行列。

"你只是害怕。"缇尔妲说，她用掌心贴着我的脸，仿佛我是个孩子。她把一沓传单交给比尔，开始倒着走。"问题是，艾丝玫，你搞错害怕的对象了。没有投票权，我们说的任何话都没有分量，这才是可怕的。"

莉兹在厨房桌边，面前搁着她的针线篮和一小摞衣物。我望向食品储藏室，寻找巴勒德太太的身影。

"她在屋子里，跟莫瑞太太说话。"莉兹说。然后她递给我三张皱巴巴的传单。"我在你大衣口袋里找到的。我不是有意窥探，只是因为要缝补下摆，顺便检查接缝。"

我呆站着，有一种熟悉的感觉，我觉得自己应该受到惩罚，又不太理解我做错了什么事。

"我到处都能看到它们，从信箱掉出来，或是塞在室内市集的某个地方。有人告诉我上面写的内容，有人甚至问我会不会去。"她哼了一声，"说得好像我可以一整天待在伦敦似的。艾西玫，如果你由着她，她会带坏你的。"

"谁?"

"你很清楚。"

"我知道自己的想法,莉兹。"

"也许吧,但你从来不懂什么对你有益。"

"这不仅仅与我有关,这关乎所有女性。"

"所以你真的发了传单?"

莉兹今年三十二岁,看起来却像四十五岁。我突然明白了原因。"莉兹,你要服从每个人的命令,却不能发表自己的意见。"我说,"这些传单就是在表达这个观点。是时候为我们自己争取发言权了。"

"那只是因为有钱的女士想要拥有更多而已。"她说。

"她们在为我们所有人争取更多。"我的嗓音提高了,"即使你不打算为自己挺身而出,至少也应该庆幸有人愿意这么做。"

"你不被登上报纸,我就谢天谢地了。"她平静地说。

"是冷漠让女性没有投票权。"

"冷漠,"莉兹哼了一声,"我看不止吧。"

我气冲冲地离开厨房,连大衣都忘了穿。

午餐前,我回到厨房,巴勒德太太坐在桌前,面前有一杯冒着热气的茶。

"巴太太,今天只有三个人要吃三明治。"我边说,边环视四周寻找莉兹。

"来不及了。"她朝着工作台上的大盘子点点头,上面堆满三明治,这时莉兹出现在通往她房间的楼梯底部。

我看过去,露出微笑,莉兹只是点点头。

"莫瑞博士去出版委员会开会,爸爸和鲍尔克先生去见哈特先生了。"我继续说,想假装我们没有发生过口角,"显然是因为出现了拼写错误。爸爸说他们会离开几小时。"

"这么看来,我们下午茶也要吃三明治了,莉兹。"巴勒德太太说。

"总比糟蹋食物好。"莉兹边说边走向工作台,把一些三明治挪到小盘子上。

"我可以接受。"我说。

"艾西玫,你今天晚上要去剧院吗?"莉兹可不像我那样想装没事。

"也许会吧。"

"那些台词你一定都会背了。"

她的话把我堵得哑口无言。确实如此,比尔逮到我模仿缇尔妲念台词时总爱取笑我。"你可以当她的替补演员。"他说。

"你想一起去吗?"我问莉兹。

"不想。第一次我是不得不去,艾西玫,去一次就够了。"

如果不是我明显表现得松了口气,她可能就此打住。结果她叹了口气,压低声音:"艾西玫,你不像他们那么世故。"

"我已经不是小孩了。"

巴勒德太太把椅子往后一推,拎起香草篮去了花园。

"也许该变得'世故'一点儿了——套用你的说法。形势在变化,女人不必过着由别人决定的生活,她们有选择权。余生不按照他人的意愿做事时,还要担心他人怎么想,那根本不算是生活。"

莉兹从抽屉里拿出一块干净的布,盖在她和巴勒德太太晚点要吃的三明治的盘子上。她直起腰杆,深吸一口气,手探向颈上的十字架。

"噢,莉兹,我不是有意——"

"有选择是件好事,不过在我看来,一切都和以前没什么不同。如果你有选择的余地,艾西玫,你一定要选好。"

最后一场演出的票售罄了。他们加演了三次,全场起立鼓掌,表演者简直未饮先醉。缇尔妲带他们从新剧院前往"老汤姆",两只手臂各挽着一名演员,两名演员都亲昵地凑向她，引来夜晚人群鄙夷的目光。

我跟比尔走在后面。在我们每周一次的活动中，这是我们一贯的位置，他像往常一样牵起我的手，鼓励我把手搁在他的前臂上，拉近我们的距离。今天的气氛不一样。他的手落在我的手上，他的手指在我赤裸的皮肤上描画复杂的图案。他的话语很少，也不太想跟上队伍。

"他们很高兴。"我说。

"最后一天晚上总是这样的。"

"会发生什么事？"我凑近他，像要密谋什么。

"至少会有一个人被逮捕，一个人掉进查威尔河，还有……"他看着我。

"还有？"

"缇尔妲会睡上他们中一人的床——只要有人能偷偷带她回房间。"

"你怎么知道？"

"这是她的习惯。"他边说，边揣测我的反应，"她整个演出期间都在拒绝他们的求爱——她说谈情说爱对演出不利——之后她就会允许他们拥有她。"

我早就知道了，缇尔妲说过。当时我红了脸，而缇尔妲说："如果雄鹅可以这么做，为什么雌鹅不可以？"她反驳了我的观点，我也开始觉得我的观点不过是拾人牙慧，不是我的肺腑之言。

"你知道吗，艾丝玫？"她当时说，"女人天生就被设计成喜欢这档事。"

然后她告诉我怎么做。

"它叫什么？"第二天我问。

缇尔姐笑了。"这么说你找到它了？"

"找到什么？"

"你的'clitoris'（阴蒂）。如果你想写下来，我告诉你怎么拼。"我从口袋里拿出一张纸条和一截短铅笔，缇尔姐拼给我听，"有个医学系的学生告诉我它叫什么，不过他对它知之甚少。"

"什么意思？"我问。

"他把它形容为残留的证据——他说那证明我们曾经也是亚当。不过他跟你一样，完全不清楚它能发挥什么作用。或许他知道，也觉得不重要。"她微笑。

我们跟随着缇尔姐和她的随从，比尔似乎很害羞，这是我认识他以来第一次看到。

"她今晚不回家。"他说。

得体的回应停留在我的嘴边，我却什么也没说。

"她跟我保证她不会回来。"

他的话传遍了我的身体，直达我现在知道用什么词称呼的那个部位。我知道如果我跟他回去会发生什么事，我渴望发生。

"我不能回家太晚。"我说。

"不用担心。"

几天后，比尔、缇尔妲和我相约在车站喝茶。比尔亲吻我的脸颊。任何旁观者都会猜测我们是老朋友，或者是表姐弟。他们不会注意到他轻柔地在我耳边吹气，也不会注意到我用战栗回应。一连三个晚上，他探索我的身体，找到我以前不知道的快感。他应该留在牛津吗？他问我。"如果你必须问这个问题，"我说，"那么答案大概是否定的。"

缇尔妲递给我一个纸袋。

"别担心，不是传单。"她微笑。

我打开袋子。

"唇笔、眼线笔和眉笔，"缇尔妲说，"很容易买到，不过也许不是从你的教母会去的那种美发院弄到。我也买了些唇膏给你。红色的，与你的发色很配。你需要一件新裙子才能配成一套。"

我拿出一张纸条。"用'lip-pencil'造句。"

"那支唇笔（lip-pencil）顺着她红宝石般的嘴唇轮廓

描画，像是艺术家的画笔。"

"她早就练习过了。"比尔说。

"我不能把这个写在纸上。"

"如果这是真正的大词典要用的，不是必须出自书里吗？"比尔问。

"理论上是，不过即使是莫瑞博士也曾经在既有的句子不符合字义时，自己创造一句引文。"

"我的句子就是这句了，要就抄下，不要就算了。"缇尔姐说。

我选择抄下。比尔又倒了一些茶。

"你们在曼彻斯特已经找好下一出戏了吗？"我问。

"我们不是为了剧场工作去曼彻斯特的，小艾。"比尔说，"缇尔姐加入了WSPU。"

"那是什么？"

"妇女社会政治联盟（Women Social and Political Union）。"缇尔姐说。

"潘克斯特太太认为她的舞台技巧很有用。"比尔说。

"我可以放大我的声音。"

"还有让它听起来很优雅。"比尔无比自豪地看着他的姐姐。我难以想象他这辈子会有离开她的一天。

## 一九〇六年十二月

瑶尔曦·莫瑞在累牍院里走了一圈,手里满是信封。我看见每位助手都领到一个信封,按照资历、教育程度和性别,厚度各有不同。爸爸的信封很厚。我的就与萝丝芙和瑶尔曦的一样,看起来几乎空无一物。瑶尔曦停在妹妹的椅子旁,两人一边说话,瑶尔曦一边把萝丝芙发髻中滑落的一绺金发重新夹好。瑶尔曦满意地认定它已经固定好,就继续朝我的桌子走来。

"谢谢你,瑶尔曦。"她把我的薪水递给我。

她微笑着,把一个更大的信封放在我桌上。"艾丝玫,你这几天看起来好像有点无聊。"

"不会啊,没这回事。"

"你太敬业了。我也做过不少整理和回信的工作,我知道那有多枯燥。"她打开信封,抽出一页校样,把它推向我,"父亲认为你可能想试试校对。"

这无法治愈笼罩我的抑郁,不过我仍然欢迎它。"哇,瑶尔曦,谢谢你。"

她愉快地点点头。我等着她问老问题。

"今晚新剧院要开始上演新剧目了。"她说。

"嗯。"

"你会去吗?"

这六年,我每个星期五都会领到一个信封,而每个星期五瑶尔曦都会问我要怎么犒赏自己。我以前总是买一些点缀家里的装饰品,不过自从认识缇尔妲之后,我的答案就几乎没有动摇过:我要请自己去看戏。"《无事生非》怎么有这么大的魅力?"她曾问。我脑海中浮现出比尔的样子。在黑暗中的舞台边缘,他的腿贴着我的腿,我们两双眼睛望着缇尔妲。

"我今晚应该不会去看戏。"我说。

她打量我一会儿,黑眼珠似乎充满同情。

"时间多得很。我看报纸上说它在伦敦很受欢迎,应该会演很久。"

我无法想象另一个戏班子或另一出戏,只是想到跟比尔以外的人坐在那里，就让我泫然欲泣。

"我得走了。"瑶尔曦说，她碰了一下我的肩膀，然后走开了。

她走了以后，我看着她给我的校样。那是下一本分册的第一页，校样边缘钉着一张纸条，附有"misbode"的额外例句。

莫瑞博士潦草的笔迹指示"重新编辑这一页，把它塞进去"。我想起几年前这个词从一个信封里掉出来的事，女性的娟秀字迹以及乔叟的一行文字。爸爸和我拿它来玩了一个星期的游戏。这个新句子让我怔住了：她因为他不在而感到天塌下来一样（misboding）的伤悲几乎使她发狂。

我很想他们，他们就像写了一个剧本，搭出布景，只要我跟他们待在一起，就有角色可演。我是那么轻而易举地就进入角色：一个配角，衬托主角发光的绿叶。现在他们收拾行囊走了，我感觉自己像个忘了词的演员。

但比尔不在令我发狂吗？

他给了我一样东西，那是从他第一次牵起我的手，我就想要的东西。那不是爱，完全不是，而是知识。比尔把我写在纸条上的词拿起来，转化成我身体的部位。他引导我认识没有任何句子能勉强定义的感觉。接近尾声时，我听到那种愉悦感觉乘着我的气息呼出来，感到我的背弓起来，我的脖子伸直去暴露它的搏动。这是一种臣服，但不是对他。比尔就像个炼金术师，把梅宝的粗鄙和缇尔妲的实际变成某种美丽的东西。我心存感激，但我没有爱上他。

我最想念的是缇尔妲，是她让我不再有种天塌下来一样的伤悲。她有一些我想了解的理念，她会说一些我不明白的话。她在乎重要的事，不在乎不重要的事。当我跟她在一起时，我觉得我或许能做一番轰轰烈烈的事。她不在了，我担心我再也没有机会。

"艾西玫，身体又不舒服了？"我进厨房倒水时莉兹问，"你的脸色看起来有点苍白。"

巴勒德太太在检查她两三个月前做的圣诞布丁，往上面淋一些白兰地。她眯起眼睛打量我，因为皱眉，她脸上的纹路又深了一些。莉兹用厨房桌上的水壶给我倒了杯水，然后到食品储藏室拿出一包消化饼干。

"巴太太从店里买的这种饼干呀！"我说，"你知道你的食品储藏室里藏着这种东西吗？"

她眨眨眼，表情放松了下来。"莫瑞博士坚持要买麦维他饼干，他说那让他想起苏格兰。"

莉兹递给我一片饼干。"这能让你的肠胃舒服一点儿。"她说。

我现在一点儿都不想吃东西，莉兹却坚持。我坐在厨房桌边啃着饼干，而巴勒德太太和莉兹在我周围忙得团团转。她们几乎什么也没完成。当莉兹开始第三遍擦炉灶时，我终于开口问是不是出了什么事。

"没有，没有，亲爱的。"巴勒德太太话接得很快，"我相信一切都会没事的。"但她又恢复皱眉的表情。

"艾西玫，"莉兹终于搁下抹布说，"你可以上楼吗？"

我看着巴勒德太太，她点点头，要我跟着莉兹去。确实出了什么事，一时间我感觉反胃。我深吸一口气，反胃感消退，我跟着莉兹上楼去她的房间。

我们坐在她的床上。她看着自己的手，不自在地搁在腿上。我握住她的手。她有坏消息，我心想。她生病了，或是我总说女性也有选择权，她想另谋出路了？她还来不及说一个字，我已经泪水盈眶。

"你知道你已经多久了吗？"莉兹说。

我瞪着她，试着把她的话对应到我能理解的意义上。

她又试了一次。"你从多久以前开始……"她看着我的肚子，然后盯着我的眼睛，"有了（expecting）？"

这下我懂她的意思了。我抽回手，站起身。

"别说傻话了，莉兹，"我说，"这不可能。"

"噢，艾西玫，你这小傻瓜，"她站起来，再度拉住我的手,"你不知道?"

我摇头。"你又怎么会知道?"

"妈妈总是在怀孕,那是我在来这里之前唯一知道的事。不舒服的感觉应该就快结束了。"她说。

我看着她的眼神,好像她疯了。"我不能生下孩子,莉兹。"

Expect,expectant,expecting。这些词的意思是"等待",等待某个邀请,等待某个人,等待某件事,但从来不是等待婴儿。这个词的引文没有一条提到婴儿。按照莉兹的计算,我已经"有了"十周了,可我浑然未觉。

隔天,我没有跟爸爸一起吃早餐,而是留在床上。我跟他说我头痛,他说我看起来脸色很苍白。他一出门去累牍院,我就跑去他的房间,站在莉莉的镜子前面。

没错,我的脸色是有点苍白,不过穿着睡袍,我看不出身体有任何异常。我松开颈部的蝴蝶结,睡袍落在地上。我还记得比尔用手指从头到脚描画我的身体,念出我每个部位的名称。我的目光顺着他当时描画的路径移动,皮肤起了鸡皮疙瘩,就像我们每次在一起时那样。我的眼神停在腹部,那里隐约显得浑圆,像是我刚吃了丰盛的一餐,或是胀气,或是月经前的水肿。事实上都不是,我最近才学会解读的身体，突然间变得深奥。

我把睡袍穿回去，紧紧系起蝴蝶结。我回到床上，把被子拉到颈部。我在那儿躺了好几个小时，几乎动也不动，不想感觉身体里可能正在发生什么事。

我在等待，不是在等待婴儿，而是在等待解决办法。

那天晚上，我辗转难眠。到了早晨，因为睡眠不足，我感觉更不舒服，可我坚持要去累牍院。我在书桌里放了一包麦维他饼干，整个上午边啃饼干，边看信件和整理纸条。我试着把义工提供的首页纸条上的意义润色得更好一些，却没有灵感。

我望向分类桌。爸爸坐在他的老位子上，斯威特曼先生和马林先生也是。尤克尼先生坐在以前米契尔先生坐的位置，我突然好奇他穿的是哪种鞋子，他的袜子是否成对。他们会欢迎另一个孩子待在分类桌底下吗？新助手会抱怨、责骂、控诉吗？爸爸咳起来，他取出手帕擤鼻子。他只是感冒了，我突然意识到他变老了，头发变白了，身材变胖了。他还有精力同时担任母亲和父亲、祖母和祖父吗？这样要求他公平吗？

午餐时，我到厨房找巴勒德太太和莉兹，忍受她们的焦虑。

"艾西玫，你得告诉你爸爸，而且应该要求比尔做正确的事。"莉兹说。

"我不会告诉比尔的。"我说。莉兹瞪着我,表情充满恐惧。

"至少写信给汤普森小姐吧,她会帮你跟你爸爸说,她会知道该怎么办。"巴勒德太太提议。

"还有时间。"我说,其实我不知道有没有时间。莉兹和巴勒德太太面面相觑,不过没再说什么。厨房里变得极度安静,令人难以忍受。当莉兹问我星期六要不要跟她一起去室内市集时,我回答"去"。

市集人来人往,我松了口气。我散漫地跟在莉兹身旁,看她流连一个个摊位,看这颗水果够不够饱满,那颗水果有没有弹性。我们之间的谈笑既熟悉又令人安心,没有人问我感觉怎么样,或是说我看起来脸色很苍白。

最后,我们走向梅宝的摊位。我已经好几个星期没有见到她了。她看起来变小了,背部不自然的弧度变得更加明显。走近之后,我看出她在削木头。靠近一点儿,她的手部动作令我目眩神迷,灵巧程度与她衰老的身体形成强烈对比。

梅宝极为专注,没有注意到我们站在她的摊位旁,直到莉兹把一个橙子放在她面前的木板箱上。她棱角分明的脸几乎没对礼物做出反应，不过她放下了刀，快速地把橙子抄到褴褛衣裳的夹层间，然后拿起刀继续削。

"等我做完，你会喜欢这个的。"她看着我说。

"这是什么？"莉兹问。

梅宝转向莉兹看了一会儿，然后把人偶递给她。

"这是吟游诗人塔利辛，或是魔法师梅林。我想我们这位'华词华痴'小姐会想把它送给她老爹。"她目光转回到我身上，期望我赞美她的文字游戏。我露出虚弱的笑容。

"总得是其中一个吧。"莉兹说。

"都一样。"梅宝说，她将眼神再次移向我，微微眯起眼睛，"只是名字一直在变。"

莉兹把木雕还回去，梅宝接过去，视线没有离开过我的脸。我不自在地动了一下，她倾身向前。

"看得出来，"她悄声说，"从你的表情。如果你把那件大衣脱掉，我敢说我就看得出来。"

摊贩的叫嚷声、拖车的咔嗒声、互相较量的对话声，所有市场中的声响都被吸入这个刺耳的音符里。我出于本能地四下张望，扣上原本没扣的大衣纽扣。

梅宝微笑着向后靠，她很得意。我开始发抖。

此刻之前，我的焦虑都限于该怎么告诉爸爸。我没想过别人会怎么想，或是他们知道了会有什么后果。我环顾四周，感觉自己像只无处可逃的小动物。

"我可没听说有什么婚礼。"梅宝说。

"够了，梅宝。"莉兹小声说。

她们的对话贯穿我耳内的嗡鸣，市场中的声响如洪水般涌了回来。我意识到似乎没人注意到异状时，短暂地松了口气，但没有持续多久。我得靠在梅宝的木板箱上才不至于跌倒。

"别担心，小姑娘。"梅宝说，"还有几个星期哪。大部分人不会注意意料之外的东西。"

莉兹替我开口，她的声音明显传达出属于我的恐惧。"既然你能看出来，梅宝……"

"这里可没人有我特殊——我该怎么称呼它来着——专业。"

"你有孩子？"我几乎听不见我的声音。

梅宝笑了，她发黑的牙龈丑陋而充满嘲弄意味。"我才没那么笨。"她说，然后她把音量压得更低，"有一些方法可以不生孩子。"

莉兹轻咳起来，拿起梅宝摊上的商品，一一给我看，问我喜不喜欢。她的嗓门大得没有必要。

梅宝盯住我的眼睛，然后用能传到花摊以及更远距离的音量说："小姑娘，你对哪件商品感兴趣？"

我配合她演戏，拿起尚未完成的塔利辛人偶，在我颤抖的手里翻看。我几乎是视若无睹。

"那是我最好的作品之一，不过还没完成。"梅宝说，伸手过来取，"我想午餐后就雕完了，如果你会再来的话。"

"该走了，艾西玫。"莉兹挽起我的手臂。

"我会把它收起来，免得被别人买走。"我们转身要走时，梅宝说。

我点点头，梅宝也点头回应。莉兹和我还没把该买的东西买完就离开了市集。

"你要进来喝茶吗？"我们回到向阳屋时莉兹说。星期六资深助手们都只上半天班，我经常在厨房边陪莉兹，边等爸爸。

"今天不行，莉兹。我想回家去，把家里布置一下，给爸爸一个惊喜。"

回到家后，我爬上楼梯去爸爸房间，再次站在莉莉的镜子前。梅宝注意到的不是我的肚子，而是我的脸。我凝视镜子，试着揣测她看到了什么，但我的脸跟以前没什么不一样。

这怎么可能呢？随着一年年过去，它势必有所改变，然而我却看不出来。我把视线从镜子移开，又快速瞥回去，试着用陌生人的眼光打量自己。我看到一张女人的脸，她比我预期中年纪大,眼距宽阔,棕色眼眸,目光惊惶,我看不出任何她怀孕的迹象。

我回到楼下,留了一张字条给爸爸,说我去买裙子,大约三点回来,会带下午茶要吃的糕饼。

我骑自行车回到室内市集,气喘吁吁,比平常更加剧烈。有个熟悉的男孩来到我身边,主动帮我把自行车靠在旁边的墙上。他说他会帮我看着它。他的母亲在她的摊位上朝我点点头,我点头回应。她从我的脸上看出端倪了,所以才叫她儿子来帮忙?我望向市集里面,嘈杂得令我的脑子更加混乱。

我走在商店和摊位间,感觉自己吸引了每双眼睛。我需要表现得正常一点儿,从一个摊位移向另一个摊位。我想起缇尔妲和其他人在后台排练的情景,不过排练从来就不如正式演出那般有说服力。我很怀疑我是否说服了别人。

等我来到梅宝的摊位时,我的购物篮已经装满了。我递给她一个苹果。

"你需要多吃点水果,梅宝。"我说,"可以预防胸膜炎。"

她夸张地咧嘴,露出带着腐烂气味的笑容,我看到她所剩无几的牙齿。"我从像你这么大起,就没吃过苹果了。"她说。

我把苹果收回篮子里，拿出一个熟透的梨子。她接过去，用拇指按压果肉。如果她回绝的话，等我把它带回家，它已经会有瘀伤了。

不过她没有回绝。"确实是个好东西。"她说，用牙龈含住梨子，果汁顺着她的下巴流下来。她用裹着破布的手背抹了一下，连带抹去皮肤上一小块累积数日的污垢。

"梅宝……"我开口，剩下的话我说不出来。

梅宝吸吮着梨子的果肉，干裂的嘴唇变得柔软。我感觉自己涨红了脸，原本以为已经消失的反胃感又汹涌而来，我只能斜倚在梅宝的木板箱边缘。

"那个莉兹不会赞同你在打的主意。"她压低音量说。

这是一项我已经与之争辩数天的事实。当我说我不能生下孩子时，莉兹说什么就是不听。我讲得愈直白，她愈是紧握住脖子上的十字架。它就和她的信仰一样总是在那里，安静而私密地藏起来。可是这一个星期以来，她紧抓着它的样子，就好像它是唯一能让她免于堕入地狱的东西。

那个十字架，它在审判我，我恨它。我想象着它歪曲我的话语，在她耳边悄悄转译。我们在进行某种拔河，莉兹位于中间。我可不想输掉这场比赛。

"我想史密斯太太可能还在干这一行。"梅宝低语，同时随意拿起一些物品，好像在让我看它们的价值。"当年我有需要的时候，她还是助手，现在应该是个熟练的老巫婆了吧。"

从我的手开始，颤抖沿着我的四肢蔓延，直到全身都瑟瑟发抖。

"用正常的方式呼吸，小姑娘。"梅宝说，牢牢盯住我的眼睛。

我攀住木板箱，试着停止大口吸气，但颤抖仍持续着。

"你带了铅笔和那什么纸条吗？"她问。

"什么？"

"从口袋里拿出来。"

我摇头。这没有道理。

梅宝倾身向前。"快点照做。"她说，然后提高音量，"我刚才给了你一个词，不赶快写下来就要忘了。"

我把手伸进口袋，拿出纸条和铅笔。等我摆好写字的姿势，颤抖已经消退了。

"Trade。"梅宝说，她稍微后退了点，目光仍未离开我的脸。

我在左上角写下"TRADE"。在底下我写下"史密斯太太可能还在干这一行（trade）"。

"你觉得好一点儿了吗？"梅宝问。

我点头。

"恐惧最讨厌正常了。"她说,"你害怕的时候,就应该想些正常的事,做些正常的事。听到了吗?恐惧会退散,至少退散一阵子。"

我再次点点头,看着纸条。"trade"是个再普通不过的词。

"史密斯太太住在哪里?"我问。

梅宝告诉我,我写在纸条最底下。

在我走之前,梅宝从她用来保暖的层层布料间取出一样东西。"给你的。"她说,她递给我一个浅色木质圆盘,雕有三叶草图案,"谢谢你的梨。"

我用纸裹住它,放进口袋。

这是一栋普通的排屋,两边都有一模一样的排屋。门上仍挂着圣诞节的花环。我再次确认地址,然后沿着街道望过去。街上空无一人。我敲门。应门的女人或许年纪不小了,不过她背挺得很直,衣着高级,几乎能平视我的眼睛。我猜想我找错了房子,开始嗫嚅着道歉,她打断我。

"很高兴见到你,我亲爱的。"她嗓门有点大,"你母亲都安好吧?"

我困惑地盯着她,她的微笑钉在脸上,一手挽着我的手臂把我迎进屋子。

"要做好表面功夫，"她关上门之后说道，"邻居都是一些搬弄是非的人。"这时她像梅宝一样看着我，在我的脸上搜寻，然后沿着我的身体往下瞧。"我想你并不希望他们都知道你的事。"

我不知道该怎么回应，而史密斯太太似乎也不需要我回应。她接过我的大衣，挂在门边的大衣架上，然后走向狭窄的走廊，我跟了过去。她把我带进一间小客厅，墙边摆满书籍，壁炉里火烧得不太旺。我看得出在我敲门之前她所坐的位置：一张深蓝色丝绒沙发，椅背上散落着各种不同图案的靠垫，那些靠垫大而柔软。这张沙发能够容下两个人坐，但只有其中一端的丝绒有磨损的痕迹，并且坐垫凹陷，显然多年来受到主人青睐。座位旁的桌子上摊开一本书，书背有一条折痕。史密斯太太用火钳去拨火时，我挪向那本书，奥希兹女男爵的《玛丽王朝》。好几年前，我曾在布莱克威尔书店买下这本书。一时间我忘了我来做什么，并懊恼我打扰了人家。

"我喜欢阅读。"史密斯太太发现我看着那本书时说，"你喜欢阅读吗？"

我点点头，嘴巴干到没办法说话。她走到餐具柜边倒了一杯水。

"抿一口，不要用吞的。"她边说边把杯子递给我。我遵照她的指示做了。

"很好。"她说，从我手里接过杯子，"好了，我想问，是谁推荐了我？"

"梅宝·欧肖纳西。"我悄声说。

"你可以大声点，"她说，"在这里说话不会被别人听到。"

"梅宝·欧肖纳西。"我又说了一次。

史密斯太太没有马上想起梅宝的名字，形容她的长相也没什么帮助。可是当我说出我所知道的她的过往，提起她的爱尔兰口音，史密斯太太便开始点头了。

"她是个常客。"她面无笑容地说，"你说她在室内市集摆摊？"

我点点头，低头看着我的脚。客厅地板铺着图案繁复的地毯。

"我以为她不会在这场游戏中幸存。"她说。

我抬头。"游戏？"

"显然那不是你来此的原因。"

"请问你在说什么？"

"来敲门的女人有两种，"她说，"太常出来鬼混的，和太少出来鬼混的。"她上下打量我，观察每一件衣物。"你是后者。"

"那'游戏'呢？"我又问了一遍，我的手伸向口袋，确认我带了纸条和铅笔。

"游戏就是接客。"她说，好像她说的不过是惠斯特纸牌或西洋跳棋这类寻常的游戏，"这种游戏跟任何游戏一样有玩家，只不过从来就不是公平竞争。当你输了的时候，你会进监狱、坟墓或者来到这里。"

她把手按在我肚子上，我跳起来。她的手指开始往里钻，我试着挪开身子。

"别动。"她说，一手扶着我后腰，另一手施力。"有人称之为'华伦夫人的职业'，这典故出自萧伯纳的剧作。你喜欢看戏吗？"她问，没有等我回答，"我受邀参加那出戏的开幕夜。找上门来的不是只有妓女而已，我也服务过不少女演员。"她停止戳弄，退后一步。

"我不是……"

"我看得出来你既不是妓女，也不是演员。"她说。

然后我们默默地站在那儿。她在思考，掂量着什么。最后，她吁出长长一口气。

"是胎动。"她说。

"什么意思？"我问。

"胎动指的是你肚子里的扰动，这表示胎儿决定留下来了。"

我瞪着她。

"这表示你来晚了。"

感谢上帝,我心想。

GAME(游戏)

从事娼妓业。

"游戏就是接客。这种游戏跟任何游戏一样有玩家,只不过从来就不是公平竞争。"

——史密斯太太,一九〇七年

QUICKENING(胎动)

生命的扰动。

"胎动指的是你肚子里的扰动,这表示胎儿决定留下来了。"

——史密斯太太,一九〇七年

我推着自行车穿过栅门时,向阳屋寂静无声。下午已过去大半,暮色渐浓,累牍院阴暗一片。每个人都回家了。我能隔着厨房窗户看见莉兹,我看了她好一会儿。她在炉灶和桌子之间来回走动,无疑是在为莫瑞一家张罗晚餐。

我小时候，她曾告诉我她不太喜欢煮饭。

"那你喜欢什么？"我当时问。

"我喜欢缝东西，也喜欢照顾你，艾西玫。"

我在发抖。我把自行车靠在白蜡树上，走向厨房。

进去之后，我把门带上，站在门口，炉灶的热气让我的脸变暖和，但颤抖没有停止。

莉兹看着我。她的手在胸前游移。她有一些疑问没有问出口。

颤抖变得更剧烈了，于是她赶过来。她用粗壮的手臂搂住我，扶我坐在椅子上。她把一个杯子塞到我手里，它很烫，不过我还能忍受。她让我喝，我乖乖听话。

"我做不到。"我说，抬头看着她的脸。她搂着我，让我靠在她的腹部，抚摸我的头发。

她开口时，讲话缓慢又小心，好像我是只流浪猫，她想帮我，又怕把我吓跑。"那个比尔似乎挺好的，你可以告诉他。"她说。

她说话的时候把我搂得更紧了一点儿，我没有挣开。我想过，幻想过。我打心里确定，如果比尔知道了，他会做正确的决定，缇尔姐也会确保他做正确的决定。我像莉兹刚才一样缓慢而小心地回应。

"可是我不爱他，我也不想结婚。"

她的身体微微一僵，我感觉她吸了一口气。然后，她拉了张椅子过来，坐到我对面，我们紧握彼此的手。

"每个女人都想结婚，艾西玫。"

"如果真是这样，蒂塔和她的妹妹为什么没有结婚？瑶尔曦、萝丝芙、爱莲诺·布莱德利为什么没结婚？你为什么没结婚？"

"不是所有女人都有机会。而有些……唉，有些在成长的过程中读了太多书，有太多想法，没办法安于婚姻。"

"我不认为我能安于婚姻，莉兹。"

"你会习惯的。"

"但我不想习惯。"

"你想要什么？"

"我想要一切都跟原来一样；我想要继续整理词汇，了解它们的意义；我想要越来越能干，被交付更多责任；我想要继续自己赚钱自己花。我感觉我才刚开始了解自己是谁，成为妻子或母亲实在不适合。"我一股脑说出这番话，说到最后泣不成声。

等我哭完，我知道我得做什么了。我要莉兹帮我找来纸和钢笔，我要写信给蒂塔。

一九〇七年二月十一日

我最亲爱的艾丝玫：

你当然应该来这里，我会协助安排必须安排的一切，不过我还要考虑你父亲的事，以及态势会如何。这个星期五我会来牛津，上午十一点三十分抵达，希望你能来车站接我。我们会直接去女王巷咖啡屋——那里离杰里科很远，我们不太可能撞见熟人。请莉兹留在向阳屋做她的工作，不过我向她保证在我离开前，我们三个会有讲话的机会。

你的处境并不像你可能以为的那么罕见。许多家里有钱或受过教育的年轻小姐也发现自己有类似的不便。这是自古以来最古老的难题——圣母玛利亚！（请不要把这句话念给莉兹听，我知道她不会认同的。）你懂我的意思，你不孤单，这或许不太能给你安慰。我很庆幸你头脑足够清醒，在考虑替代解决方案前，先向我坦白。许多年轻小姐走上那条路，再也没有回来。

艾丝玫，我有个提议。如果你要来跟贝丝和我住，我希望你担任我的研究助理。我的英格兰史需要更新，而且我从好几年前就在计划为我的祖父写一本传记。你知道吗？他是个资深议员，为人非常有趣，思想先进——我敢说你的朋友缇尔妲会很喜欢他。我当然希望能尽快得到你的帮助。我们可以在星期五喝茶时讨论细节。

艾丝玫，你懂我的意思吗？你会帮上我的大忙，当工作告一段落，你会回到牛津，做回你在累牍院的角色。不论你想走什么样的路，都不需要改变方向。

我会把所有相关消息都写成一封信寄给莫瑞博士，我相信他会认为我的提议是个机会，等你再回来时只会对他更有价值。

现在说你父亲。我已经写信告诉他我要来这一趟，用的理由是"唠嗑"（如果这个词目前的引文可以指示它的意义，那么记录中将显示，这种特定骚扰形式的所有实施者都是女人）。我在这个阶段的计划是安排在家里跟哈利见面，让他做好心理准备，安抚他最大的恐惧（那全都关乎你眼前和未来的福祉），并清楚表明我们都计划好了。然后你必须告诉他一切——合理范围内的一切。他是个好人，艾丝玫，他不是老古板、狂热分子或保守主义者，他也是个父亲，他很爱你。你必须记得，他每天一醒来，就看到你婴儿时期的照片。这个消息对他来说会是个打击，他需要时间去理解，或许也需要机会发泄怒气，宽容他一些吧。

除此之外，我们还必须讨论别的事，我想最好还是留到我们面对面坐着、中间放着一壶好茶的时候再说。

那么，我们这周五上午十一点三十分见。别迟到呀。

爱你的蒂塔

下雨了，雨不大，不过在街上行走的人纷纷撑起雨伞、竖起衣领抵挡湿气。蒂塔说话时，我看着他们。她虚实参半的说辞，让我暂时离开累牍院显得合理。

我们在咖啡馆喝了两大壶茶，走到街上时，雨停了，微弱的阳光照在潮湿的路面上，闪闪发亮。我眨眨眼，消除那股刺目感。

## 一九〇七年三月

两周后,爸爸陪我站在月台,等待送我去巴斯的火车。我回想从蒂塔走出我们家客厅,点头示意我进去,我跟他的每一段对话。我们说得很少,互动中充满手势和叹息。每当话语无法发挥作用,他就会摸摸我的脸,握住我怪异的手指。我知道他非常希望莉莉在这里,也知道他觉得要是她在的话,事情就不会变成这样。我知道他觉得是他对不起我,而不是我对不起他。但他什么也没说,所以我只能用触摸回应他的温情。

火车到站时,他把我的行李箱提到二等车厢,把我安置在门边的座位上。他本来或许想说些什么,可是我周围已经坐着三个人。他亲吻我的额头,走到外面的走廊,却没有马上离开。他露出悲伤的微笑，我突然意识到等我回家时一切会彻底改变，我意识到事实跟蒂塔所承诺的相反，我的路不论是什么，都已经改变了方向。于是我站起来，张开双臂搂住他。他抱着我，直到哨音响起。

贝丝应该来巴斯车站的火车旁接我，可我扫视月台，却没看到人影。我下了车，站在脚夫搁下我行李箱的位置等候。

有个女人挥挥手。她比蒂塔高一点儿，瘦一点儿，时髦得多，不过鼻子形状颇为相似。我微笑着看她走近。

"我直到现在才第一次见到你，实在太没道理了。"她说着，出乎我意料地拥抱我，差点把我弄栽倒。

"当然，你的事我全知道。"我们坐进车后座时，贝丝说道。

我涨红了脸，低头看着大腿。

"噢，不光是那个。"她说，好像"那个"只是小事，"你是伊蒂丝最热衷的话题，我也永远听不腻你的事。"她靠过来，"你得原谅我们，艾丝玫，我们是一对没有养狗的老小姐，我们总得找话题来讨论。"

蒂塔和贝丝住在巴斯车站和皇家维多利亚公园之间，因此车程很短。我们停在一幢三层楼的排屋前，它与向左右两边延伸的其他排屋如出一辙。贝丝看到我盯着阁楼的窗户。

"这是长辈留给我们的房子,"她说,"所以我们一直不需要结婚。它太大了,我们客人又很多,还有个帮佣每天早晨会来打扫。崔维斯太太坚持要我们把顶楼的房间门关起来,她说能省点掸灰尘的工夫。她相当缺乏掸灰尘的天分,所以我们就答应了。"

这么多房间,我心想。要是我十四岁的时候她们邀请我来,我会自己打扫房间。

贝丝比蒂塔年纪小,几乎每一方面都和蒂塔相反,然而她们之间似乎没有任何紧张或争执的时刻。我一直都觉得蒂塔像一棵大树,牢固地扎根在她所知道的真实的事物上。来到巴斯才两三天,我开始觉得贝丝像树冠,不论她的心灵还是身体,都随遇而安。她已五十岁了,仍摇曳生姿,我为之目眩神迷。

我有一个星期的宽限期。"让你先安顿下来。"贝丝说,然后她就开始邀请客人来喝下午茶了。"我们总不能整天只顾着聊你的事。"她揶揄我。

到了第一拨访客登门的那一天,姐妹俩把我唤下楼,帮忙准备托盘里的点心。"崔维斯太太是个普通的管家,"蒂塔边说边把蛋糕从冷却架移到盘子上,"但她做的马德拉蛋糕真是无与伦比。"

"也许我待在房间就好。"我说。

"胡说，"贝丝走进厨房里说，"一切都会很顺利。我们会先讨论一下伊蒂丝修订英格兰史的事，这样大家就能完全理解她为什么要雇用你了。"她向前倾，密谋般地说："你知道吗？你也小有名气呢。"

我的手抚向仍藏得很好的肚皮，脸涨得通红。贝丝完全没有打算安抚我的畏惧情绪。

"别闹，贝丝。"蒂塔说。

"可是她真的很逗。"她微笑说道，"艾丝玫，你有名气是因为你是个天生的学者。莫瑞博士说，你的学识不输于任何牛津毕业生。他很爱讲你整日都在分类桌底下露营的故事。他称是他的宽容才让你有机会培养出对文字的热爱。"

惊恐变为感激，我的脸仍然发热。

"当然，他不会赞同我告诉你这件事，"贝丝说，"在他的观念里，赞美会让学者变笨。"

有人敲门。

"总是很准时。"贝丝对蒂塔说，然后转向我，"只要忍住，别把手一直悬在肚子上方，就不会有人注意到异状。"

三位绅士都是学者，没有排课的时候都住在萨默塞特郡。雷顿·奇斯荷姆教授是威尔士大学的历史学家，与姐妹俩年龄相仿。他在她们面前非常自在，主动拿蛋糕品尝，并且毫不客气地坐到最舒适的椅子上。菲利普·布鲁克斯先生也是她们的朋友，但年龄没有大到可以这么放肆。他必须微微屈膝，免得进门时撞到头，贝丝还戏谑地踮起脚去吻他的脸颊。布鲁克斯先生在布里斯托的大学教地质学，萧-史密斯先生也是，后者是三人中最年轻的。姐妹俩不认识他，不过布鲁克斯先生坚持携他同行。他年轻又热切的脸庞还没有长出胡须。他结结巴巴地做了自我介绍。

"过一段时间，你就会习惯我们了，萧-史密斯先生。"贝丝说。我纳闷她指的是我们三个人，还是所有女性。

男人们都入座以后，蒂塔和我各自坐在长沙发的一端。贝丝倒了茶，点头示意我分一下蛋糕。等每个人都分到并赞美了马德拉蛋糕，我便靠向椅背，等着贝丝问一些刺激的问题，好让男人们可以找到切入点。我预期听到绅士间的逸闻和傲慢，听到他们针对愈来愈没有逻辑的论点争辩不休。我预期他们出于礼貌而偶尔央求我们表达意见，我也已经可以想见，由于我们三个穿着裙子，我们自然要说些安抚他们的话，这让我相当失望。

这个下午却并没有那么进行。三位绅士是来聆听的，来探口风并且准备被说服的——不是他们三个彼此说服，而是被姐妹俩说服。男人们的目光自在地落在贝丝身上，看着她走去打开一盏灯，看着她的手掂量茶壶的水位，再给每个人倒一杯茶。她开口时，他们会向前倾，请她详细阐述，轮流琢磨她的观点，并且与他们自己的想法相比较。他们跟她辩论，鼓励她捍卫自己的立场。她经常先是嫣然一笑，然后针对对方疲软无力的论据给予致命的回击。如果他们改变立场，转而支持她的观点（这经常发生），这从来不是出于礼貌。我太惊讶了。

蒂塔话少得多，她经常倾向奇斯荷姆教授，低声讨论另外两个较年轻男人在跟贝丝辩论的论点。当他们要求蒂塔发表意见时，大伙儿会安静下来。论历史，她显然是权威人士，而他们对她的言论的那种尊重，我只在莫瑞博士发表言论时见识过。

"伊蒂丝恰恰打算在她的英格兰史修订版中探讨那个问题，"贝丝在某一刻说，"所以我们邀请艾丝玫来待一段时间。她要担任伊蒂丝的研究助理。"

"那不是你的工作吗，贝丝？"奇斯荷姆教授说。

"通常是啦，不过你也知道，我自己也有写作计划。"她对他笑嘻嘻地说。

"什么写作计划，汤普森小姐？"萧–史密斯先生问。

贝丝整个身体转过去面对这个问题,还顿了一下才开口。

"这个嘛,"她说,"说起来挺难为情的。我在写一本小说——非常糟的那种,因为某种奇迹,它即将出版。"

我注意到蒂塔的脸上闪过一抹笑意,她伸手又拿起一片马德拉蛋糕。

"书名叫什么?"他问。

"《龙骑兵的妻子》。"贝丝自豪地说,"背景设定在十七世纪,我接下来几个月的任务是为叙事添加一点儿'蒸汽'。"

"蒸汽?"

"是的,'蒸汽',萧-史密斯先生。我无法向你形容我有多么乐在其中。"

年轻男人总算会过意来,急忙拿他的茶杯做掩护。我把手伸到口袋里抚摸粗钝的铅笔和纸条边缘。

"肢体语言当然很重要,"贝丝继续说,"他可能会主动伸出手,她也可能会把纤纤玉指搭在他手上,性欲是一种生理功能,你说是不是,萧-史密斯先生?"

他哑口无言。

"你当然认同,"她说,"如果你想要小说里有点'蒸汽',皮肤就必须涨红,脉搏必须加速,就角色而言如此,就读者而言亦如此,这是我的看法。"

"你的意思是欲望应该暴露出来。"布鲁克斯先生说。

"当然。"她说,"还有人要添茶吗?"

我顺势告退,男人全都站了起来。萧-史密斯先生似乎很庆幸有我的干扰。

我想趁对贝丝原话的精确印象模糊前赶快把它写下来。

我回来后,发现来了另一位客人。

"艾丝玫,这位是布鲁克斯太太。"

布鲁克斯太太站起来跟我打招呼,她的个头娇小,几乎不到我的肩膀。

"你敢喊我布鲁克斯太太试试看,"她伸出手说,"我只回应'莎拉'。我是菲利普的太太兼司机。"

她握起手来利落有力,我猜想她的个性可绝不"娇小"。

"这是真的,"布鲁克斯先生说,"我太太学会了开车,我却没学会。尽管取笑吧——我们大部分的朋友都在笑——不过这样的安排挺适合我们。"他看着莎拉,"我不太能塞进方向盘后面,是吧,亲爱的?"

"你不太能塞进任何地方,菲利普。"莎拉笑着说,"汽车也不是为我这种身材设计的,不过我喜欢开车。"

又一壶茶喝空了,盘子上几乎连一粒蛋糕屑都不剩时,莎拉坚持该散会了。

"我得在天黑前把这些男士送回家。"她说。

我们都站起来。每一位绅士向贝丝道别时,她都设法拉他讲悄悄话。十分钟后,莎拉不得不像个校长一样,用力拍拍手,叫大家都跟着她往门外走。

姐妹俩很热衷举办下午茶会,在接下来一个月内,我跟一大堆人熟络起来,他们的人数超过我在累牍院认识的人的总和。萧-史密斯先生再也没出现,不过奇斯荷姆教授是个常客。

"只要崔维斯太太烤马德拉蛋糕,他就会神奇地出现在我们家门口。"有一天贝丝悄声说,"真的很了不起。"

菲利普·布鲁克斯跟着他来过一次,还有一次是菲利普和莎拉单独来的。布鲁克斯太太外貌颇为平凡,言语也往往不加修饰。我想在这对姐妹面前,她的才识相形见绌,不过她有种本领,能说出一些凸显真相的话。她让我联想到缇尔姐。

当我的肚子大到难以隐藏时,我开始刻意在下午茶会时外出,去维多利亚公园或罗马浴场,下雨时就去修道院躲雨,听唱诗班的男孩们练习。但蒂塔很快出面阻止。

"你有历史学家的调查才能,艾丝玫,"有一天晚餐时她说，"明天你别漫无目的地在维多利亚公园附近瞎转了，我宁可你去市政厅的档案室查资料。"

"伊蒂丝，别忘了戒指。"贝丝边说边切下另一片牛肉，把它浸入肉汁里。

蒂塔取下她戴在小指上的金戒指交给我。我知道它是做什么用的，我把它戴上，大小刚好。

"我那根手指从来就戴不上。"蒂塔说。

"你并不想戴在那根手指上。"贝丝说，"不过它很适合艾丝玫。"

下一回姐妹俩有访客时，我在伦敦，在不列颠博物馆的档案室查资料，并且和爸爸相处了几天。那之后我去了一次剑桥，跟贝丝一位善解人意的朋友待在一起，她一次也没问起我的丈夫。

我认真地做着我的研究工作，我的技能随着肚子一同增长。蒂塔没有限制我，反倒像是赋予了我一种自由。她用一封封介绍信为我铺路。她介绍我是她的侄女，还给了我她的姓氏。她小心翼翼，不把我跟累牍院扯上关系。不论我去哪里都有人关照，我在档案室和阅览室畅行无阻，我所需要的文件都事先被整理好，等着我去仔细检查。

起初，我确信我没说服任何人。我笨拙地移动，一直在道歉，对方给予许可时我总是过于感激涕零。在剑桥大学老校区阅览室入口处，我看到服务人员反复确认蒂塔的信，不禁感到心痛，因为我想到也许我马上会被驱离，没有机会呼吸那古老石头、皮革与木头混合的令人迷醉的气味。当他注意到我手上的金戒指时，我手底下的肚子变得无关紧要。他让我通过时，我已经在门口站了许久。

"夫人，你还好吗？"服务人员问。

"我好得不能再好了。"我说。

我踏着沉稳的步伐走向房间另一头的桌子。木地板向那些低俯的头颅和专心的读者宣告我的到来，这个大房间的建筑师并没有考虑到女士的鞋跟会发出咯噔咯噔的声音。我挺直酸痛的背，局促地点头回应每位绅士学者的好奇。坐下来时，我已经筋疲力尽。

以前我从没想过还有什么地方的历史和美景能够与牛津媲美，但每次我独自出去探险，都会被迫反省自己的见识多么浅薄。对以前的我来说，牛津和累牍院足够了。我们去苏格兰探亲的时光总是显得有点漫长，我独自离家的那一次经历也使我对再度离家心怀戒惧。现在的我却不由得享受起这趟全新的冒险，只是使我出来冒险的理由已变得愈来愈不容忽视。

姐妹俩积极参与我的孕期生活，甚至似乎乐在其中。

她们在早餐时会问我睡得好不好，问我的胃口如何，有没有想吃奇怪的食物（完全没有，贝丝对这一点特别失望）。我的体重和作息都记录在一个小笔记本里。有一天，贝丝带着不寻常的羞怯问我，能不能让她看看我的裸体。

"我想画下来。"她说。

我已经习惯赤裸着站在镜子前，审视从胸部到耻骨的轮廓。我试着把那曲线记在脑海中。我同意了。

贝丝作画的时候，我站在卧室的窗边，望向外头的花园。植物五颜六色，长出了边界。苹果树充满生命力，花朵落了满地。我觉得那未经修剪、疏于照料的杂乱景象很美丽。阳光照在我的肚子上，它的温度仿佛在证实我正赤裸着，但我不觉得羞耻，或是尴尬。贝丝坐在床上，我能听见她的炭笔划过纸张的声响。

她要求我一手搁在肚子上方、一手搁在下方，我照做了。我的皮肤非常温暖，我稍微施力，于是我感觉到愈来愈紧的皮肤底下有动静，那是一种回应。我爱抚着在我体内生长的小东西，悄声说了几句问候的话。

我没有注意到贝丝是什么时候放下素描簿的。她在我肩头披上睡袍，然后走到门边邀请蒂塔进来。

"太美了。"蒂塔看着素描说，但她很难抬起头看我。她像来时一样默默离开，不过我看到她在擦眼泪。

"莎拉·布鲁克斯今天要来喝下午茶。"我们吃午餐时蒂塔说。通常她都会前一天就告诉我。

"我会去维多利亚公园散散步,今天天气很不错。"

蒂塔看看贝丝,再看看我。"其实我们希望你留下。"

我低头望着现在已大到难以掩饰的肚子,询问地看着蒂塔。

"他们都是很好的人。"她说。

一开始,我没听懂。自从四月,爸爸来为我庆祝二十五岁生日以后,我就没跟姐妹俩以外的人相处过。现在已将近六月,我已行动不便。

贝丝从厨房桌边起身,开始忙着摆放咖啡壶。"他们没办法生出自己的孩子,艾丝玫,"她说,"他们一定会成为你孩子的好父母。"

蒂塔伸手越过桌子握住我的手,我渐渐理解那些话的意思。我没有抽开手,也没办法回应她。我喘不过气,我的胸腔好像变成了真空,使我不能说话。这不只是缺氧的问题,也是无话可说。我完全能理解,却没有话语能应对。

我游离在这种感觉的边缘,看到贝丝在炉前转过身,一手提着咖啡壶,五官因努力撑起笑容而不自然。她看见了什么,脸才会那么僵硬,手才会那么颤抖?一些咖啡洒到地上，她没有要去擦干净。她望向她的姐姐。我从未看过她如此没有把握的样子。

虽然选择有限，但我迟迟无法决定要穿什么。我上一次见到莎拉时，自认为肚子藏得很好。现在我怀疑她一开始就知情。这个想法让我不舒服，让我恼怒。我穿上一件凸显我胸部，腰身又箍得很紧的裙子，站到镜子前面。这画面有些可憎，又有些美妙。我用怪异的手指沿着胸部轮廓描画，越过乳头，越过紧绷皮肤下膨胀的胎儿。我感觉它在动，我看到裙子布料下的起伏。

我换上短上衣和裙子，这些都是向蒂塔借来的。我在外头披上一件长款居家服。

我一走进客厅，莎拉就站起来。姐妹俩希望这个下午尽可能让人舒适自在，所以她们坐着没动，并挤出一些招呼语，听起来勉强又过于欢快："你来啦！""艾丝玫，你要喝茶吧？""我们正在聊天气变得很热呢！""莎拉，来一片马德拉蛋糕？"

莎拉没理会她们，径直走到我站的位置。她握住我的双手。"艾丝玫，如果你不愿意这么做，我能理解。这件事对你来说，比对任何人都艰难。你需要时间考虑，需要非常坚定。"

那是遗憾、悲伤和失落，那是希望和宽慰，那也是其他不可名状的情绪，我打心底能感觉到它们，能尝到它们的苦涩。无法倾吐的挫折感化作汹涌的泪水。

莎拉抱住我，用她强壮的手臂搂住我，让我趴在她的肩上啜泣。她坚实而无惧。

等贝丝倒茶时，我们全都在擤鼻涕。

我们喝了茶，吃了蛋糕，一粒蛋糕屑顽强地沾在莎拉嘴角。我注意到她用心听着贝丝说的每句话，从不打岔，她有机会回应时，又并不一味附和。我听着她的声音，想起她有多么容易开怀大笑。我好奇她会不会唱歌。

我一直不愿去想孕期结束后会发生什么事。我没有问问题，姐妹俩也只是稍微暗示过。这是早就计划好的吗？我心想。

当然。

必须如此吗？

当然。

我知道胎儿是个女孩，我说不上怎么知道的，不过我已经开始爱她了。

"艾丝玫？"贝丝说。

三个女人都在等我回应某句我没听到的话。

"艾丝玫，"莎拉说，"你愿意让我再来看你吗？"

我望向蒂塔。等她的史实审阅工作完成后,我就要回到牛津,重拾我在累牍院的工作。她是这么说的,我也同意了。

应该有词语能形容我这一刻的感受。我在累牍院待了那么多年,可我还是一个词都想不到。

我点点头。

温暖的天气持续着,我变得硕大无比。蒂塔对我的研究成果很满意,坚持要我花更长时间斜靠在沙发上,校对她为史书做的修订。莎拉每周二下午都来喝下午茶,我默默坐着观察。我每次都能找到她身上新的优点,不过这些时光还是令人不自在,我的矛盾仍没有消失。有那么多应该说的话,倒茶和传递马德拉蛋糕却阻断了它们。

某个星期二,我摇摇晃晃地走进客厅,发现莎拉仍戴着帽子和开车用的手套。

"我想带你出去。"她说。

这既出乎意料又让我松了口气,我深呼吸,仿佛已经置身新鲜空气中。

"就我们两个。"她接着说,转向姐妹俩,她们不约而同地点头。

她拉开副驾驶座车门并扶我上车时,我颇为讶异。我几乎没有坐过私家汽车,更没坐过女人开的车。莎拉胳膊短腿也短,要让车子动起来得使出浑身解数。她不停倾身向前换挡,又向后靠来踩踏板,她的手臂和腿好像都是由木偶师在操纵一样。我用咳嗽来掩饰笑声。

"你不舒服吗?"她问。

"完全没有。"我说。

莎拉从不刻意谈天气,也格外拙于寒暄——有一回别人只是提了句天气,她的回应却是解释气压和降雨的关系,所以我们的旅程很安静,我只听见排挡的嘎吱声以及她偶尔发表的对其他人驾驶技术不屑的看法。

等我们抵达巴斯游乐场,我已经在三张纸条上写满"damn-dunderhead"(该死的笨蛋)的不同引文了。它们看起来像是中风的人写的。

"萨默塞特① 要跟兰开夏② 争夺冠军,"莎拉边说边扶我下车,然后伸长脖子去看计分板,"兰开夏落后一百八十一分,菲利普可要伤脑筋啰。艾丝玫,你喜欢板球吗?"

"我不确定,我从来没坐下来看过整场比赛。"

"你太有礼貌了,所以才没有说因为板球赛太冗长,看草长都比这有趣。不,别否认,我从你的表情看得出来。"

---

① 位于英国英格兰西南部。
② 位于英国英格兰西北部。

她挽住我的手臂，轻松地适应了我的身高，然后我们开始绕着椭圆形场地的边缘散步。"等今天下午结束时，你会讶异自己竟然曾经这么认为。"

布鲁克斯先生已经在球场上了，我好奇莎拉是否算准了时间。自从他们表明了心意，他就不曾与他妻子一同出席姐妹俩的下午茶会。我原以为他觉得这件事最好留给女人处理，然而当我看到他投出第一颗球时，我才想到"这件事"或许还没有成定局。我意识到他们是在讨好我，到了某个时间点，我势必得接受或回绝他们提出的条件。他把帽子寄放在裁判那里，太阳将他的秃顶照得发亮。他的高就和莎拉的矮一样惊人，他迈着纤瘦的长腿大步走向场地，他转得像风车一样的手臂把球投掷出去。

"这是菲利普的主意。"他投出第二个歪球后，莎拉说。

"什么主意？"

"带你来看比赛。啊，他来不及跑过去，球要直接滚到边界了。"

从椭圆形球场另一边某一区传来观众的掌声。

"我们队不会开心的，我敢说他分心了。可怜的家伙，他太想给你留下好印象了。"

"我？"

"是啊！就像我说的，这是他的主意。他一直很想参加茶会，但我总是阻止他。那令人不自在，你不觉得吗？"

我只是垂下头。

"我想他是希望在场上表现得出众，借此展示他有能力当个父亲吧。"

虽然我很欣赏她的直率，但是我仍然被她"杀"得措手不及。

"哟，他投完了。一轮丢了十五分。他应该很庆幸午茶时间到了。"

我看着板球选手们从场地走向俱乐部休息室。菲利普看向我们，莎拉挥挥手。他没有跟随队友，而是穿过球场来找我们。他迈开大步，微微驼背。

"拜托告诉我，你们是刚到。"他走近时说道。他或许是脸红，也可能是被晒伤了，我分辨不出来。

"恐怕我没办法这么说呢，亲爱的。我们到达时，夏普正好上场要击球。"莎拉踮起脚亲吻他，我不禁想到菲利普驼背是不是他为婚姻所做的调适。

他看着计分板。"我猜我从现在开始都要负责接球了。"他说，然后转向我，榛果色的眼睛闪闪发亮。

"艾丝玫，"他说，"再见到你真好。"

我不确定我该说什么。我点了头，却没什么笑容。他伸出大手，我也伸手。他看到我怪异的手指，没有畏缩，不过我以为他会担心弄伤我看起来无比脆弱的手指而轻轻地握手，结果他握手的力道足够强劲，我的手没有滑脱。他在恰当的时机松开手。爸爸曾经告诉我，从男人跟你握手的方式可以看出很多事。

这天又是星期二，崔维斯太太下班了。莎拉约好要来喝下午茶，姐妹俩在厨房准备托盘。我进门时，蒂塔正在摆放盘子上的蛋糕，贝丝在加热茶壶。我正准备问需不需要帮忙时，突然感觉有细细的一股液体沿着我腿的内侧流下。我还来不及回神弄清那是什么，就感觉洪流涌出。我惊呼一声，姐妹俩转过身。

"我好像羊水破了。"我说。

蒂塔拿着一片蛋糕，贝丝端着热水壶。有几秒钟时间，她们几乎纹丝不动，接着突然就像受惊的鸡一样四处乱窜，一下往左，一下往右，又你一言我一语。她们争论着我是该吃些东西还是禁食，还能不能喝树莓叶茶，该躺下来还是洗个澡。"我确定医生说'不要'让她洗澡。"贝丝说。

"但我记得莫瑞太太说洗个澡让她舒服多了，而她生过几百个孩子。"蒂塔说，她丝毫没有平素的冷静。

我一点儿也不想吃喝或洗澡，可她们谁也没有想要问我。

"我觉得我只需要换一件干衣服。"我打岔。我仍站在让姐妹俩方寸大乱的那一摊液体里。

"开始阵痛了吗?"贝丝问。

"没有,我现在的感觉跟十分钟前没两样,只是下身湿漉漉的。"

我希望我的回答能让她们冷静下来,但她们困惑地看着我。当她们听到敲门声时,两人都冲去应门,把我一个人留在厨房。

"她在哪里?"是莎拉的声音。

三人都来到厨房,莎拉走在最前面,长满雀斑的脸上挂着灿烂的笑容。

"这都很正常。"她说,盯住我的眼睛,直到确定我明白了。然后,她转向姐妹俩,用更严肃的口吻说:"完全正常。"她注意到厨房桌上的蛋糕和冒着蒸汽的茶壶,说:"啊,好极了,现在正适合来杯茶。我和艾丝玫十分钟后就来找你们。"她扶住我的手臂,带我上楼。

到了我的房间,莎拉跪在我面前的地上,脱下我的鞋子。她没多说什么,伸手到我裙子底下,解开裤袜的扣环。我感觉她的手指沿着我两条腿把裤袜卷下来,所经之处留下鸡皮疙瘩。莎拉没有询问她能不能照顾我,她就直接动手做了。

"这真的正常吗?"我问。

"你的羊水破了,艾丝玫,它是清澈透明的,这正常到称得上完美。"

"斯坎兰医师说破水之后马上就会开始阵痛,可是我完全没有感觉。"

她抬起头,一只手无意识地抚着我的小腿。

"疼痛会来的,"她说,"过五分钟或五小时都有可能。当它来的时候,会痛得要命。"

我知道这是真的,但一直期盼会有例外。我感觉脸色变得苍白。她眨眨眼睛。

"我建议骂脏话,那能在你最痛的时候减轻痛苦,不过你必须要有说服力。不能言不由衷或压低音量,大声叫出来吧。生孩子是你唯一可以尽情骂脏话也不会被责怪的时候。"

"你怎么知道?"我问。

她站起来。

"你的睡衣放在哪儿?"

我指着五斗柜。"最底下的抽屉。"

"我生过两个孩子,"莎拉边说边拿出一件干净的睡袍,"很可惜,他们的羊水并不清澈。"

她帮我从头上脱下裙子，然后是衬裙。她再度跪下来，用衬裙把我的腿擦干。她脱掉我的内裤，检查这潮湿布料的每一寸，最后拿起来凑到鼻子底下。

我不禁畏缩。

"闻起来是正常的味道。"她笑吟吟地对我说，"我也帮我妹妹接生了五个小萝卜头，她的灯笼裤闻起来都像这样，每个宝宝生下来都哭声震天。"

她把灯笼裤丢到其他换下来的衣物堆上。我已经没东西可脱了，完完全全地赤裸着。

"你会陪着我吗？"我问。

"如果你想的话。"

"女人生孩子时通常都会骂脏话吗？"

她把睡袍从我的头顶往下套。它鼓胀起来，像阵微风轻飘飘地贴上我的皮肤。她帮我把手臂伸进袖孔。

"如果她们知道这些字眼，她们就克制不住。"

"我知道一些很糟糕的词，我是从牛津的市集里一个老妇人那里搜集来的。"

"欸，在市集里听到是一回事，用你自己的嘴巴讲出来又是另一回事。"她从门后取下晨衣，帮我披上。"有些词不只是印在纸上的字母，你不觉得吗？"她说着，把腰带用力系在我肚子上，"它们有形状和质地，就像子弹充满能量，当你赋予这样的词气息，它锐利的边缘会擦过你的嘴唇。在合适的情境下，讲出这些词非常痛快。"

"就像我们去看板球比赛的路上，有车插到你前面的时候？"我说。

她大笑。"天哪，菲利普说那是我的'开车嘴'，希望你没觉得不舒服。"

"我是有点惊讶，不过我想我是从那时候真正开始喜欢你的。"

接下来就没什么话好说了，莎拉只是踮起脚，亲吻我的脸颊，而我微微弯下腰去迎合她。

ATTEND
给予照护；负责照顾或监管，照料，伺候，护卫。

TRAVAIL
女人承受生产时的疼痛。

DELIVERED
使之自由；卸下怀胎的重担；移交出去；拱手让出。

RESTLESS

被剥夺休息的机会;不得安宁,尤其是因为心理或精神不平静。


SQUALL

娇小而不重要的人;

突如其来的暴风,一阵疾风或短暂的风暴;

大声地或刺耳地尖叫。


光将窗帘镶了边。房间里早先挤满的人都已离去,混乱的场面恢复了原样。薰衣草的气味掩盖了血味和粪味。

该死的,我大叫这个词,一遍又一遍。我还说了梅宝教过我的其他词,喊得我喉咙都哑了,那不像在做梦。

不过我确实做了梦,在梦中,有个婴儿在啼哭。

哭声一直在持续,那声音让我胸部胀痛。


她们悄声交谈,但我还是听见了。

"最好别让她看孩子,免得她改变心意。"是接生婆。

"孩子需要喝奶。"莎拉说。

"留下'lie-child'对她和孩子都没有好处,我去找奶妈。"接生婆说。

我掀开被子，把腿挪下床。肌肉受到折磨，仿佛在哀号。尖锐的刺痛令我低声哀号。我还记得那种疼痛，虽然乙醚稍微模糊了它。

我试着站起来，我的头在发胀，片刻之前锐利的声响变得沉闷，好像刚滑进浴缸水面下的感觉。我坐回床上，闭上眼睛。眼里一片黑暗，一张底片般的脸孔，两个坚定的光点灼烧着我的视网膜。我终于站起来，感觉内脏滑了出来。我伸手想去挡住洪流，不过没有必要，有人已经给我穿了腰带并垫了毛巾。

"回床上去，亲爱的女孩。"是莎拉。她还在这儿，她的雀斑颜色鲜明，眼睛紧盯住我。

"我该喂它喝奶了。"

"是'她'。"她说。

"她"，我心想。

"我该喂她喝奶了。"

NURSE

女人哺乳，以及看顾，或单纯照护或监管婴儿。

她们都在这儿：蒂塔、贝丝、莎拉和接生婆。她们看着我喂奶。她们听着"她"吮吸，我也听着"她"吮吸，但她们无法感觉到"她"吮吸的力量，或是"她"压在我肚子上的重量。她们对"她"的气味毫无察觉。有半小时光景，"她"发出的细小声音是室内唯一的声响。没有人说出她们的期盼或忧惧。

"哭是正常的。"接生婆说。

我哭了多久？

我喂了"她"几次奶？我算不清了，虽然我本来是想算的。时间变得充满弹性，是梦是醒分辨不清。她们轮流陪着我们，从不让我们独处。我想把脸埋进"她"贝壳般的耳朵底下，吸入"她"暖乎乎的饼干香气。"我可以把你吃掉。"我想说。我想要解开"她"的衣裳，描画每个胖嘟嘟的褶皱，从头到脚亲吻"她"，把我的爱悄无声息地灌入她皮肤的毛孔。

好几个星期过去了，这些事我一件都没做。

莎拉坐在床上，布满雀斑的大手轻抚宝宝头上金色的绒毛。"你可以改变心意。"

我试过用一百种不同的方式去想象那条路。

"需要改变的不是只有'我的'心意。"我说。

她也知道。当她看着我，我感到如释重负和懊悔在角力。我想，她很庆幸我说出来了。她扭过头去，花了异常多的时间去折一条新毛巾。

"我该带走她吗？"莎拉问。

我不知道该如何回应。我低下头，注意到正在熟睡的"她"嘴角积了一小口奶。我稍微移动，看着奶沿着"她"的下巴淌下来。我感觉"她"的重量比我第一次抱"她"时重了很多。我试着想一个能与"她"的美相匹配的词。

我想不到。没有这样的词，永远没有一个词能配得上"她"。

我把"她"交给莎拉。两三个月后，莎拉和菲利普就移民去了南澳大利亚州。

· 第四章 ·

# 一九〇七年至一九一三年

Polygenous—Sorrow

## 一九〇七年九月

词语没有尽头，不论是它们的意义，还是它们曾经的用法，都无穷无尽。有些词的历史可以追溯到远古，以至于我们现在对这些词的理解只不过是其原始意义的回声，一种扭曲。我以前的认知是相反的，我以为早期的畸形词语只是拙劣的初稿，后来它们才有了真正的样貌；我以为在我们这个时代，我们说出的字眼才是真实而完整的。但我渐渐领悟到，事实上，任何词从第一次念出声后的一切变化，都是一种腐化。

我已经忘记"她"耳朵的确切形状，"她"眼睛的特殊蓝色。在我喂奶的那几个星期，那双眼睛的颜色一直在变深，它们现在可能又变得更深了。我每天都被"她"虚幻的哭声唤醒，我知道永远不会再听到"她"那美妙的嗓音。我抱着"她"时，"她"如此完美，毫无疑问。"她"皮肤的触感、"她"的气味以及"她"吸吮时发出的轻柔声响，都不会有别的意思。我完完全全了解"她"。

每天破晓之时，我重新塑造"她"的细节。我会从"她"小巧脚趾上的半透明趾甲开始，沿着胖嘟嘟的四肢和鲜奶油般的皮肤往上，直达几乎看不见的金色睫毛。接着我会费劲地回想一些小地方，我明白随着一天天一月月一年年过去，我对"她"的记忆会消退。

"lie-child"，接生婆是这么称呼她的。但这个词没有收录在"Leisureness 至 Lief"分册里。我搜寻了分类格：五张纸条，跟一张首页纸条钉在一起。它已经被下了定义：*非婚生子女；私生子女*。它被排除了。首页纸条上写了一行注记：跟"love-child"意思一样，删去。

但真是如此吗？我爱比尔吗？我想念他吗？

不，我只是跟他交合过而已。

但我爱着"她"，我想念"她"。

我找到的任何词都无法定义"她"，最后我停止寻找。

我一直在工作，坐在累牍院的座位上，用其他词语把我的心思填满。

一九〇七年九月二十日

亲爱的哈利：

在你长达数页的关于大词典与阿姨生活的消息之中，夹杂了几句让我忧心的话。你不是会夸大其词的人，在我看来，你在最没有理由乐观时也经常保持乐观，因此我只能假设你对艾丝玫的忧虑是其来有自。

我听说过与她有同样遭遇的女人出现这样的情绪，我们必须考虑她在哀悼的可能。她的状况并非不寻常。（过去这一年我在这方面学到很多，你会讶异有多少年轻女子惹上麻烦。我听过的一些故事令人不寒而栗，我不打算复述。简而言之，我们亲爱的艾丝玫有个慈爱的父亲非常幸运。）所以，我们就继续照顾她，直到她恢复正常吧。

没有她，我们茫然若失。正如贝丝所言，她不断的追问让我们保持诚实。我原本以为她或许长大以后就不会一直问了，我也必须承认，有些时候我真希望她能直接接受他人的智慧，但她需要被说服。我也相信我的史书会因此更好。

可是现在你告诉我她变得安静，我就自作主张打听了一些事情。

我有个朋友在什罗普郡有栋小木屋，它嵌在山丘之间，可以远眺威尔斯（当然是天气好的日子）。最近，房客去世了，所以小木屋空着。不久之前，贝丝和我还去那里住了一星期。贝丝保证那儿附近很适合散步，风景绝美不说，还有许多陡峭的路线能锻炼心脏和分散注意力，那正是艾丝玫需要的。我也可以保证那里非常舒适，有些年轻小姐可能会不习惯，但艾丝玫没有那么娇生惯养。

我已经包下小木屋整个十月的的使用权。我也写信给詹姆斯和爱妲·莫瑞，他们答应让莉兹陪艾丝玫前往。先别急着抗议，哈利，我很谨慎，不过我确实要了点花招。我信中说，我听说艾丝玫自从在巴斯染上风寒以后，一直没有完全恢复。詹姆斯立刻赞同她应该养好身体。他坚定地相信好好地走一走能治百病，并且急切地指出他并不认同一咳嗽就裹得密不透风，然后躺在海边的躺椅上。我以为他可能会反对让莉兹离开那么久，但他承认她这么多年来也只休过几天假，应该让她好好放个假。我在同一天下午的信件中表达了我的认同（为了确保他不会改变心意，我还附加了几个他原本以为还要再多等一个星期才会收到的词汇）。

我亲爱的哈利，希望你对这些安排还满意，当然我希望艾丝玫也满意。我相信我们能够说服她。从牛津可以直接坐火车到舒兹伯利，我朋友也向我保证他们的邻居罗伊德先生会全力配合。他预收了一笔款项,负责打理小木屋的一切。他会去接女孩们并协助她们安顿下来。

伊蒂丝

太阳落山时,我们抵达名为"鞋匠幽谷"的小木屋,白日温和的天气渐渐转为冷冽。罗伊德先生坚持要把炉子里的火生好再离开。他弯着腰工作时,告诉我们每天下午他或他儿子都会过来检查炉火,并生起卧室里的火,要是我们在那之前就需要烤火的话,棚子里堆满了劈好的木柴和引火柴。

他向我们道别时,莉兹站起来。他朝着她微微鞠躬,虽然就身份来说我应该说话,她却被迫出面。

"谢谢你,罗伊德先生,"她说,"我们很感谢。"

"雷斯特小姐,你们需要任何东西尽管找我,我就住在沿着巷子往上走十分钟的地方。"

我站在门口看着罗伊德先生的马车退出长长的车道,进入巷道。等他走了以后,莉兹忙了起来,我听到她打开抽屉和橱柜检点存货和厨具。她发现热水壶是满的,把它放到炉上,准备茶壶泡茶。

"我们真该为存货充足的食品储藏室心怀感激。"她说,取下茶叶锡罐的盖子,把滚水倒进茶壶,然后转头看我。我仍然站在门口。

"过来这里坐，艾西玫。"莉兹握住我的手臂，带我来到小厨房的桌椅前。她把热气腾腾的茶杯放到我面前，然后摸了摸我的手臂，看看我的眼神。"小心，很烫。"她说，仿佛我是五岁小孩。她这么小心翼翼，是有理由的。

莉兹看起来高了一些，腰杆挺直了一些。这不光是因为鞋匠幽谷十分狭小，还因为少了高高在上的莫瑞太太以及发号施令的巴勒德太太，她显露出一股我鲜少在她身上看到的自信。她探索小木屋的每个角落，试图了解它的各种功能。第二天早上，我觉得她是这个地方的女主人，这个念头有如一道光束穿透我脑中的迷雾，要深思又太费力，它又迅速溜走了。

我坐在她让我坐的位置，看着她在我周围片刻不停地移动。如果我起身，那也是因为她要我起身。我从不抗拒，事实是，我没有能力主动做任何事。

我们抵达几天后，罗伊德先生带着罗伊德太太做的蛋糕和一篮鸡蛋来到厨房门口。莉兹再次被迫出面跟他说话。上次她说了两句话，这次她设法挤出三句话。

又一天，罗伊德先生派他的儿子汤米来生火。莉兹坚持请他跟我们一起喝茶，询问他附近可以散步的地方。

"有一条步道沿着山丘往上直接通到山毛榉林里。"他嘴里塞满他母亲做的蛋糕,"那条路很陡,但风景很漂亮。从那里往哪里走都可以,只是要记得把栅门关好。"

莉兹弯腰帮我绑好靴子的鞋带,这是多年前她常做的熟悉动作。她没有戴帽子,头顶长着一圈铁丝般的灰发。她变老了,我心想。她只比我大八岁,但一向感觉不止如此。我好奇她是否希望拥有不同的人生,是否想象着鞋匠幽谷是她自己的小房子;我好奇她是否渴望拥有一个她很可能永远都不会有的孩子。

罗伊德先生说话时会摘下帽子,直视她的眼睛。"你需要什么尽管开口,雷斯特小姐。"而她会脸红,仿佛这是第一次有个男人特地为她做事。她现在已经太老了,我心想,老到只能做她从十一岁开始就在做的事:跪下来替我绑鞋带,弯下腰去执行别人的一道又一道指令。我的几滴眼泪落进她鸟巢般的头发里,她没有察觉。

等我们走到小路上时,我们的裙摆已经因穿越小木屋旁那一小片草原沾湿了,我也气喘吁吁。莉兹很尽责地要把栅门关牢,所以我有时间仔细看看那条路线。它就和汤米事先警告的一样陡峭而崎岖,而山顶——天知道有多高——隐没在一排蜿蜒的树木中。覆满苔藓的弯曲树枝参差错落地伸到路中间,我意识到这条路线上势必鲜少有比绵羊高大的生物行走。我很想打道回府。

"这会有帮助的。"莉兹走到我身边说。她递过来一根结实的树枝。

我试图编出一句话来说服她让我回到小木屋，但她摇摇头。她把树枝塞到我手里，我注意到她因为劳动脸颊红扑扑的，眼睛也亮晶晶的。她一直拿着树枝，直到确定我握住了，像在给我传递接力棒。我的手握紧，她松开手，转身带头沿着一条狭窄的小径走去。

小径转弯偏离树林时，我松了一口气。它绕来绕去，用令人难以理解的方式横越山丘，仿佛开辟这条路的绵羊不想再爬那么陡的山坡。莉兹相信这条小径会带领她去往正确的方向，我发现我的脚步有节奏地落在她的身后。我们沉默地走着，直到莉兹看到一架梯子。

"往这里走。"她说。

莉兹试着撩起裙子，爬上那架木梯，但当她松开一只手去稳住身体时，裙摆便落下来钩住了饱经风霜的木头。我没想到带开衩裙来，她也没想到。我本应该想到——我在苏格兰待过一年，在那里唯有散步时才能逃出可怕的学校喘口气，而较短的开衩裙正是其中一件制服。莉兹从未离开过牛津，而我们的行李都是她准备的。

莉兹笑了起来。"我们明天穿长裤。"她说。

"我们不能穿长裤。"

"我们别无选择。小木屋衣柜里全是男人的衣服。"她说,"我相信没人会介意。"

第二天,莉兹在床上放了两条长裤,我们打算吃完早餐后换上。

"莉兹,你穿过长裤吗?"我去厨房找她时,问她。

"这辈子从来没有。"她笑着说,仿佛知道接下来有什么乐事在等着她。

莉兹在炉子上用小火熬了一整夜的燕麦粥。她在粥上头淋了一些罗伊德夫妇给的新鲜奶油,再铺上她在我起床前炖的苹果片。

"我浑身酸痛。"我说,扶着椅子边缘慢慢坐下去。

"我知道,"莉兹说,"但这是一种有益健康的酸痛,不是'累死了'的酸痛。"

"酸痛就是酸痛。"

"在我印象中,没有哪一天身体是不酸痛的。这是第一次我觉得它可能是好事,而不是坏事。"

我拿起汤匙,把苹果片和鲜奶油搅进燕麦粥里。我的核心部位有一种无法忽略的疼痛,不过这天早晨,我确实觉得它没那么剧烈了。

吃完早餐,莉兹穿上一条很大的长裤和过于宽松的上衣。

"这些衣服太大了,莉兹。"

"没有什么是一条腰带系不了的。"她说着,在衣柜里找腰带,"再说谁会来说三道四呢?"

"罗伊德先生随时都可能过来。"

她微微脸红,耸耸肩。"他不像是会挑刺的人。"

我的长裤是给小个子男人穿的,也可能是一个男人年轻时的裤子。裤子太短了,不过腰身刚好。莉兹坚持要我也穿上一件宽大的上衣,这样她就不用每天洗我的短衫了。

"抽屉里有一双厚袜子,"莉兹说,"它们能保护你的脚踝不被剐伤。"

下楼去厨房后,莉兹弯腰替我绑鞋带,然后绑她自己的。她在食品储藏室门后的钩子上找到几顶帽子,我们两人各戴一顶。她又拿出前一天特地留下当手杖用的树枝,放进我的手里。

我们"全副武装",面向彼此站着,莉兹打量我。"你看起来像个流浪汉。"她说,然后她低头看看自己的装束,转了一圈,让我欣赏整体效果。她痴痴地笑,又转为大笑,笑得不可自抑,直到眼泪、鼻涕齐流。她是对的。我想象着牛津的城里人丢一些面包块和零钱到我们的帽子里……

我没有大笑，但也禁不住默默微笑起来。

我们每天下午都去散步。我一直留着那根树枝，我的体力愈来愈好，我也愈来愈不需要它。我原本并不觉得我身体虚弱，可下午的散步、莉兹的粥和罗伊德太太的蛋糕的确让我身体的某部分恢复了些生命力。我睡觉的时间变短，注意到的事情变多。

罗伊德先生跟莉兹说话时，她不再脸红了。她会直视他的眼睛，他询问她，她就会给出意见，眼神不会再往下躲闪。过了一星期，罗伊德太太开始亲自送蛋糕过来。她会在下午跟着罗伊德先生或汤米一同出现，并且在他们生完火后留下来。莉兹养成了习惯，每天早晨会烤些饼干，布置厨房桌子，准备每天喝的下午茶。她准备了四个人的餐具，不过罗伊德先生总是拒绝。"我只会妨碍你们女士的畅谈。"有一天他说，然后他把帽子按在肚子上退出厨房，背微微弯下，好像他是在向国王告退。

每次他一离开，莉兹就会在盘子里装满饼干和切成大块的罗伊德太太的蛋糕。然后她会把热水壶放在炉上烧，并忙着拿茶叶和茶壶。罗伊德太太坐在面向炉子的椅子上，她会聊起她们前一天未完的话题。她们的谈笑总是像羽毛球赛一样有来有往，熟络得仿佛已经认识了一辈子。我觉得我看见了莉兹本来可能呈现的模样。

我在纳闷为什么罗伊德太太从来不站起来帮忙。我有大把时间去思考——因为我的沉默寡言使她们完全放弃出于礼貌而试图把我拉进聊天的想法——我排除所有显而易见的理由:无礼,懒惰,或是照顾自家厨房和四个儿子的疲惫,或是她的一种善意。罗伊德太太的态度毫无要求的意味,她没有盯着莉兹倒茶来点评茶的浓度。她只是单纯地承认这是莉兹的厨房,这是莉兹的小木屋,她是客人。我从小就看莉兹泡茶,她总是为莫瑞家、巴勒德太太(她总是盯着莉兹倒茶)或我——她的女主人、她的上司或受她监护的人——泡茶。这个念头让我为之一震。我从没见过莉兹和朋友相处的场景。

我开始找借口离开,莉兹没有提出什么抗议,开始布置两人份的餐具。

什罗普郡之行被安排成一种针对我抑郁状况的治疗。先前我没办法这么清晰地思考,但当没有"她"的生活不再那么沉重,我才意识到要是我的大脑先前有办法考虑的话,我很可能会选择跳进查威尔河。

山丘要你付出代价,我知道不论我变得多健壮,不承受攀爬所带来的肺部和双腿的疼痛,都别想到达山顶。最初的几天我一直在抱怨——坐下来为喘不过气而哭泣,说

"我根本不想去那里",但莉兹从不让我回头。

"这是实现某些事所必须承受的疼痛。"她说。

"它能实现什么事?"我哀鸣。

"时间会给我们答案。"她说,拉我站起身。

然后某天下午,我既没有哭也没有抱怨,就爬上了山顶。我双手叉腰,吸入冷冽的空气,越过山谷,望向威尔士。这幅景色我每天看,看了好几个星期,但这是第一次我真正在意。

"不知道那些山丘叫什么名字。"我说。

"罗伊德先生说过,这叫温洛克断崖。"莉兹说。

我讶异地看着她,她还知道什么?

在那之后,她便不再严密地看守我。有时候,她和罗伊德太太要聊的奇闻逸事不是一壶茶的时间就能说得完的,她会让我独自去山丘散步。

"我是大词典的女仆。"一天下午,我穿上靴子时,听到莉兹对罗伊德太太说。

"你说年轻的艾丝玫是这些找文字的人之一?"罗伊德太太说。

莉兹笑了,我猛地看了她一眼。"可以这么说。"她说,朝我眨眨眼。

"我想不出还有什么比那更无聊的事。"罗伊德太太说,"你还记得同一个词要一遍遍地写,写到每一个字母的倾斜度都一样吗?数字对我有意义多了,它们的意义永远不会变。"

"我从来没有那样写过字。"莉兹说。

"很多人都没有。"罗伊德太太边说边拿另一块饼干。

我拿起充当登山杖的树枝,它现在就立在门边。

"你可以吗?"莉兹说。她的语气轻快,但目光警惕。

"可以的,"我说,"好好享受你们的茶吧!"

当我爬上山时,我想知道莉兹和罗伊德太太在说些什么。这是我第一次想思考这个问题,我很震惊我先前竟如此沉浸在自己的世界里。我走着,绵羊从步道上散开,但没有离得太远。它们看着我经过,我想到当我走进剑桥大学阅览室时,学者们审视的目光。这并不会令我不愉快。那时我感到有点得意,现在我也感到有点得意,好像我取得了什么成就似的。

莉兹下了马车,汤米跟在她身后。"我来拿,雷斯特小姐。"他说,伸手去拿后面的那一篮食物。"谢谢你,汤米。"莉兹说。她看着他把篮子提进厨房,然后抬头望着罗伊德太太:"真是个美丽的早晨,娜塔莎。我一定会想念我们的郊游的。"

娜塔莎，对一个农夫的妻子来说，是一个多么富有异国风情的名字。我继续透过卧室敞开的窗户看着她们。罗伊德太太从马车前座挪过来，低头将手贴在莉兹仰起的脸颊上。"Bostin."我听到她说。我不知道这是什么意思，莉兹似乎知道。莉兹将手覆在罗伊德太太的手上，好像这句话让她很感激。她们继续轻声道别。当我看到汤米朝马车走回去时，我赶紧下楼去向他们道别，挥手致意。

我们一回到屋子里，我就转向莉兹。"罗伊德太太说的'bostin'是什么意思？"

莉兹转向炉子，一心想要烧热水。

"噢，只是一句贴心话。"

"可是我从来没听过。"

"我也没听过。"莉兹说，她从水盆旁边取来我们的茶杯，我今天早上把它们放在那里阴干。"娜塔莎讲过一两次，其他人也讲过。我认为那是个外来语，所以我问她那是哪里的话。"

"她说什么？"我在口袋里摸索，口袋是空的。莉兹往茶壶里倒热水暖壶。她打开茶叶罐预备着。

"那个词是这里的话，根本不是外来语。"

我环顾厨房，没有可以书写的材料或工具。

"你的床边最上面的抽屉里有笔记本和铅笔。"莉兹说，她转动着茶壶，让壶身变暖，"你先去拿。"

我回到楼下时，莉兹坐在桌边。我们的杯子冒着热气，茶壶旁放着一盘饼干和一把剪刀。"好把纸张剪成合适的大小。"莉兹说。

我准备好了之后，她开始了。我想起老梅宝以及她对这一程序的敬畏。是什么使她们坐得更直了，并且在开口前先审视自己的想法？她们为什么如此在乎？

"Bostin，"莉兹说，郑重其事地发"n"的音，"它的意思是'可爱的'。"她脸红了。

"你可以用它造句吗？"

"可以，但是你要在底下写娜塔莎的名字。"

"当然。"

"莉兹·雷斯特，我可爱的'mairt'。"

我写了纸条，然后又裁了一张。

"那'mairt'呢？这是什么意思？"

"朋友。"莉兹说，"娜塔莎是我的朋友，我的'mairt'。"

新词的拼法，我是猜的。我很期待把这些新词放进我的行李箱。我有一阵子没有想起它了。

明天我们就要离开鞋匠幽谷了。我会想念如波涛起伏般的绿色山丘。我会想念这种寂静。刚来的时候，我觉得它太寂静,我的思绪太吵闹,后来我渐渐发现,这里并不是只有寂静,山谷会嗡鸣,会啁啾,会咩咩叫。当我的思绪经过一番争执,达成某种和解,我开始倾听山谷的声音,就像有些人会倾听音乐或圣歌。它的节奏中有着慰藉,它让我的心跳慢下来。

据蒂塔说,我看起来好多了。她定期写信给我,虽然一开始我没有及时回信。最近我重新养成习惯,给她写信,显然这是我健康状况有所好转的迹象。蒂塔在信中写道,另一个迹象是一封出乎意料的来自莉兹的信。

这封信是由罗伊德太太代笔的,莉兹敢开这个口真的很勇敢。她在信中说:"到处都很高、很深、很远,如果人想不开,这里绝对不缺地方,但小艾每次都回家,完全没有尝试的迹象。"要是每个人都跟她一样直白就好了。

我好些了吗?在来什罗普郡之前,我感觉自己是破碎的,好像一移开支撑我的鹰架,我就会整个散掉。我现在没有这种感觉了,但我的心中还有一道裂缝,我怀疑它可能永远不会弥合。我记得罗伊德太太第一次留下来聊天时,莉兹因为茶杯磕了个缺口而向罗伊德太太道歉。

"缺口并不会妨碍它盛茶汤。"罗伊德太太当时这么说。

我们待的最后一天要结束时，天空染上一抹粉红。临别的赠礼，我心想。莉兹用乳酪、面包和罗伊德太太的甜味腌黄瓜做了一次野餐，布置在小木屋旁的草地上。

"上帝在这个地方。"她说，目光定定地凝视着温洛克断崖。

"莉兹，你这么认为吗？"

"噢，是的。比起在教堂，我在这里更能感受到他。在这里，我们就像都脱去了所有衣服，脱去代表我们地位的手上老茧，脱去我们的口音和用语习惯。他通通都不关心。最重要的是在你心里你是谁。我从来没有像现在那样爱过他，但在这里我确实很爱他。"

"为什么？"我问。

"我想是因为上帝第一次注意到我吧。"

有很长一段时间，我们谁也没说话。阳光穿透一抹云，像笔刷出的一抹云，照耀在温洛克断崖和它后方的朗麦德山上，这两座山像是彼此的影子。

"莉兹，你觉得上帝会原谅我吗？"这几乎只是一瞬的念头，不过我知道我说出来了。

莉兹保持沉默，朗麦德山终于让夕阳成了追忆，留下一片蓝色山丘。当她起身走进小木屋时，我才意识到我在乎的不是上帝的宽恕，而是她的。我能想象她的两难。她想要安慰我，却又不能当着上帝的面撒谎。

自从"她"出生起就填满在我耳边的嗡嗡声、蒙在我眼睛上的阴影，以及手臂、腿和胸部的麻痹感，全都一下子消失了。我能敏锐地听、看和感觉，敏锐到不能呼吸，敏锐到害怕。我瑟瑟发抖，突然觉得冷。我闻到淡淡的炭烟，听到鸟儿呼唤同伴回巢的声音，它们的歌声就像教堂的钟声一样清澈而明确。失落、爱和遗憾的泪水沾湿了我的脸，其中还交织着一丝带有羞愧的如释重负。

莉兹拿了一块毛线织的小毯子，它如秋日森林般色彩斑斓。她把毯子裹在我肩上，用她坚实的手臂压住。

"上帝没有资格原谅你，艾西玫，"她在我耳边悄声说，"只有你有资格。"

## 一九〇七年十一月

我和莉兹下了火车,我们放下行李,拉起大衣衣领抵挡十一月的寒风。什罗普郡像是在经历"秋老虎",而牛津感觉已经入冬。我们在等着搭车回向阳屋时,我必须提醒自己,那些建筑的坚硬石块后头,有一条河在奔流。

到了向阳屋,深红色的树叶仍挂在累牍院和厨房之间那棵白蜡树上。莉兹和我站在树下道别。这场道别有种沉重感,好像我们将各奔东西,而事实上我们只是回到了共同熟悉的环境。但有些事情改变了,莉兹变得不一样了,也或许只是现在我看待她的方式不同了,我把她视为一个不只是为了我的需求而存在的女人。我们离开牛津的时候,我是她监督的对象,一如以往。现在我们像朋友一样拥抱,慰藉是双向流动的。在什罗普郡,我们各自找到某些我们渴望的事物。可当我抱着她时,我担心莉兹刚刚建立的自信太过脆弱,没办法令她在牛津必须扮演的角色中存活下来。她也有她对我的忧虑,她在我们静静拥抱的间隙讲出她的忧虑。

"重点不是原谅,艾西玫。我们不能总是做出我们喜欢的选择,但我们可以从我们勉强接受的选项中尽可能找出最好的,别钻牛角尖。"

她在我的脸上搜寻,但我无法给她想要的保证。我把她抱得更紧一点儿,没有承诺任何事。

巴勒德太太拄着拐杖,为莉兹拉开厨房门。我转向累牍院,是时候回到我们的生活里了。

每次回家,我都觉得累牍院变得更小了一点儿。我从蒂塔家回来时很感激:它把我包裹起来,只要我待在铺满文字的墙里,我就觉得自己受到了保护。这次不一样。我站在门口,沉甸甸的旅行袋仍提在手里,我纳闷累牍院是怎么容纳下我的。

现在有了三个新助手。其中两个人坐在分类桌边,另一个人添了张新桌子,离我的桌子很近。爸爸看到我在犹豫,脸上绽开笑容,那笑容大有令我无法招架的态势。他把椅子急匆匆地往后一推,椅子整个翻倒。他试着抓住椅子，结果他正在看的纸张被掀得四散飘飞。我放下包赶过去帮忙，弯腰到分类桌底下去拿一张掉落的纸条。我把它交给爸爸，他牵起我的手凑到唇边。然后他在我脸上搜寻，就像莉兹先前的动作。

我点点头，微微笑了一下。他满意了，虽然有那么多话要说，但是太多人在旁观。分类桌边的工作停下了，我感觉自己直接来累牍院而非回家是个愚蠢之举。我知道爸爸在工作，但我害怕面对空荡荡的屋子。

他拉住我的手臂，把我转向新助手们。

"库辛先生、波普先生，这是我女儿艾丝玫。"

库辛先生和波普先生都站了起来。其中一人是金发高个，另一人是黑发矮个，两人都同时伸手，又同时缩回去，让对方先握手。我的手尴尬地悬在中间，受到冷落。要不是他们这么专注于彼此，我或许会怀疑他们是不是都不想触碰我被烧伤的皮肤，不过他们都在笑。然后两人都催促对方继续，闹剧还在上演着。

"只要向年轻小姐鞠躬就好，尽量不要撞到头。"斯威特曼先生坐在分类桌另一侧说，"艾丝玫，这下知道你丢下我们时会发生什么事了吧？我们必须聘用音乐厅的喜剧演员来充数。"

高个的库辛先生鞠躬，波普先生这才有机会跟我握手。

"喂，这是作弊。"库辛先生说。

"这叫见机行事，我的朋友。幸运女神眷顾勇者。"

他们开始轮流跟我说话。他们说很高兴认识我，听说过我对大词典的许多贡献。当爸爸告诉他们我在协助汤普森小姐做研究时，他们喜出望外——他们在学校研读过她写的英格兰史。他们希望我待在什罗普郡的这段日子对我的肺部有益。我想到我成了别人的话题，想到他们谈论的内容所包含的真相和谎言，不禁羞红了脸。

"莫瑞博士会很高兴见到你的，尼克尔小姐。"库辛先生说，"他昨天才刚提到，我们跟在后面工作的年轻女士相比，多占了一倍的空间，产量却只有她的一半。我猜他指的是你吧，真是荣幸。"他再次鞠躬。

"我们并没有被冒犯。"波普先生迅速接话，"我们是临时工，只待一学期。这是我们修语言学的奖励。我觉得这一个月学到的东西，比在贝利奥尔学院待一年能学到的更多。我要向你致敬，尼克尔小姐。"

后面传来一声清晰的叹息。

"你扰乱了这里的清静，波普先生。"爸爸微笑说道。

"的确。"波普先生说，他和库辛先生朝我点点头，便坐回他们的位置。

爸爸搀扶着我，带我到后面。

"丹克渥斯先生,我想介绍我的女儿艾丝玫。"

丹克渥斯先生完成正在修改的段落,站起来,快速地点了一下头。"尼克尔小姐。"

我回应他的点头和招呼后,他坐了回去。爸爸和我都还没转身离开,他的注意力已经回到面前的书页上了。

"他不是临时工。"爸爸等我们走得够远后说。

第二天,累牍院变得更拥挤了。莫瑞博士坐在他的高桌子前,瑶尔曦和萝丝芙在书架间走来走去,就像她们的父亲在工作时经常做的那样。她们都来拥抱我,与我打招呼,先前她们从未对我这么热络,但这种感觉还不错。

"希望你现在身体很好,艾丝玫。"瑶尔曦低声说,我想知道她听说了什么样的故事。我们还来不及进一步交谈,莫瑞博士就来打岔了。

"啊,很好。"他看到我和他女儿站在一起时说。他走过来,一手拿着一张纸,另一手拿着一沓纸条。"'prophesy'的词源学让库辛先生有点伤脑筋,他在哪里走了岔路是显而易见的。"库辛先生看着我,赞同地点点头。"或许你可以检查一下他的工作成果,做一些必要的修正?这些在一星期之内就要准备好排版了。"莫瑞先生把原稿递给我,他想了想,又说:"好好走走,可以让人获得莫大的益处，你说是不是？"

"是的，先生。"我说。

他看我的眼神像是在判断我的回答有几分真实，然后他转身回去工作。

我绕过分类桌，对斯威特曼先生道了早安，朝马林先生说了"bonan matenon"，然后把手按在爸爸肩上停留一会儿。他拍拍我的手，当他转头望向累牍院后方，我意识到这是个有安抚意味的动作。山一般的丹克渥斯先生挡在那儿，我几乎看不见后方我珍贵的工作空间，他的书桌跟我的书桌成直角放置。

我走近之后，看到我的桌面上堆满书本和纸张，我知道那不是我一个月前留下的。我想起书桌内那些写着女性词汇的零散纸条，等着到莉兹床底下的行李箱跟同伴们会合。我胸中升起深深的焦虑。

丹克渥斯先生一定听到我走近了，但他并没有转头。我在他身旁站了一会儿，打量他。他很魁梧，但不肥胖，他的一切都简洁利落得像根针一样。他的黑发剪得很短，分线很直，而且就在头顶正中央。他没有络腮胡或八字胡，跟女人一样把指甲修得很仔细。他一定是刻意选择背对所有人坐着。

"早安，丹克渥斯先生。"我说。

他瞥了我一眼。"早安,尼克尔小姐。"

"请叫我艾丝玫就好。"

他点点头,目光回到他的工作上。

"丹克渥斯先生,请问我能否把我的桌子腾出来?"他像是没听见似的。"丹克渥斯先生,我……"

"是,尼克尔小姐,我听见了。等我完成这项条目,我会处理的。"

"噢,当然。"我站在那儿,等着他准许我离开。我是多么容易就被对方设定了尊卑顺序啊。

他继续俯身在校样上头。我看到像尺一样笔直的线画过不要的文句,页缘空白处写着整齐的修正文字。他的左手肘支在桌子上,左手按摩太阳穴,仿佛在把文字从大脑里引导出来。我从他的姿势看出与我自己类似的态度,而我对他毫不宽容的第一印象也朝正面稍稍移动了一些。

一分钟过去了,又一分钟过去了。

"丹克渥斯先生?"

他的手咚的一声落在桌子上,头猛然抬起来。我看到他深吸一口气,耸起肩膀,我想象他翻了个白眼。他把椅子往后推,走到他和我的桌子之间。这里几乎没有他的容身之处。

"让我帮你。"我说着,从我桌上拿起一本书,并试图对上他的视线。

他从我手里把书拿走,眼神回避着我。"不需要,我有我的顺序,让我来吧。"

他拿走最后一本书,我等待着,指尖揪着裙子,看他会不会回到我的桌边把桌盖掀起来。片刻之间,我仿佛回到学校,跟其他女孩一同排队等着接受检查,包括我们的书桌、抽屉和裤袜。我始终不了解这些有什么重要的。丹克渥斯先生回到他的椅子上,椅子发出的抗议声把我带回累牍院。他搬完了。我的桌面非常干净。可是现在丹克渥斯先生书桌的前端和一侧各有一道书墙,是很有效的屏障。

我坐下来,把"prophesy"的那一沓纸条摊开。我把它们按照日期排序,然后参照库辛先生准备的注记进行修正。

一个星期过去了,累牍院感觉像个老朋友,需要我重新与之建立熟悉感。每次瑶尔曦、萝丝芙或我进门时,波普先生和库辛先生都会起身,争相帮忙或是恭维我们。他们的聒噪惹恼了几乎每个人。只有爸爸,他会用微笑和点头来奖励他们对我的关注。莫瑞博士就没那么鼓励他们了。

"男士们,你们用愈多的词语去奉承那些女士,就会给愈少的词语下定义。你们频繁地使用它们,反而是在损害它们。"他们赶紧回到工作上。

丹克渥斯先生是另一个极端。我们之间唯一交流的话语源自"我必须经过他的书桌才能到我的座位"这一不可避免的事实。"借过,丹克渥斯先生。""抱歉,丹克渥斯先生。""你的包,丹克渥斯先生,也许你可以把它收到书桌底下,免得我每次都要跨过它?"

"他很专业。"有一天晚上我在准备晚餐时,爸爸说。有个女仆每周有四个下午过来,这表示剩下三天的晚餐我们要自己煮。《毕顿太太的家事大全》已经在我的努力之下变得脏兮兮,但我的厨艺并没有进步。

"他有双鹰眼,能揪出不一致和赘字,而且他极少犯错。"

"但他很奇怪,你不觉得吗?"我把鳕鱼泥端上桌,它像一摊死水被圈在马铃薯泥围成的边界里。

"我们都有一点儿奇怪,艾丝玫,不过也许词典编纂师比大部分人更奇怪。"

"我觉得他不怎么喜欢我。"我先盛给爸爸,再盛给我自己。

"我觉得他不怎么喜欢人,他不了解人。你不要认为他是针对你。"爸爸喝了一口水,清了清喉咙。"那波普先生和库辛先生呢?你觉得他们怎么样?"

"噢，很讨喜啊，而且很逗趣，应该说憨傻。"鳕鱼煮得太老了，盐又放得不够。爸爸似乎没注意到。

"对，很不错的年轻人。你很中意其中一个吗？我听说两个人的家世都不错。"他又喝了一口水，"我在想啊，小艾，你会不会……我是说，你愿不愿意考虑……"

我放下刀叉，看着他。他的太阳穴冒出了一粒粒汗珠。他扯松领带。

"爸爸，你想说什么？"

他拿出手帕擦拭额头。"换作莉莉就会处理得好好的。"

"把什么处理得好好的？"

"你的未来，你的安稳，婚姻之类的事。"

"婚姻？"

"我从来没想过那是我应该安排的事情，蒂塔通常会……但她似乎也没想到。"

"安排？"

"哎呀，也不是安排，是协助。"他低头看着食物，然后又抬头看我，"我对不起你，小艾。我没有用心，我不确定我应该用心注意哪些事情，而现在……"

"现在怎么了？"

他迟疑了一下。"现在你二十五岁了。"

我狠狠盯着他,他移开目光。我们默默地吃了一会儿。

"爸爸,你所谓的好家世到底是什么?"

我看得出他因为话题稍稍转移而松了口气。

"我想,对某些人来说是好名声,对某些人来说是富有,对另外一些人来说可能是良好的教育或体面的工作。"

"对你来说呢?"

他用餐巾擦擦嘴,把刀叉放在空盘上。

"如何?"

他绕到桌子这一侧,坐在我旁边。"是爱,小艾。好家世是有爱的家庭。"

我点点头。"谢天谢地,因为我既没有受到良好的教育,也不富有,而我的名声全靠秘密和谎言来维系。"我懊恼地推开盘子,这鱼肉简直难以下咽。

"我的乖女儿,我知道我让你失望了,我却不知道怎么把事情修正过来。"

"发生了这些事,你还爱我吗?"

"当然。"

"你并没有让我失望。"我牵起他的手,抚摸他长着雀斑的手背。他的皮肤干燥,但他的手掌和指尖都像丝绸一样柔滑,一向如此,而我也一直觉得奇妙。"爸爸,我犯了一些错,也做了一些选择,其中一个选择就是不结婚。"

"原本可能会结婚吗?"他问。

"我想是的,但那不是我要的。"

"可是,小艾,没有结婚的女人,生活很辛苦。"

"蒂塔似乎过得很好。爱莲诺·布莱德利看起来很快乐。据我所知,萝丝芙和瑶尔曦也没有订婚。"

他在我脸上搜寻,试图理解我在说什么,我想表达什么。他在"编辑"他以为我会拥有的未来,删除婚礼、女婿、外孙。一股悲伤笼罩他的双眼。我想到"她"。

"爸爸。"眼泪落下,我们谁也没去擦拭脸颊。"我必须相信我做了正确的决定。拜托,继续爱我就好,这是你最擅长的。"

他点点头。

"答应我一件事。"

"任何事。"

"不要试着去修正什么。你是个厉害的词典编纂师,但不是媒人。"

他微笑。"我保证。"

有一段日子,累牍院成了让人不自在的地方。虽然我表示过反对,爸爸也不再鼓励他们讨我欢心,波普先生和库辛先生却反应迟钝。"他们做什么事都慢半拍。"爸爸带着抱歉的笑容表示。

但引起我不自在的主要是丹克渥斯先生。在他加入之前，我的座位拥有完美的隐私性和视野。我可以不受干扰地工作，当我暂时歇息时，我只需要稍微向右倾，就能看见分类桌和端坐高位的莫瑞博士。要是我再多探出一点儿身子，我还能看见是谁在进出累牍院的门。现在，当我往右边看，我的视野全是丹克渥斯先生宽大的、拱起的肩膀和完美的发际线。我感觉被囚禁了。

然后他开始检查我的工作。

我是累牍院里学历最低的助手，就连萝丝芙都胜过我，她毕业了。可是没人会像丹克渥斯先生那样时时提醒我。他跟累牍院里的其他人一样，有特定的交流方式，清楚地表明他所认为的"对方的阶级"。他在莫瑞博士面前几乎是俯首鞠躬，他对爸爸和斯威特曼先生表现得很顺从，对库辛先生和波普先生则不理不睬，我猜是因为他们只是"临时工"。他对瑶尔曦和萝丝芙的反应很奇怪——我不确定他是否能分辨她们两人，毕竟他从不直视她们的眼睛，而且他会绕着她们走，好像她们代表着可能会使他跌落的高台。不过他从不纠正或质疑她们，我渐渐觉得是她们父亲的名号保护她们免受他的审视和轻蔑。他主要把这些留给我。

"这个不对。"有一天我吃完午餐回来时，他说。他站在我的书桌旁,手里拿着一小张方形的纸。我认出那是我钉在正在编辑的校样上的纸,上头写着另一种字义。

"抱歉,你说什么?"

"你的语法不清楚。我重写了一遍。"

我设法挤过他身边,坐到我的桌子前。果不其然,校样上钉着一张新的方形纸,上头是丹克渥斯先生的笔迹。它写着该写的内容,我想弄清楚那跟我写的有什么不一样。

"丹克渥斯先生,可以把我原来那张还我吗?"

他没有回答,我抬起头,发现已经太迟了。他站在壁炉边,看着它燃烧。

圣诞节的气息仍残留在屋内和屋外的树上。我们朝向阳屋走去时,爸爸指着圣玛格丽特路上每个客厅窗户里他看见的装饰物。我们曾玩过这个游戏,在这些私人空间搜寻最豪华或最迷人的树,猜测树下有什么礼物,以及冲去拆礼物的是什么样的孩子。我现在并不想玩这个游戏。我原本并没有把圣诞节算在我失去的东西里面,但现在我清楚地察觉,当我把"她"送走时,我也把圣诞节送走了。爸爸试着把我从悲伤的情绪中拉出来,我好奇我是否还失去了其他东西。

我们到达时,累牍院没有人。爸爸说在星期三斯威特曼先生、波普先生和库辛先生回来之前，我们可以独占累牍院。莫瑞一家要在苏格兰待到新年，其他助手会在这周陆续回来。

"那丹克渥斯先生呢？"我问。

"新年的第一个星期一。"爸爸说，"你有一整个星期不必忍受他越过你的肩膀张望。"

我一定明显地露出了如释重负的表情。他微笑。"不是每个礼物都包得漂漂亮亮的放在树下。"

接下来几天在怀旧的气氛中迅速而模糊地流逝了。每天早晨我们拿了信，我分类检查后分送给各个收件者。如果有纸条，它们就是我早晨的工作。

斯威特曼先生回来后，花了几分钟在房间里走来走去，扫视分类桌和较小的几张桌子。"库辛和波普看起来像是出去吃午餐了，但我掌握了可靠的消息，他们与莫瑞先生达成了共识，不会回来了。"他终于说出来，"莫瑞觉得他们对我们有弊无利，建议他们去银行业找工作。波普说这是个好建议，大家握手道别。"

他们座位前的分类桌上散落着纸张和书本。

"那我来整理一下吧？"我翻开一两本书的封面，确认物主。

"真是个好主意。"斯威特曼先生说，"等这里清空了，刚好可以让丹克渥斯先生搬过来，不是吗？"

我看着他。"你觉得他会愿意吗？"

"莫瑞一直都希望丹克渥斯跟我们坐在一起，但库辛和波普需要监督，而空间又不够。我相信在我们都还没习惯写'一九〇八年'时，你就能回到原有的平静了。"

我并没有回到原有的平静。丹克渥斯先生说他已经建立起一套工作模式，如果搬去分类桌会被打乱。我心想：当然了，他如果换位置就很难盯着我，让我修正了。

斯威特曼先生时不时会做出同样的提议，丹克渥斯先生始终给予相同的回答，说他对目前的安排很满意，非常感谢，短促地点点头。


春天的脚步近了，我的心情也变得轻松。我期待离开累牍院去跑腿，在向阳屋、出版社和博德利图书馆之间骑出一条熟悉的三角形路线。

我从门边篮子里把书拿出来，放进自行车后头的木板箱里，这时莫瑞博士走过来。

"这是给哈特先生的订正好的校样，还有'romanity'的纸条。"他交给我三页改得满篇红的稿件，以及一小沓纸条，按照顺序排列并标上号码，用细绳捆起。我正把它们收进包时，一条订正记录吸引了我的目光。它得等一等了。我推着自行车走到班伯里路，然后骑向小克莱伦敦街。

小克莱伦敦街就在出版社的转角，总是人满为患。我把自行车留在一家茶馆的窗户边，在店内挑了张桌子，等着服务生送茶来，然后从包里拿出校样，有七张对开页：三张爸爸改的，三张丹克渥斯先生改的，一张蒂塔改的。蒂塔那张因为塞在普通的信封里，所以皱巴巴的。不过和其他的一样，上头贴着翅膀般的评语和新词条，是用她熟悉的笔迹写下的。莫瑞博士针对她的意见做出额外批示，有的赞同，有的反对——他的批示永远是最终的依据。

我在找的那条订正记录是爸爸的稿子，它是另外钉在校样边缘的补充说明。有一条尺一样笔直的线画过每个字，丹克渥斯先生把它重写了一遍。什么时候？我纳闷。爸爸知道吗？我把它从校样上拆了下来。

我检查裙子口袋，满意地找到几张空白纸条和一小截钝头铅笔。它们就和这条裙子一样久未使用。我拿了一张纸条，完全按照爸爸原本的写法重抄一遍，然后钉在原文的位置。我仔细检查爸爸校样的其余部分，发现另外两处、三处、四处丹克渥斯先生干涉的地方。

我开始重写爸爸的原始编修文字，每写一个字都更有信心，可是当我进行到最后一处时，我的手僵住了。那是针对"mother"所做的编修。校样已经列出了第一条定义

"女性家长",可是丹克渥斯先生又对此添加了一句"生下孩子的女人"。

我留下了这句话。

# 一九〇八年十一月

正在厨房桌边揉面的莉兹抬起头。

"这是我看过的最烦恼的表情了。"她说。

"我今天早晨犯了三个错,"我说,"他害得我很紧张。"我跌进椅子里。

"让我猜猜,是斯威特曼先生、马林先生,还是丹克渥斯先生?"

自从一年前我们从什罗普郡回来,莉兹就听我用不同的话语做出同样的抱怨。我一逮到机会就逃到她的厨房。她通常会在我身旁干活儿,如果罗伊德太太来信,她会泡一壶新茶,在我俩之间摆上一盘早上刚烤好的饼干,让我念信给她听。她在重建她在什罗普郡的早晨,而我总是小心翼翼地不介入她和她的朋友之间。我会谨慎地念信，不发表评论，也不停顿，念完之后我会从厨房的抽屉取来钢笔和纸，等待莉兹想好她的回应。"我最亲爱的娜塔莎"，她总会这么开头。

今天没有信，也没有饼干。我从厨房桌上的盘子里拿了个三明治。"他在监视我。"我说，咬下一口。

莉兹抬起头，挑高眉毛。

"没那种意思，绝对没那种意思。他对说早安有障碍，但他可是能滔滔不绝地告诉我，我的文法或文体哪里有错。今天早上他对说我'psychotic'的一种不同意义：自作主张。在他看来，女性经常夸大其词，基于这个理由，她们不该受雇做需要精确的工作。"

"你自作主张过吗？"她揶揄道。

"我想都不敢想呢。"我微笑回答。

莉兹继续揉面。

"昨天我吃完午餐回来时，他在我桌上留下一本《哈特规则》。他在我校过的稿件上钉了注记，写下要我参照的页数，借此改进我的校对技巧。"

"《哈特规则》很重要吗？"

"它主要是给出版社的排字工人和审稿人参考用的，不过它有助于确保参与大词典工作的每个人都使用统一写法，使用同样的拼法。"

"你的意思是有不同的写法和拼法？"

"我知道这听起来很像胡说八道（codswallop），但确实存在，而最小的差异也可能造成最大的纷争。"

莉兹微笑。"《哈特规则》对'codswallop'有什么说法？"

"没什么说法，这不是一个正规的词。"

"可是你把它写在纸条上了。我记得你写过，就在这张桌子上。"

"因为它是个妙词。"

"他给你《哈特规则》有帮助吗？"

"没有，它只会让我一直怀疑自己。我原本确定的事现在都变得混乱。我的工作速度变慢了，而且犯的错比以前多很多。"

莉兹把面团捏出形状放进锡盆，然后撒上面粉。她信心满满地做这件事，就像她做厨房里其他需要做的所有事一样。巴勒德太太自从上一次跌倒后，就只负责周日的烤肉以及列出下周菜色，剩下的全是莉兹的工作。不过孩子们陆续成年离家后，现在要喂饱的莫瑞家成员比较少了。有个兼职女仆几乎每天都会来帮忙。

"星期六要跟我一起去市集吗？"莉兹小心翼翼地问，

"老梅宝在关心你的事。"

梅宝。我好久没见到她了,自从……我的思路无法理清。自从什么时候?自从我请她帮忙?自从我去蒂塔家?自从"她"……每次我想到我最后一次去找梅宝时,就会发生这种情况。它代表生命中的某一刻,而想到那一刻会使我想到"她"。我好奇莎拉和菲利普会怎么庆祝"她"的第一个生日,他们会送"她"什么圣诞礼物?我想象"她"学步,希望听见"她"说第一个词。

"她要给你一个词。"莉兹说,我愕然抬起头。我一时间不知道她在说谁。"她说一直保存着。我没问她,但我想梅宝没多少日子了。"

我起了个大早,毫无必要地精心打扮。跟梅宝见面,我很紧张,羞愧于隔了这么久才见她。早晨的邮件从门上的收信口掉进来时,我很庆幸有事可以转移注意力,那是一张缇尔妲偶尔会寄来的明信片,正面是威斯敏斯特的议会大厦。

一九〇八年十一月二日

亲爱的艾丝玫:

你曾经告诉我,你希望我们的口号是"要言语,不要行动",而不是"要行动,不要言语",而我笑你的天真。所以当我听说穆里尔·马特斯用铁链把自己拴在下议院妇女旁听席前方遮蔽视线的格栅上时,我不禁想起了你。

这是一个吸引注意力的绝妙行动(我相信潘克斯特太太,但愿她先想到),但能改变人们思想的是她的言语。她是第一个在下议院发言的女性,她的话既睿智又极具说服力。议会议事录或许没有记下来,但报纸有。显然她是澳大利亚人。或许是她在澳大利亚的议会里发言的权利给了她在我们的议会发言的自信。

"我们已经在这羞辱人的格栅后头坐了太久了。"她说,"是时候让英格兰的女人在立法程序上拥有发言权,因为法规不但影响男人,也影响女人。我们要求投票权。"

"附议,附议!"我们必须齐声喊道。

挂念着你的<br>缇尔妲

澳大利亚,我心想。"她"以后可以投票呢。我把明信片放进口袋,希望"她"在世界另一边过着更好生活的念想,能够保护我免受懊悔的折磨。

莉兹和我在水果摊前拥挤的人群中停下脚步。

"我的采买清单很长,"莉兹说,"我等一下来找你。"

她走了,我又在原地待了一会儿。我能看见梅宝的摊位,因为破烂又乏人光顾而显得可悲,史提斯太太装满花朵的桶与之形成残酷的对比。

我走近,梅宝上下摆了一下头表示她看到我了,好像她昨天才刚见过我似的。身披破布的她犹如一具骷髅。她气若游丝,仅存的一口气在胸腔里咯咯作响,听起来潮湿而危险。当我倾身向前去听她想说什么话时,感到她那股腐败的气味令人难以招架。她的木板箱上只剩下几件破东西和三根木雕棍。其中一根我见过,是将近一年前我最后一次跟她见面时看到的。那是一个老妪的头像,刻得精致无比。

我把它拿起来。"梅宝,这是你吗?"

"状态较好的我。"她悄声说。

另外两根棍子是拙劣的尝试,出自几乎连刀子都握不稳的手。我把它们拿起来转动,知道这是她最后的作品了,不禁悲从中来。

"还是卖一便士?"

她一阵狂咳,然后往破布里吐痰。"不值一便士。"她勉强说道。

我从皮包里拿出三枚硬币放在木板箱上。

"莉兹说你有个词要给我。"

她点点头。我伸手去掏纸条和铅笔时,她也把手探进她衣服的夹层。梅宝抓出满满一把纸条,放在我们之间的木板箱上。然后她抬头望着我,发出一个让我以为她又要吐痰的声音。但她是在笑,她黏湿的眼睛也带着笑意。

"她帮忙了。"梅宝边说边看向史提斯太太,她正在整理放花的桶,"我告诉她只要有女士嗅她的花,我就会闭上我的臭嘴。我说这对她的生意有好处。她不得不答应。"又是那种快要溺水般的笑声。

我拿起那些纸条,它们因为先前保存不善而变得又皱又脏。它们的尺寸是对的,内容差不多是我会写的格式。

"什么时候?"我问。

"你不在的时候。我想着你回来的时候需要打打气,不管发生了什么事。"她又伸手到衣服里面。"我还替你留了这个。"

另一个木雕,细节刻得非常精美,很眼熟。

"这是吟游诗人塔利辛,"梅宝说,"或者是梅林。咱的手刻完这个就不行了。"

我从皮包里拿出更多硬币。

"免啦,小姑娘,"梅宝说,挥手拒绝硬币,"这是礼物。"

我一直避着梅宝，可是现在她的状态，她的善意以及背后的原因，让我措手不及。我感觉被麻痹了，无法防御回忆的攻势。我像个被悲伤填满的容器，直到再也装不下，而它溢出来，浸湿了我的脸。

"我听说你有'morbs'，"梅宝说，她不肯移开视线，"这再正常不过了。"

这时候莉兹出现在我身边，手里拿着手帕，一条手臂搭在我的肩膀上。"梅宝会好好的，"她说，她误会了状况，"对不对，梅宝？"

梅宝又盯着我的眼睛看了一会儿，然后手支着下巴做出思考者的姿势。过了半晌，她说："才不，我不会。"像是为了强调她的论点，最后一个字转为满是黏液的咳嗽，剧烈到我以为她全身的骨头都要散了。这足以让我恢复清醒。

"开够玩笑了。"莉兹说，她的手轻柔地按着梅宝的背。

当梅宝的咳嗽止住，我的眼泪也干了，我问："梅宝，你说'morbs'？那是什么意思？"

"那是一种来一阵去一阵的伤心，"她说，停下来喘气，"我会'morbs'，你会'morbs'，就连莉兹小姐都会'morbs'，只是她绝对不会表露出来。我猜是女人的命运。"

"一定是从'morbid'（病态的）衍生而来的。"我一边自言自语，一边开始写纸条。

"我猜它是从悲伤'衍生而来'的，"梅宝说，"来自我们失去的、从来没有的、永远不会有的。就像我说的，女人的命运。它应该收进你的词典。它太常见了，不该有人不懂。"

莉兹和我各怀心事，离开室内市集。梅宝的状态对我是个打击。

"她住在哪里？"我很惭愧竟从没想过这个问题。

"考利路的济贫院。"莉兹说，"一个满是可怜人的可怜地方。"

"你去过？"

"是我带她去的。我发现她睡在街上，像一堆破布挂在她的木板箱上，还以为她死了。"

"我能做什么？"

"继续买她的木雕，还有写下她的词。你改变不了现实。"

"莉兹，你真的相信是这样吗？"

她看着我，对这个问题有所警觉。

"如果有足够多人想要改变事情，事情绝对就能改变。"我继续说。我告诉她穆里尔·马特斯在国会发言的事。

"我看不出像梅宝这样的人能有什么改变。那些妇女参政运动者制造的骚动，都不是为了像她和我这样的女人而发起的。那是为了有钱的淑女，而那样的淑女总是需要有人替她们刷地板和清夜壶。"她的语气带着我鲜见的尖锐，"就算她们争取到投票权，我还是莫瑞太太的女奴。"

女奴。要是我没有发现这个词，没有解释它的意义，莉兹会不会把自己看作别的身份？

"可是听起来，如果有可能，你还是想改变事情的。"我说。

莉兹耸耸肩，停下来，把袋子放下。她揉了揉双手被提把压出红色凹痕的位置。我的袋子比较轻，但我也做了同样的动作。

"你知道吗？"我们再度上路后，她说，"梅宝认为她的词最后会被收进大词典，底下还列上她的名字。我听到她向史提斯太太炫耀，但我不忍心纠正她。"

"她为什么这么认为？"

"为什么不呢？你又没说过不可能。"

我们走得很慢，尽管天气寒冷，莉兹的侧脸还是淌下一道细细的汗水。我想着我从梅宝、莉兹和其他女人那里搜集来的所有词语，那些女人有的是宰鱼的，有的是裁布的，有的是打扫抹大拉街上的女厕的。她们用适合自己身份的词语说出想法，在我把她们的词写在纸条上时态度庄重。这些纸条对我来说很珍贵，我把它们藏在行李箱以策安全，可是提防什么呢？我是担心它们遭到审视之后被判为"不足"，还是害怕自己会面临难测的命运？

我压根儿就没想过那些给予者会期望她们的词能到达比我的纸条更远的地方，但我突然清楚地意识到，除了我之外再也不会有人读到它们了。那些女人的名字小心翼翼地记了下来，却永远不会被排成铅字。在我开始遗忘的瞬间，她们的词语和她们的名字都将散失。

我的"丢失词词典"并不比下议院妇女旁听席的格栅强：它同样掩藏住该被看见的，同样应该被听见的噤声。等梅宝不在了，我也不在了，行李箱就只是一口棺材而已。

稍晚，在莉兹房间，我打开行李箱，把梅宝的词塞进丹克渥斯先生偷偷摸摸注记的纸条之间。我很惊讶我已搜集到那么多纸条了。

自从发现丹克渥斯先生会自作主张修改别人的校样后，我就养成习惯，先检查校样再交给哈特先生。不过只有在我觉得他的修改对他人的校样毫无帮助时，我才会把他添加的注记纸条拆下来。

我开始观察他。我看到他在书架上搜寻纸条或书本，与莫瑞博士商议或是坐到分类桌旁问某个助手问题；我看到他斜瞄他们的稿件，但从未见他用铅笔去做记号。接着，有一天早上，我跟莉兹快要喝完茶的时候，丹克渥斯先生提早到了累牍院。爸爸和莫瑞博士去老阿什莫林与其他编辑开晨会。

我看到丹克渥斯先生进了累牍院，开始翻弄在门边篮子里等着送出的已经编辑好的校样。"莉兹，你看。"我说，她来到厨房窗边。我们看着丹克渥斯先生从整沓稿件中抽出一份校样，然后他从胸口的口袋掏出铅笔。

"看来你不是阿牍里唯一有秘密的人。"莉兹说。

我决定守住丹克渥斯先生的秘密——我不禁因为他也有秘密而对他生出了一点儿好感。

现在我看着行李箱里面，看到梅宝的词压在丹克渥斯先生工整的笔迹上。她会喜欢这样的，他不会，我心想。我随意读着纸条，有些是他的，有些是她的。他在一张首页纸条上写下：不尽然。我认出那是斯威特曼先生的纸条，看来只有莫瑞博士的编辑工作能逃过丹克渥斯先生的过分挑剔。丹克渥斯先生在定义上画了一条线，然后重写，在我看来并没有更为精准，只是少用了两个字。当时我把斯威特曼先生原本写的定义重新抄了一遍,然后把丹克渥斯先生修改的纸条揣进口袋。它跟梅宝那些拼写错漏、笔迹幼稚的纸条形成了多么强烈的对比。史提斯太太肯定费了一番工夫才做好这些纸条,这更显得她慷慨。

我重读了一遍我为"morbs"写的意思。不尽然,我心想。梅宝不是病态,我也不是病态。悲伤倒是真的,但并不是一直如此。我从口袋里拿出铅笔来修正。

MORBS

暂时的悲伤。

"我会沮丧,你会沮丧,就连莉兹小姐都会沮丧……我猜是女人的命运。"

——梅宝·欧肖纳西,一九〇八年

我把纸条放进行李箱,将塔利辛搁在最上面。

下一个星期六,我再次跟着莉兹去室内市集。那里一如往常地拥挤,我们奋力往前钻。

"死啦,"史提斯太太看到我们过来,便从她的摊位喊道,"昨天用推车把她推走了。"

史提斯太太盯着我的眼睛看了一会儿,然后弯腰去整理一桶康乃馨。莉兹和我转头要去找梅宝。

"她突然不咳了。你知道吗？我觉得真是天赐的安静啊，但后来觉得好像太安静了。"她暂停整理的动作，深吸一口气，弓起的背部布料都绷紧了。她站起来面向我们。"可怜的女人，已经死了好几个钟头。"史提斯太太的目光从我身上移向莉兹又移回来，双手一下又一下地抚平围裙，紧抿的嘴唇微微颤抖。"我应该早点发现的。"

梅宝原本占据的空间已经不在了，相邻的摊位已经把它填满。我不确定我在那儿站了一分钟还是一小时。我拼命回想梅宝和她那一箱木雕棒是怎样塞进那里的。来来往往的人流，谁也没有注意少了她。

## 一九〇九年五月

丹克渥斯先生搬到分类桌那边时,我感觉这如同勒得过紧的束胸终于解开了。促成这件事的功臣是瑶尔曦。

"你知道吗,艾丝玫?"有一天早晨,我刚试着建议某些词需要由比我更具慧眼的人来审核时,她说,"无论爸爸或丹克渥斯先生多么希望格式统一,参与编纂大词典的人都会留下自己的痕迹。试着把丹克渥斯先生的评语当作建议,而不是格言吧。"

一星期后,我恰好听她在说丹克渥斯先生的书桌挡在那里,她很难取用某些书架上的资料。当天下午,莫瑞博士找丹克渥斯先生谈话,隔天我来上班时,丹克渥斯先生已经坐在斯威特曼先生的对面了,两人之间隔着一道堆叠起来的书墙。

"早安,斯威特曼先生、丹克渥斯先生。"我说。

一人微笑,一人点头。丹克渥斯先生仍然没有直视我的眼睛。他的桌子已经搬走了,我的桌子在一排书架后头,隐约可见。

我坐下来,掀起桌盖。衬在内侧的壁纸边角已经卷了起来,上面的玫瑰仍然鲜黄。我用手指滑过花朵,回忆起我第一次坐在这张桌子前的情景。那是九年前,还是十年前?发生了那么多事,我却未移动分毫。

"那看起来很眼熟,"瑶尔曦说,"我记得把它贴上去是很久以前的事了。"

我们都沉默了一会儿,仿佛瑶尔曦也突然惊觉时光在流逝,她却留在原地。我从未多想她或是萝丝芙在累牍院以外的生活。她们已不再在乎是否要拥有完美的发辫,脱胎为她们父亲的得力助手。我嫉妒她们,一向如此。现在我却怀疑这是她们想要的人生,还是她们不得不接受的选项。

"瑶尔曦,你的学业怎么样了?"我问。

"我念完了,去年六月参加的考试。"她满脸焕发自豪的光彩。

"噢,恭喜!"我说着,想起去年六月"她"满一岁了。"我都不知道。"

"当然,没有毕业,没有学位。不过,我知道如果我是个穿长裤的,就能得到这两项成就,还是很令人满足。"

"但是你可以在别的地方取得同等学力,不是吗?"

"对啊,不过不急,我没打算去别的地方。"她低头看着手里的校样,像是在回想什么,然后她递过来。"爸爸给你的,要你快速地校对一遍,他明天早上要把这些校样送去出版社。"

我接过校样。"没问题。"我望向丹克渥斯先生的桌子原先放置的地方,"还有,谢谢你。"

"小事一桩。"

"那取决于从什么角度看待。"

她点点头,经过分类桌回到莫瑞博士的桌子旁,那里有一沓信在等待她做出制式答复。

我的桌盖仍然敞开着。我工作所需的一切工具都在里面:笔记纸、空白纸条、铅笔、钢笔、《哈特规则》。《哈特规则》底下是一些我工作上用不到的东西:蒂塔的一封信、缇尔妲的明信片、用漂亮的纸裁成的空白纸条和一本小说。我拿起那本小说,从书里掉出三张纸条。我看见梅宝的名字,眼中泛起泪花。这足以让我"morbs"起来,我心想,然后不禁微笑。

每张纸条都写着同一个词，但有着不同的意义。我还记得乍听时的震惊、我第一次写下它时梅宝的喜悦和我狂跳的心脏。"cunt"跟山丘一样古老，梅宝曾说，但它不在大词典里，我查过了。

C开头的词的纸条已经装箱了，增补用词存放在离我的书桌最近的书架上。A至Ant分册一出版，莫瑞博士就开始搜集这些增补用词了。"莫瑞博士已经预料到英语发展的速度会比我们定义它的速度更快，"爸爸告诉我，"等大词典最终出版时，我们会回到A去填补缺漏。"

分类格几乎已被增补用词的纸条装满了。它们排列得整整齐齐，我没花多长时间就找到厚厚一沓纸条，上面全是书籍引文，最早可追溯至一三二五年。这个词确实像梅宝说的一样古老。如果遵守莫瑞博士的准则，这个词绝对会被收录进他书桌后面那本巨册里。

我看着首页纸条。上面没有常见的信息，只有莫瑞博士的笔迹：排除，猥亵语。在那底下，有人抄了一串评语，想必是出自别人寄来的信件。这看起来像是瑶尔曦·莫瑞的笔迹，我不确定：

"这东西本身并不猥亵！"

——詹姆斯·狄克生

"一个完全古老的词,拥有非常久远的历史。"

——罗宾森·艾利斯

"它被以粗鄙的方式使用,这项事实却不足以使它被禁绝于英语之外。"

——约翰·汉弥尔顿

我再看看首页纸条,上面没有写定义。我把纸条放回原位,回到我的座位。我在空白纸条上写下:

CUNT(屄)
一、阴门的俗语。
二、辱骂语,以女性的阴门是下流的为前提。

我把梅宝的词聚成一小沓,把我的定义钉在上面。我又找还有没有别的纸条。还有好几张,它们本来都应该放进莉兹床底下的行李箱,但不知是哪次匆匆藏起来后遗忘了。我把它们搜集起来,夹在小说里藏好。

下午剩余的时间,我都在看瑶尔曦给我的校样,时常抬头看看她。她一如往常勤勉,在累牍院里移动,随时准备执行她父亲的命令。他们是否曾为这个词争吵？她有没有发现它不在列，并且追查原因？莫瑞博士究竟知不知道她把关于是否收录这个词的争论抄写在他的首页纸条上，还把那张首页纸条附到了增补用词的资料里？不，当然不知道。她就和我一样，在大词典的字里行间藏了一些小秘密。

"准备好下班了吗？"爸爸说。

我惊讶地发现天色已经这么晚了。"我想把这份稿子校完，"我说，"然后我想去找一下莉兹。你先走吧。"

"你在做什么？"莉兹说，她刚进入房间，就看到我坐在地上，弯着腰摆弄行李箱。"你看起来像在拿苹果。"

"莉兹，你闻到了吗？"

"当然。"她说，"我经常想该不会是有什么东西爬进去，死在里面了吧。"

"闻起来并不臭，闻起来像……唔，其实我不知道该怎么形容。"我再次弯下腰，希望那气味能向我表明它的身份。

"闻起来像某个应该经常通风的东西被锁了太久产生的气味。"莉兹说。

我恍然大悟，是行李箱开始散发累牍院里旧纸条的气味了。

莉兹解下溅了肉汁的围裙，她现在就像巴勒德太太那样，把烤肉端上桌之前先换一条干净的围裙，好像她们辛苦工作的证据会让人不快一样。在莉兹系上干净围裙之前，我拥抱她。

"你说的一点儿都没错。"

她挣脱我，伸直手臂，抓着我瞧。"艾西玫，我以为这么多年，我已经很了解你了，但我完全不明白你在说什么。"

"这些词啊。"我说着，手伸进行李箱，抓出一大把，"它们不是交给我隐藏的，它们需要通风，需要被阅读、分享、理解。也许会被拒绝，但它们至少要有个机会，就像累牍院里的那些词。"

莉兹笑了，把干净的围裙从头顶套下。"这么说你是想编一本你自己的词典？"

"我正有此意，莉兹。一本女性词典，收录女性使用的词、指涉女性的词、进不了莫瑞博士的词典的词。你觉得怎么样？"

她的表情一僵。"你不能这么做，有些不合适。"

我忍不住微笑。要是"cunt"从英语中消失，莉兹一定乐见其成。

"你绝对想不到你跟莫瑞博士有多少共同点。"

"可是有什么用呢？"她说，从行李箱里拿起一张纸条看着，"说这些词的人有一半根本就不识字。"

"也许吧，"我说，把行李箱搬到她床上，"但她们的词很重要。"

我们看着行李箱里乱七八糟的纸条。我想起很多次我在词典和分类格里翻了又翻，寻找恰当的词来解释我的感觉、我的体验。大词典里那些由男人选择的词经常是有不足的。

"莉兹，莫瑞博士的词典省略了一些东西，有时候是一个词，有时候是一种意思。如果没有被写下来过，根本就不会被列入考虑范围。"我把梅宝最初的几张纸条拢成一堆放在床上。"如果这些女人使用的词得到跟其他词同样的待遇，岂不是好事一桩吗？"

我开始翻检行李箱里的纸条，把关于女人的词挑出来放在一边。有些词开始愈积愈多，包括源自不同女人的不同引文，我不知道我已经搜集了这么多。

莉兹把手伸到床底下拖出针线篮。"如果你想让它们都整整齐齐的，你需要这个。"她把她的针插推到我面前，针插就像刺猬一样，浑身是刺。

等我整理完行李箱里所有的词，天已经黑了。我们用针把纸条钉在一起,手指钉得酸痛。

"留着吧,"我把针插还给莉兹时,她说,"给新的词用。"

累牍院的墙上有一个小洞,就在我的书桌上方。我会注意到它,是因为去年冬天寒风如针般刺着我的手背。我试过用纸团把它塞住,可是纸团一直掉出来。后来,我发现我可以从这儿往外窥探:我可以看到别人抽烟时的部分身影;可以听到爸爸和鲍尔克先生一边往烟斗里填烟丝,一边交换大词典的八卦。"gossipiania"(八卦材料),当只言片语溜进我的耳朵时,我总会这么想。我们为这个词写过一个条目,但在最后的校样中被删去了。我从服装辨认每一个助手,我有种奇妙的感觉,好像自己又回到了分类桌底下。

那微微的光束像日晷一样在我的稿件上移动,所以当光束消失时我立刻就察觉到了。我听到自行车靠向累牍院发出当的一声,我凑向小洞。我看到不熟悉的长裤和不熟悉的上衣,袖子卷到手肘,染着墨水的手指解开染着墨水的背包扣环。手指很长,但拇指肚奇特地宽大。那男人在检查包里的东西,就像我在走进出版社大门前也会检查包里的东西。我把目光往上移,动作有点别扭,我想看清他的脸，但是看不到。

我从小洞前移开眼睛，稍稍往右倾，盯着累牍院的门。

他站在门口，又高又瘦，胡子剃得很干净，黑色鬈发。他看到我从书架后探出头，朝我微笑。我离得太远，看不清他的眼睛，但我知道它们是夜晚的蓝色，几乎是深紫色。

我记得第一次送稿件去出版社时，他告诉过我他的名字，可我忘记了。当时我只是个黄毛丫头，而他对我很友善。

后来，我去出版社找哈特先生，远远地见过他。排字工人总是站在排字间远端的工作台前，几乎被装着铅字的浅盘遮住。我进门时，他有时会抬头望，露出笑容，不过从没招手让我过去。据我所知，他从没来过向阳屋。

除了我之外，累牍院里只有丹克渥斯先生一个人在。我看到他猛地抬起头，警觉地看是谁进来了。他花了一秒钟去判断。

"有事吗？"他说，用的是一种针对手指脏兮兮的人的语气。我的手握紧铅笔。

"我来给莫瑞博士送校样，'Si 至 Simple'。"

"交给我就行了。"丹克渥斯先生说，他伸出手，人没有站起来。

"请问你是？"排字工人问。

"你说什么？"

"如果不是莫瑞先生亲自收件，大总管会想知道是谁代收的校样。"

丹克渥斯先生从分类桌前起身走向排字工人。"你可以跟大总管说是丹克渥斯先生收下的校样。"他不等对方把稿件递过来，就把它们取走了。

我在座位上屏住呼吸，感到既恼火又难堪。我想插手，想欢迎排字工人来到累牍院，但在我连他的名字都不知道的情况下，这看起来会很愚蠢。

"我会这么做的，丹克渥斯先生。"排字工人直直地望着丹克渥斯先生的脸说，"对了，我叫盖瑞斯，很高兴认识你。"他伸出染着墨渍的手，丹克渥斯先生只是瞪着它，自己的手则在裤子一侧上下摩擦着。盖瑞斯垂下手臂，改成微微点头。他迅速瞥了一眼我坐的位置，转身离开累牍院。

我从桌子里取出一张空白纸条，写下：

GARETH（盖瑞斯）
排字工人。

我站在累牍院进门处，阅读《牛津纪事报》，等待莫瑞博士写完他要我拿给布莱德利先生的信。

一篇短小的报道埋在版面之间：

> 三名妇女参政运动者在针对首相赫伯特·阿斯奎斯的屋顶抗议行动被捕后，在温森格林监狱绝食数日后被强行灌食。她们因公民抗命和刑事损害等罪名入狱，她们从伯明翰宾利厅①的屋顶上朝警方丢掷瓷砖，而当时阿斯奎斯先生正在该厅主持公共预算会议。该会议禁止妇女出席。

我的喉咙开始收缩。"要怎么给成年女人强行灌食？"我没有朝着谁发问。我快速浏览那一栏报道，上面没有解释灌食的程序，也没有提到那些女人的名字。我想到缇尔妲。她的上一张明信片就是从伯明翰寄来的，她写道，在那里，女人愿意做的事不只是签署请愿书而已。

"我有东西要给出版社的哈特先生。"莫瑞博士说，吓了我一跳，"不过你得先去老阿什莫林，布莱德利先生在等这个。"他交给我一个信封，上面写着"布莱德利"，还有T开头的词的第一批校样。

老阿什莫林的宏伟跟累牍院的简朴是两个极端。它是用石材而非锡板建造的，入口两侧竖立着几尊拥有某种成

---
① 英国第一座专门建造的展览馆，曾用于举办各种表演和公众集会，1984年遭受严重火灾后被拆除。

就的男人胸像——但我不知道是什么成就。我第一次看见它们时，感觉自己渺小而格格不入，不过后来它们鼓励我生出一股不服输的野心，我曾想象过走进那个地方，坐上编辑的位置。但只要女性还被挡在公共预算会议的大门外，我就没资格抱有这种野心。我想到缇尔妲，想到她对战斗的渴望。我想到入狱的那些女人。如果绝食抗议能争取到做编辑的资格，我能受得了饥饿吗？

我爬上楼梯来到宽大的门前，这两扇门通往词典室。词典室明亮通风，有石墙和用希腊石柱支撑的高耸天花板，大词典配得上这样的地方。我第一次看到它时，就纳闷为什么是布莱德利先生和克雷吉先生能这样荣幸使用它，而不是莫瑞博士。"他是大词典的烈士，"我问爸爸，他说，"阿牍对他来说更合适。"

我环顾大房间，试着分辨在每张桌子上乱七八糟纸堆后面的都是哪个助手。爱莲诺·布莱德利越过她书本砌成的墙望过来，朝我挥手。

她清掉一把椅子上堆的纸，我坐下来。"我有一封信要交给你父亲。"我说。

"噢，好极了，他和克雷吉先生讨论了一个问题，正期待着莫瑞博士能给予认同。"

"讨论？"我扬起眉。

"对，他们很客气，不过两人都希望能获得老大的首肯。"她看着我手里的信封，"无论结果如何，爸爸都会很高兴问题能解决。"

"是关于某个词吗？"

"关于整个语言。"爱莲诺凑过来，被金属镜框框住的眼睛因八卦而瞪得大大的。她压低音量："克雷吉先生想要再去一趟斯堪的纳维亚，显然他支持正式认可弗里斯语（Frisian）的运动。"

"我从来没听过。"

"那是日耳曼语的一种。"

"对。"我想起在出版O至P分册的野餐庆祝会上，我曾经跟克雷吉先生有过一段单方面的谈话。当时冰岛语的话题让他兴致勃勃地聊了一个多小时。

"爸爸认为这超出我们'英语'词典编辑的负责范围，他担心如果克雷吉先生老是追着别的目标跑，R开头的词永远编不完。"

"如果这是他的论据，我相信莫瑞博士会支持他的。"我说。

我起身准备离开，又迟疑了。"爱莲诺，你有没有读到伯明翰狱中妇女参政运动者的事？她们被强行灌食。"

她涨红了脸，咬紧牙关。"我读到了，"她说，"真是可耻。就跟大词典不承认女编辑的工作一样，投票权的结果似乎是不可避免的。我实在不懂我们为什么要受这么多的苦，受这么长的苦。"

"你觉得在我们有生之年能享受到投票权吗？"我问。

她微笑。"就这个问题，我比爸爸和詹姆斯爵士都乐观，我相信能的。"

我没那么笃定，不过我还来不及多说什么，布莱德利先生就走过来了。

我用最快的速度踩着自行车踏板，从老阿什莫林骑向沃尔顿街。驱使我冲刺的倒不是渐渐暗下来的天色，而是我为缇尔妲和像她一样的女人，以及所有女人忧虑，忧虑她们的努力付诸东流。激烈运动并没能令我的忧虑平息。

我抵达出版社后，把自行车往两辆自行车之间一插，气恼这里总是没有足够的空间可以轻松地把车停好。我大步穿过方院，遇到男人们摆臭脸，遇到女人则打量她们的表情，即使她们知道强迫灌食的事，也没有表现出来。我想知道有多少人跟我一样感到无能为力。

我没有走到哈特先生的办公室，而是去了排字间。我的口袋里装着写有那个排字工人名字的纸条。我拿出来看了一眼，其实我不需要它来提醒。等我走进房间时，我的脚步已经慢下来。

盖瑞斯在排铅字。我进房间时他没有抬头,我觉得自己并不需要等人邀请。我深吸一口气,从摆满铅字的工作台之间走过去。

男人们点头示意,我点头回应,每个友善的动作都让我的愤怒渐渐消散。

"你好,小姐,你在找哈特先生?"有个很熟悉但我不知道名字的人说。

"其实我是想跟盖瑞斯打声招呼。"我说。我几乎认不出这个充满自信的嗓音竟是我的。

似乎没有人在意我在排字间乱逛,我这才发现自己一直以来感到的威吓或许全是自己吓自己。等我走到盖瑞斯的工作台边时,驱使我上前的情绪已经耗尽了,我的信心也已用完。

他抬起头,仍带着专注的表情,然后他笑了起来。"哇,真是惊喜。你是艾丝玫对吧?"

我点点头,突然发觉我没有准备任何说辞。

"你不介意我先把这部分排完吧?我的排字盘已经快满了。"

盖瑞斯左手拿着排字盘。它像某种浅盘子,能摆放一排排的铅字。他用拇指紧紧压住那些铅字。他的右手在面前的工作台飞速移动，从密密的格子里拿出更多铅字，那些格子让我联想到莫瑞博士的分类格，只是尺寸小了好几号；每个格子都只放一个字母，而不是好几捆的词。才一晃眼的工夫，他的排字盘已经满了。

他的眼睛往上瞟，注意到我很感兴趣。"下一步是把它翻到印版里。"他说，指着工作台旁边的木框，"看起来眼熟吗？"

我看着印版，留了一个空要放新的铅字，尺寸和形状正好是一页文字——可是我看不出是哪一页文字。"这看起来像另一种语言。"

"这是反的，不过只要我修正好这个地方，它就会成为下一本大词典分册里的一页了。"

他小心翼翼地把排字盘放下去，然后摩擦拇指。

"排字工人的拇指。"他说，举起来让我瞧个仔细。

"我不该盯着看。"

"非常欢迎你盯着看。这只不过是我这个职业的一项特征罢了。"他从凳子上跨下来，"我们全都是这样。不过我相信你不是来聊拇指的。"

我走进排字间是为了挑战某种我以为存在的禁令，现在我觉得自己很愚蠢。

"哈特先生，"我笨拙地说，"我以为他可能在这里。"

我环顾四周，仿佛他躲在某个工作台后面。

"我看能不能找到他。"盖瑞斯拿一块白布掸了掸他的凳子，"你可以坐在这里等。"

我点点头，他把凳子推到我的身边。我看着仍然排列在排字盘上的铅字，它几乎很难理解，不光因为字母是反的，也是因为它跟背景几乎融为一体，全都是炮铜般的灰色。

其他排字工人一度好奇有个奇怪女人找盖瑞斯讲话，不过他们很快失去了兴趣。我从离我最近的格子里拿出一个铅字。它像是一张小小的邮票，一根大约一英寸长、不比牙签宽多少的金属棒一端，有个微微凸起的字母。我把它压在指尖上，它留下小写"e"的印记。

我再次看向排字盘。他说它将构成大词典某一页的一部分。我花了一点儿时间，总算开始看懂那些文字。看懂之后，我感到一阵慌乱。

二、骂街泼妇（Common scold）：*时时刻刻在骂人，因而扰乱邻居安宁的女人。*

那些在温森格林监狱的女人就是这种人吗？我看着印版旁边的校样。这看起来不是初次排版，盖瑞斯在处理编修的地方，在某项条目的边缘钉着莫瑞博士的注记。

不需要定义"SCOLD BRIDLE";只要参照"BRANKS"的相关条目即可。

我读了要编修的条目。

三、泼妇的口衔、辔头（Scold's bit, bridle）：用在泼妇等案例中的刑具，用某种铁质结构将头部包住，包含伸入口腔约束舌头的坚硬金属口塞或口衔。

我想象她们身体被压制住，嘴巴被撬开，一根管子被塞进去，她们的叫声被闷住。这个动作会对她们嘴唇、口腔和喉咙敏感的黏膜造成怎样的伤害？等这个过程结束，她们还能说话吗？

我在工作台上搜寻，从不同的小格子里挑出字母：s, c, o, l, d。这些字母有重量，它们在掌心滚动。它们锐利的边缘刮得我的皮肤痒痒的，已被遗忘的页面留下的残墨在我手上印出痕迹。

排字间的门打开了，盖瑞斯带着哈特先生走进来。我把铅字放进口袋，将凳子往后一推。

"T开头的词的第一批校样。"我边说边把校样交给哈特先生。

他接过稿件,对我手指上的墨渍视而不见。我迅速把手塞进口袋。盖瑞斯可没那么心不在焉,我从眼角余光看到他在检查他先前正在排的铅字。他发现什么也没少,目光由排字盘上扫过去。我紧握铅字,它们的边缘锐利,手都痛了。

"好极了。"哈特先生边浏览页面边说,"我们正一英寸一英寸地前进呢。"然后他转向盖瑞斯,"我们明天来检查这些,九点来找我。"

"好的,先生。"盖瑞斯说。

哈特先生朝他的办公室走去,眼睛仍然看着稿子。

"我得走了。"我说,没看盖瑞斯就匆匆走开。

"期待你再来。"我听到他说。

我推着自行车走出出版社时,天色更暗了。我还没骑到班伯里路,已经下起倾盆大雨。等我回到累牍院,我全身滴水,瑟瑟发抖。

"停!"我打开累牍院的门时,丹克渥斯先生大喊。

我刹住脚步,这才意识到自己的模样一定很悽惨。每个人都望向我。

坐在她父亲桌旁的萝丝芙站起来。"丹克渥斯先生,你的意思是要艾丝玫整个下午都在屋外淋雨吗？"

"她身上的水会把我们的稿子都沾湿。"他改用较低的音量说，然后俯向稿件，好像对接下来的事态发展不感兴趣。我待在原地，牙齿开始咯咯作响。

"爸爸根本不该叫你出去的，任谁都看得出来要下雨了。"萝丝芙从架子上取下一把雨伞，然后挽起我的手臂。"跟我来吧，他和你爸爸很快就会回来了，如果他们看到你这副模样一定很不高兴。"

萝丝芙把伞撑在我们两人头上，我们穿过花园来到房屋正面。我鲜少受邀来到莫瑞家的主屋，走正门进去的次数更是一只手都数得出来。在那一刻，我觉得我稍微能体会莉兹每天的心情了。

"在这里等一下。"萝丝芙说，前门在我们身后关上。她走向厨房，呼唤莉兹。一分钟后，莉兹来到我面前，拿着一条刚从织物柜取出的温暖毛巾为我擦拭。

"你为什么不在出版社等雨停呢？"莉兹一边问，一边跪下来脱掉我的鞋子和湿透的裤袜。

"谢谢你，莉兹，接下来就交给我吧。"萝丝芙接过毛巾，带我上楼去她的卧室。

我比萝丝芙大了将近两岁，然而我总觉得自己比较小。她在衣柜里寻找我能穿的衣服时，我在她身上看到属于她母亲的那股务实的自信。莫瑞太太有资格被称为夫人，正如莫瑞博士没有愧对爵士封号，爸爸说过："如果没有她，大词典早就做不起来了。"

知道自己应该如何做是多么让人安心，像是用黑色字体清清楚楚地写下自己的定义。

"你更高、更瘦，不过我想这些应该能穿。"萝丝芙把裙子、上衣、羊毛衫和内衣摊放在床上，让我留在房间更衣。

我脱下裙子之前，先掏了一下口袋，其中一个口袋里有手帕、铅笔和一团湿掉的空白纸条。我走去把纸条丢在垃圾桶，忍不住看了看萝丝芙的书桌。所有东西都整理得井然有序，有一张她父亲获颁爵位后拍的照片，有一张在向阳屋花园中拍的全家福，还有一些完成进度不一的校样和信件。我认出她最近写信的收信者是谁——温森格林监狱的典狱长。"亲爱的先生，我有意反对"，她就只写到这里而已。信的旁边放着一份《伦敦时报》。

我从另一边口袋掏出从盖瑞斯那里偷来的铅字，以及写着他名字的纸条。雨水几乎将纸条浸得透明，他的名字还能辨得出来。

我换上萝丝芙的衣服后，用潮湿的手帕包住铅字，放进裙子口袋。我拿起写有盖瑞斯名字的纸条。我担心他知道我拿了铅字，太羞愧了，不敢再去找他。我把纸条丢进垃圾桶。

然后我又转向萝丝芙的书桌。《伦敦时报》用了较大篇幅报道温森格林的女人，缇尔妲不在其中。幸好这次不是，我心想。夏洛特·马什是艺术家亚瑟·哈德维克·马什的女儿，劳拉·安斯沃斯的父亲是德高望重的学校督察，玛丽·利是一个建筑工的妻子，这三个女人就是这样被定义的。

*女奴*。回想起这个词，我意识到最常用来定义我们的词，都是在描述我们与他人相关时所发挥的功能，就连最温和的词汇——处女、妻子、母亲——都在向世人昭示我们是不是完璧之身。"处女"的男性对应词是什么？我想不出来。"太太""妓女""骂街泼妇"的男性对应词是什么？我望向窗外的累牍院，那是这些词语的定义被确立的地方。哪些词语能定义我？哪些会被用来批判或控制？我不是"处女"，也不是哪个男人的"妻子"，我也没有意愿成为妻子。

当我读到针对绝食的"治疗"如何实施的时候，我不禁隐约感到呕吐反射，以及管子刮过从口腔到喉咙到胃里的黏膜的疼痛。这是一种强暴。那些身体的重量压制着你，约束你狂抓的手和乱踢的脚，强迫你张开嘴。在那一刻，我在想是谁更不像人：是女人，还是政府的人？如果是政府的人，那么我们全都应该感到惭愧。毕竟，自从缇尔姐离开牛津后，我为这项事业出了什么力呢？

萝丝芙回来了，我们一起下楼。"萝丝芙，你是妇女参政运动者吗？"我问。

"我不会在夜里偷溜出去砸窗户，如果你是这个意思的话。我更喜欢自称为支持妇女参政者。"

"我不认为我能做到某些女人做的事。"

"绝食还是扰乱公共秩序？"

"都是。"

萝丝芙在楼梯上停下来，转头看我。"我也不认为我做得到，而且我不能想象……噢，你看了报纸。不过硬碰硬不是唯一的方法，艾丝玫。"

萝丝芙继续下楼，我跟在她身后。我有很多话想问她，尽管我们都在大词典的阴影下长大，但我感觉我们之间隔了好几个世界。

我们在厨房门口逗留了一会儿，看着雨势。"我最好冲过去，"萝丝芙终于说，"但你今天已经湿透了，你在这里暖和地待着，等雨停了再来吧，我们绝对不能让你感冒了。"她打开雨伞小跑，穿过厨房和累胰院之间的路。

莉兹蹲在炉灶前。"看你的脸色……艾西玫，你怎么了?"

"报纸,莉兹。你要是知道发生了什么事,一定会大吃一惊。"

"不用看报纸,市场的消息一样灵通。"她把煤炭铲到升起的火焰上,砰的一声关上沉重的铸铁门。她站直身子时看起来很僵硬。

"她们提到伯明翰的妇女参政运动者发生什么事了吗?"我说。

"有啊,她们在说这个。"

"对绝食抗议和强迫灌食的事,她们生气吗?"

"有些人很生气。"她边说边切蔬菜,切完放进锅里,"其他人认为她们完全错了,你可以用蜂蜜抓到更多苍蝇。"

"她们认为那些女人应该受那些苦?那简直是酷刑。"

"有些人认为总不能任由她们饿死。"

"莉兹,那你怎么想呢?"

她抬起头,眼眶因为切洋葱而发红,眼中泛泪。"我没有那么勇敢。"她说。

她答非所问,如果我对自己足够诚实,我或许也会说一样的话。

一九一〇年四月十一日

生日快乐，我亲爱的艾丝玫。

我不敢相信你二十八岁了。这让我感觉很老了。鉴于你持续的关心，今年我附上一本艾蜜莉·戴维斯的书。艾蜜莉是我母亲的朋友，参加妇女参政运动已经达半世纪之久。她的做法与潘克斯特太太颇为不同，她坚定地相信女性受教育能促进性别平等——她的论据相当有说服力。如果你读了《关于女性的二三事小思》，你也许会考虑去攻读一个学位。说到这里，来谈谈你的信吧。

我在早餐时大声读信。贝丝和我跟你有同样的顾虑，不过我们并不像你那样觉得无力。

这并不是一场新的战争，尽管艾米琳·潘克斯特的娘子军绝对会因为这个目标而引来注意，但她们或许并不能加速促成令人满意的结果。我们迟早会取得投票权的，但那并不是终点。战斗会持续，而它不能只依赖愿意绝食的女人。

过去，当"全民投票权"成为当时的政治论点时，我们的祖父就对支持女性投票权的主题直言不讳。我想知道我们的词典会如何定义"全民"。在当时，它指的是所有成年人，不论种族、收入或财产，但不包括女人，而我们的祖父对此表示不满。据他说，这将是场漫长的战役，若要取得成功，就必须多头并进。

你并不是个胆小鬼,艾丝玫。一想到一个年轻女人会这么想,仅仅因为自己没有为了信念遭受虐待,就让我感到心痛。如果缇尔妲在为妇女社会政治联盟效命,那很适合她,她是个演员,知道如何挑起观众的情绪。如果你想发挥用处,就继续做你一直在做的事吧。你曾经观察到某些词只因为被写下来过,就被视为更重要的词。你曾抗议他们一直把受过教育的男人用的词看得比未受教育的人用的词更重要,后者亦包括女性在内。做你最擅长的事吧,我亲爱的艾丝玫:持续思考我们使用和记录的词。一旦女性的政治投票权问题获得解决,细微的不平等也需要被揭露。你在不知不觉中已经参与这项事业了。就像祖父说的,这是场漫长的战役。让大家各司其职吧,你只管扮演你擅长的角色。

好了,讲点别的消息吧。我仔细思考了许久,不知道保持沉默是否为上策,但贝丝说服我说,沉默是个装满焦虑的空洞。莎拉写信说他们已在阿德莱德舒适地安顿下来,小梅根健康地成长着。这方面我还有更多可以分享的,但我会等你主动问及。

跟你询问的事不无关联:莎拉刚在她经历的第一场选举中投票了!是不是很棒?南澳大利亚州的女人从十五年前就开始行使这项权利了。据我所能搜集到的信息,那里没有谁必须砸破窗户或者饿死自己才能获得这项特权。你肯定知道这些好女人中有一些来到英国支持我们的事业，你还记得用铁链把自己拴在妇女旁听席格栅上，并且在下议院发言的年轻女人吧？她正是阿德莱德当地的女孩。从各方面来看，南澳大利亚州并没有因为女性有投票权而受到任何不良影响。正好相反，莎拉在信中写道，一旦你适应了那儿的炎热，就会觉得那儿真是个相当令人愉快的地方。社会似乎并没有以任何方式分崩离析。女性获得投票权在这里是早晚的事。

在我停笔之前，贝丝要我告诉你《龙骑兵的妻子》刚刚重印了。看来为投票权而战与为心上人倾倒之间并没有冲突。我们真是一个复杂的物种。

爱你的蒂塔

梅根，小梅，小梅儿。

"她"有名字了，"她"正健康地成长。我知道这些就够了。我只能知道这些，再多就会难以承受。

又过了两个生日，梅根满三岁了，然后四岁了。一段关于"她"的故事成了蒂塔年度礼物的一部分，就像送我莉莉的故事一样。她会寄来一本书、一封信，"她"学的第一步，"她"认的第一个字。书总是被放到一旁，蒂塔的消息迅速被遗忘。我费力地回忆我的那些日子。

# 一九一二年十二月

随着一年又一年过去，光阴隐隐地在累牍院留下了印记。书堆得愈来愈高，分类格装了愈来愈多纸条，书架围成的一个角落放了萝丝芙从主屋拿来的一张旧椅子。它成为马林先生最喜欢的小天地，他需要研究外文文本时就会去那里。分类桌周围的胡须都变得更灰了，莫瑞博士的胡须也愈来愈长。

累牍院从来就不是个喧闹的场所，却会有一个"合奏"的声音，会创造一种令人舒心的嗡鸣声。我习惯了整理纸张声、钢笔刮擦声和每个人像指纹般独特的沮丧声。如果遇见了恼人的词，莫瑞博士会闷哼一声，站起来到门口深吸一口气；丹克渥斯先生会把他的铅笔当作节拍器，缓慢地敲出他思考的节奏；爸爸会停止发出任何声音，摘下眼镜揉揉鼻梁，然后用手支着下巴，抬起头盯着天花板，就像如果我们吃晚餐聊到他接不下去的话题时那样。

瑶尔曦和萝丝芙有她们的专属声音，我喜欢听她们的裙摆唰唰扫过地面，带起被粗心大意弄掉在地上的纸条（真是意外收获，我有时候心想，我会注意看它们最后到了什么地方，如果没人捡的话，我就去捡走）。莫瑞家的女孩——我仍然在心里这么称呼她们，虽然我们都超过三十岁了——也会用薰衣草和玫瑰花香来净化空气。我会把它作为一种补品吸入鼻腔，对付男人们时有的不良卫生状况。

偶尔，累牍院会安静下来，只属于我一人。通常在分册出版前夕，编辑和他们的资深助手会去老阿什莫林开会，解决最后的分歧，而瑶尔曦和萝丝芙则会借机去别的地方。

在独自拥有累牍院时，我通常会在桌子和书架间绕行，寻找小小的纸条宝藏。但在这一天，我在赶时间。上午休息的时候我待在莉兹房间整理行李箱的纸条，现在我有一小捆女人的词。

我掀开桌盖，拿出用来当作我的词汇分类格的鞋盒。它已经半满，里面放着一小捆一小捆的纸条，每一捆代表一个词，不同女人提供的意义和引文都钉在一起。我把新纸条摊在桌上。有些是我已经定义的词；有些是新的，需要首页纸条，这是我最喜欢的事：考虑某个词的所有变体，决定它的标题词，然后写一段适合它的定义。在这个过程中，我从来不是一个人，毫无例外，我总是受到使用它的那个女人的声音引导。如果那个女人是梅宝，我会多逗留一会儿，确保我把意思写得恰当、准确，并想象当她知道我这样做时露出牙龈的笑容。

莉兹的针插现在一直放在我的桌子里，我抽出一根针来固定"git"的引文。第一个提供给我引文的人是缇尔妲，而梅宝只要讲到她不喜欢的男人时，总会把这个词挂在嘴边，就连莉兹也会偶尔用到。所以这是一句骂人的话，但并不下流，而梅宝从来不用在史提斯太太身上，所以它只能指代男人。我把针刺进纸条的一角，开始在脑子里思考首页纸条的内容。

"这是什么？"

针戳了下我的拇指，我倒吸一口气。我抬起头，看见丹克渥斯先生正在我旁边，看着我桌上乱七八糟的纸条。它们赤裸裸地摊在那里，显然不是我应该写的那些词。

"不是什么重要的。"我说，试着把纸条拢成一堆，朝他微笑，知道自己看起来肯定很愚蠢：一个挤在学校书桌后面的成年女人。

他俯下身子，仔细地看那些词。我想把椅子往后推，却发现推不动。我毫无办法，只能任由他继续看。

"如果不重要，你为什么要做？"他问，向前伸手，逼得我只能低下头避开他。他拿起那一沓纸条。

突然间，一段回忆浮现，我原本以为它已被时间和善意掩埋，当时我还小，面前是类似的书桌，但我无法控制接下来会发生什么的感觉那么强烈，我觉得喘不过气。我曾恣意想象我的生活会与我观察到的许多女人的生活有所不同，可是在那一刻，我感觉和她们一样受到束缚，一样无能为力。

然后，我感到非常愤怒。

"这对'你'来说无关紧要。"我说，"不过它确实很重要。"我使出更大力气去推椅子，直到丹克渥斯先生不得不让开。

我站得离他很近，就像我们马上要接吻一样近。他皱着眉头，仿佛永远都很专注，完美的分线两侧，光滑的黑发里竖起又短又硬的白发。那些白发很不守规矩，我惊讶他没把它们拔掉。他踉跄后退。我伸出手讨回纸条，但他紧紧握着它们。

他带着我的纸条走向分类桌，把它们像扑克牌一样铺在桌上，然后他触摸它们，把它们移来移去。"manhandling"（粗暴地对待），我心想。等他罢手之后，我要给他写一张纸条。

丹克渥斯先生停下来读着一两个词,仿佛是在衡量它们的价值。我知道此时他内心的语言学家被勾起了好奇心:他额头的线条软化了,紧抿的嘴唇也放松了。我想起那些罕见的时刻,我几度认为我们或许有共通点。他看着我的词思考得愈久,我愈是觉得自己反应过度了。

我的肩膀垂下来,下巴也放松了。我是多么渴望能找个人谈谈女性词汇,谈论它们在大词典里的位置,谈论方法上的缺陷,这可能意味着它们被排除在外了。在那一刻,我想象丹克渥斯先生和我是盟友。

突然间他把纸条都扫成一堆,毫不在意它们的顺序。"尼克尔小姐,你既是对的,也是错的,"他说,"你的计划对我来说确实不重要,它本身也不重要。"

我惊愕到无法回应。他把那一沓纸条还给我时,我的手抖得太厉害,纸条直接掉在地上。

丹克渥斯先生看着散落在满是灰尘的地上的纸条,丝毫没有要帮忙捡起来的意思。他反倒是转身面向分类桌,在他自己的稿件里搜寻,找到他原本要找的东西,然后就走了。

颤抖从我的手指向身体的每个部位传递。我跪下来捡纸条,却无法按照任何次序排列它们。我无法集中注意力,而它们看起来毫无意义。我听到累牍院的门再度打开，不禁闭上眼睛，唯恐又是丹克渥斯先生，害怕他看到我跪在地上的屈辱。

有人在我身旁弯下腰，开始捡拾纸条。他有美丽的长手指，但左手拇指变形了。是排字工人盖瑞斯。我隐约记得这种事发生过。他捡起一张又一张纸条，把每一张纸条的灰尘都掸掉才交给我。

"你晚点可以整理好，"他说，"现在你和它们最好先离开这冰冷的地板。"

"是我的错。"我听到自己说。

盖瑞斯没有回应，只是继续把纸条递给我。我偷他的铅字已经是好几年前的事了，尽管他很友善，我还是设法与他保持距离，只跟他维持淡淡的交情。

"这只是我的业余爱好，它们其实不属于这里。"我说。

盖瑞斯停顿了一下，却还是没说什么。然后他拿起最后一张纸条，用手指在上头描画，大声念出上头的词：pillock（笨蛋）。他抬起头，露出微笑，眼睛周围散出细纹。

"下面有如何使用这个词的例句。"我说，凑近去指出纸条上的引文。

"看起来是正确的。"他边读边说，"缇尔妲·泰勒是谁？"

"她是使用这个词的女人。"

"这么说这些词不在大词典里?"

我僵住了。"对,全都不在。"

"可是有些词还挺常见的。"他边翻看边说。

"在使用它们的人之间是很常见,但普遍性并不是被大词典收录的必要条件。"

"谁在使用它们?"

片刻之前我畏缩不敢进行的战斗,现在我准备好开始了。"穷人、在室内市集工作的人、女人,所以它们没有被写下来,被排除在外。有时,它们确实被写了下来,可是最后仍然被剔除,因为'上流社会'不会使用这些词。"我感觉筋疲力尽,却又充满叛逆心理,我的手还在发抖,不过我准备继续,我直视他的眼睛,"它们很重要。"

"那你最好把它们保管好。"盖瑞斯说,他把最后一张纸条交给我,站起身,然后他伸手拉我起来。

我把纸条拿回书桌,放进桌盖底下,然后转身面向盖瑞斯。"你来做什么?"我问。

他打开背包,抽出最新一本分册的校样。"Sleep 至 Sniggle,"他说,把稿件举在空中,"如果改得不多,我们圣诞节前就可以送印了。"他微笑,点点头,把校样送到莫瑞博士的桌子上,离开了累牍院。我以为他会转身再对我微笑，不过他没有。如果他有的话，我就会告诉他可能会修改很多处。

吃完午餐，大家都回到累牍院，我等着丹克渥斯先生出卖我。我年纪已经太大了，不会被遣送到外地去，但我有足够的时间和沉默去想象十几种其他的惩罚方式。所有惩罚的开头都是备受屈辱地奉令交出口袋里的东西，结局则是永远不得再踏进累牍院一步。

但是丹克渥斯先生未向莫瑞博士提起我的词。一连好几天，我偷偷观察他，每次他有事要请示主编时，我都屏住呼吸，可他们从未看向我的方向。我意识到不光是我的词对丹克渥斯先生来说不重要，就连我把做大词典工作的时间花在那些词上的这项事实，他也没放在心上。

我正在回复一项针对拼写的询问，自从 Ribaldric 至 Romanite 分册出版后，这类询问就频频出现。来信者问道："新的大词典为什么舍弃常见的'rhyme'不用，而要取'rime'呢？习惯和常识都坚持前者。"我该被视为文盲吗？这是个吃力不讨好的工作，因为并没有合理的答案。盖瑞斯的自行车发出熟悉的声音，这足以构成我半途而废的理由，我放下钢笔望向门口。

自从几星期前他帮我把纸条从地上捡起来，这是他第三次造访累牍院。

"这年轻人不错。"爸爸第一次注意到盖瑞斯打招呼时说。

"跟波普先生还有库辛先生一样不错吗？"当时我问。

"我不懂你的意思。"爸爸说，"他是个领班，哈特先生信任他，甚至跟他讨论排版风格。"说到这里，他看着我，挑起眉毛，"不过通常那些讨论都是在出版社进行的。"

门开了，暗淡的天光照了进来。助手们抬起头，爸爸点头打招呼，然后瞥向我。莫瑞博士从他的凳子上走下来。

我离得太远，听不见他们说什么，但盖瑞斯指着校样的某一块，向莫瑞博士解释着一些事情。我看得出莫瑞博士表示认同：他问了个问题，听着，点点头，然后要盖瑞斯到他的书桌旁，两人一起检查其他几页。我注意到丹克渥斯先生恪守本分，忽视了这场交流。

盖瑞斯在一旁等待莫瑞博士快速写一张短笺给哈特先生，写好之后，盖瑞斯把它收进背包，一老一少便走向花园。

我看到他们在刚出门口的地方。莫瑞博士伸展身体，有时，他整个早上伏案看稿后，就会做这个动作。他们的关系变了，变得更熟稔。爸爸告诉过我哈特先生积劳成疾，我猜这让他们两人都很关切。

莫瑞博士一个人回到累牍院。我很讶异从我肺里吐出的空气竟如此沉重。他把门开着，十二月的新鲜空气开始在桌子间循环流动。两名助手穿上外套，萝丝芙裹上披肩。我通常不赞同莫瑞博士那一套"新鲜空气能让头脑清醒"的说法，不过我刚才太热，大脑无法思考，所以我很庆幸这一次他这么做，我又回到替"rime"辩解的任务上。

"这是给你的。"是盖瑞斯。

一时间，我无法抬头看，因为刚才在我身体里的热量，现在全都集中到我脸上了。

"这是给你搜集的词，是我妈妈常用的。她以前总是用这个词，但我在出版社保存的校样里找不到这种用法。"他说话声音很轻，但我每个字都听见了。我还是没抬起头，我没把握我能否开口说话。我反倒是把注意力集中在盖瑞斯放在我面前的纸条上。他一定是从门口架子上的那一沓空白纸条里拿了一张。这是最常见的一个词，但意义有所不同。我认出那是我小时候听过的用法。

CABBAGE（包心菜）

"过来，我的小包心菜，给我一个拥抱。"

——狄蕊丝·欧文

狄蕊丝，多么美丽的名字。这句子很像是莉兹会说的话。

"妈妈们有她们自己的一套用词，你不觉得吗？"他说。

"这我不清楚，"我望向爸爸，"我从没见过我妈妈。"

盖瑞斯看起来大吃一惊。"噢，很遗憾。"

"请你不要感到遗憾，你应该可以想象，我父亲对词语也很有一套。"

他笑了。"嗯，那倒是。"

"那你爸爸呢？"我问，"他在出版社工作吗？"

"在出版社工作的人是我妈妈，她是装订工，我十四岁那年她安排我成为学徒。"

"你爸爸呢？"

"只有我妈妈和我而已。"他说。

我看着手里的纸条，试着想象把这个男人唤作她的小包心菜的女人是什么模样。"谢谢你的纸条。"我说。

"希望你不介意我跑来找你。"

我望向分类桌，有一两个人在偷瞄我的桌子，爸爸的脸上则带着诡异的笑容，不过他的眼睛坚定地望着稿子。

"你这么做，我很高兴。"我说着，望着他的脸，然后迅速低头看纸条。

"嗯，我肯定还会继续这么做的。"

他走了以后，我掀开桌盖，在我的鞋盒里翻找，最终找到盖瑞斯的纸条专属的位置。

## 一九一三年一月

我骑向博德利图书馆时,殉道纪念塔周围聚集了一群人。我可以像平常一样沿着帕克斯路走来避开他们,然而我一直待在班伯里路上,直到人群迫使我转向。

整个牛津到处张贴着告示。传单撒在街道上,所有报纸都充满或支持或反对的报道。牛津的妇女投票权联盟要聚集起来,进行一场从圣克莱门特教堂到殉道纪念塔的和平游行活动。虽然活动还有几小时才开始,但准备工作已就绪,期待和兴奋的氛围在蔓延。要不是空气里夹杂着雷雨将至般的紧张气息,这简直就像要开办集市般。

博德利图书馆的人比平常少。我花了点时间搜寻"艺术区"的书架。莫瑞博士要我查询的书很古老,页面上的引文几乎像外国文字，很容易弄错。我坐在被早已作古的好几代学者磨光了的长椅上，好奇其中有多少人是女性。

我顺着原路骑回去。游行队伍已抵达了，人越来越多。女性和男性的人数比例悬殊，三比一，但我对到场的男人感到讶异，各种各样的男人都有：有打领带的，没打领带的；跟女人挽着手臂的；独自站着的；三五成群聚在一起的，戴着便帽，穿着无领上衣，双臂交叉在胸前，两腿分得很开。

抹大拉的圣玛丽教堂一边有个小小的公墓，我把自行车靠在公墓的栏杆上，然后站在人群外围。

我先前读到游行的事时，希望缇尔姐会为此回到牛津来。我写信给她，还附上一张传单：我会在殉道纪念塔附近的小教堂旁等你。

她回复我一张明信片。

再看情况吧，妇女社会政治联盟没有受邀（牛津许多受过教育的女士并不认同潘克斯特太太的做法）。我很庆幸你加入了姐妹会，将把你的声音奉献给这股呐喊，也是时候了。

殉道纪念塔旁搭了一座高台，有个女人站在台上演讲。

我站的位置难以看清她的模样，周围的嘲弄声也将她的声音淹没。传单指示我们"不要理会"想捣乱的人，而现场大部分支持演讲者的男男女女都做到了这一点。但是诋毁者人数众多，他们从人群的各个角落大声嚷嚷。圣约翰学院一扇敞开的窗户边上放着一台留声机，播放着刺耳的音乐。演讲高台旁一群男人抽着烟斗，一团团烟雾浮在周身；另一群男人开始引吭高歌，声音大到让人根本听不到别的声音。身在人群边缘的我感到异常脆弱。

殉道纪念塔周围的人群骚动起来。我踮起脚看看发生了什么事，发现骚动正从人海中央向外移动，朝着我而来。直到两个男人出现在我面前的时候，我才意识到这意味着什么：他们的手臂互相勾缠，朝对方挥拳。虽然穿着有领上衣、打着领带的男人体格更魁梧，但他的手臂胡乱挥动，拳头不断错失目标。而另一个男人则准确多了，尽管天气寒冷，他却没穿外套，上衣袖子卷到手肘。我向后退，但抹大拉街仍堵得水泄不通，我被挤得紧贴着靠在教堂公墓栏杆的一排自行车上。

我看到骑在马背上的警察像蹚在水里一样走在人群中。马吓着了群众，他们一哄而散。人们开始奔跑，半数的人跑向宽街，半数跑向圣吉尔斯街。我跨出一步，被人撞倒在地，眼前是女人的鞋子和男人的鞋子，还有溅了泥土的裙摆。我被拉起来,又被撞倒。我不认识的两个女人把我拽起身,叫我回家,但我像麻痹了一样呆立原地。

"婊子!"

一张粗鲁的红脸,几乎碰上我的脸;那个鼻子多年前断过,始终没有扳直;然后是一口唾沫。我几乎无法呼吸。我抬起两条手臂保护自己,我预期的拳脚并没有落下。

"嘿!走开。"

女人的嗓音,洪亮,凶悍……然后转为温和。"他们是懦夫。"她说。那语气十分熟悉。我垂下手臂,张开眼睛,是缇尔妲。她把我拉到一旁,擦掉我脸颊上的唾沫。"他们害怕自己的老婆不再做牛做马。"她把用过的手帕丢在地上,然后退后一步。

"艾丝玫,你比以前更漂亮了。"缇尔妲看到我的表情不禁笑起来。

我们旁边有人扭打起来,一时间我庆幸可以转移注意力,然后我认出了事主。

"盖瑞斯?"

他转头,另外那男人趁虚而入,一记重拳打到他的嘴唇上,对方露出一抹奸笑。我认出攻击者断掉的鼻梁。盖瑞斯撑住没有倒下去,他还没来得及反击,那男人已经跑掉了。

"你的嘴唇在流血。"盖瑞斯站得近一点儿后,我说。他碰了碰,缩了一下,看到我忧心忡忡的表情,他露出笑容,然后又缩了一下。

"我没事。"他说,"你们做了什么,让那家伙这么生气?他刚才直接朝你们冲过去。"

"浑蛋。"缇尔姐说。盖瑞斯的头立刻转向她。"欸,不是说你,你是我们穿着闪亮盔甲的骑士。"她用演员的方式行了个屈膝礼,露出嘲弄的笑容。盖瑞斯看出她的奚落之意,不禁有些发窘。

"缇尔姐,"我挽住她的手臂说,"这位是盖瑞斯,他在出版社工作,是我的朋友。"

"朋友?"她扬起眉毛。

我没理会她,又不敢看盖瑞斯的眼睛。"盖瑞斯,这位是缇尔姐。我们认识很多年了,当时她的剧团来过牛津。"

"幸会,缇尔姐。"盖瑞斯说,"你是来演出还是来参加活动的?"他扫视混乱的现场。

"艾丝玫邀请我来的,潘克斯特太太也觉得这是个引起大众注意的机会,所以我就来了。"

许多人在大声喊叫,还有警笛声。有些女人被追着跑向宽街。"我看我们该走了。"我说。

缇尔姐抱了我一下。"你走吧,我想有人会好好照顾你的。"她说，"不过星期五晚上来'老汤姆'吧，我们有好多新消息要互相传达。"然后她转头看盖瑞斯，"你也要来呀，答应我你会来。"

盖瑞斯看着我，寻求指示。缇尔妲一旁看着，等着看我如何回应。我感觉上一次见面不过是昨天的事。勇敢和恐惧在我内心交战，我并不想让恐惧胜出。

"当然好，"我说，回望着盖瑞斯，"也许我们可以一起去？"

他咧嘴而笑，扯开破裂嘴唇上勉强黏合的伤口，于是它又开始流血了。我伸手摸裙子口袋，却发现我没有带手帕。

"一小片纸也能用。"他说着，试着阻止眼中的笑意蔓延到嘴唇，"这比刮胡子造成的伤口严重不到哪里去。"

我取出一张空白纸条，撕下一角。他用上衣袖子按压嘴唇，然后我把那一小片纸贴在伤口处。它立刻被染红了，但没有掉下来。

"二位，星期五见。"缇尔妲说，朝我眨眨眼睛。然后她转向宽街，争吵似乎集中到那里去了。

盖瑞斯和我转身朝反方向走。


"艾丝玫！老天，发生了什么事？"萝丝芙看到我们走进向阳屋的栅门。她望向盖瑞斯要他解释。

"前往殉道纪念塔的游行活动失控了。"他说。

盖瑞斯和我沿着班伯里路走回来的一路上几乎什么话也没说。缇尔妲让我们感到不安,而且让我们都很害羞。

"这是在游行中发生的?"萝丝芙说。她从下往上打量我。我的裙子被撕破了、弄脏了,头发披散下来。我一直在擦那个男人留下的仇恨秽物,脸颊被擦得发痛。"噢,天哪。"她继续说,"妈妈跟希尔妲还有葛妮丝在那里。你们结伴同行是明智的决定,只不过看起来似乎也没有帮助。"

我好不容易才能说话。"呃,不是,我们只是巧遇。我不知道盖瑞斯为什么会在那里。"

她狐疑地看看盖瑞斯,又看看我。

我无法正视她的目光,只好转头看盖瑞斯。"你到底为什么会在那里?"

"跟你的理由一样。"他说。

"我并不确定我为什么去那里。"我说,既是对他说,也是自言自语。

就在此时,莫瑞太太带着她的长女和幺女走进栅门,三人看起来都毫发无伤,而且情绪亢奋。萝丝芙奔向她们。

盖瑞斯跟我走去厨房,我介绍他给莉兹认识。他帮忙解释发生了什么事。

"拿这个处理下嘴唇。"莉兹把一块干净的布沾湿后递给他。

他撕下纸条,举起来给我们两个看。"这个让我不至于失血而死。"

"那是什么呀?"莉兹打量它问道。

"纸条的一角。"盖瑞斯说,朝我的方向微笑。

"你知道吗?我真的很感谢你。"我说,"那个男人真可怕。缇尔姐嘲笑你真的很不公平。"

"她只是在试探我。"

"什么意思?"

"确认我站在对的一边。"

我微笑。"那你是站在对的一边吗?"

他用微笑回应我。"是啊。"

他似乎比我更坚定,我有一点儿惭愧。"有时候我觉得或许不是只有两边。"我说。

"最好不要跟妇女参政运动者站在同一边,"莉兹说,"她们的胡闹太耽误事了。"她递给盖瑞斯一杯水。

"谢谢你,雷斯特小姐。"他说。

"叫我莉兹就好,叫我别的我不会回应的。"

我们看着他把水喝下肚。他喝完后,把杯子拿去水槽冲洗。莉兹诧异地看着我。

"人们总是走不同的路去往同一个地方,"盖瑞斯转回身面向我们时说,"女性投票权也会是一样的。"

盖瑞斯走后,莉兹要我坐下来,她替我洗脸,为我梳头,重新把我的头发绾成发髻。

"从没见过像他这样的男人,"她说,"也许除了你爸爸之外吧。他也会自己洗杯子。"

她脸上的表情跟每次盖瑞斯去累牍院时爸爸的表情一模一样。我装傻。

"你始终没说你为什么去那里。"她说。

我不能告诉她缇尔妲的事,这是我们避而不谈的话题,而且今天发生的事也无助于改善她在莉兹眼中的形象。"我从博德利图书馆回家。"我说。

"走帕克斯路更快。"

"那些人很愤怒,莉兹。"

"唉,我只能说幸好你没有受严重的伤,或是被逮捕。"

"他们到底在怕什么呢?"

莉兹叹气。"他们全都害怕失去某种东西。就往你脸上吐口水的那种人来说,他们不希望妻子觉得自己值得拥有更多。与其跟那种男人过日子,我倒是庆幸可以一直伺候人呢。"

我回到累牍院时,天已经快黑了。缇尔妲的明信片摆在最上面。我重读一遍,然后把内容抄写在新的纸条上。

SISTERHOOD(姐妹会)

"我很庆幸你加入了姐妹会,将把你的声音奉献给这股呐喊。"

——缇尔妲·泰勒,一九一二年

我在分册里搜寻。"sisterhood"已经出版了,主要的意义多是指修女之间的情谊。缇尔妲的引文隶属于第二个意义:泛指一群具有共同目标、特征或使命的女性,经常带有负面意味。

我走到分类格前找出原始纸条。大部分引文出自剪报。在一篇论述女性激烈争辩她们毫不了解的议题的剪报里,义工在"尖声嘶吼的姐妹会"下画了线。最近一期的纸条来自写于一九〇九年的文章,将妇女参政运动者这一类型的女人描述为"受过高等教育、声音刺耳、没有孩子、没有丈夫的姐妹会"。

这些内容都具有侮辱性,一想到莫瑞博士将它们驳回了,我就感到十分振奋。即使如此,我还是在一张新的纸条上重新抄下已出版的定义,略去"带有负面意味"几个字,把缇尔妲的引文钉在它前面。然后我把它们放进增补用词的分类格里。

我从书架前转开身时,爸爸盯着我。

"你对于把报纸当作字义的来源这件事有什么看法?"他问。

"你还看到了什么?"

他微笑,不过似乎有点勉强。"我不介意你往分类格里'加进'什么东西,小艾。即使你的引文不是从文本来的,它们也可能引发相关的查询。我们要了解新词最有效的方法就是通过报纸文章。最近詹姆斯花了不少时间为它们的效用辩护。"

我想着刚才读到的剪报。"我不确定,"我说,"它们经常看起来只是一种意见,如果你要征询意见来界定某个东西的意义,你至少应该把各方意见都纳入考虑,并不是各方都有报纸来替他们发声。"

"那么幸好其中一些人有你。"

爸爸和我坐在客厅,两人都试着挑起话头聊天,却失败了;我们两人都试着不让对方看出我们有多渴望敲门声响起。已经六点钟了。爸爸面向靠街的窗户,每当他的眼神透露出有人经过的讯息,我都会屏住呼吸等待栅门发出声响,然后又因为没听到声音而吁出一口气。

爸爸好一阵子看起来没这么激动了。当我告诉他盖瑞斯提议陪我去"老汤姆",爸爸微笑着像是松了口气,我不解其意。他是庆幸我跟缇尔妲见面时有人陪伴,还是庆幸我有了男性友人?他一定认为后者永远不会发生吧。不论是何者,这是几星期以来我第一次看到他额头的线条舒展开来。

"爸爸,你最近看起来很累。"

"是 S 开头的词。已经四年了,我们还没编完一半。真是令人伤神的(sapping)、令人昏沉的(stupefying)、令人瞌睡的(soporific)……"他停下来思索还有什么 S 开头的形容词。

"催眠的(slumberous)、昏昏欲睡的(somnolent)、困倦的(somniferous)。"我献计。

"好极了!"他说,他的笑容让我想起多年前我们玩的文字游戏。然后,他越过我望向窗外,他的笑容更灿烂了。栅门响起来。我感觉腋下出了汗,有点痒,很庆幸是爸爸起身去应门。他和盖瑞斯站在门厅聊了两三分钟。我站起来,用壁炉上方的镜子查看我的脸,捏了一下我的脸颊。

自从缇尔妲上次离开牛津后,我就没来过"老汤姆"。随着盖瑞斯和我愈走愈近,关于比尔的回忆猝不及防地袭向我，然后是关于"她"的回忆。

"艾丝玫，你还好吗？"

我抬头看着挂在小酒吧门上的招牌，是基督堂学院钟楼的手绘图案。

"我没事。"我说。盖瑞斯打开门让我先进去。

"老汤姆"还是和以前一样拥挤，一开始我还以为缇尔妲可能没来。然后我看到她了，她跟另外三个女人坐在靠后面的一张桌子。她走进来时想必照旧引起了骚动，但她并不像七年前那样火上浇油。我们必须从一小群一小群男人身旁挤过去才能到她那里。他们似乎都没有向她献殷勤的意味，这里感觉不像以前那么欢迎我们。

缇尔妲站起来拥抱我。"女士们，这位是艾丝玫。我上次来牛津，我们就成了好朋友。"

"你住在这里？"其中一个女人问。

"对。"缇尔妲说，用手臂把我拉近，"不过她把自己藏在一座棚子里。"

那女人皱起眉头。

缇尔妲转向我。"艾丝玫，你的词典进度如何？"

"我们编到 S 了。"

"天哪，真的假的？你怎么能忍受这么缓慢的进展？"她放开我，坐回座位。

其他女人都抬头看着我,等待回应。这里没有多的椅子。

"我们同时搜集好几个字母开头的词,这工作没有听起来那么枯燥乏味。"一时间大家都不说话。我感觉盖瑞斯向我挪近了一点儿,很庆幸他与我同行。

"这位是……"缇尔妲犹豫了一下,做作地回想,"盖瑞斯,对吧?"

"很高兴再见到你,泰勒小姐。"他说。

"请叫我缇尔妲就好。这三位可爱的女士是萧娜、贝蒂和歌特。"

萧娜是三人中最年轻的,不超过二十岁。另外两人则足足比我年长十岁。

"我现在认出你了,"歌特说,"你是那天晚上在'老鹰与孩童'给缇尔妲当助手的人。"她看着缇尔妲,"小缇,你还记得吗?那是我第一次真正'出外勤'。"

"之后又有很多次。"缇尔妲说。

"以我们现在进行的速度来看,还会有很多次的。"歌特看着我,"我们现在并不比十年前更接近投票权。"有几个人转头看我们。缇尔妲怒瞪他们,直到他们转回去。

"盖瑞斯,你对这一切有什么看法?"缇尔妲问。

"女性投票权吗?"

"不,是猪肉价格——嘿,当然是女性投票权!"

"它会影响我们所有人。"他说。

"这么说是支持者了。"贝蒂说。她的口音透露出她的北方出身,我好奇她是不是随着缇尔妲一起从曼彻斯特来的。

"当然。"

"但是你愿意做到什么程度?"贝蒂问。

"什么意思?"

"要'说'正确的言论很简单——"她瞥了我一眼,"可是没有行动,言论缺乏意义。"

"有时候行动会证明漂亮的言论只是谎言。"盖瑞斯说。

"你对我们的困境又有什么了解,盖瑞斯?"缇尔妲靠向椅背,啜饮威士忌。

我一下转头看看这个人,一下转头看看那个人。

"我母亲必须一边在出版社工作,一边独自把我养大。"盖瑞斯说,"我颇能体会。"

歌特哼了一声,缇尔妲瞥了她一眼示意她安静。歌特端起雪莉酒凑到唇边,我注意到她戴着金手镯和大钻石戒指。她的社会地位比贝蒂高了一两级。在整场对话中,萧娜都保持沉默,谦恭地垂着头,我突然觉得她或许是歌特的女仆。我的心开始跳得很重。

"那'你'对我们的困境又有什么了解,歌特?"我问。萧娜尽力掩藏住微笑。

"你说什么?"

"在我看来,我们大家的困境并不一样。譬如说,潘克斯特太太难道不是积极在为有财产、受过教育的女性争取投票权,却不包括像盖瑞斯母亲这样的女性在内?"

缇尔妲张着嘴巴坐在那儿,眼里带着笑意。歌特和贝蒂一脸惊骇,说不出话来。萧娜飞快抬头看了一眼,又低头望着大腿。紧靠着我们的那些男人完全安静下来。

"好极了,艾丝玫,"缇尔妲说,举起她已经空了的酒杯,"我正在纳闷你什么时候会加入呢。"


一月的夜晚很冷,在穿过牛津街道走回杰里科的路上,盖瑞斯说要把他的大衣给我穿。

"我没关系,"我说,"你脱掉大衣会冻僵的。"

他没有坚持。"缇尔妲说你加入是什么意思?"他问。

"她总是觉得讲到女性投票权这件事,我的立场摇摆不定。"

"在我看来,你的想法很明确。"

"嗯,那可能是我在这个议题上发表意见最多的一次了，可是那个叫歌特的女人实在太讨厌了，我无法忍受唯唯诺诺。"

"我不喜欢她们所暗示的事。"盖瑞斯说。

"你的意思是？"

"要行动，不要话语。"他深思了一会儿，"小艾，你知道缇尔妲为什么来牛津吗？"

小艾，盖瑞斯从没叫过我尼克尔小姐或艾丝玫以外的称呼。我微微打了个冷战。

"你确实会冷。"他说，脱下大衣披在我肩上。他把衣领拉直时，手擦过我的脖子。我试着回想他刚才问我的问题。

"她是来参加游行的。"我说，把他的大衣裹紧一点儿。它还带有他的体温。"还有来找我。我们有一阵子交情真的很不错。"

我们在沃尔顿街放慢脚步，经过萨默维尔学院后侧，在出版社门口停下来。整栋楼一片漆黑，唯有拱门上方一间办公室仍亮着橘色的光芒。

"是哈特。"盖瑞斯说。

"他从来不回家吗？"

"出版社就是他的家，他跟他太太住在这里。"

"那你住在哪里？"

"运河附近，我从小就跟妈妈同住在工人小木屋。她去世以后，他们让我留下。那里太小，太潮湿了，不适合给别的家庭居住。"

"你喜欢在出版社工作吗？"我问。

盖瑞斯靠在铁栏杆上。"我就只懂这个，所以也谈不上喜不喜欢。"

"你有没有想象过不同的人生？"

他看着我，微偏着头。"你问的都不是寻常的问题，对吧？"

我不知道该说什么。

"寻常的问题通常都没什么意思。"他继续说，"我有时候会想象去旅行，到法国或德国。我已经学会了读这两种语言。"

"只有读吗？"

"我的工作就只需要会读就够了。我从当学徒的时候就开始学了，是哈特的意思，他创立了克莱伦敦学院来教育他无知的员工，还给了乐队一个练习的地方。"

"你们有乐队？"

"有啊，还有合唱团呢。"

我们再度开始走路时，两人间的距离缩短了，我们默默地拐进天文台街。我在想盖瑞斯会不会邀我再出来和他一起散步。我在期盼他这么想，并且考虑我要不要答应。我们来到我家门外时，我看到爸爸在客厅。他仍然像傍晚时那样面向窗户，我还来不及敲门，他已经把门打开。盖瑞斯和我只能互道晚安。

缇尔妲在牛津待下来了。

"我借住在朋友那里，"她告诉我，"她在城堡磨坊溪流上有一条运河船，我从床边的窗户就能看见圣巴拿巴教堂的钟楼。"

"船上舒适吗？"

"够舒适了，也够暖和。她一直跟她的姐妹住在那里，所以有一点儿挤。我们得轮流换衣服。"她咧嘴而笑。

我把我的地址写在纸条上递给她。"以防万一。"我说。

冬天早已过去，春天也渐渐转为夏天。当我询问缇尔妲她为什么还待在牛津，她说她在为妇女社会政治联盟招收会员。我再追问下去，她就转移了话题。

"我以为我待在这里时，可以多跟你见见面，"有一天下午我们沿着城堡磨坊溪流的曳船道散步时，她说，"可是你似乎把所有空闲时间都花在盖瑞斯身上。"

"哪有？我们只是偶尔在杰里科一起吃个午餐而已。还有，他带我去看过两三次戏。"

"你确实一直都很喜欢往戏院跑。"缇尔妲说，"噢，艾丝玫，你怎么像个女学生一样脸红了？"她挽起我的手臂，"我敢打赌你还是处女。"

我的脸更红了，我垂下头。如果她注意过，她会选择什么也不多说。我们默默地走了一会儿。溪流的水面很活跃，我感觉有蚊子在叮我的脖子后面。"缇儿，天气变热以后，运河船上感觉如何？"

"唉，天哪，我感觉好像住在被放在太阳底下晒的沙丁鱼罐头里。我们都有一点儿馊味了。"

"你知道吗？你大可来我们家住。我相信爸爸不会介意我多一个同伴。"我提议，知道她一定又会拒绝我。

"不会再这样持续多久了，"她说，"我已经差不多完成部署了。"

"你的话听起来好像你在军队里一样。"

"噢，我是啊，艾丝玫，潘克斯特太太的军队。"她戏谑地行了个军礼，"妇女社会政治联盟。"

"我开始跟着莫瑞太太和她的女儿参加一些本地的投票权会议。"我说，"现场也有一些男人，只是大部分都是女人在发言。"

"她们也只会动动嘴皮子。"缇尔妲说。

"我不觉得,"我说,"她们编了一份期刊,还筹备了各种活动。"

"不过那都是在用嘴说,不是吗?同样的话反复不停地说,能改变任何事吗?"

我想起盖瑞斯问我缇尔妲来到牛津的真实原因。我早就知道这不是为了我,但我想也许是为了她住在运河船上的朋友。我现在才意识到完全不是那回事。不过我并不想知道是什么。

"比尔还好吗?"我问,没有看她的眼睛。

缇尔妲偶尔会提起比尔。她总是匆匆带过,我对此总是很感激。但她就快要离开牛津了,我突然需要知道他怎么样了。

"比尔?那个小流氓,他伤透我的心了。他让某个蠢女孩'knapped',就不再听我指挥了,我很生气。"

"Knapped?"

她咧嘴而笑。"我认得这个表情。你还是随身携带那些纸条吗?"

我点头。

"那就拿出来吧。"

我们停下来,缇尔妲把她的披肩铺在步道旁的草地上。

我们坐下。

"真不错,"我在准备纸条和铅笔时她说,"就像以前一样。"

我也有相同的感觉,但我知道一切都不会回到从前。"Knapped,"我边说边把它写在纸条上,"造个句子。"

她用手肘撑着上半身向后靠,仰起脸迎向夏季的第一天。她像以前一样不慌不忙,想要把引文讲得尽善尽美。

"比尔让某个蠢女孩'knapped',所以现在他是个爸爸了,整个白天和半个晚上都在工作,好喂饱他那啼哭的奶娃。"

她第一次说时,"knapped"的意思应该显而易见了,不过这个词的新奇感差点使我忽视它的前后文。写完句子时,我的手微微颤抖。

"他当爸爸了?"我说,望着缇尔妲的脸。她仍闭着眼睛躲避阳光,下巴没有抽搐。

"我叫他小比利·邦廷,他今年五岁,非常可爱,很爱他的缇缇姑姑。"这时她看着我,"虽然他已经很会说话了,但他还是这样叫我。他跟比尔在那个年纪时一样聪明。"

我看着纸条。

KNAPPED

怀孕。

"比尔让某个蠢女孩怀孕了,所以现在他是个爸爸了,整个白天和半个晚上都在工作,好喂饱他那啼哭的奶娃。"

——缇尔妲·泰勒,一九一三年

比尔没有告诉她我们的事。他既没有吹嘘,也没有认罪。自从把"她"送走之后,这已经不是我第一次感觉自己无法爱上他了。

莫瑞博士把我叫过去。"艾丝玫,我估计接下来几个月你的工作量和责任都会增加。"

我点点头,仿佛这没什么,其实我渴望承担更多责任。

"丹克渥斯先生只在我们这里工作到今天,明天他就要加入克雷吉先生的团队了。"莫瑞博士接着说,"我相信他对我们的第三位编辑来说是宝贵财富。你知道,他十分讲究细节,胜过大多数人。"他的胡须抽搐了一下,眉毛轻挑,"这样的特质对加快克雷吉那边的速度很有帮助。"

一段对话中包含两个好消息,我几乎不知该如何回应。

"那么,你觉得怎么样?可以接受吗?"

"可以的，莫瑞博士，没问题。我会尽力弥补空缺。"

"你若是尽力便再好不过了，艾丝玫。"他把注意力转回到桌上的稿件上。

他的意思是我可以走了，但我没动。我咬着嘴唇，拧着双手。趁着还没把话咽下去，我急匆匆地把话说出来。

"莫瑞博士？"

"嗯。"他没有抬头。

"如果我的工作量增加，这一点会反映在薪水上吗？"

"是的，当然。下个月开始。"

丹克渥斯先生显然偏向不用任何致意就默默离开的方式，但斯威特曼先生不打算顺他的意。一天结束时，他从座位站起来，开始道别仪式。其他助手有样学样，个个复诵关于丹克渥斯先生那双鹰眼的大同小异的评论，没有人真正了解丹克渥斯先生，说些特殊的话。

丹克渥斯先生忍受着我们的祝福与握手，一再地在裤腿上揩抹他的手。

"谢谢你，丹克渥斯先生。"我说，为他省去另一次握手的不快，只是朝他点点头。他看起来松了口气。"我向你学到了很多，"现在他很困惑，"很抱歉我不是每次都表示了感激。"

斯威特曼先生试着掩藏笑容。他假咳一声，回到分类桌旁的座位。其他人一个个走开。我试着直视丹克渥斯先生的眼睛，但他的眼神落在我右肩后面一点儿的位置上。

"你太客气了，尼克尔小姐。"然后他转身离开累牍院。

不久之后，盖瑞斯来了。他把莫瑞博士在等的一些校样交给他，向爸爸和斯威特曼先生打了招呼，便朝我走来。

"抱歉我来晚了。"他说，"哈特先生恰好在今天下午来提醒我们重视规则。"

"他那本手册里的规则？"

盖瑞斯笑了。"那只是冰山一角，小艾。出版社的每个房间都有自己的规则，你进去的时候肯定在墙上看到了吧？"

我耸耸肩表示抱歉。

"唉，大总管认为我们都对那些规则视而不见，今天下午要我们每个人都大声念出来才能下班。"他微笑，"身为新任经理，我得最后走。"

"经理？噢，盖瑞斯，恭喜你。"我没多想，直接跳起身来拥抱他。

"要是我知道你的反应是这样，我会早一点儿要求升职。"盖瑞斯说。

爸爸和斯威特曼先生转头来看这番骚动所为何来，我在盖瑞斯的手臂搂住我前赶紧退开。

在慌乱中,我拿了包,戴上帽子。我走到爸爸身边吻了一下他的头。"爸爸,我今天晚上可能会晚点回家。莫瑞太太说这可能会是场漫长的会议。"

"如果你不介意,我就不等门了,小艾。"他说,"不过我相信盖瑞斯会把你安全地送回家。"他的笑容把疲倦挤开。

我们沿着班伯里路走时,我告诉盖瑞斯我也升职了。

"嗯,其实不算是升职啦——我还跟萝丝芙一起在最底层挣扎——不过这是一种肯定。"

"这是你应得的。"他说。

"你觉得男人为什么要参加这些会议?"我问。

"因为牛津妇女投票权联盟的召集人邀请他们。"

"除了这个原因之外呢?"

"我猜有各种原因吧。有些希望达成他们妻子和姐妹的心愿,其他人被身边的人告知说要表达支持,否则有他们好受。"

"那你是哪一种?"

他微笑。"当然是第一种。"然后他的表情转为严肃,"我妈过了一辈子苦日子,小艾,太苦了。她对她的人生一点儿发言权都没有。我是为了她参加这些会议的。"

会议过了午夜才结束，我们在疲倦而惬意的沉默中走回天文台街。

我打开栅门时，试着不弄出声音，但它还是响了起来，惊动我原本没注意到躲在暗处的一个人影。

"缇尔妲，怎么回事？"

盖瑞斯从我手里接过钥匙，把门打开。我们把缇尔妲迎进厨房，打开灯。她看起来惨兮兮的。

"发生什么事了？"盖瑞斯问。

"你们不会想知道的，我也不打算告诉你们，但我需要你们帮忙。真对不起，艾丝玫，我不该来的，可我受伤了。"

她裙子的袖子很脏，不，不只是脏，而且被烧过了。它破烂而焦黑地垂挂着。她的一只手捧着另一只手。

"给我看看。"我说。

她手上的皮肤又红又黑、斑驳一片，我看不出是泥土还是烧黑的皮肤。我怪异的手指因为某种回忆而感到刺痛。

"你为什么不直接去找医生呢？"盖瑞斯说。

"我不能冒这个险。"

我在橱柜里找药膏和绷带，只找到贴剂和咳嗽药。莉莉可能有更多药品，我心想，而且她会知道该怎么办。

"盖瑞斯，你得去找莉兹来，叫她带上药包，要能治烧伤的。"

"现在是半夜，小艾，她应该已经睡了。"

"也许吧。厨房门永远都是开着的，朝楼梯上叫她，别吓着她，她会来的。"

盖瑞斯走了以后，我在水盆里装了冷水，放在缇尔姐面前的桌上。"你要告诉我发生什么事了吗？"

"不。"

"为什么？你觉得我不会认同？"

"我'知道'你不会认同。"

我问出我几乎不想知道答案的问题。"缇儿，还有别人受伤吗？"

缇尔姐看着我，脸上掠过一阵怀疑及恐惧。"我真的不知道。"

我胸中浮起怜悯，但愤怒压过了它。我转身拉开一个抽屉，拿出干净的擦碗布，然后用力关上抽屉。"不管你做了什么，你认为能达到什么？"我转回身面向缇尔姐时，她脸上的怀疑及恐惧已消失了。

"政府听不进你们支持妇女参政者所有理性而雄辩的'话'，但他们不能忽视我们'做'的事。"

我深吸一口气，试着专心处理她的手。"会痛吗？"

"有一点儿。"

"我的手当时没感觉,这大概是好迹象。"我抬起她的手臂,让她的手悬在水盆上方。她抗拒着,我把她的手压下去。她没有喊痛。巨大的水疱让她的手指都变形了,她的整只手都开始肿胀。在水底下,烧黑发炎的皮肤被放大了,与她白嫩的手腕形成强烈的对比。

"我要的东西跟你一样,缇儿,但这不是正确的方式,不可能是。"

"没有什么所谓正确的方式,艾丝玫。如果有的话,上一次选举我们就能投票了。"

"你确定你要的是投票权,而不是关注?"

她露出无力的笑容。"你说得也没错,但如果这能让人们注意到,或许就能让他们思考。"

"他们或许只会觉得你们既疯狂又危险,他们可不会跟这样的人谈判。"

缇尔姐抬头看我。"嗯,也许这时候就轮到你们支持妇女参政者的理性声音登场了。"

栅门发出声响,我跳起身去开门。莉兹站在门口,一副搞不清楚状况的样子。她越过我望向门厅,我意识到这还是她第一次来我家。

"噢,莉兹,谢天谢地。"我在他们身后把门关上,把他们迎向厨房。

莉兹不跟缇尔妲打招呼，就轻轻扶住她的手臂，把她的手从水盆里抬起来，搁在擦碗布上，然后将烧伤的皮肤吹干。

"实际情况可能没有看起来那么严重。"她终于说，"水疱通常代表底下的皮肤是好的。尽量不要太快把水疱弄破。"她从皮革小囊里拿出一小瓶药膏，拔掉瓶塞。盖瑞斯拿着药瓶，让莉兹把药膏抹在缇尔妲剥落的皮肤上，并小心地避开水疱。缇尔妲只有一次猛力吸了一口气。当时莉兹看向她，她们这才第一次视线相对。莉兹脸上是我见过的关切表情。

她用纱布把缇尔妲的手裹起来。"我不能保证不会留疤。"

"就算留疤，也有人陪我。"缇尔妲看着我说。

"而且你应该看医生。"

缇尔妲点点头。

"那好吧，"莉兹说，"如果没我的事，我要回去睡觉了。"

缇尔妲将没受伤的手搁在莉兹的手臂上。"我知道你不认同我，莉兹，我也了解你为什么不认同我，但我很感谢。"

"你是艾丝玫的朋友。"

"你可以拒绝帮我。"缇尔妲说。

"不,我不能。"讲完这话,莉兹便站起来,盖瑞斯引导她回到前门。我试着看她的眼睛,但她移开了视线。

盖瑞斯送莉兹回去,再来时已经凌晨三点了。

"她会原谅我吗?"我问。

"真妙,她也问我一样的问题,问我你会不会原谅她。"然后他转头看缇尔妲,"早上六点有一班火车去伦敦,你觉得能搭那班车吗?"

"嗯,我觉得应该能。"

盖瑞斯看看我。"你爸爸会介意缇尔妲待到那时候吗?"

"爸爸根本不会知道,他大概要到七点才会醒。"

"你在运河的船上还有很多要收拾的行李吗?"他问缇尔妲。

"都可以之后再寄,只要艾丝玫先借我几件干净衣服。"

盖瑞斯穿上外套。"我两小时后回来,陪你走去车站。"

"我不需要人陪。"

"你需要。"

盖瑞斯走了。我蹑手蹑脚地上楼，找出一件我认为缇尔妲勉强可以接受的裙子。这对她来说有点长，不够时髦，但不得不将就。我回到客厅时，缇尔妲已经睡着了。

我拿了一块小毯子披在她身上，不知道彼此何时才会再见。我爱她，也为她担心。我好奇这是不是当妹妹的感觉，不是革命同志——我知道我不是——而是骨肉相连的姐妹，像萝丝芙与瑶尔曦，像蒂塔与贝丝。我看着她呼吸，看着她的眼球轻颤。我试着想象她正在做什么梦。

当天光透过前侧的窗户照进来时，我听到栅门响起。

《牛津时报》报道了拉夫船库的事件。消防队束手无策，只能看着它被烧光，财物损失估计超过三千镑。报上说无人伤亡，不过有人看到四个女人逃逸：三人搭平底船，一人步行。没有人被逮到，警方怀疑她们是妇女参政运动者，因为他们追查到一些散发的小册子，目标是划船俱乐部，因为他们反对女性参与划船运动。纵火行为显示她们的运动已经升级。牛津原有的妇女投票权联盟为了表达关切以及反对暴力的立场，已经公开谴责这项行动，并且为因这个事件而遭到解雇的工人募款。

第二天莫瑞太太带着募款罐进入累牍院时，我把身上所有的零钱都投了进去。

"真是慷慨，艾丝玫。"她说，晃了晃罐子，"为分类桌旁的绅士们树了个好榜样。"

爸爸望向我并露出微笑，不知情地以我为傲。

## 一九一三年五月

我没有跟爸爸说再见。他们把他从屋里抬出来时,他的半边脸瘫了,他不能说话。我亲吻他,说我带着睡衣和他床边的书随后就到。我在絮絮叨叨时,他露出急切的眼神。

我换了他的床单,把我房间的那瓶黄玫瑰搁到他的床头柜上。我拿起他的书《纯真的谎言》。"一本澳大利亚小说,"爸爸说过,"讲了一个聪明的年轻女人的故事,很难相信是男人写的,我觉得你会很喜欢。"我们本来可能多聊一点儿,但我聊不下去。澳大利亚。我找了个借口离开。

等我抵达雷德克里夫医院,他们跟我说他已经走了。

走了,我心想,多么轻描淡写的说法。

盖瑞斯把一张床垫拖上狭窄的楼梯，拖进莉兹房间，举办丧礼前我都睡在那儿。莉兹从我家拿来我需要的东西，这样我就不用面对空荡荡的家。我忍不住想到她走进一个个房间，确认一切都好。在我心里，我从前门开始跟着她，看到她收集了信件，停顿了一下，思索该拿它们怎么办。我猜想她会把信件留在门厅的桌子上，不让我看到信件里的任何内容。

我不想再往里走了，但我知道莉兹会把头伸进客厅，接着是我们从不使用的饭厅。她会走到厨房洗完那些脏碗盘。她会试试窗户有没有关牢，检查每扇门的门锁。然后她会伸手摸着楼梯底部的扶手，眼睛往顶端瞟，她会停顿一下，深吸一口气，开始爬楼梯。她每年都变重一点儿，爬楼梯时深吸气成了她的习惯动作。待我跟着她爬上通往她自己房间的楼梯时，我已经看她喘了一千次。

我想要停止想象，但我就像无法掌控天气一样掌控不了我的思绪。我想象她在我的衣柜里找黑色裙子，于是我开始啜泣。然后我想起爸爸床边的玫瑰，莉兹会发现它们已经枯萎了。她会抱起花瓶拿下楼，她会好奇爸爸被带去雷德克里夫之前有没有看到花开正好的样子。

我想要留着那些花儿，不想让它们腐烂，想留着它们，微微枯萎，直到永远。

一九一三年五月五日

我亲爱的艾丝玫：

我将于后天抵达牛津，在那里的时间我将与你片刻不离。我们会互相支撑。当然，你将必须和许多怀有善意的人握手，听他们说你父亲好心的故事（这种故事太多了），但是在恰当的时机，我会把你带离三明治①和慰问者，我们会在城堡磨坊溪流畔散步，一直走到沃尔顿桥。哈利爱极了那个地方，他就是在那里向莉莉求婚的。

这不是假装坚强的时候，我亲爱的女孩。哈利对你来说既是父亲也是母亲，他的逝去会让你充满失落感。我的父亲跟我很亲近，我能体会到你有多心痛。让它痛吧。

每当我需要好的建议时，我父亲的声音仍会在我脑中响起；我猜想假以时日，你父亲的声音也会响起的。在那之前，尽可能求助于已与你建立深厚关系的那个年轻人吧。"莉莉会很喜欢他的。"哈利在他最后一封信里说。他告诉过你吗？再没有比这更深挚的祝福了。

我猜你会寄住在莉兹的房间，我下火车后会直接去向阳屋。

给你我所有的爱

蒂塔

---

① 指葬礼上为宾客准备的食物。

蒂塔履行她的承诺,把我带离所有慰问者。我们没有说再见;我们只是走进花园,经过累牍院,走到外头的班伯里路。到了圣玛格丽特路,我才发现盖瑞斯也来了,就跟在我们身后几步。我们沉默地走着,直到走到城堡磨坊溪流畔的曳船道。

"哈利每个星期天下午都来这里散步,盖瑞斯。"蒂塔说。盖瑞斯过来走在我旁边。

"他来这里跟莉莉谈论每星期发生的事。艾丝玫,你知道吗?"

我不知道。

"我说是讨论,但其实是冥想。他会带着满脑子对这周的忧虑沿着这条路走,等他走到沃尔顿桥,最迫切的事就会浮出来了。他告诉我他会坐下来,从莉莉的角度去思考那件事。"她看看我,揣测自己该不该说下去。我希望她说下去,但我默不作声。

"你当然是对话的主题,不过我很讶异听到他说,他什么都会问莉莉,像出席某些聚会该穿什么,或是周日午餐该买羊肉或牛肉——我是指少数那几次他决定要挑战准备烤肉加上各种配料的时候。"

我想起那些没熟或烤焦的牛肉,以及我们周日在杰里科漫步的事,浮起微微的笑意。

"真的。"蒂塔说，用力握了握我的手臂。

这个故事是一份礼物。我听着蒂塔讲述时，我与爸爸生活的回忆被微妙地触动了，像是画家添了一抹颜料，营造了晨曦的效果。总是缺乏存在感的莉莉，突然也有了生命。

"在那里，"我们接近桥时蒂塔说，"这就是他们的老地方。"

我经常从桥底下走过，现在那里看起来完全不同了。盖瑞斯牵起我的手，带我去步道边的长椅上坐下，距离近到能感觉我在颤抖。

不应该是这样发生的，我心想。我想的是爸爸还是盖瑞斯？盖瑞斯从没牵过我的手。我以为我会永远拥有爸爸。

我们坐着。桥下的河水几乎凝滞不动，但时不时会有小小的动静打破水面的平静。我能够轻易想象爸爸坐在那里，他的思绪起起伏伏。

"有人留了花。"盖瑞斯说。

我看向他指的地方，蒂塔也是，我们看到桥拱旁有人小心翼翼地摆了一束花。花已经不新鲜了，不过还没有完全枯萎，有两三朵花仍维持着些许形状和色彩。

"噢，天哪，"我听到蒂塔有点哽咽地说，"那是献给莉莉的。"

我很困惑。盖瑞斯向我靠近了些。

泪水静静地沿着蒂塔眼睛周围的沟纹奔流。"在她的丧礼之后，是我跟他来献了第一次花。我都不知道他到现在还会带花给她。"

我举目四顾，有点期望会见到他。才过了几天，我已渐渐习惯悲伤的诡计，第一次没有被它击倒，滞于肺部的那股气也呼出来了。把气呼出来之前，我闻到了水仙花快腐烂的气味。爸爸从来就不喜欢这种花，但他说过它是莉莉的最爱。

我逃不开爸爸的缺席。当我转进天文台街时，我感觉到了。我打开我们家的门时，必须强迫自己跨进门槛。莉兹陪我住了两三个星期，爸爸烟斗的气味渐渐被她做的菜肴的香味掩盖。早晨，我跟着她一起起床，我们一同走去向阳屋。我会在厨房帮她的忙，稍稍弥补她陪我时失去的工作时间。当累牍院里来人时，我才会穿过花园进去。

分类桌旁有个没人填补的空间。也许是出于对我的尊重，但从我坐的位置，我看到斯威特曼先生把爸爸的椅子收了进去，马林先生常常向那个方向提问，话到嘴边又收住。爸爸去世后的几周、几个月，莫瑞博士变得更老了。他呆呆地盯着长长的分类桌，一点儿也没有要再找新助手的意思。我讨厌爸爸留下的空位，每次走进累牍院都避免看它。

我能感受到的情绪只有悲伤。它塞满我的脑袋，填满我的心，没有留下任何空间容纳别的事。我偶尔会跟盖瑞斯外出散步。如果下雨，我们就在杰里科吃午餐；如果天气不错，我们会沿着查威尔河散步。山楂树的变化记录着爸爸去世后的岁月：果实成熟，然后树叶掉落了。我们好奇今年冬天会不会下雪。我理所当然地接受了盖瑞斯的友谊。我需要它来填补空虚，却无法考虑进一步或退一步。当他想要拥抱我时，我没有马上注意到，后来他把手收了回去。

圣诞节临近，我的姑姑坚持要我去苏格兰找她和我的表亲们。没有爸爸同行，他们几乎就像陌生人一样。我找了些借口，改变行程去了巴斯，蒂塔和贝丝提供了充足的好心情、实用建议和马德拉蛋糕。我回到牛津时感觉比出发时轻松了一些。

我在一九一四年的第三天走进累牍院，有个新的词典编纂师坐在爸爸以前的位子上。罗林斯先生不年轻，也不老。他很平凡，一点儿也不清楚在他之前是谁坐在分类桌的那个位置。

对我们所有人来说，这都像是卸下了重担。

· 第五章 ·

# 一九一四年至一九一五年

Speech—Sullen

# 一九一四年八月

累牍院有一种新的嗡鸣声，我就像动物在暴风雨来临前感觉到气压降低般感觉到它。可能爆发的战争强化了我们的感官。整个牛津的年轻男人一举一动都多了几分活力，他们的步伐变大了，讲话的声音变洪亮了，至少感觉上是这样。学生总是会把音量提高到不必要的程度来吸引漂亮女孩的注意，或是在市民面前逞威风，以前他们谈的话题五花八门，但是现在不再如此。不论是学生还是市民，开口闭口都只有战争，他们多数人似乎已经迫不及待要开战。

在累牍院，两个资历尚浅的助手开始在休息时间谈论应该直接找德皇晓以大义，在战争开始前就赢得胜利。他们年轻、苍白而瘦弱。他们戴着眼镜，就算跟人起过争执，也只是别扭地争抢图书馆的书或是辩论正确的语法这类鸡毛蒜皮的事。在找莫瑞博士时，谁也没办法脚步不迟疑或说话不吞吞吐吐，所以我断定他们不太可能说服德皇放弃比利时。年纪较长的助手们的对话更严肃，他们表情凝重，这在他们对词语有歧见时都鲜少看见。罗林斯先生在英布战争中失去一个哥哥，他告诉年轻人杀戮没有荣耀可言。他们出于礼貌点点头，没有注意到他的声音在颤抖。他还没有走远，他们就又开始谈起从军的详细情况，好奇他们必须接受多久的训练才会被送上前线。罗林斯先生被这些话的重量压弯了腰。

"这场战争将拖慢大词典的进度，"我听到马林先生对莫瑞博士说，"他们想握在手里的是枪，不是铅笔。"

从那时候起，我每天早晨都怀着恐惧醒来。

八月三日那一夜，即使人们躺在床上试着入睡，也没有人睡得着。我们的两位年轻助手去了一趟伦敦，在帕摩尔俱乐部饮酒狂欢，度过了一个怡人的夜晚，等待德军撤出比利时的消息传来。然而消息并没有传来。当大本钟敲响新的一天的第一个时辰，他们唱起《天佑吾王》。

第二天，他们带着一身不适合他们的莽夫之勇回到累牍院。他们一起走向莫瑞博士，告诉他，他们志愿从军。

"你们两个都有近视，体格也不适合。"我听到莫瑞博士说，"你们待在这里对国家还更有贡献。"

我实在无法专心，所以骑车去出版社。我从没见过这里如此安静。在排字间，只有半数工作台前面有人站在那儿工作。

"才两个？"我告诉盖瑞斯累牍院发生的事时他说，"今天早上有六十三个人从出版社走出去，大部分是志愿参加地方后备军。这不是全部的人，本来应该有六十五个人，只不过哈特先生揪着两个人的领子把他们拉回来，因为他知道他们的年龄还不到。哈特说等他们的妈妈揍完他们之后，他会再好好教训他们一顿。"

马林先生说对了：战争拖慢了大词典的进度。才过了几个月，累牍院里就只剩下女人和老人。不算太老的罗林斯先生因为神经疾病离职了，分类桌末尾再次出现空位。没有人填满它。

在老阿什莫林那里，布莱德利先生和克雷吉先生的小组同样遭到缩减，哈特先生的印刷人员和排字人员更是直接砍半。

我从未如此拼命赶工过。

"你挺乐在其中的。"盖瑞斯说，有一天他站在我的书桌旁，等我把一项条目写完。

我被赋予更多责任，我不能否认这让我很开心。他从背包里取出一个信封。

"没有校样？"我问。

"只有给莫瑞博士的一封信。"

"你现在是跑腿小弟了？"

"我的业务变多了，年轻人全都从军去了。"

"那我只能说幸好你不是年轻人。"我说。

"这项任务是我好不容易争取到的。"盖瑞斯接着说，"我们的排字工人和印刷工人也快没了，哈特先生要求领班和经理随时补缺。要是他有办法，他会把我粘在以前的工作台上，但我想见你。"

"我想哈特先生没有考虑如何应对新状况。"

盖瑞斯看着我的表情，好像我说得太含蓄了。"如果他不留神，我们其他人也会去报名从军。"

"别这么说。"我说。他说出了我每天醒来时最恐惧的事。

八月的暑热和强烈的亢奋让位给潮湿的秋天。莫瑞博士染上咳嗽的毛病，莫瑞太太坚持要他别进累牍院。"冷得跟冰柜一样。"她说，这毫不夸张，即使火炉已经烧得很旺了。

"胡说。"他这么回答，但他们肯定是决定各退一步，因为从那时开始，莫瑞博士每天早上十点才到，两点就离开——除非莫瑞太太不在家，没有办法盯着，那他就会待到五点，他那粗重而颤抖的呼吸声激励着我们工作得更卖力、更持久。他几乎不提战争，最多就是嘟哝几句它对大词典造成的不便。尽管我们尽了很大的努力，产出的速度还是变慢了，待校对的印刷品不断累积。预计完成日期一下推迟了好几年。我大概不是唯一一个怀疑莫瑞博士能否活着见到大词典完工的人。

蒂塔和其他受到信赖的义工被迫奉献更多心力，每天都从全国各地把校样和新稿子送过来。莫瑞博士甚至开始把校样送去给在法国打仗的大词典员工。"他们会很感谢有事情可以转移注意力的。"他说。

当我拆开来自海峡对岸的第一个信封，我几乎无法呼吸。信封上沾着长途跋涉留下的泥土。我想象它走过了哪些路，经过了哪些手。我不知道碰过它的所有男人是否都还活着。我不认得这笔迹，不过我知道信封背面的姓名。我试着想起他，但只能唤起一个印象，那是一个脸色苍白的矮小年轻男人，弓着背坐在老阿什莫林词典室一端的书桌前。他通常跟布莱德利先生一起工作，爱莲诺·布莱德利说他是低调中见才智，在社交上却犹如惊弓之鸟。他校对得非常彻底，我不需要做什么修改。莫瑞博士是对的，我心想，他一定很感激有事情可以转移注意力。

接下来那个星期，我在杰里科一家酒吧和盖瑞斯共进午餐。

"只可惜哈特先生不能把稿子送到法国去印刷。"我说。盖瑞斯沉默，我只能用我的故事打破寂静。"我喜欢想象把巨大的印刷机拖到前线，而士兵们的武器是铅字，不是子弹。"

盖瑞斯盯着他的馅饼，用叉子在上面戳洞。他抬起头皱眉。"你不能拿这种事开玩笑，小艾。"

我感觉脸上发热，然后才意识到他快要流下泪来。我伸手越过桌面握住他空着的手。

"出了什么事？"我问。

他过了许久才回答，在这个过程中他一直盯着我的眼睛。"只是感觉没有意义。"他重新低头看食物。

"跟我说。"

"当时我正在重排'sorrow'（悲痛）的铅字。"他迅速吸了一口气，望向天花板。我松开他的手，让他能抹脸。

"是谁？"我问。

"他们是学徒，在出版社待了还不到两年。"他停顿一下，"一起上班，一起下班，亲密无间。"

他把碍事的馅饼推开，双肘支在桌子上，用手撑着头。他盯着桌布把他的故事说完。"杰德的母亲来排字间找哈特先生。杰德是两人中年纪更小的，还不到十七岁。她来告诉哈特先生他不会回来了。"这时他抬起头，"她简直不成人形，小艾，几近疯狂。杰德是她唯一的孩子，她不停地说他下星期才要过十七岁生日，一遍又一遍，好像这个事实会让他回来，因为他一开始就不该去的。"他深吸一口气。我眨着眼睛把我自己的泪水憋回去。"有人找到哈特先生，他把她带到他的办公室。他带着她走过走廊时，我们能听到她的号哭声。"

我把我自己的盘子推开。盖瑞斯一下子灌下半杯司陶特啤酒。

"我根本不可能回去处理那个词，"他说，"光是看着那些铅字就让我反胃。战争才开始两个月，而他们认为会持续好几年。到时候会有多少个杰德？"

我没有答案。

他叹气。"我突然间看不出意义何在了。"他说。

"我们必须继续做我们在做的事，盖瑞斯，不论是什么事。否则我们就只是在等待。"

"感觉我做些有用的事会比较好，用铅字排出的'sorrow'并不会带走悲痛。不论词典里写了什么，杰德的母亲所感受到的都不会变。"

"但也许它能帮助其他人理解她的感受。"

我这么说,自己都不相信。对于某些经验,大词典只能提供粗略的意义。我已经知道,"sorrow"正是其中之一。

几乎每个星期都有一个母亲来到大总管门前,通报她的儿子不会回来的消息。累牍院和老阿什莫林的编辑们心理负担没这么大,但他们也不是完全置身事外。由于受教育程度或人脉的关系,词典编纂师们都成了军官,不过他们的学识实在不足以让他们领导士兵。出版社的员工出身背景比较复杂,有一部分是农民阶级,盖瑞斯说。他不再一一转述出版社有人阵亡的消息给我听。

哈特先生办公室的门微微敞开,我敲门之后把门推开一些。

"嗯。"他说,眼睛仍盯着桌上的稿件。

我朝他的书桌走去,他还是没抬头。我清了清喉咙。"最后的校稿,哈特先生,Speech 至 Spring。"

他抬起头,接过莫瑞博士的校样和短笺时,他眉间的纹路加深了。他读了短笺,我看到他的下巴紧绷。莫瑞博士想要再校对一次——三校或是四校,我不确定。我在想会不会已经制版了。我不敢问。

"生病并不妨碍他卖弄学问啊。"哈特先生说。

这话不是说给我听的,所以我默不作声。他站起来朝门口走去。他没有要我等着,所以我跟在他身后。

排字间没有交谈声,不过充满清脆的咔嗒声,那是铅字被放进排字盘,然后再翻进将容纳一整页文字的印版里的声音。我在门边等待,哈特先生走向距离最近的工作台。那个排字工人很年轻——已经不是学徒了,但要上战场还嫌太小。哈特先生审视他的印版,他看起来很紧张。我在想当所有文字都是左右颠倒的时候,要犯错有多么容易。哈特先生似乎很满意,拍拍助手的背,然后移动到下一个工作台。莫瑞博士的校稿要等一等了。

我待在一进门的位置,用目光在室内搜寻。盖瑞斯在他以前的工作台前:尽管他已经是经理了,他们还是需要他每天花几小时排字。我把自己当成陌生人般看着他。他带着某种我不熟悉的样貌。他的表情比我见过的都专注,肢体动作也更笃定。我突然惊觉当我们意识到对方在看自己时,我们从未真正放松。也许我们从未完全展现自我。因为想要讨好或表现,想要说服或支配,我们的动作变得刻意,我们的五官经过调整。

我一向认为他很精瘦,可是看着他工作,他的衬衫袖子卷起，前臂肌肉绷紧，我注意到他具备优雅的力量。在他的专注以及流畅的动作中，我眼中的他像是一个画家或作曲家，他置放的铅字就像音符一样慎重地落在乐谱上。

我感到一阵愧疚。我对他所做的事了解太少了。我理所当然地以为那不过是机械化的单调动作。毕竟那些词汇是编辑挑选的，词义是写手建议的，他只需要把它们誊写成另一种形式而已。但我看见的并不是这样。他研究一张纸条，然后挑选铅字。他放下去，考虑了一下，从耳后拿出一支铅笔，在纸条上做记号。他是在编辑吗？他带着解决了问题的自信，把那个铅字拿开，替换为另一个更好的选项。

只有在他睡着时我才能看到他如此不设防。我讶异地发现自己渴望看到他睡着的模样，这念头刺穿我的心。

盖瑞斯直起腰杆，左右摆头，拉伸脖子。这动作势必吸引了哈特先生的目光，因为大总管针对印版上的铅字提出修正建议后，便朝经理走去。盖瑞斯看见他，肩膀和脸部的肌肉出现极细微的紧绷：为了被观看而做的调整。我也开始走向盖瑞斯。他看到我的时候，脸上漾开一抹微笑，于是他又变得完全熟悉了。

"艾丝玫。"他说。他的喜悦让我的全身都温暖起来。

哈特先生这时才注意到我在这里。"噢，对，当然。"

接下来是一阵尴尬的沉默,因为哈特先生和我都在想我们是不是妨碍对方跟盖瑞斯说话了。

"抱歉,"我说,"也许我该在走廊上等?"

"没关系,尼克尔小姐。"哈特先生说。

"哈特先生,"盖瑞斯说,把我们都拉回眼前要处理的事项上,"是詹姆斯爵士校过的稿子吗?"

"对。"哈特先生走向工作台前的盖瑞斯,"被你料中了。我打算从现在开始,让你发现时就直接改了,这能见鬼地节省一大把时间。"然后他想起我在场,闷闷不乐地为他出言不逊道歉。盖瑞斯在憋笑。

他们讨论完要修改的地方后,盖瑞斯问他能不能提早休息。

"好,好,多休息十五分钟吧。"哈特先生说。

"你让他很慌乱。"哈特先生走开后盖瑞斯说,"我把这一行排完就好。"

我看着盖瑞斯从他面前的浅盘里挑出小小的铅字,排字盘很快就满了。他把它翻到印版里,然后摩擦拇指。

"你觉得哈特先生说让你在排字之前修改稿件是认真的吗?"

盖瑞斯笑起来。"天哪,不是。"

"但你一定很心动吧。"我小心翼翼地说。

"为何这么说？"

"我从来没仔细想过这件事，不过看到你在这里，我才发现你一辈子都与文字为伍，把它们放到正确位置。想必你对于什么是好的文字有一套个人意见。"

"我的工作不是要提出个人意见，小艾。"他没看我，但我看得出他的嘴角悬着一抹笑意。

"我应该不会喜欢一个没主见的男人。"我说。

这下他确实笑了。"哈哈，这样的话，姑且说比起来自累牍院的稿子，我对来自老阿什莫林的稿子有更多个人意见吧。"他站起身脱掉围裙，"你不介意我们顺路在印刷室停一下吧？"

印刷室正在全速运作中，巨大的纸张有如巨鸟的飞翼滑翔下来，或是快速而连续地绕着大型滚筒卷动，盖瑞斯说这分别是旧的和新的印刷方式。每种方式各有其可听可看的节奏，我发现看着页面堆叠起来异常解压。

盖瑞斯带我到一部旧印刷机旁，我感觉到巨大的翅膀降下来时带动的气流。

"哈洛德，我带来你要的那个零件了。"盖瑞斯从口袋里拿出一个像轮子一样的小零件，交给那个老人，"如果你装不上去，我今天下午可以再来帮你。"

哈洛德接过零件，我注意到他的手微微颤抖。

"艾丝玫,我为你介绍一下,这位是哈洛德·费威瑟。哈洛德是印刷大师,本来退休了,最近才复出,对吧,哈洛德?"

"我只是尽我的一份力。"哈洛德说。

"这位是艾丝玫·尼克尔小姐,"盖瑞斯继续说,"艾丝玫与莫瑞博士一起在编大词典。"

哈洛德微笑。"若是没有我们,英语该怎么办才好?"

我看着印刷机吐出的页面。"你正在印大词典吗?"

"没错。"他朝着一沓印好的纸页点点头。

我拎起一张纸的边缘,用拇指和其他手指捏着,轻轻摩擦纸张。我一心注意着不要碰到文字,也许墨水还没干。我脑中浮现画面:有一个词被我抹花了,而买下这一页所属分册的那个人,他的词库里从此就没有这个词的存在。

"这些旧印刷机都有个性,"哈洛德在说,"盖瑞斯比谁都熟悉这一部。"

我看着盖瑞斯。"是吗?"

"我是从印刷部门入行的,"他说,"我十四岁开始跟哈洛德当学徒。"

"它发生故障的时候,只有他能哄它乖乖听话,即使是我们还没失去一半的技工的时候也是如此。"哈洛德说,

"真不知道我没有他怎么过下去。"

"我无法想象你在什么情况下会'没有'他。"我说。

"只是假设,小姐。"他迅速回答。

"你应该多来走走。"盖瑞斯说。我们正沿着沃尔顿街散步。"最近哈特习惯把我们的午休时间缩短十五分钟,而不是延长十五分钟。"

"莫瑞博士还不是一样?感觉好像累赎院和出版社就是他们的战场,他们没有别的方式可以奉献。"话一出口我就后悔了。

"哈特一直是个严格的监工,"盖瑞斯说,"但如果他不当心的话,他因为不合理要求而失去的员工会比上战场的更多。"

我们走进杰里科的中心。那里挤满午餐时间要用餐的人,盖瑞斯几乎每碰到两个人就朝其中一人点头打招呼。每个家庭都跟出版社有某种渊源。

"他会失去你吗?"

盖瑞斯顿了一下。"他很挑剔,有时候情绪化,对他自己和员工的要求都高得超出必要程度,但他和我之间有一种双方都能接受的工作模式。这么多年下来,我对他也有感情了,小艾。我觉得他对我也是。"

我自己也看出来了，看过许多遍。盖瑞斯有一种从容与自信，不但软化了哈特先生，也软化了莫瑞博士。

我们拐进小克莱伦敦街，走向茶馆。"可是他会失去你吗？"我又问一遍。

盖瑞斯推开门，上方的铃叮叮响。我站在门口等他回答。

"你听到哈洛德是怎么说的了，"他说，"只是假设。"

他带着我走到后侧的桌位，拉开椅子让我入座。

"我看到他看你的眼神了，"他拉开自己的椅子时我说，"他是在道歉。"

"他知道赞美会让我不自在。"

盖瑞斯不敢看我，于是他忙着四处张望寻找服务员。他用眼神示意她后，转回头研究菜单。

"你想要什么？"他头也不抬地说。

我握住他的手。"我想要实话，盖瑞斯。你在计划什么？"

他抬起头。"小艾……"可是接下来就只有沉默。

"你吓到我了。"

他伸手从长裤口袋里掏出什么东西。他把它攥在拳头里举在我们之间，我看到他的脸涨红，下巴绷紧。

"那是什么？"我问。

他的拳头松开，露出被捏扁的、残破不全的白色羽毛。

"把它丢掉。"我说。

"它被绑在出版社的后门上。"盖瑞斯说。

"它可能是给任何人的，有几百个人在出版社工作。"

"我知道，我不认为它就一定是给我的，但我免不了会开始思考。"

服务员来打岔，盖瑞斯点了餐。

"你年纪太大了。"我说。

"三十六岁还不算太老，而且总比二十六岁好，或是——老天啊，更比十六岁好。那些男孩几乎没有活过。"

服务员把茶壶摆在我们中间。她小心翼翼放下茶杯和牛奶罐时，我几乎屏住呼吸。

她一走开，我就说："你听起来像是想要去。"

"只有年轻人或笨蛋才会想去打仗，小艾。不，我并不'想要'去。"

"但是你在考虑。"

"我不可能不考虑。"

"那，想想我吧。"我听到自己的语气有多么孩子气，有种急切的恳求意味。我从未向他提出过这种要求，也一直避免可能让我们的关系超乎友谊的情绪。

"小艾，我从来就没有停止想你。"

三明治送来的时候，服务员并没有多费工夫去摆放，不过我们的对话还是中断了。我们谁也没有勇气重起话头，接下来十五分钟便只是默默地进食。

吃完午餐，我们沿着城堡磨坊溪流的曳船道散步。雪花莲铺满河岸，像是在跟冬天较劲。

"我有一个词要给你。"盖瑞斯说，"大词典里已经有了，但没有收录这个用法。我认为你应该把它收藏起来。"他从他的口袋里拿出一张纸条，那是一张洁白的方形纸张，我知道是从印刷机里的巨大纸张上裁下来的。他自己默念一遍，我好奇他是不是想改变心意自己留着。

走到下一张长椅时，我们坐下来。

"这个词是我排的字，好一阵子前的事了。"他继续拿着它不放，"它代表好多意义，但这个女人使用它的方式，让我觉得大词典可能漏掉了什么。"

"你说的女人是谁？"在他回答前我已经知道了。

"一位母亲。"

"什么词呢？"

"Loss。"他说。

报纸上充斥着这个词。自从战争开打，我们光用包含"loss"的引文就能装满一整册了。《伦敦时报》的伤亡名单计算着它的数量，其中伊普尔战役就占了无数的篇幅。

死者包括牛津的男人,出版社的人,盖瑞斯从小就认识的杰里科男孩。"loss"是个实用的词,应用范围之广令人骇然。

"我可以看看吗?"

盖瑞斯又看了纸条一眼,然后递给我。

LOSS(失去)

"很遗憾你所失去的,他们说。我想知道他们是什么意思,因为我失去的不只是我的儿子们。我失去了母亲的身份,失去了成为祖母的机会。我失去了跟邻居之间的融洽闲谈,也失去了老后家人的陪伴。我每天醒来都会面临一些之前没想到的新的失去,我知道很快地我将失去我的理智。"

——薇薇安·布莱克曼,一九一四年

盖瑞斯伸手按着我的肩膀,让我安心。我感觉他轻轻捏了捏,拇指抚摩着,带有我无法劝退的、超出友情的感情,但他自己没有察觉。

我失去了母亲的身份。这些话强迫我浮现出一段回忆:布满雀斑的脸上一对和善的眼睛,疼痛中一股稳定的力量。莎拉,我的宝宝的母亲。"她"的母亲。我试着回想关于

"她"的一些事，但"她"的气味只像是我曾写下来贮存在行李箱里的词汇一样隐约逗留。当我闭上眼睛，我看不见"她"的脸，不过我记得曾写下"她"的皮肤是半透明的，"她"的睫毛几乎看不见。这个叫薇薇安·布莱克曼的女人了解我。那是盖瑞斯根本不可能想象的事。

"她是谁？"我问。

"她的三个儿子在出版社工作，他们都在八月加入牛津－白金汉郡轻步兵团第二营。其中两人只是孩子，年纪小到还不懂事，不过年纪大的人因为懂事而可能成为懦夫。"他看到我的表情因为他的话而起了变化，赶紧说下去，"哈特先生身体不舒服，所以她才对我说这些话。"

"她还有别的孩子吗？"我问。

他摇头。我们没再说话。

……我会祈祷你的儿子们平安归来。

你最诚挚的朋友，莉兹

我把我缮写的页面交给莉兹，她小心地把它们折叠起来放进信封，然后拿起第四块饼干。

"哥哥们不在，汤米一定觉得很孤单。"她说。

"你想，他会从军吗？"

"如果他从军，娜塔莎会伤心死。"

"莉兹，你有没有想过要是你能不必通过我写信，就能告诉娜塔莎你最深的秘密，那就太好了？"我问。

"我没有最深的秘密，艾西玫。"

"如果你有，你会想让她知道吗？即使那可能改变她对你的印象？"

莉兹的手移向她的十字架，她垂眼望向桌子。她一向把她给我的任何智慧都归功于上帝。我老早就不再相信上帝出过力。

她抬起头。"如果那是对我来说很重要的事，或是能够解释我这个人的事，我想我会想让她知道的。"

她的回答让我胃部翻腾。"守住你的秘密有那么重要吗？"

莉兹站起来，往茶壶里加热水。

"我想他不会批判你的。"她说。

我迅速转过身，但她背对着我，我没办法判读她的表情。她说的可能是上帝，也可能是盖瑞斯。我希望她指的是他们两者。


清朗的夜晚迎来蓝色天空的白昼以及晶亮的白霜，但早晨的寒冷并没有持续太久。我踩着踏板、带着莫瑞博士校好的稿件骑向出版社时，觉得身上的大衣十分沉重。

哈特先生办公室的门半开着，我敲了门，但无人回应。我探头张望，看到他坐在书桌前，把头埋在手里。又一个母亲来过了，我心想。《牛津时报》有一小篇报道，写到出版社有多少人从军、多少人阵亡。文章中说失去这么多员工将延误某些重要书籍的出版，包括《莎士比亚的英国》。

我不认为是《莎士比亚的英国》让大总管垂头丧气，突然间那篇报道显得冷酷无情。它没提到任何人名，倒是提到书名。我从门边退开，故意更大声地敲门。这次哈特先生抬头了，他有点迷惑，受到了些惊吓。我把校好的稿子递给他。

接着我去找盖瑞斯，但他不在办公室。我在排字间找到了他，他正俯向他的旧工作台。

"你真是离不开这个地方？"我说。

盖瑞斯的视线由铅字往上移，他的微笑没什么说服力。"太多空置的工作台了，"他说，"印刷室也一样。现在只有装订厂还能正常运作，不过有几个女工也去加入志愿救护队了。"他在围裙上揩抹双手。

"也许哈特先生应该考虑雇用女人担任印刷工和排字工。"

"有人曾提出这个想法，但并没有获得广泛支持。不过我想这是不可避免的。"

"哈特先生看起来糟透了。"

盖瑞斯摘下围裙,我们走到其他围裙挂着的地方,清一色的围裙分别挂在不同的钩子上。"他好像陷入了惯性的沮丧中。"他说,"这是可以理解的。这个地方就像个村子,每个人彼此都有关联,每桩死亡都会通过这些关系产生影响。"

我们穿越方院时,我才第一次惊觉这里真的变得那么安静。我们没有走向杰里科,我反而要盖瑞斯沿着大克莱伦敦街走。"天气不是很冷,"我说,"我想我们可以沿着城堡磨坊溪流散散步。我带了三明治。"

我们走路时,我想不到寻常的话题,盖瑞斯似乎并没有注意到。我们拐进运河街,经过圣巴拿巴教堂。一直到我们踏上了曳船道,他才问我是不是出了什么事。我试着微笑,但完全笑不出来。

"你让我很紧张。"他说。

我选了一块洒下微弱阳光的安静位置。盖瑞斯脱下大衣铺在地上,我把我的大衣铺在旁边。我们坐下来,以我认为即将到来的尖刻言词来说,我们的距离太近了。我从背包里取出三明治,递了一个给他。

"说吧。"他说。

"说什么?"

"你在想的事。"

我在他脸上搜寻。我不想让任何事改变他对我的看法,我也希望他完全了解我。各种影像和情绪在我脑中回旋,我事先演练的台词,此刻一个字也想不起来。我感觉喘不过气来,我站起身,走到河边,大口吸气,还是不能呼吸。盖瑞斯在呼唤我,可是我耳朵里的隆隆声使他听起来很遥远。

我知道我会告诉他关于"她"的事,尽管我可能不会获得原谅。我觉得反胃,但还是转回身去。

我们面对面,各自坐在自己的大衣上,盖瑞斯现在垂着眼皮,惊愕而沉默。我告诉了他一切。我说了我害怕的那些词汇——处女、怀孕、分娩、生产、婴儿、收养——我平静下来,反胃感过去了。

我看着态度疏离的盖瑞斯。我肯定已经失去"她"了,或许也会失去他。我早已对自己失望,他可能也会对我失望。

我站起来,迈步走开。我回头看时,他仍待在原处,一手抚着我留下的大衣。

走过运河街时,我发现圣巴拿巴教堂的门开着。我坐在晨光礼拜堂。我不知道在那里待了多久，盖瑞斯才找到我，把大衣披在我肩上。他坐到我旁边。过了一段时间，他挽起我的手臂，我让他带着我回到冬日的阳光下。

我们回到出版社后，我推了自行车，坚持要自己骑回累牍院。

盖瑞斯看着我，没有尖刻，但有股悲伤。

"这没有改变任何事。"他说。

"怎么可能没有？"

"我也不知道，就是没有。"

"可是过一段时间可能就会改变。"

他摇头。"我不认为。战争让现在比过去更重要，比未来更确定。我现在的感觉是我唯一能相信的，在你告诉我那些事后，我好像更爱你了。"

很少有什么词像"love"有这么多变体。我感受到它在我胸腔深处回荡，知道它代表的意义有别于我听过或说过的。但盖瑞斯脸上的悲伤并没有消失。他牵起我的手亲吻伤疤，然后转身走进出版社。

第二天早晨我醒来时，感觉屋子里像冰窖。我几乎无力从床上爬起来。盖瑞斯的话应该让我松口气才对，但他的悲伤冲淡了效果。他就像我一样有所隐瞒。我瑟瑟发抖，希望莉兹在这里。

我迅速更衣,几乎是摸黑走到向阳屋。

我进到厨房时,莉兹手肘以下泡在肥皂水里。工作台堆满早餐用具:用过的碗和茶杯,沾有吐司碎屑的盘子。

"炉灶生着火呢,"她说,"去暖暖身子吧,我先把碗洗完。"

"平常早上来帮忙的那女孩呢?"我问。已经换过好几个了,我想不起来最近那个女孩的名字。

"不来了。至少战争对某些人来说是好事:工厂付的钱比莫瑞家要多得多。"

我脱掉大衣,拿起擦碗布。"已经退休的巴勒德太太有可能再回来工作吗?"

"最近她连从椅子上站起来都困难。"莉兹说。

我切了厚厚一片面包,抹上果酱。"我多做了一些面包,"莉兹说,"你今晚回家时带走吧。"

"你真的不用这样。"我说,舔着手指上的果酱。

"你从早到晚都待在阿胰,也没有个帮佣。我真的不懂你为什么叫帮佣不用来了,总要有人照顾你呀。"

等我连骨头都暖和了,胃也填饱了,我穿过花园走进累牍院。我庆幸它是空的,至少还要再过一小时才会有人来。

自从我躲在分类桌底下以来，它几乎一点儿都没有变，一时间我想起我和爸爸在那里的世界，没有战争的世界。我用手指滑过书架——这是一种回想的方式。

我坐在我的书桌前，聆听这寂静。从墙上的洞传来窸窸窣窣的耳语声，我抬起手感受冷空气。它很锐利，几乎让人觉得痛，我想起那些原住民，他们会在人生中的重大时刻在皮肤上留下记号。文字将刻在我的身上。可是，是哪些字呢？

累牍院的墙上发出哐啷一声，窸窣声停了。我把手从洞口抽回，眼睛凑上去瞧，是盖瑞斯。

他把自行车靠好，然后直起身子，查看背包里面，再谨慎地把包合上。我偷看他上百次了，渐渐爱上他来回引导那些文字"入座"的方式，好像它们既脆弱又珍贵。

但我很紧张。我检查自己的仪容。几绺鬈发从发髻脱出，我把它们塞回去。我捏捏脸颊，轻咬嘴唇。我坐得直挺挺的，背都有点不舒服了，我预期盖瑞斯会走进累牍院的门。我担心他会说什么。

他没有来。我弯腰看稿，让鬈发松垂。

十五分钟过去了，我才听到累牍院的门响动。

"莫瑞博士知道你从大清早就待在这里吗？"他问。

"我喜欢独处的感觉。"我回答，在他的脸上搜寻他在想什么的线索,"但我也很高兴有人来打扰。我听到你骑车来,你怎么过这么久才进来?"

"我以为你在厨房,跟莉兹在一起。她请我喝茶,我不好意思拒绝。"

"她喜欢你。"

"我也喜欢她。"

我看着盖瑞斯的背包,他用一只手托着它。"现在送校样来好像有点早。"

他没有马上回答,而是凝视着我,仿佛在回想我的告解。我垂下目光。

"没有校样,只是来邀请你参加野餐,"他说,"今天又是美好的一天。"

我只能点头。

"那我中午再来。"他微笑。

"好的。"我说。

他走了以后,我颤抖着吸了一口气,把头靠在墙上。洞里的光投射在我手上的旧疤上。盖瑞斯走向累牍院后侧去取他的自行车时,光线先暗了一下,然后又亮了,最后又暗了。好像摩斯密码,我心想,但我不会解码。他靠在铁墙上时我感觉到他的重量,透过头骨听到金属的嗡鸣。他知道他离我有多近吗?他在那里待了好长一段时间。

快要中午时，我在厨房和莉兹一起坐在桌子边。

"我帮你扎头发。"她说。

"没用的，它总有办法跑出来。"

"你扎的时候才会这样。"她站在我身后，重新调整发夹。她弄完之后，我甩甩头，鬈发乖乖待在原位。

我们隔着厨房窗户看到盖瑞斯。他大步穿越花园朝我们走来，背包挂在肩上，一手提着野餐篮。莉兹跳起来开门，把他迎进来。

盖瑞斯朝莉兹点点头，咧开嘴笑。"莉兹。"他说。

"盖瑞斯。"她回应。她的笑容跟他如出一辙。

在他们的问候背后藏着千言万语，我却不解其意。盖瑞斯把他的野餐篮放在厨房桌上，莉兹弯腰从炉灶里取出她原本在保温的果馅饼。她把它放在篮子底部，拿一块布盖住。然后她在热水瓶里装了茶，连同一小罐牛奶交给盖瑞斯。

"你带毯子了吗？"她问他。

"带了。"他说。

她从椅背上拿起她的羊毛披巾。"以十二月来说今天也许算暖和，但你还是需要在大衣外头披上这个。"她说，把它递给我。

我接过来，不懂莉兹为什么因为这场野餐之约而这么兴致勃勃。"你要不要一起来？"我问。

她笑了。"噢，不用了。我有太多事要忙。"

盖瑞斯把篮子从桌上提下来。"我们走吧？"

我伸手让他牵，他带着我走出厨房。

我们走到城堡磨坊溪流，沿着曳船道走向沃尔顿桥。

"很难相信冬天已经开始了。"盖瑞斯说，他铺开毯子，把果馅饼放在中央。热气袅袅上升。

他把他要我坐的位置的毯子抚平，然后从篮子里拿出热水瓶，往马克杯里倒了些茶。他加进刚刚好的牛奶，再放了一块糖。我用双手捧着杯子啜了一口，正是我喜欢的味道。我们什么也没说。

盖瑞斯把他的茶喝完，又倒了一些。他的手无意识地移向放在身旁的背包。等他的杯子空了，他慢条斯理地把它放回篮子，好像它是只水晶杯而不是锡杯。他的手在微微地颤抖。

当他的杯子安全地放在篮子里后，他深吸一口气，转头面向我。他脸上轻轻浮起一抹笑容。他直视着我，取走我的杯子，粗鲁地放到草地上。然后他握住我的双手。

他把我的手指压在他唇上，他呼吸的温热让我身体一阵战栗。我全身都想和他紧贴在一起，但我光是看着他的脸孔，能记住他额头上的每条纹路，他深色的眉毛和长长的睫毛，还有像是黄昏时分夏季天空的蓝眼睛就满足了。他的太阳穴附近已有了灰发，我渴望看到它随着岁月在他茂密的黑发中蔓延。

我不知道我们这样坐了多久，但我感觉他的目光在我脸上游走，正如同我的目光在他脸上徘徊。没有东西遮掩我们，没有客气地故作姿态。我们是赤裸的。

当我们的目光终于相遇的时候，感觉好像我们一同去旅行了一趟，现在以更熟悉彼此的状态返家。他松开我，伸手去拿背包，微微的颤抖使他的手指在解开扣环时显得笨拙。如果先前我还不确定，这下我知道背包里装着什么了。

可是它却不是我预期的东西。

他取出一个包裹。它用牛皮纸包着，捆着细绳：出版社的标准包装。它看起来像一沓纸，只是更薄一点儿。

"给你的。"他说，把包裹递过来。

"应该不是校样（proof）吧。"

"确实是某种证明（proof）。"他说。

我解开蝴蝶结，厚厚的包装纸散开。

这是个美丽的物品，以皮革装订，字母烫金。它一定用掉了盖瑞斯一个月的薪水。绿色皮革上有凸起的"女性用词及其意义"字样，用的字体跟大词典封面一样。我翻开第一页，那里也印着书名，底下则写着"艾丝玫·尼克尔编"。

这本书很薄，内文的字号比莫瑞博士的词典大得多，而且每页只有两栏，而非三栏。我翻到 C 开头的词，让我的手指沿着文字熟悉的轮廓滑过，每个词都是一个女人的声音。有的声音柔和而有礼，有的像梅宝的声音，沙哑而充满痰液。然后我看到我最初写在纸条上的词汇之一。看到它被印刷出来真是令人振奋，我忍不住用嘴快速默念那几行文字。

把它说出来、写下来，或是印出来，哪一种更下流？说出来，它可能被一阵风带走，或是被谈话声盖过去，别人可能听错或当没听见。在纸页上它就真实存在了。它被逮住，钉在板子上，它的字母用某种方式摊开，让每个看到它的人都知道它是什么意思。

"天知道你是怎么看我的！"我说。

"我很庆幸终于知道这个词是什么意思了。"他说，认真的表情咧成笑容。

我继续翻页。

"我花了一年，小艾。每天我拿起有你笔迹的纸条，我都更了解你一点儿。我一个字一个字地爱上你。我一向喜欢文字的形状和感觉，还有它们无限的组合，但你让我看到它们的局限，以及它们的潜力。"

"可是你是怎么办到的？"

"一次两三张纸条，而且我总是很小心地把它们放回原位。到最后，出版社一半的人都参与了这个计划。每一部分我都要插手，不光是排版而已。纸是我选的，印刷机也是我操作的。我亲手裁纸，而装订厂的女工为了教我把页面装订起来，简直弄得人仰马翻。"

"我想也是。"我微笑。

"弗瑞德·斯威特曼是我在阿贝的眼线，但要是没有莉兹，这一切都没有可能成功。她知道你的一举一动和你所有的藏宝处。别因为她泄露秘密而生她的气哟。"

我想着我书桌里的鞋盒，还有莉兹床底下的行李箱。我的"丢失词词典"。我意识到她是它的保管人，而她想要那些词被发现。

"我永远不可能生莉兹的气。"我说。

盖瑞斯再次牵起我的手。他的手不再发抖了。"我只能二选一，"他说，"选戒指或是选文字。"

我看着我的词典，用手指描画书名，听到自己暗暗念着那行字。我想象手上戴着戒指，却又庆幸现在手上没有戒指。我不懂我怎么可能有这么多的感受，我已经没有空间容纳更多的感受了。

我们没有再交谈。他没有问，我也没有回答，但我感觉这段时间有如一首诗般充满韵律感。它们是接下来一切的序曲，而我已经在规划一切。我捧住他的脸，感觉它在两只手的皮肤下呈现不一样的触感，然后我把他的脸拉近。他的唇热热地贴着我的唇，他的舌尖仍带着茶香。他扶在我后腰上的手毫无企图，但我靠向前，希望他感觉我身体的轮廓。果馅饼凉了，没有人去动它。

"在哪里啊？"我走进厨房时莉兹问。

我们都看向我的手，它还是一如既往，什么装饰也没有。

"莉兹·雷斯特，有什么事是你不知道的吗？"

"很多啊，但我知道他爱你，你也爱他，我以为你野餐完回来我会看到你手上多了个戒指。"

我从自己的背包里拿出薄薄的册子，放在她面前的桌上。"他给了我比戒指珍贵许多的东西。"

她微笑着用围裙擦擦手，然后确认手是干净的，才去碰书皮。"我就知道把文字装订得漂漂亮亮的一定能赢得你的心，他给我看的时候我就这么告诉他了。然后他给我看我的名字印在哪里，在我哭哭啼啼的时候帮我泡茶。"说到这里她的泪水又涌上来，她迅速抹去，"可是他没说他没有准备戒指。"

她把书推回给我。我用牛皮纸把它包好，拿细绳系起来。"莉兹，我可以去楼上一下吗？"

"别告诉我你要把它藏起来！"

"不是永远，但我还没准备好跟别人分享它。"

"你真是个怪人，艾西玫。"

如果装得下，我也会把盖瑞斯锁在行李箱里，然后把钥匙藏起来，但已经太迟了。哈特先生和莫瑞先生从好几个月前就开始写信，为他争取接受军官培训的机会。

## 一九一五年五月

军官培训在五月四日结束,我们将在五月五日星期三结婚。莫瑞博士给累牍院所有人放了两小时的有薪假来祝福我们。

大喜日前夕我睡在莉兹房间,第二天早晨她为我穿上一件素雅的乳白色连衣裙,有双层裙和蕾丝高领设计。她在袖口和裙摆绣了树叶,还到处点缀着小小的玻璃珠,"这样阳光照在你身上时,看起来就像是早晨的露水"。

莫瑞博士身体不舒服,但他主动提出要陪我坐出租车去圣巴拿巴教堂。在最后一刻,我婉拒了。阳光确实灿烂,而我知道盖瑞斯要和哈特先生还有斯威特曼先生一起从出版社走路过去。自从盖瑞斯去接受军官培训以来,我已经三个月没见到他了，我觉得当我们的路线在运河街交会，而我就这么撞见他，这个主意还不赖。

莫瑞太太仓促地替我在白蜡树下拍了三张照片，一张是跟莫瑞博士的合照，一张是跟蒂塔的合照，一张是跟瑶尔曦和萝丝芙的合照。她在收拾相机时，我问她能不能再拍一张。

莉兹在厨房门边徘徊，穿着新衣裳的她有点局促。我招手要她过来。她摇头。

"莉兹，"我喊道，"你一定要来，今天我是新娘子呀。"

她来了，她因为所有人都盯着她而微微低着头。她站到我身边时，我看到她母亲的帽针在她暗淡的绿色毛毡帽映衬下显得十分鲜艳。

"稍微往这里转一点儿，莉兹。"我说。我想要相机捕捉到帽针的样子。我要把照片送给她。

盖瑞斯穿着军官制服出席婚礼。他站得比我印象中挺拔，我好奇这是错觉还是摆脱排字工作所带来的好处。他很英俊，而我也是前所未有地美丽。我们从街道两端朝圣巴拿巴教堂前进时，这就是我们的第一印象。

入内之后，我和盖瑞斯站在教区牧师面前。哈特先生站在盖瑞斯左边，蒂塔站在我右边。大词典和出版社员工坐满了四排座位，莫瑞博士夫妇、斯威特曼先生、贝丝和莉兹在前排。本来应该有更多人的，但盖瑞斯在出版社最亲近的朋友在法国，而缇尔妲加入了志愿救护队，她在伦敦圣巴索罗缪医院，护理长不准她休假来参加婚礼。

我不记得誓词，我不记得教区牧师的长相。我一定花了很多时间凝视莉兹为我采来的捧花，因为它娇嫩的白花和强烈的香气留存在我的记忆里，是铃兰。蒂塔伸手来取走捧花，让盖瑞斯能为我戴上戒指时，我拒绝松手。

我们走出教堂，出版社装订厂的一小群女工将米粒撒向我们。然后我看到印刷工和排字工组成的合唱团，他们穿着围裙。盖瑞斯和我欣喜地挽着彼此的手臂，站在那儿听他们唱《在银色月光下》。

萝丝芙拍了一张照片。在骇人的一瞬间，我想象我俩冻结在壁炉上：盖瑞斯永远年轻，我则苍老，裹着披巾，独自坐在火边。

我们一行人穿过杰里科的街道。当我们走到沃尔顿街时，装订厂女工和印刷工合唱团回出版社去了，布莱德利先生和克雷吉先生的一些员工则朝老阿什莫林走。我们剩下的人继续前往向阳屋，然后在白蜡树下享用三明治和蛋糕。这让我回想起这些年来我们为了庆祝完成某个字母或是某一册词典出版，在此举办过多场茶会。莫瑞太太搀扶莫瑞博士进屋后，我们把这视为大家两小时休假期满的信号。布莱德利先生和爱莲诺回到老阿什莫林,哈特先生领头返回出版社。蒂塔和贝丝陪巴勒德太太走进厨房,萝丝芙和瑶尔曦坚持协助莉兹清理善后。至于累牍院的男人,斯威特曼先生是最后一个回到工作岗位的。他跟盖瑞斯握手,又牵起我的手亲吻。

"你父亲一定会很自豪又开心。"他说。我直视他的眼睛,知道当我们分享对爸爸的追忆时,这份回忆会更牢固。

我们站在爸爸家的前门——应该说我家前门,像是在等待主人开门让我们进去。我们有点不确定该由谁来开门。

"这是我们家了,盖瑞斯。"我说。

他微笑。"或许是吧,但我没有钥匙啊。"

"噢,对。"我弯下腰,从花盆底下拿出钥匙。我递过去:"给你。"

他看着它。"嘿,我觉得你不该这么轻易交出来,这可不是嫁妆。"

我还来不及回答,他就弯腰把我抱起来。

"好了,"他说,"你来开门,我们一起跨过门槛。不过如果你不介意的话,动作快一点儿,小艾。"

屋内到处都摆着铃兰,每个房间都一尘不染。在这微凉的傍晚,炉灶让厨房散发暖意,我们的晚餐正在小火炖煮。

"你知道吗？你有莉兹真的很幸运。"盖瑞斯边说边把我放下来。

"我知道。我也知道我有你很幸运。"我没有跟他商量，就牵着他的手带他上楼。

我打开爸爸卧室的门。他的床铺着新床罩，上头有莉兹一针一线缝的精致图案。我从未睡过这张床，现在我为此感到庆幸。这是我们的喜床。

我们对我们的身体并不害羞，但我们守护着我们所知道的，以及不知道的。当一段关于比尔的记忆不请自来时，我惊恐万分。我记得他的手指描画我的发际线，然后继续沿着我的脸往下到我的身体，中间不时岔出原本的路线。"鼻子，"他凑在我耳边低语，"嘴唇，脖子，乳房，肚脐……"

我微微发抖，盖瑞斯稍稍退开。我拉起他的手亲吻他的掌心，然后我引导他的手指沿着我的身体往下，不时岔出原本的路线。

"阴阜。"当我们摸到那一团柔软的毛时，我说。


盖瑞斯被委派到牛津－白金汉郡轻步兵团第二营，上级给了他一个月的假，之后再去考利营区报到。尽管莫瑞博士不可能放我走，他仍同意缩短我的上班时间。每到下午，我会从累牍院走到出版社，看盖瑞斯在那儿指导或太年轻、或太年迈、或近视度数太高的男人握步枪的方法。出版社在训练一支国民军。

我看着他，就像以前曾观察他那样。他正在教一个不到十五岁的男孩握步枪。他把男孩的左手放在枪管下，另一只手围住枪托，将男孩的食指往后移，直到只有指尖搁在扳机上。他那专注的神态，就好像他在挑选铅字，然后把它放进排字盘来拼成一个词一样。我看到他退后一步评估男孩的架势。他吩咐了一句，于是男孩把步枪由肩膀往胸膛挪近一些。

当男孩像是扮演牛仔似的假装开枪，盖瑞斯把枪管压低指着地面，对他说话。我听不见他说什么，但我从男孩的表情中看出某种情绪，让我想起莉兹发现盖瑞斯要成为军官时告诉我的事。"军队需要有个成熟的男人来领导那些小伙子。根据我听到的说法，优雅的口音似乎不够把这项任务办好。"她说得对，盖瑞斯拥有领导的权威。我见过他带领年轻的排字工人，在印刷室里也见识过他的领导魅力。我试着想象他在法国发挥才干，但我无法想象。

我们沿着城堡磨坊溪流走。盖瑞斯穿着他的军服，虽然他抱怨它看起来太新了，不过我们遇见的每个人都向他点头或是微笑打招呼，甚至热烈地握手。只有一个人在我们走近时移开目光：一个年轻男人，他那身平民打扮很惹眼。

我已不再抱有"要是盖瑞斯没有登记入伍就好了"的想法，但我总是不禁去想他正朝死亡走去。这念头让我夜不成寐，于是我会看着他睡觉。它让我在不必要的时候、在古怪的时候碰触他。我想知道他对所有事的看法，我那些关乎善与恶的问题让他疲于应对，我问他我们英国人和他们德国人是不是分别属于善恶的两边。我试着揭开他的更多层面，这样，万一他死了，我就有更多可以缅怀的东西了。

在费斯蒂贝尔战役后，休假未满的盖瑞斯被召回。《伦敦时报》刊登的悼念名单包括四百个牛津－白金汉郡轻步兵团的士兵。我们新婚还不到一个月。

"我没有要被派去法国，小艾。"

"但之后会的。"

"是有这个可能，但是有一百个新兵需要训练，否则他们哪里也不能去，所以我会在考利待一阵子。我离得够近，可以搭那种新式公交车回牛津。我可以跟你相约吃午餐。遇到我休假的日子，我可以回家。"

"可是我已经习惯了你做的有硬块的马铃薯泥，而且我好像已经忘了怎么洗碗。"我说，试着故作轻松。可是过去几年我独自度过太多个夜晚，不会不知道今后我将多么孤独。"我该如何自处？"

"医院在招募义工，"他说，庆幸他想到了解决办法，"那里有的男孩不是本地人，有的从来没有人探望。"

我点点头，但这不是解决办法。

盖瑞斯前往考利营区时，把星星点点的自己留下来了。他的便服挂在我们的衣柜里，随时可以换上。浴室水槽上放着一把梳子，梳齿间仍然卡着几根头发——有黑发，也有粗硬的灰发。床边，一本鲁珀特·布鲁克的诗集翻开来面朝下搁着，书脊已折成两半。我拿起来看盖瑞斯正在读哪一首诗——《死者》。我又把它放下。

我躲进累牍院。我在想：还要过多久，纸条才会开始提起这场战争？

蒂塔寄了斐丽丝·坎贝尔的《前线背后》给我。我把它放在书桌里，趁所有人都下班后拿出来读。她笔下的战争跟报纸上的战争截然不同。

爸爸总是说，词的意义是语境赋予的。

德国士兵杀死比利时女人的宝宝，她写道，再折磨那些女人。

我想到莫瑞博士曾向许多德国学者请教各种英语词汇的德语词源，自从战争开打，那些学者就保持沉默，或是被动地保持着沉默。那些钻研语言的绅士会做出这种事吗？还有，如果德国人做得出这种兽行，法国人或英国人又怎么会做不出来呢？

斐丽丝·坎贝尔以及像她一样的女人们负责照料那些比利时女人——还留有一口气的人。她们坐在卡车后头抵达，缠在胸部的布条是为了吸血而不是吸乳汁，她们死去的宝宝搁在脚边。

我把引文抄到一张又一张纸条上，每一张都归在"war"这个词底下，我的手在颤抖。它们为已经整理好，等着变成稿子的纸条添加了可怖的内容。完成之后，我筋疲力尽。我站起来在架上搜寻正确的分类格。我取出已经在里头的纸条翻看。我刚刚写的纸条会为"war"的意义带来新的、可怕的信息，但我不能把它们加进去。我把原本的纸条放回分类格，然后走向壁炉。我把斐丽丝·坎贝尔书中的引文丢进去，看着它们成为自身的影子。

我想起"lily"。当时，我以为如果我救回那个词，我妈妈的一部分就会被记住。我没有资格抹去"war"对斐丽丝·坎贝尔的意义和它对那些比利时女人的意义。在大肆宣传的荣耀，以及男人关于壕沟与死亡的经验之外，还需要让人知道女人身上发生了什么事。我回到书桌前，翻开《前线背后》，从头来过。我再一次强迫自己用颤抖的笔抄下那些可怕的句子。

如果战争能改变男人的本性，它也绝对能改变文字的性质，我心想。可是英语的词已经有那么多都排版印刷了，我们已经接近终点了。

"我想它会被收入最后几册的。"我们在讨论时，斯威特曼先生说，"诗人们会确保这一点，他们特别有办法给事物的意义加上细微差别。"

一九一五年六月五日
我亲爱的欧文太太：

我不敢想象会用艾丝玫以外的称呼叫你，不过就这一回，我想要用我的笔点出你成了什么样的女人。我对婚姻并没有多大的信心，不过你跟盖瑞斯的结合在每一方面都是天作之合，如果所有婚配都是这样的良缘，我或许会对婚姻改变看法。

你可能认为最近这一个月我的笔都荒废了，我向你保证并没有。打从你结婚起，我每天都想写信给你爸爸，告诉他你的模样有多美，还有你跟盖瑞斯肩并肩站在圣巴拿巴教堂前方，手里握着铃兰捧花，看起来是多么怡然自得。

我写信给你爸爸已经写了四十年，这是很难停止的习惯。我试过，却发现一想到他不会给我深思熟虑的回应，我就无法好好思考。我并不羞于承认（我希望这不会在任何方面冒犯你）我决定恢复跟哈利通信。你的婚礼是这一决定的催化剂——除了他，我还能向谁报告那个高兴的日子的种种细节？所以，当我说我想要写信给你爸爸时，其实我指的是我已经写信给他了。他在我脑袋里并不安静，艾丝玫。

他会特别喜欢你决定抛出捧花这件事，虽然你的女性宾客大部分不是已婚就是确定要成为老处女了。当你转身背对那一小群人，我好惊讶。我看到你抽出一小枝花自己留着，就知道你准备做什么了。我希望装订厂的女孩们能上前，但是当捧花脱离你的手，它的目标很明确。莉兹和我一定一脸惊愕——我们俩谁也不敢去接，却谁也不想让花掉在地上。我能看出莉兹很犹豫，我只好挺身而出终结她的苦难。我必须承认一时间我有点晕眩（不过没有后悔）；在回巴斯的一路上，那束花都是我甜蜜的旅伴。

现在我把它做成压花还给你，你可以用你觉得适合的任何方式保存它。我猜想你会用它当书签，而我想最棒的莫过于翻开一本被你冷落了几个月甚至几年的书，结果那一天的记忆从书里掉出来。当然,你也可以选择用玻璃把它裱起来,挂在结婚照旁边,但我相信你的品位应该更好。

你的婚礼过后,我不光是通过写信给你爸爸来打发时间。你也很清楚,詹姆斯·莫瑞的健康状况并不好,而我收到的校样数量多到我不知该如何是好。我很感谢詹姆斯对我的信心,但我有意写信给金主们,要求他们考虑我的贡献,多给一点儿津贴。我的付出一年年地增多,而我的名字列在谢词中并不像以前那样让我满足。贝丝对这件事颇为投入,还帮忙草拟提出要求的信函。但我暂时还不会寄出这封信,在眼前的局势下,此举似乎太过功利。我将继续我的工作,正如我们都必须这么做。

我不愿意就这么结束这封信,而只字不提盖瑞斯即将被调派的事。这是对你的考验,我亲爱的,一如战争考验着许许多多人。请让我待在你身旁。写信给我,来找我,尽可能地倚靠我吧。请保持忙碌——对焦虑的脑袋或是孤独的心灵来说,忙碌的日子能带来莫大的好处。

爱你的

蒂塔


莉兹把头探进累牍院的门。"你怎么还在这儿?"她说,"已经七点多了。"

"我只是在确认'twilight'的条目。莫瑞博士希望在月底看到 T 开头的词完成,虽然不可能,但我们还是要尽力。"

"我不觉得那是你在这里的原因。"莉兹说。

"莉兹,你知道我回家后都在做什么吗?织毛线。织袜子给士兵们穿。第一双花了我三个星期,盖瑞斯试穿以后说实在太紧了,要不了一星期他就会因为生坏疽而被送回家。他说我是故意的。"

"你是吗?"

"真好笑。不,我只是痛恨织毛线,而织毛线也不适合我。现在我已经织了五双了,好像一双比一双糟。但我需要做点什么,否则我会开始担心盖瑞斯被派去国外的事。"我说,"我真希望每天晚上我都能累得倒头就睡,没有任何想法。"

"你不会想要这愿望成真的,艾西玫。你还在考虑当义工的事吗?"

"在啊,但我不忍心去跟那些伤兵相处。我一想,就觉得他们的脸都长得像盖瑞斯。"

"他们一直都需要女人去卷绷带之类的,"莉兹说,"而且我听说有漂亮脸蛋的人陪伴时,那些男人喜欢聊天。如果你多留意,也许能搜集到一两个词。"

"我会再想想。"我说。

"你跟莉兹聊过了吗?"我问盖瑞斯。

他下午休假,从考利回来,我们在沃尔顿桥边吃三明治。他回避我的问题。

"山姆是出版社的人,"他说,"不过他老家在北方,他需要有人探望。"

"他在出版社都没有朋友吗?"

"他有我,但我连陪你的时间都快不够了。至于其他人……唉,他们还在法国。"

还在法国,我心想,是生是死?

"他记得你,"盖瑞斯继续说,"说我是个幸运儿。我说我会问问你。"

从爸爸去世到现在,雷德克里夫医院几乎没什么变化,除了病房中住满年轻人而非老人。他们都是士兵。有些人四肢俱全,幽默感十足;有些人同时丧失了手脚和幽默感。状况还不错的人在我经过时微笑挑逗,没有一个人长得像盖瑞斯。我松了一口气,不禁为自己一直回避这个地方感到惭愧。

一位护理师告诉我山姆在病房尽头的床位。我朝它走去时，扫视了二十五个年轻男人的资料表。他们的姓名和军衔都用大字写得清清楚楚的，他们的伤势则被医学术语和洁白硬挺的被单给盖住。这只是一家医院里的一间病房，而现在牛津郡有十家医院。

山姆坐在床上，正在吃晚餐。他看起来有点眼熟，不过也许只是在街上遇见过几次的那种程度。我做了自我介绍，他抬头对我露出笑容。他的右腿在被单下被抬高了。

"我的脚没了，"他说，语气平淡得像在告诉我时间，"跟我见过的事相比根本没什么。"

我们都不想谈他见过什么事。他没有停顿，马上开始聊起出版社，并关心我们可能共同认识的人的近况。我几乎不曾关注在纸库、印刷室、装订厂和收发室来来去去的那些穿着围裙的小伙子，没办法告诉他谁还在、谁不在。"我可以告诉你谁不在了。"他用告诉我他的脚没了的同样冷静的语气说。然后他告诉我他知道的每个阵亡男孩的名字与职务。这串话详细而单调，他几乎没有换气。但他需要回忆他们，他在说的时候，我想象他们在同一天里交错走出的路线，就像一条条丝线共同交织出出版社的不同部分。少了他们，它还怎么能运作呢？

"这就是全部了。"他说，仿佛刚才列的是备用品或设备的清单，而不是活生生的人。这时他看着我咧嘴一笑。"盖瑞斯……我是说欧文中尉，说你喜欢搜集词汇。"他注意到我讶异的表情，"我想我有一个大词典里没有的词。"

我取出纸条和铅笔。

"Bumf."山姆说。

"你可以造个句子吗？"我问。

病房对面有人回应："瞎仔，你知道句子是什么吗？"

"他们为什么叫你瞎仔？"

"因为他在瞎搞步枪的时候射到自己的脚。"山姆隔壁床的男人说，"有些人故意这么做。"

山姆没有回应，只是转头低声对我说："给我几张传单，我上厕所需要一些'bumf'。"

我过了一会儿才醒悟到他是在给我我要的句子。我写在纸条上，并附上他的名字。"为什么是'bumf'？怎么来的？"我问。

"我大概不应该说出来，欧文太太。"

"叫我艾丝玫就好。还有，不用怕冒犯我，山姆。我知道的粗鲁词汇超乎你的想象。"

他微笑说道："Bum fodder（屁股草料）。总部印了很多传单，不值得一读，但拉肚子的时候可是一纸值千金哪。

抱歉，夫人。"

"我有一个词，小姐。"另一个男人大叫。

"还有我。"

"如果你想听粗话，"缺了一条手臂的男人说，"来我的床边坐一会儿。"他用仅剩的那只手拍拍床沿，然后噘起薄唇做出亲吻状。

负责管理这间病房的摩里修女大步走向我，戏谑声停止了。

"我可以说一句话吗，欧文太太？"

"她有很多句话，修女，"我那位独臂追求者说，"你看她的口袋就知道了。"

我把手搁在山姆肩上。"我明天可以再来看你吗？"

"我很愿意，夫人。"

"叫我艾丝玫，忘了吗？"

"昨天来了个新患者，"我们离开病房时摩里修女说，"我在想你能不能陪陪他。我会给你一篮绷带让你卷，这样你手头就有事可做。"

"当然可以。"我说，很感激她没有要我交出口袋里的东西。

我们经过长长的走廊来到另一间病房。每间病房都很相似：两排病床，男人像孩子一样被包在被窝里。有些人坐起来，几乎已经准备好回到外头玩耍；其他人则动也不动地仰卧着。

亚伯特·诺斯罗普大兵坐在床上，不过他空洞的眼神让我觉得他短时间内哪里也不会去。

"他们叫你伯特吗？还是伯弟？"我问他。

"我们叫他伯弟，"摩里修女说，"我们不知道他喜不喜欢这称呼，因为他不说话。他显然听力没有问题，然而他不知怎的无法理解话语的意义，只有一个词例外。"

"什么词？"我问。

摩里修女把手放在伯弟肩上，点点头向他道别。他只是盯着前方。然后她带我沿着病房往回走，直到我们走得够远，她才回答我的问题。

"那个词是'轰炸'，欧文太太。如果他听到了，他会做出惊恐万分的反应。根据精神科医师的说法，这是一种习得反应：一种不寻常的战争神经官能症。他经历了费斯蒂贝尔战役，但他似乎丝毫都记不起来了。当我们给他看他同袍的照片时，他没有显露出认得他们的迹象。即使是他的个人物品似乎也很陌生。他生理上的伤势相对来说算是轻微，但我担心他受损的心智将耗费更长时间才能痊愈。"她回头望向伯弟，"如果你坐在他的床边时有理由拿出你的小纸条，欧文太太，那就值得小小庆祝一番了。"

摩里修女向我道晚安,说她希望明天下午六点能再见到我。

"对了,"她说,"我们已经叮嘱这间病房的所有患者不要讲到那个词,不过他们本来也不是多想把那个词挂在嘴边。如果你也能避免讲到它,我们会很感谢的。"

那一天我没有在伯弟的床边待很久。我卷着绷带,絮絮叨叨地讲着我一天的生活。起初,我还会瞥向他的脸,看看他有没有听进我说的话。当我发现显然没有时,我便肆无忌惮地打量起他的五官来。在我看来,他就像个孩子。他脸上的斑点比胡须还多。

我继续探望山姆以及另外两个不久后就被送进雷德克里夫医院的出版社男孩,但伯弟分散了我的注意力。跟伯弟说话时,我能够进入一个隔绝战争的气泡。我多半在讲大词典的事,讲各个词典编纂师以及他们的个人癖好。我描述我躲在分类桌下的童年,以及坐在爸爸膝上用纸条学习认字的快乐。他似乎通通都没听进去。

"你不会是爱上他了吧?"有一天休假返家的盖瑞斯这么逗我。

"我要爱上他的什么?我不知道他对任何事的看法。再说,他才十八岁。"

随着日子一天天过去，我从累牍院带书去，念一些我认为他可能喜欢的段落。我选择的标准主要是韵律而不是内容，不过我总是谨慎地确认每个词都是良性的。诗似乎能让他的目光稳定下来，有时候他专注地看着我，我想象其中一些字义或许进入了他的心里。六月剩下的时间以及大部分的七月，我都睡得很安稳。

## 一九一五年七月

到了七月,莫瑞博士几乎完全不待在累牍院了。萝丝芙说他感冒一直好不了,但我记忆中他从未让感冒凌驾于大词典之上——他一向粗鲁而不耐烦地把它驱退,就像他驱退不受欢迎的批评。不过工作在持续进行,大家到主屋里去找他,稿件来回传递。当"Trink 至 Turndown"完成时,我们依照惯例围着分类桌喝下午茶来庆祝。莫瑞博士加入我们,我从未见过他如此苍白和瘦弱。

这是一场安静的庆祝会。我们聊文字,而不是战争,莫瑞博士提出 T 开头的词修改过的完工时间表。这个计划看起来仍然太乐观了,不过没有人反驳他。

我们吃蛋糕时,萝丝芙凑向我。"《期刊》杂志下一期要用跨栏照片做大词典的专题报道,他们安排了要给三位编辑和员工照相。"

"太棒了。"我说。

她望向她父亲,他的蛋糕完全没动。"是很棒,可是摄影师要七月底才会来,我担心……"她欲言又止,"你不介意拿我妈的布朗尼相机照一张吧?以防万一?"

没有莫瑞博士的大词典。我把这念头推到一边。"这是我的荣幸。"我说。

她把手搁在我膝上,露出悲伤的笑容。"恐怕这表示你无法入镜了。"

"我会确保真正的摄影师来的时候我会在场。"我说。

"嗯,当然。我绝对不愿意正式报道中漏掉你。在我记忆中,你一直是这个计划的一分子。"

萝丝芙去主屋拿相机。我使用过它一两次,那是替莫瑞一家人在花园中拍照,但她还是又解释了一遍操作原理。等莉兹收拾完分类桌上的茶具,瑶尔曦让每个人坐在她觉得恰当的位置。

我们只剩七个人了。莫瑞博士被搀扶着坐到书架前方的椅子上,瑶尔曦和萝丝芙坐在他两侧。马林先生、斯威特曼先生和尤克尼先生站在后头。

我将镜头对准莫瑞博士。同一张脸曾经在分类桌底下逮到我，然后共谋般地朝我眨眨眼睛；同一张脸在读出版委员会的信时表情凝重，或是在看另一位编辑的稿件时表情激动；同一张脸在对爸爸说话时愉快地带出苏格兰口音，在盖瑞斯送来校样时不由自主地露出克制的微笑。他坐在画面中央，大词典的所有元素都围绕在他身边：书本和分册、纸条满溢的分类格、他的女儿和助手。此情此景怎么可能会改变？

"少了什么东西。"我说。

我走到莫瑞博士高桌子后头的书架前。那里有八册词典，剩下的空间还能再放四五册。在那空着的位置放着我小时候莫瑞博士会戴的学位帽。我拿起它，拍掉上头的灰尘。我让流苏缓缓滑过我的手指，让我自己在片刻间回忆从前。有一次累牍院只有爸爸和我在的时候，我曾经戴过它。他把它放到我头上，让我坐在莫瑞博士的凳子上。他一本正经地问我是否同意他针对"cat"这个词做的修正。"尚可。"我说，他咧嘴而笑。

"我觉得你应该戴上这个，莫瑞博士。"

他向我道谢，但我几乎听不见。

萝丝芙帮他把学位帽戴正，我再次举起相机。

"准备。"我说。

他们都看向我，表情严肃。直到时间尽头，我心想。

我眨着眼把泪水憋回去，然后拍了照。

在我为丧礼着装时，盖瑞斯把他最后的行李装进帆布包。他从衣柜取出大衣，尽管天气很热，冬天的脚步还远得难以想象。

他走过来亲吻我的额头，用拇指抹过我的眼睛下缘，再亲吻咸咸的两侧眼皮。他先后牵起我的两只手，为我扣上上衣的袖口。

我戴上帽子，把鬈发塞好，然后站在镜子前。盖瑞斯从我身后经过，走到走廊。他回来时，手里拿着牙刷和梳子。我从镜子里看到他把它们放进行囊，我在想是否能趁他不注意时把它们拿出来，重新放回浴室水槽上。

我们准备好了。

我们站在共享了几乎不满一个月的床铺尾端。我们双唇贴合，我想起我们的初吻，带着甜味的茶香。这一吻有海洋的滋味。它轻柔、安静而绵长。我们各自将我们需要它发挥的作用倾注在里面。这一吻的记忆必须长久支撑着我们。

我望见我们的身影。我们可能是宣告旅客登上火车的哨音吹响前的任何一对夫妻，但我不会去车站。我无法承受。

盖瑞斯参加完丧礼就要直接离开了。他系好帆布袋，把它扛到肩上。我拿起手提包，放了条干净手帕进去。我跟着盖瑞斯走出房间，但在最后一刻回过头去，确保没有遗忘任何东西。鲁珀特·布鲁克的诗集仍在床边。我奔回去把它收进手提包，然后匆匆走下楼梯。

在丧礼上，我和盖瑞斯站在一群哀悼者的后方——尽管是临时通知的，还是来了至少两百人。我哭得失态：比莫瑞太太还显得更痛苦，比瑶尔曦、萝丝芙这些莫瑞家的儿女和孙子女加起来都更悲伤。当最后一段话说完，家人们上前，我转身离开。

盖瑞斯的手抓住我，而我尽可能轻声地恳求他放开我。

"等一切都结束后，跟莉兹一起走回去吧，"我说，"我跟你在向阳屋会合。"

我穿过栅门时，感到奇异的寂静。房屋只是构成它的石材而已，它的脉搏和气息都集中在教堂的墓地了。我这辈子第一次觉得累牍院只是个不持久的物体，一个配不上它崇高使命的旧铁棚。

我打开厨房门，白日的高温让早晨的面包香气变得越发浓郁。它让我的心回到原本的位置。

我两级并作一级地爬上楼梯，从莉兹床底下拖出行李箱。我感觉到它的沉重，不禁计算它的年岁。盖瑞斯的礼物松松地包着，几张剪报散放在上头；对除了我之外的任何人来说，它们是"屁股草料"，我心想。

我拉扯细绳，包装纸散开，就像第一次那样。《女性用词及其意义》。同样兴奋得心跳加速，可是这次还有悲伤的沉积物，以及恐惧。我更仔细地看我的礼物，搜寻每一页。我想找到某个可以取代他的梳子、他的大衣、他的诗集的东西。期待有任何东西是没有道理的，认为这能有什么不同是不理性的。在最后几个词后头，就只有空白的结束页。

然后，在封底的内侧。

此词典乃是以 Baskerville 字体印刷。该种字体专为重要且具固有价值之书籍设计，因其明晰及优美的特质而获选。

盖瑞斯·欧文<br>排版者、印刷者、装订者

我奔下楼梯到外头的花园。门开了，累牍院接收了我。我需要的词已经印出来了，但我想要自己选择意义。

我在分类格搜寻，找到一个又一个词。我拿一张干净的纸条来抄写。

LOVE（爱）

一种激烈的情感。

我把纸条翻过来。

ETERNAL（永恒）

永远持续，没有尽头，超越死亡。

回到莉兹房间，我把纸条夹在鲁珀特·布鲁克的诗集中间。

"她会在楼上。"我听到莉兹在厨房说，"我敢打赌，她的行李箱是打开的，床上和地上都是乱七八糟的词。"

然后盖瑞斯沉重的靴子踏上楼梯。

"啊，鲁珀特·布鲁克。"他看到我手里的诗集说。

"你把它留在床边了。"我站起来递给他，他没多看一眼就把书放进胸前口袋。

"找到你要找的东西了吗？"他问，朝着地上的行李箱点点头，《女性用词及其意义》仍在床上，翻到封底那一页。

我拿起他的礼物紧抱在胸前。"你知道我会接受？"

"我感觉你爱我，就像我爱你，但我一直没把握你会答应。"他拥住我，充满词语的小书夹在我们之间。然后他让我坐到莉兹床上，跪在我面前。词典放在我腿上。"每一页都有我，小艾，每一页也都有你。"他与我手指交缠。"这就是我们，我们离开很久以后，它还会在这里。"

他走的时候，我听着他下楼梯时重重的靴声，我数着每一步。他向莉兹道别，想必把啜泣的她搂在了胸前，因为接下来两三分钟她的声音模糊一片。接着厨房门开了，我听到莉兹在呼喊。

"盖瑞斯，你一定要回家，我不能永远让她住在我房间。"

"我答应你，莉兹。"他喊着回应。

我坐在莉兹的床上，直到我知道火车离站，带走了盖瑞斯。我怪异的手指握着他的礼物太久，都僵硬发麻了。我松开手指，揉了揉，看看仍然敞开放在莉兹房间地上的行李箱，然后弯腰把我的词典放回它由纸条和信件铺成的巢里。

我停止了动作。这本书花了他一年时间，我则花了更多时间去搜集。那么多女人，她们的词。她们因为名字被写下而喜悦。她们期盼在她们被遗忘后，还有一部分的她们会留下来。

我下楼到厨房时，莉兹已经在摆放三明治了。"他们现在应该离开公墓了，"她说，"没有人会怪你没有留下。"她在围裙上擦擦手，然后拥抱我。我原本可以在那里待到永恒，但我必须去一趟出版社。

哈特先生在印刷室。我猜到了他会避开丧礼后的三明治和聊天，印刷机的咔嗒声和润滑油的气味对他的悲伤来说是种慰藉。随着战争持续进行，他在印刷室愈待愈久，盖瑞斯说。我站在进门处时，明白了原因。他看见我，一时间，他似乎不知道我是谁。等他回过神来，他深吸一口气，朝我走过来。

"欧文太太。"

"请叫我艾丝玫就好。"

"艾丝玫。"

我们默默地站着。我在想，对他来说，在同一个星期失去莫瑞博士和盖瑞斯代表什么。也许他也在想这对我来说代表什么。

我举起《女性用词及其意义》。"哈特先生，请不要怪他，盖瑞斯为我做了这本书。它们是词，我搜集的词。他把它们排成铅字，代替买戒指。"我有点畏缩。哈特先生只是盯着我手里的书。"我希望他制了版，我想印更多本。"

他从我手里取走书,走到房间边缘一张小桌子前。他坐下来。印刷机仍持续它们的合唱。

我跟过去站在他身后,看他翻开页面,用指尖滑过字词,好像它们是盲人用的点字。

他极其慎重地合上书本,把手搁在封面上。

"没有制版,欧文太太。少量印刷的制版成本太高了,更何况只印一本。"

此刻之前,我一直感觉到有一股力量,一种我知道能支撑我的明确使命。我朝另外那把椅子伸出手,几乎来不及坐上去。

"如果排字工人预期会有更改——编辑、修正——他会留着固定住铅字的印版。你知道吧?铅字是活动的,方便调整。"

"盖瑞斯不会预期要修正什么的。"我说。

"他以前是……现在也是我最好的排字工人。他当然清楚我们规定印版要保存一段时间。"

这想法让我们俩都振奋起来。我们一同起身,默默地走到排字间。那里有一半是空的,不过盖瑞斯的旧工作台前有个学徒在工作。哈特先生拉开一个宽抽屉,那里头放着仍然在使用的印版。他拉开另一个抽屉,然后是另一个。我不再紧跟着他,开始想象我们空荡荡的家。

"在这里。"

哈特先生蹲在最低的抽屉前，我跟着蹲下去。我们一起用手指滑过铅字。我闭上眼睛，感觉我怪异的指尖底下那不同的触感。

对我来说，文字一向是有形的，却从不是这种模式。这是盖瑞斯熟悉的模式，而我突然间好想学会盲读这种文字。

"也许他预期还会加印。"苍老的大总管说。

也许是吧。

丧礼后两三天，我是第一个回到累牍院的。莫瑞博士的学位帽，还在不到两星期前我替他拍完照后搁的位置。它上头又已积了灰尘，我不忍心把灰尘拂去。丧礼后，萝丝芙告诉我那张照片将刊登在九月号的《期刊》杂志上。即使在丧亲之恸中，她还是想到了要为我没能入镜而道歉。

但这不是她要告诉我的最坏消息。"我们要搬家了，"她说，眼中又盈满泪水，"九月的时候，搬去老阿什莫林，我们全部。所有东西都要搬过去。"

我呆住了。我站在那儿，仿佛她刚才说的话我一个字都没听懂。再过一个月就九月了。"累牍院会怎么样？"我终于问道。

她悲伤地耸耸肩。"它会成为一座花园棚屋。"

我走向我的书桌，手指沿着满架的纸条滑过，我想起爸爸念阿拉丁的故事给我听。当时累牍院就是我的洞穴。可是我跟阿拉丁不一样，我一点儿也不想获得自由。我属于累牍院，我是它心甘情愿的囚犯。我唯一的心愿就是为大词典服务，而我的心愿实现了。可是我的服务被收拢在这四壁之间。我跟这个空间有契约关系，就像莉兹和厨房以及她在楼梯顶端的房间一样关系紧密。

我坐在书桌前，用手臂枕着头半晌。

一只手重重地压在我肩上，我以为是盖瑞斯，惊醒过来。结果是斯威特曼先生。我刚才累得睡着了。

"艾丝玫，你怎么不回家去呢？"他说。

"我不能。"

他一定懂了，因为他点点头，把一沓纸条放在我桌上。

"从 A 到 S 的新词，"他说，"需要整理后等增补用词时出版，不管那是什么时候的事。"

这是最简单的工作，但很花时间。"谢谢你，斯威特曼先生。"

"你不觉得也该是你改口叫我弗瑞德的时候了吗？"

"谢谢你，弗瑞德。"

"由你讲出口,听起来还真奇怪,但我相信我们会习惯的,"他说,"正如同我们得习惯任何改变。"

一九一五年八月十日
我亲爱的小艾：

我离家才十天,感觉却像已一年。牛津像是我曾造访的异地,而你像一场梦。可是当我翻开我的鲁珀特·布鲁克诗集时,你的纸条掉了出来。那些文字、你的笔迹、熟悉的纸张,它们将日日提醒我,你是真实的。

我决定随身携带布鲁克诗集。如果我受了伤,必须等待担架,我想要有东西可以读,有你的文字安定我的心神。不过暂时还没有发生这种事的机会。我们驻扎在赫布特尼,这是离阿拉斯不远的一个小村庄。上头跟我们说我们有时间安顿下来,我们整天都在操练和闲混。有些小伙子误以为这趟冒险是度假,因为他们从没真正度过假,而我花了不少时间向漂亮女孩的母亲们道歉。我的法语在进步。

附近有一支印度自行车部队的基地。你见过印度人吗？我是第一次见。他们两人一组骑着自行车在村子里游走,那头巾和精致的八字胡真是让人大开眼界。至少年纪较大的男人都有八字胡,跟英国人一样。也有很多年龄小到还没长胡子的印度男孩参军,听说他们最小会收十岁的孩子，但我并没有见到那么小的。我只能希望他们离前线愈远愈好。

昨晚，为了展现同志情谊，我们邀请印度军官来共进晚餐。他们几乎没碰一口食物，酒也喝得很少，但这是一个笑声不断、持续到深夜的聚会。我是那里资历最浅的军官之一，我发现我要学的事还很多。这里有一整批我没听过的词汇，小艾。大部分都是以某种角度在形容壕沟，也有许多让梅宝最厉害的词都相形见绌的词。我现在随信赠送给你的词是到目前为止我最喜欢的一个。

这张纸条是用煮饭的食谱做的。有一位印度军官口袋里塞着这团纸，在我到处找纸时就给了我。我很兴奋，知道你一定会很开心纸的背面写着印地文。那位军官的名字叫阿吉特，这个词的来源也是他告诉我的。他也希望我告诉你，他名字的意思是"无敌"，他坚持要我写在纸条上。当我告诉他我不知道我的名字有什么意义时，他摇摇头，说："这可不好，一个人的名字代表他的命运。"根据这个逻辑，他很适合打仗。

就眼前来说，人生颇为"cushy"（瞧我多快就吸收了新的行话），我渴望获得你的音信，小艾。听说明天我们会开始收到邮件，因为陆军部终于登记了我们所在的位置。我期盼得知你的生活点滴，以及出版社或累牍院的任何消息,当然还有伯弟。不用担心细节太无聊,我会读得津津有味。请代我问候莉兹,并代我探望哈特先生。我会另外写信给他,但我怕在战争结束之前他的忧郁是不会结束的。你的陪伴能让他开心一点儿。

> 永远爱你的
> 盖瑞斯

CUSHY

源自印地语中的"khush",意思是"愉悦"("无敌"的阿吉特·卡特里)。

"不要太习惯你舒服的营房了,中尉。你很快就会待在壕沟,屁股以下都泡在泥巴里。"

——杰拉德·安斯沃思中尉,一九一五年

盖瑞斯走后这几周,我想象他以一百种不同的方式死去。我的睡眠极不安稳,醒来时充满惊惧,所以他的第一封信像一颗定心丸。

"莉兹,有信!"

"谁寄的?国王吗?"她微笑说道,在桌子边舒服地坐下,准备听内容。

"听起来确实有点像在度假,不是吗?"我念完信之后说。

"是啊,而且听起来他交了个有趣的朋友。"

"是的,无敌先生。对了,这倒提醒了我。"我从信封里取出纸条,读着盖瑞斯在上头写的字。

"这个词很棒吧?"我说,"我决定尽可能多使用它。"

"你用到的机会比我多。"

更多信件寄来了,每隔两三天一封,八月就这么过渡到九月。莫瑞博士去世后并没有迹象显示工作进度变慢了。由于谁也没收拾一个箱子或清理一个书架,我心想,也许累牍院能够保持原状。当斯威特曼先生(我还是不习惯叫"弗瑞德")开始给我词汇来研究,我感觉我的生活恢复了一些平衡。我重新开始去老阿什莫林和出版社跑腿办事。哈特先生确实陷入了忧郁状态,不过盖瑞斯的期盼落空了,我并没有办法让他开心起来。

工作日每天五点,我都直接从累牍院去雷德克里夫医院。星期六下午的大部分时间我也会待在那儿。几乎总是会有某张病床上躺着一个曾在出版社工作的男孩。如果他们刚进来,修女们会确保我收到通知,而那男孩就会成为我轮班表的一部分,不过他们多半不缺访客。雷德克里夫医院离出版社很近,杰里科的女人认领了这家医院。病房里充满母亲、姐妹和情人,她们对受伤的陌生人嘘寒问暖,就像对待自己想照顾却没有机会照顾的亲人与情人。在本地男孩住进来时，她们会一拥而上，用饼干和太妃糖来交换零星的消息，试图说服自己她们的男孩还活着。

我的晚餐总是跟伯弟一起吃。

"他还是什么都不懂。"摩里修女说，"不过有你在旁边时他好像会多吃一点儿。"

雷德克里夫医院给我跟伯弟一样用托盘装着的餐点，不过餐点总是那几样。摩里修女向我道歉，说都怪配给制度，但我不介意：这表示我不用回家煮一人份的晚餐。

"伯弟，"我说，他没反应，"我今天知道了一个词，我想你可能会喜欢。"

"他不喜欢任何词，欧文太太。"他的邻居说。

"我知道，安格斯，但医生们只用熟悉的词，这是不熟悉的词。"

"他怎么知道它是什么意思？"

"他不知道，但我会解释。"

"可是你得用熟悉的词去解释。"

"不见得。"

安格斯笑了。"这可是艰巨的挑战啊，夫人。"

"如果你继续偷听，你出院时至少会懂得更多词汇。"

"我看我需要的词我都会了。"他说。

伯弟就像其他人一样吃着晚餐,在此期间,我能想象他吃完后像许多人一样打个饱嗝,然后说:"失礼了,夫人。"可是他吃饱以后,又盯着前方,跟原本一样沉默。

"Finita."我说。

伯弟的眼神没有任何变化。

"那是什么意思?"安格斯问。

"意思是'吃完了'。"

"这是什么语言?"

"世界语。"

"从来没听过。"

"就某种角度来说,它是虚构的。"我说,"它的本意是要简单到让任何人都能学会——它是用来促进国家之间的和平的。"

"效果如何呢,夫人?"

我露出疲倦的笑容,目光落在安格斯的床尾——被单底下没有脚。

"不过,"他接着说,"如果它能帮助这位伯弟老弟,或许创造这种语言也不是浪费时间。"他朝伯弟的托盘点点头,"如果他不吃了,剩下的可以给我吗?"

我拿起盘子送过去给安格斯。

"怎么用世界语说谢谢?"他问。

我口袋里有一张词汇表，不过这个词我会背："Dankon（谢谢）。"

"Dankon，欧文太太。"

"Ne dankinde（不客气），安格斯。"

莫瑞太太敲门，然后打开累牍院的门。我们各自从座位前抬起头。

"开始了。"她宣布，然后她带着郁郁寡欢的表情迎进一个男孩，他穿着熟悉的出版社围裙。他把一个手推车推进来，上头堆满压扁的纸箱。

"出版社提议要帮我们搬家，每天下午会派一个男孩推手推车过来。他们会把你们收拾好的纸箱搬去老阿什莫林。"她看起来还有话要说，却什么也没再说出口。我们看到她环顾房间，望着满架的分类格、书籍、纸张。这应该是私密的一刻才对。最后她的目光落在莫瑞博士的书桌上，落在放在架上 Q 至 Sh 分册旁边的学位帽上。她转身离开。

萝丝芙和瑶尔曦起身跟着她们的母亲。"你可以把纸箱留在地上，"萝丝芙经过推手推车的男孩时对他说，"我相信我们能弄明白怎样组装它们。"

工作不能中断，但组装纸箱成为我们早晨的活动。午餐时间，我们会把旧词典和暂时用不到的书本和期刊放进纸箱。每天下午三点会有个男孩来把它们载走。

累牍院每天都卸下一点儿自我。到了九月最后一周，最后一批纸箱已经装的是每个助手工作所需的相关用具了。气氛相当肃穆，助手们在最后一天没有举行仪式就离开了，累牍院已不剩下什么可以让人向它道别。

我还没准备好离开。我自愿留下来，把所有要封存或移送到老阿什莫林的纸条装箱。斯威特曼先生在我旁边，他是最后完成打包的。他把他的纸箱封好，放在分类桌上等着出版社的男孩来收，然后他过来说再见。

"你在考虑留下来吗？"他说，看着我的桌子和里头的东西，它们都仍保持原样。

"也许吧。"我说，"你们大家吵得很，现在你们走了，我可以完成更多工作。"

他叹口气，一点儿开玩笑的兴致都没有了。我站起来拥抱他。

只剩我一个人后，我终于敢看看四周。分类桌坚实而熟悉地立着，分类格仍然塞满纸条，但书架已经空了，书桌也都清干净了。纸张的摩擦声和笔尖刮着纸的声音停止了。累牍院已失去它几乎所有的血肉，而它的骨干看起来只像个棚子。

接下来两三个星期，我就在累牍院和雷德克里夫医院之间来来回回。

我碰了碰伯弟的手。"Mano（右手）。"我说，然后我指着自己的手，"Mano。"

"你不会想自己一个人做这件事的，艾西玫。"莉兹说。她一定是看见我到了，于是穿过花园来到累牍院。

"你的事情够多了。"我说。

"莫瑞太太设法找了个女孩来帮几个星期忙，我的上午时间都归你。"

我亲吻莉兹的脸颊，然后打开累牍院的门。

分类桌上摆满了空鞋盒。

"Akvo（水）。"我说，伯弟接过那杯水。他的手指很长，当兵时的茧几乎已经消失了，茧下面的皮肤很柔细。不是做粗活的人，我心想，也许是个文书人员。

感觉好像丧亲者的工作。那些纸条很熟悉，却已隐约被遗忘。我不断停下来去记住它。

我从伯弟的托盘上拿起我的餐点。"Vespermaĝo（晚餐）。"我说。我喝一口茶："Teon（茶）。"

我把纸条分成小捆堆在鞋盒旁。如果它们是零散的，莉兹会用细绳把它们捆起来，并排放进去，直到鞋盒装满。然后我会把内容写在前面，备注"封存"或"老阿什"。在我看来，这些纸条尺寸正好合适，真的很奇妙，好像就连鞋盒也是莫瑞博士设计的。

"为什么每次都是他先拿到'vespermaĝo'？"安格斯问。
"他不像有些人一样会发牢骚。"我说。

莉兹盖上另一个鞋盒的盖子，把它放到分类桌的一端。"完成一半了。"她说。

"Amico。"我指着自己。"Amico。"我指着安格斯。
"你为何认为我是他的朋友？"安格斯说。
"我看过你用世界语的词汇跟他说话。我想这就是友谊。"

我把最后几张纸条叠在一起，交给莉兹捆起来。分类格已彻底清空了。我此刻感觉好像之前的人生都不见了。

"从校样上被剔除一定就是这种感觉。"我说。

"那是什么意思?"莉兹问。

"移除,割掉,抹去。"


"这个词很重要,安格斯。"我说,举起我的世界语词汇表,"可是我不知道该怎么向他解释。"

"什么词?"

"Sekura。"

"什么意思?"

"安全。"

我们默默地坐了一会儿,安格斯支着下巴故作沉思貌,我盯着那个词,脑中一片空白,伯弟毫无反应地坐在我俩之间。

"抱抱他,夫人。"安格斯说。

"抱抱他?"

"对啊。我想我们大家唯一真正觉得安全的时候,就是妈妈抱着我们的时候。"


分类桌上摆满鞋盒,每个都贴着标签并装满纸条。

"莫瑞太太正在安排,很快就会把分类格搬去老阿什莫林了。"我对莉兹说。

"那我们好好把它们擦干净,工作就完成了。"

"Sekura。"我边说边拥抱伯弟。

我来和走的时候都会抱他,之间也会抱他一两次,但他总是身体僵硬。这次,我感觉他的身体软化了。

"伯弟?"我终于退开来并且能看着他的眼睛时,我询问地说,但他的眼神没有变化。我再度拥抱他。"Sekura。"

他再次软化,他的头垂向我胸口。

# 一九一五年九月

一九一五年九月二十八日，卢斯

我亲爱的小艾：

我这星期要给你的词是"doolally"，它指的是一个小伙子，他家里寄给他一卷厕纸，结果他把一整卷都用来裹住眼睛。当他的同袍终于把厕纸扯下来时，那可怜的家伙已经瞎了。大家嘲笑他是假装的，但他真的什么也看不见。医生说这叫战争神经官能症，他的同袍说这叫"doolally"。我猜这个词比较容易获得认同，可以博人一笑。

我开始觉得战争给英语造成负荷了，小艾。我遇见的每个人都用新的词来指称厕纸，而且每一个词都能精确地传达它的来源或是使用它的经验。然而只存在寥寥几个词来表达上千种恐怖。

恐怖。它已经被战争用到破旧不堪。这是我们无词可用时会用的词。也许有些事情本来就不该被描述,至少不该由像我这样的人描述。或许诗人可以将文字巧作安排,描摹出那令人坐立难安的恐惧或是沉重的忧虑。他们可以让人仇视泥巴和潮湿的靴子,光是提起这些东西就让你脉搏加速。诗人或许可以推动这个词或那个词,使它们比我们词典编纂者所制定的代表更多意义。

我不是诗人,亲爱的。与这个经验的庞大力量相比,我拥有的词汇显得多么苍白而渺小。我可以告诉你这里很悲惨,泥巴变得更泥泞,湿气变得更重,某个德国士兵吹奏的笛声比我听过的任何声音都更优美而哀伤。但你不会明白。莫瑞博士的大词典中没有一个词能与这个地方的恶臭相抗衡。我可以将它比拟为炎热午后的鱼市、鞣皮厂、停尸间、下水道。它是这些地方的综合体,但重点在于它会钻进你的身体,成为你喉咙和肚子里的一股味道和一种痉挛。你会想象可怕的事物,但事实比你想象的更糟。然后还有屠杀。你在《泰晤士报》上可以看到。"荣誉榜",一栏又一栏用 Monotype Modern 字体印刷的姓名。我无法形容,当香烟的余火仍在泥地上发光,原本含着香烟的嘴唇却已被炸飞,我的灵魂是多么地扭曲而痛苦。那根香烟的火是我点的，小艾，我知道那是他的最后一根烟。这就是我们做事的方法。我们点烟，我们点头，我们盯住他们的眼睛。然后我们送他们上路。没有言语交流。

而现在有时间休息了，但我们不能休息。我们的脑袋一刻都不安静。它会再开始的，所以每个人都在给家里写信。我要负责给三个人的妻子和四个人的母亲写信。上头要我们不要描述战争，好像我们能做到一样，不过有些人仍努力避免。今晚我的任务就是审查这些信，我涂黑了一些词，有些出自几乎不识字的男孩之手，有些出自可能会成为诗人的男孩之手，这样他们的母亲才会继续认为这场战争很光荣、打得好。我很乐意做这项工作，为了他们的母亲，但打从一开始我就想到你，小艾，我想到你会试着挽救那些男孩说的话，这样你才能更了解他们。他们用的词很平凡，却组织成怪诞的句子。我把每一句都抄下来了，附在这封信里。我没有修正或缩短，每个句子旁边都列有原始作者的姓名。除了你之外，我想不到还有谁更能赋予它们荣誉了。

永远爱你的
盖瑞斯

附注：阿吉特并不是无敌的。

除了门厅的灯之外,我们的屋子漆黑一片,不过有这盏灯就够了。我坐在最底下那级楼梯上,把盖瑞斯的信再读一遍,然后又读了他给其他人涂黑并转抄给我看的句子。几小时过去了,一股寒意悄悄侵入我体内。我看了看信的日期,已经是五天前了。

我走去向阳屋,蹑手蹑脚地进入厨房,爬上楼梯。莉兹在打鼾。我尽可能安静地开门,从她的床尾拿了床罩,然后在地上做了个窝。

到了早上,我被莉兹在房间内轻手轻脚移动的声音吵醒。她注意到我在看她时,便怪我夜里怎么没叫醒她。我跟她说盖瑞斯的信件内容,她扶我上床。被窝仍有她的体温。

"我会开始打扫阿姨,你睡吧。"她说,像以前一样把我掖进被窝。

但我睡不着。她走了以后,我弯腰从床下拖出行李箱。《女性用词及其意义》:他说每一页都有他。我把它带到床上,嗅着皮革,翻开第一页。我读了每个词。这花了他一年时间。

我们在累牍院的工作完成后,我很庆幸还可以去雷德克里夫医院。也许最后盖瑞斯会被送回这里,我朝它走去时心想。他会缺了什么?一条手臂,一条腿?还是像伯弟一样，失去心神？

"晚上好，夫人。"安格斯说，"'Vespermago'已经来了又去了，我和伯弟愉快地聊了马铃薯。我猜它们是加了'akvo'之后捣成泥的，他默默同意了。"

"我很好，安格斯，谢谢你。"

"欸，你这话有点没头没脑，我并没有问候你好不好，不过我想我就干脆问候你一下好了。你没事吧？"

"噢，只是累了。"

"瞧，病房里来了个新人，一个大嘴巴，一点儿都不懂得尊重人。他让护理师都很头疼。我听到别人叫他独臂狙击手，因为他在法国枪法很准，在这里吹牛的水平也一流。他们说他已经在我们医院待了一阵子了，肯定是另一个病房受不了他。"我循着安格斯的视线望过去。

新来的患者很眼熟，我来医院的第一天曾见过他。当他看到我在张望，他就噘起薄唇做出亲吻状。我不理他，转头看伯弟。

"你还在搜集词汇吗？"是那个独臂狙击手，"那个胆小鬼不会给你任何词的。一看到有麻烦，他就整个人缩到壳里。"

"别理他，夫人。"

"好建议，安格斯。"

但冷处理并没有用。

"我有个词能让你大开眼界。"

有的人很善良,有的人则未必。这无关乎他们穿的是哪国制服。他喊出的词确切无疑——它精准而目标明确,一遍又一遍地重复,即使它早已击中要害。

"轰炸、轰炸、轰炸、轰炸、轰炸。"

伯弟整个人平贴在床垫上,然后手忙脚乱地爬下床,把我给撞倒在地。他的尖叫声在四壁间回荡,让我觉得从四面八方都能听到。

我趴跪在地,沿着病房望去。在天旋地转的一瞬间,我以为攻击我们的是齐柏林飞艇,而不是单纯的恶意。

病房几乎跟我进来时一样,但是每个人都转头朝着我们的方向。我的椅子掀翻了,伯弟的床则歪了。他缩在床底下,膝盖收在胸前,双手捂住耳朵。他全身抖得好像他赤身裸体待在风雪中。他失禁了。

安格斯落在他身后的地板上,我以为他从床上跌下来。他双脚的位置缠着绷带。壕沟足病,他说过。他把自己拖到伯弟身边。"Amico。"他用唱歌般的语气说,像是在玩捉迷藏的孩子,"Amico,amico。"

尖叫转为悲惨的哀鸣,伯弟开始前后摇晃身体。我爬向他们,跪在伯弟身边,用双臂搂住他摇晃的身体。他瘦小而脆弱——几乎还未长大。"Sekura。"我在他耳边说。

我想起过去有许多次，莉兹让我坐在她腿上，轻轻摇晃我，让我的烦恼都消失，她的嗓音像是平静的节拍器。"Sekura，"我说，跟着伯弟一起晃，"Sekura。"

然后安格斯用手臂搂住我们两个，我感觉他让我们慢下来。伯弟的哀鸣变成嗡鸣，我低声重复我的"咒语"。摇晃完全停止了，伯弟倒在我胸前哭泣。

摩里修女让我在护理站坐下，端了一杯茶给我。"有很多像伯弟一样的男孩，"她说，"不是罹患跟他一样的战争神经官能症——我想那很独特——但有很多人不说话，而医生说他们完全具备说话的能力。"

"他们怎么样了呢？"我问。

"有很多人去了南安普敦的纳特利医院，"她说，"他们那里愿意尝试各种治疗方法。奥斯勒医师认为你的世界语疗法或许有些优点，于是写信向那边的同事提起。他知道你从事编纂大词典的相关工作，认为你的特殊专业或许能对他们的语言治疗计划有所贡献。他希望你能过去一趟，跟那里的人员谈一谈你对伯弟做的事。"

"可是伯弟一个字都没说，"我说，"没有任何迹象显示我做的事有任何效果。"

"这是他第一次只靠话语就平静下来,而不必动用氯仿,欧文太太。这是个开始。"

我梦到我在法国。盖瑞斯包着头巾,伯弟能够说话。安格斯在摇晃我,说着:"Sekura,sekura。"我往下看,我的双脚是血淋淋的断肢。

第二天早晨我到累牍院的时候,莉兹已经在那里拿湿布擦拭分类格。我闻到醋味。

"赖床了?"她问。

"没睡好。"

她点点头。"他们今天早上要搬走分类格。如果你把你书桌里的东西装箱,他们也可以顺便带走。"

我的书桌。所有东西都还留在里头,桌面上甚至还有几张纸条和一页稿子。我感觉它就像那种博物馆房屋里的一个房间。我组装起我的纸箱,开始把东西往里头塞。

我的《约翰逊词典》先放进去,然后是爸爸的书,他称之为他的"阿牍图书馆"。我拿起一本陈旧的《一千零一夜》,翻到阿拉丁的故事。回忆袭向我,我把书合上。我将它放进纸箱。

我清空桌面,掀起桌盖。里头有一本我始终没读完的小说。书页间掉出一张纸条——一个呆板的词，大概是副本。我把它夹回书里，把书放进纸箱。几支铅笔和一支钢笔，笔记纸，仍附着丹克渥斯先生短笺的《哈特规则》——它们都进了纸箱。

接着是装满纸条的鞋盒。我的纸条。盖瑞斯曾经从莉兹那里获得，或是偷偷潜入累牍院借用的纸条。我把它们也放进纸箱。然后我把纸箱的封口折下，塞在另一边底下固定好。

"我想我们大功告成了，莉兹。"我说。

"几乎。"她把抹布浸入水桶，拧掉多余的水。然后她跪在地上擦拭最后一排分类格。"现在我们大功告成了。"她说，往后蹲下。我拉她站起来。

莉兹把脏水倒到白蜡树底下的时候，有个稍老的男人和男孩来了。

"都可以搬走了。"我说。

稍老的男人指着离门最近的分类格，男孩弯腰抬起一端。他们同样身材矮壮，同样有一头金发。我希望在男孩成年之前战争就结束了。他们把架子搬到停在车道上的小货车上。

莉兹带着畚箕和扫帚回来。

"你还以为已经没事要做了。"她扫起在分类格后头累积了几十年的灰尘和泥土。

男人和他的儿子搬走一个又一个架子，也移除了纸条曾在这里的所有证据。

"最后一个了。"男人说，"你要我再来搬那个纸箱吗？我想那是要送去老阿什的？"

那是之后我要去的地方吗？我心想。原本这不是个问题，现在却是了。

"暂时先放着吧。"我说。

男孩往前走，男人向后退，不时转头确认他不会撞到东西。我跟着他们走出累赎院，看他们把最后一组分类格装上货车。他们关上门，坐上车，开出栅门驶上班伯里路。

"看来就这样了。"我回到屋内时对莉兹说。

"不算是。"莉兹仍然跪着，她一手握着畚箕，一手拿着一小沓纸条。"小心，它们很脏。"她边说边递给我。

这些纸条是用生锈的针和蜘蛛网给固定在一起的，我拿到屋外去把它吹干净，然后回到分类桌。我把纸条摊开。总共有七张，每张都是不同的笔迹，写着来自不同书籍的引文，来自历史上的不同年代。

"念出来，"莉兹从她跪着的地方喊道，"看看我有没有听过。"

"你听过。"我说。

"念吧。"

"Bonde mayde,"莉兹扫地的动作停住了,"bound maiden、bondmaiden、bond servant、bond service、bondmaide、bondmaid。"

它们的引文几乎是亲切和善的,但在其中三张纸条上,爸爸写下可能的定义:奴隶女孩、受契约束缚的仆人、受契约束缚必须服务到死亡为止的人。

"奴隶女孩"被圈起来。

我想起在分类桌底下主动找上我的首页纸条。

莉兹在我身旁坐下。"你怎么不高兴了?"

"是这些词的关系。"

莉兹把纸条挪来挪去,像是在玩拼图。"你要留着它们还是交给布莱德利先生?"

"bondmaid"主动找上我——现在已累计两次了——而我不情愿把它交还给大词典。这是个下流的词,我心想,对我来说比"cunt"还要无礼。如果我是编辑,我就有权利把它略去吗?

"它的意思是'奴隶女孩',莉兹。难道你从来不会在意吗?"

她想了一会儿。"我不是奴隶,艾西玫,可是我在心里忍不住会觉得我是'bondmaid'。"

她的手伸向十字架，我知道她在思考该怎么用正确的方式说某件事。

当她终于放开十字架时，她面露微笑。"你总是说一个词的意义可能因为用的人不同而改变，所以也许'bondmaid'的意思不只是这些纸条上写的。从你小时候起，我对你来说就是个'bondmaid'，艾西玫，而我每天都很庆幸是这样。"

我关上累牍院的门，莉兹陪我在暮色中走回天文台街。我们在厨房桌边吃了面包配奶油，当我的眼皮开始下垂，我问她能不能留下。

"你在我原来的房间睡大概更舒服一点儿，"我说，"可是你介意跟我睡同一间吗？"

上楼之后，莉兹钻进毛毯，蜷起身子靠着我。我告诉她伯弟的事，他的恐惧，还有我的恐惧。

"我觉得现在我稍微能想象他们是什么感觉了。"我对着黑暗悄声说。我没有提及盖瑞斯的名字，我们没有谈他的信。卢斯战役的谣言在整个牛津已传得沸沸扬扬。

我醒来时孤身一人，但听见莉兹在厨房忙碌的声音。她在炉灶上煮着粥，她见到我便舀了一些到碗里，然后加进鲜奶油、蜂蜜和一撮肉桂。我意识到她一定已经去过市场了。

我们在安适的沉默中吃早餐。当我们的碗见底时,莉兹烤了吐司,泡了茶。她在这厨房里走动时有种我不具备的自在。我想起我们在什罗普郡的日子。

"看到你的笑容真好。"她说。

"有你在这里真好。"

花园的栅门铰链发出声响。

"早晨的信件,"我说,"他今天来早了。"我等着信件被推进前门收信口的声音,结果没听到,所以莉兹走去门厅看看外面是不是有人。我跟过去。

"他在做什么?"我问。

"他拿着……"莉兹猛然伸手捂住嘴巴,她的头微微摇晃。有人敲门,几乎轻得听不见。她朝门跨出一步。

"停。"我声如蚊鸣,"应该是找我的。"但我动弹不得。

他又敲了一遍。莉兹回头看我,泪水默默滑下她粗糙的脸颊。她向我伸出手臂,我接受了。

那个男人很老,老到不能打仗,所以他奉令传递噩耗。我拿着电报,看着他沿着天文台街往回走。他背包的重量压弯了他的肩膀。

莉兹留下来陪我。她喂我吃饭，替我沐浴，搀着我走到街道尽头，然后绕过街区，走到圣巴拿巴教堂。她祷告，我做不到。

两星期后，我坚持返回雷德克里夫医院。安格斯被送去他家乡附近的复健中心了，伯弟则被转院到南安普敦的纳特利医院。这里还有三个因创伤而不肯说话的男孩，我坐在那里陪他们，直到修女赶我回家。

收到电报后一个月，来了一个包裹。莉兹把它带进客厅。

"上面有张字条。"她说，把它从捆住牛皮纸包裹的细绳底下抽出来。

亲爱的欧文太太：

请收下这两本《女性用词及其意义》以及我的赞美。很抱歉，我无法印更多本，而且装订方面也达不到原始版本的标准。你也知道目前纸张短缺。我自作主张保留了第三本给牛津大学出版社图书馆，如果你需要查阅，可以在词典分册的架上找到。

谨致哀悼

霍拉斯·哈特

莉兹拨了拨炭火,然后坐在我身旁。我解开绳结,包装纸散开来。

"这是好事。"莉兹说。

"什么是好事?"

"有副本。"她拿起一本翻着,一边在默数。她在第十五页停下,找到她自己的名字。

"莉兹·雷斯特。"她说。

"你记得那是什么词吗?"

"Knackered。"她接着用手指滑过那个词底下,看着我背诵:"天亮前,我就要起床,确保大房子里的每个人在醒来时都能感到温暖,都能饱餐一顿,然后等他们又呼呼大睡时,我再去睡觉。我有一半时间都感觉累死了,像是操劳过度的马,绝对不是个闲人。"

"太完美了,莉兹。你怎么记得那么清楚?"

"我让盖瑞斯念了三遍给我听,直到我记住。但这并不完美,我说等他们都呼呼大睡时应该用'are'而不是'is'。你怎么不把它改成对的?"

"我没有资格评断你说了什么或你是怎么说的,我只想要记录,或许还有理解。"

她点头。"盖瑞斯给我看了每一个有我名字的词,我把它们的位置和内容都记下来了。"

"为什么有副本是件好事？"我问。

"因为这下它们能出来通风了，"她说，"你可以给布莱德利先生一本，给博德利图书馆一本。任何写下来的重要东西，他们都会保存——这是你说的，每本书，每份手稿，每封某某大人写给某某教授的信。"

"你觉得这很重要？"几星期以来我第一次露出微笑。

"是啊。"

莉兹站起身，把她那本《女性用词及其意义》放回我腿上拆开的包裹。她拍拍它，手抚着我的脸颊一会儿，然后到厨房去了。

莉兹跟我一起去博德利图书馆。

自从允许我成为读者以来，尼可森先生对女性进入他的图书馆这件事的态度就有所软化，但我不太确定他的继任者态度如何。马丹先生看着书名页。"我恐怕不能赞同，欧文太太。"他摘下眼镜，拿手帕擦拭，仿佛要移除我的名字留下的图像。

"可是为什么？"

他把眼镜架回鼻梁上，翻了几页。"这是很有趣的计划，但没有学术价值。"

"要怎样才有学术价值？"

"首先,它得是由学者编纂的。除此之外,它还必须符合重要的主题。"

这时是早上十点,学者们穿着或长或短的学位袍轻飘飘地经过,不过比起我第一次站在这张桌子前,这里的男人变少了,女人变多了。我转向莉兹坐的位置。那是多年前莫瑞博士为我争取成为读者的时候,我坐的那张长椅。她看起来就和当年的我一样局促不安。我挺直背脊,转身面向马丹先生。

"先生,它确实符合重要的主题。它填补了知识的空缺,而这肯定是出于学术研究的目的吧。"

他必须微微仰头才能直视我的眼睛。我感觉莉兹在我后方动了动,我看到他瞥了她一眼,然后转头望着我。

我要待在这里,直到《女性用词及其意义》获得接受,我心想。如果我有条铁链,我很乐意把自己锁在桌子前方的格栅上。

马丹先生停止翻页。他涨红了脸,用咳嗽掩饰他的不自在。他刚好浏览到第六页,C 开头的词。

"一个很老的词,马丹先生,在英文中有悠久历史。乔叟颇爱使用这个词,然而它并没有出现在我们的大词典中。这绝对是个缺漏。"

他用手帕抹了抹额头,环视四周寻找盟友。我也跟着张望。

有三个老叟在观察我们对话,此外还包括爱莲诺·布莱德利,显然她是来确认引文的。我和她眼神相遇时她微笑着,点点头表示鼓励。我再次面对马丹先生。

"先生,你并不是知识的仲裁者,你是图书管理员。"我把《女性用词及其意义》推过他的桌面,"这不是用来给你判断这些词重不重要的,而只是让其他人有机会这么做。"

莉兹和我手挽着手,沿着班伯里路走去向阳屋。我们进入栅门时,瑶尔曦和萝丝芙正好要出来。她们先后拥抱我。

"艾丝玫,我们今天可以在老阿什莫林见到你吗?"瑶尔曦问,她的手轻轻放在我的袖子上,"分类格都装好了,现在唯一缺少的就是你。目前有一点儿挤,不过斯威特曼先生在他的桌子那里为你腾出了一些空间。"

我看看这两个莫瑞家的姐妹,再看看莉兹。我们曾经是一群孩子,我们会一起变老吗?

"瑶尔曦、萝丝芙,你们可以等一下吗?我马上回来。"

我穿过花园。白蜡树在掉叶子,秋风已经把它们往累牒院的方向刮。我得先清开门口的落叶才能进去。

屋内很冷，除了分类桌以外几乎什么都没有。那捆"bondmaid"纸条还在莉兹和我留置的地方。我在上次莉兹挪移纸条的位置坐下来。她不会读这些纸条，但她比我更了解这些文字的意义。我在口袋里摸出一截铅笔和空白纸条。

BONDMAID（女奴）

一辈子都被爱、奉献或义务约束。

"从你小时候起，我对你来说就是个女奴，艾西玫，而我每天都很庆幸是这样。"

——莉兹·雷斯特，一九一五年

我把累牒院的门拉上，听到关门声在几乎空荡荡的屋内发出回音。只是一座棚子，我心想，然后走回那三个女人等待的地方。

"这些是要给布莱德利先生的，"我说，把那一捆纸条交给瑶尔曦，"我们在清理的时候莉兹找到它们，是失踪的'bondmaid'纸条。"

一时间，瑶尔曦不确定我在说什么，然后她紧皱的眉头变成瞪大的双眼。"老天。"她说，不敢置信地打量着纸条。

萝丝芙凑过来看。"当时那真是个神秘事件。"她说。

"不幸的是，首页纸条似乎并没有和它们在一起。"我瞥了莉兹一眼，"不过上头有一些它或许可以如何定义的建议。我们认为，过了这么久，布莱德利先生应该很高兴可以拿到它们。"

"那是一定的。"瑶尔曦说，"但你怎么不自己拿给他？"

"我不去老阿什莫林了，瑶尔曦。南安普敦的纳特利医院提供我一份工作，我想我会接受。"

行李箱立在厨房桌上，莉兹和我坐在它的两侧，各自捧着一杯茶。

"我觉得它应该待在这儿，"我说，"我的住处是暂时的，我也不知道什么时候会安定下来。"

"你一定会搜集更多词的。"

我啜了一口茶，微笑。"也许不会，我要照顾的是不肯说话的人。"

"但这是你的'丢失词词典'呀！"

我想着行李箱里有什么东西。"它定义了我，莉兹。要是没有它，我不会知道我是谁。可是就像爸爸说的，我已循着各种探询的道路走过一遍，现在可以很满足地说我已拥有足够的信息，可以写出精确的条目。"

"你不是一个词，艾西玫。"

"对你来说不是，可是对'她'来说，我就只是一个词，也许连一个词都不是。当时机来临，我要把这个送给'她'。"我伸出手，握住莉兹搁在胸前的手。"我要'她'知道我是谁，知道'她'有什么意义。都在这里头了。"

我们看着行李箱，它因为频繁使用而陈旧，像被翻烂的书。

"你一向是它的保管人，莉兹，从第一个词开始。请照顾好它，直到我安顿下来。"


我收拾好自己的行李时，盖瑞斯的帆布包送达了。

我小心翼翼地把里头的东西倒在厨房桌上。我织的袜子上还有泥巴，他备用的上衣和长裤上沾着泥土和血迹。是他的血还是别人的血，我不知道。我的信都在，鲁珀特·布鲁克的诗集也在。我把页面展开，找到我的纸条——爱，永恒。

我拉开他的刮胡用具包，清空他的文具盒。我翻出他的每个口袋，在指间搓揉线头和干掉的泥巴。我想要他留下的一切都接触我的皮肤。我摊开我写给他的信。最旧的信折痕处已磨损得太厉害,我的文字都快无法辨识了。当我摊开最后一封信,我的信纸间夹着他的信。那笔迹看来仓促而颤抖,但确实是出自盖瑞斯之手。

一九一五年十月一日,卢斯

我亲爱的小艾:

已经三天了。这可能吗?感觉更久。日子感觉没有尽头。我们本来说要在后方待一天休息,结果又没有。我们已经累坏了,但我们必须继续战斗。我们是在战斗吗?

我们主要是在送死。

我没有睡觉。我没办法思考了,但我知道我必须写信给你,艾、艾、艾、艾、艾、艾、小艾、艾丝玫。我一直很爱听莉兹用不标准的发音叫你的名字,念起来像艾西玫,我也想学她那样叫你,我差一点就喊出口了。但那是她的专利,那是我认识你之前的一切。这就是我喜欢它的原因吗?

请原谅我。我多么想躺下来,把头搁在你的肚子上。我想听着你的心跳。我把头搁在我的传令兵胸前,什么都没听见。怎么会听见呢?他的腿被炸断了。他的腿完成了我要求它们办的所有事,而现在它们不再连接着他的身体。

我失去了七个部下,小艾。对其中一些人来说,这场战役前几周是他们人生中最快乐的日子。等他们的血肉从骨头上脱落之时，其中三人可能已经当上父亲。

我亲爱的小艾，我写这些事，是因为你说你的想象力能召唤出文字无法描绘的图像，而你也宁可知道真相。我发现写下未经过滤的文字是种很大的解脱，这是最接近我躺在你胸前哭泣的方式。我很感激。但你无法想象你将感到多么沮丧。我的叙述会渗入你的梦境，躺在泥地上的会是我，我的眼珠像玻璃，我的身体会被炸得残缺不全。每天早上你醒来都害怕可能发生的事情，它的阴影会笼罩着你度过一天。

我已耗尽力气了，小艾。我的耳朵里嗡嗡作响，每当我闭上眼睛，我脑子里的各种画面就变得更清楚、更怪诞。如果我想睡觉，我就得承受这种折磨。跟你说这件事的我真是个懦夫。

等这场战役结束，我会撕掉这封信，重写一封更能够入目的文字。但是就此刻而言，我完全按照我所需要的写出来，我感觉卸下了重担。当我合上眼皮，我将被赦免，不用面对最恶劣的刑罚，而接我入梦的会是你的形象。

　　　　　　　　　　　　　　　　永远爱你的

　　　　　　　　　　　　　　　　盖瑞斯

我折起信，把我的纸条夹进去。我翻着布鲁克的书，直到找到《死者》那一篇。我默读了前几行诗。

"一切都结束了。"我对着空房子说。我读不下去了。

我用这首诗把我们最后的话语包起来，站起身上楼，进入浴室。我把盖瑞斯的梳子放回水槽上。我要离开了，这么做毫无意义。但也没有什么是有意义的。

我松开搭扣，盖子往后弹开，"丢失词词典"刻在内侧。行李箱已塞得鼓了起来，不过还有足够的空间。

最上面是我们的词典。我翻到书名页。

女性用词及其意义

艾丝玫·尼克尔　编

我把盖瑞斯的鲁珀特·布鲁克诗集摆在它旁边。

我拿起盖瑞斯抄写的士兵们的怪异句子。我没有把它们放进行李箱。他的用意并不是要我把它们锁起来。

我听不到厨房里有任何声音，我知道莉兹一定在等我，她不想催我。但她会担心时间，往南安普敦的火车将在中午十二点出发。

我从口袋里取出电报，放在《女性用词及其意义》上。棕色包肉纸贴着美丽的绿色书皮。前一半的信息是打印的：

*怀着遗憾通知您*……因为信息内容经常相同，这样更有效率。剩余内容是手写的，电报员在"遗憾"前面加上了"深深的"。

我盖上行李箱。

· 第六章 ·

# 一九二八年

Wise—Wyzen

# 一九二八年十一月

一九二八年八月十五日

亲爱的梅根·布鲁克斯小姐：

我叫伊蒂丝·汤普森，你的父母可能提起过我。你已故的母亲莎拉是我最亲近的朋友之一，也是少数愿意陪我进行她戏称为我的"历史漫步"的人（她从来没有说清楚她用"ramble"这个词指的是古迹漫步还是史评漫谈，她觉得让我瞎猜很有趣）。你们一家远渡重洋去了澳大利亚以后，我发现很难找到人取代她的角色。她的信是我的乐趣来源，她总是分享关于你、她的花园以及你们当地政治的新消息，对于这三者她都有充分的理由感到自豪。我多么想念她的机敏和务实的建议。

此封信以及随附的行李箱，我一并请你父亲转交给你，理由稍后会叙明。我想确保能让你先做好准备，再来接收这两者的内容。至于该如何让你做好准备，这我不是很确定，做父亲的或许知道，而在所有父亲之中，你父亲肯定是最睿智的一个。

这个行李箱属于我另一个挚友。她名叫艾丝玫·欧文，婚前姓尼克尔。我知道你一直都知道你是被收养的，不过或许你并不清楚所有的细节。我想我要告诉你的故事会引起你一些强烈的情绪。很抱歉，但若是永远闭口不谈，我会感到更加悲伤。

我亲爱的梅根，二十一年前，艾丝玫给了你生命，但当时的她没有条件养育你。那种情况相当微妙，你的母亲和父亲在你出生前那几个月，花了许多时间和艾丝玫相处。在我看来，他们很明显地对她产生了好感和敬意，正如同我这般喜欢和尊敬她。当那一刻来临，你母亲以我办不到的方式陪在艾丝玫身边。她待在产房是最自然的一件事了，有一个月的时间，她随侍在艾丝玫床侧，而你，美丽的孩子，成为她们之间的纽带。

写下这些话让我很痛苦。它们的真相将是一种令我无法恢复的悲恸。今天，也就是一九二八年的七月二日，艾丝玫去世了。她才四十六岁。

她去世的原因似乎很普通——她在威斯敏斯特桥被一辆货车撞倒了。但是关于艾丝玫的一切都不普通，她是为了《男女平等选举权法》通过而去伦敦的，不是为了加入歌颂者和举旗者，而是为了记录这对边缘人群的意义。你知道吗？这就是她在做的事：她注意到谁在官方记录中缺席，并给了他们一个发声的机会。她在当地的报纸有一个每周专栏叫作"丢失的词"——每周她都会与普通的、不识字的、被遗忘的人聊一聊，了解一些重大事件对他们的意义。在七月二日那一天，艾丝玫在威斯敏斯特桥上和一个卖花的女人攀谈时，人群把她挤到了马路上。

我觉得除了她的死之外，我应该多跟你说一些她的事。我想我跟她的最后一次会面是最好的趣谈。

我受邀坐在金匠厅的楼座，金匠厅将举行一场晚宴，来庆祝《牛津英语词典》最终版的出版。与我同行的还有萝丝芙·莫瑞和爱莲诺·布莱德利，她们都是编辑的女儿，也都把她们的人生奉献给父亲的事业。由于性别的关系，我们的出现引起了一些骚乱，即使我们不能跟男人们一同用餐，我们也至少应该获准聆听演讲，这才说得过去。首相斯坦利·鲍德温的致辞很精彩，他感谢了编辑和其他人员，但他没有往上方的楼座看一眼。大词典这艰巨的事业，我从一八八四年最初几个词出版，到最后几个词出版，全程参与。有人告诉我,在那个房间里鲜少有人能宣称自己维持这么久的忠诚。萝丝芙和爱莲诺也为大词典奉献了数十载的人生,艾丝玫也是。

不久之前,她告诉我,她一直是大词典的女奴。它拥有她,她说。即使在她离开以后,它仍定义着她。然而,即使戴着这些手铐脚镣,她还是连楼座上的视野都没得到。

男人们大啖法式鲑鱼,配着荷兰酱,甜点是慕斯。他们畅饮一九〇七年的玛歌堡红酒。我们拿到了晚宴流程表,里头附有菜单,我相信这是无心的残忍。

整个活动结束后,我们已经饿坏了。艾丝玫从南安普敦来跟我们会合,当我们走出金匠厅时,她带着一大篮食物在那儿等我们。那天天气暖和,我们搭车沿泰晤士河而下,然后坐在一盏路灯下野餐,享受我们自己的庆祝会。"敬大词典的女性。"艾丝玫说,我们都举杯。

我本来不知道有这个行李箱,直到丧礼后,她的朋友莉兹·雷斯特提议应该把它寄给你。她从床底下把这破旧的老东西拖出来,解释我打开它后会发现什么。那个可怜的女孩多么悲戚。不过当我向她保证我会尽快把行李箱寄给你时,她的情绪便缓和下来。

行李箱在我的床尾放了一个星期,没有打开过。当我为艾丝玫流干了眼泪,我没有必要再去探究箱子里面的内容。对我来说，艾丝玫就像一个我心爱的词，我以某种特定方式理解她，我一点儿也不想用别的方式去理解她。

这行李箱是你的了，梅根。你可以打开它，或是让它继续紧闭。不管你选择哪一个，请你知道，如果你有任何关于艾丝玫的疑问，我都很乐意回答。对了，她叫我蒂塔。我会怀念回应这个名字，如果你愿意写信的话，我也会很高兴再次被人叫起这个名字。

> 致以我的爱与慰问
>
> 蒂塔·汤普森

小梅坐在行李箱旁良久，久到室内的光线暗去。蒂塔的信搁在它旁边，读过一遍又一遍。有一页因为小梅在盛怒下把它揉成一团而变得皱巴巴。片刻之后，她又把它摊平。

她父亲来敲门，轻轻地、试探地敲。他端了茶来，而她拒绝了。他再次敲门，关心她的心理状态。相当正常，她说，尽管她相当确定这不是事实。当门厅的钟敲了八响，某种咒语解除了。小梅从她坐了四小时的椅子上站起来，打开一盏灯。她打开客厅门呼唤她的父亲。

"爸，我现在想喝茶了。"她说，"配两片饼干，如果你不介意的话。"

他把托盘放到她身边后，往她妈妈最心爱的瓷杯里倒茶。他加进一片柠檬，亲吻她的额头，然后走出房间。他没有提晚餐已经冷掉的事。

这个杯子已经有三年没有被茶水泡热了。小梅以她妈妈的方式握着杯子：两手捧杯，把手朝前，这么做是为了避开以正常方式喝茶时会碰到的那个小缺口。这动作使小梅身体的边缘显得模糊不清，她想象自己优雅的手指变成母亲肉乎乎的手指，老茧在热气下软化，指甲底下有一点儿泥土的痕迹。她母亲短而粗的腿比小梅修长的四肢更适合这张扶手椅，不过小梅养成坐在这个位置的习惯了。尽管这天天气炎热，她却微微发抖，就像她母亲从花园进屋来喝茶时常会发抖一样。

她对这个行李箱会有什么想法？小梅心想。她会要她打开它还是让它继续关着？它放在躺椅上，已经放了一下午。小梅再次望向它，觉得它变得异常熟悉。"照你自己的步调走。"她妈妈会这么说。

小梅把茶喝完，轻轻挣脱旧扶手椅。她坐到躺椅上的行李箱旁边。咔嗒一声，搭扣毫无阻力地打开了，箱盖向后翻开。

盖子内侧以拙劣的手法刻着"丢失词词典"。那是孩子的笔迹，小梅突然意识到行李箱里的东西不仅属于一个放弃宝宝的女人，也属于一个想都没想过有朝一日自己会必须这么做的女孩。

一封电报、一本封面有"女性用词及其意义"凸起字样的皮革装订薄书、许多信件，以及零碎的小东西：几张投票权传单、剧场节目单和剪报，还有三张裸女素描，第一张的她望向窗外，隐约可看出她的肚子隆起，第三张的她用双手和眼神拥抱正在动的胎儿。

不过行李箱里最主要的东西是小张的纸，尺寸不比明信片大。有些钉在一起，有些是散的。有一个鞋盒装满这种纸，按照字母顺序排列，每个字母之间夹着小卡，就像图书馆的目录抽屉。每一张纸条顶端都写了一个词，底下则有个句子。有时候会列出书名，但大部分时候只是女人的名字，有时候是男人的名字。

晨曦透过凸窗柔和地洒进来，温暖小梅的脸颊。她突然惊醒。在躺椅上睡了好几个小时使她腰酸背痛。又是一个大热天，她心想，行李箱和里面的东西有如梦境沉没。不过《女性用词及其意义》还摊开在她腿上，而她皮肤上泪水湿了又干的部位感觉紧紧的。在阿德莱德的阳光下，艾丝玫的词以它们所有的形式散落在地板上，真实地暴露出来。

小梅开始整理它们。她将蒂塔的信放在一堆，缇尔妲的明信片放在另一堆。投票权传单和剪报自成一堆。一张《无事生非》的节目单和一把票根，跟其他零碎的小东西放在一起，当作综合类别。

鞋盒里的纸条几乎都是由同一个人所写。她查询后，发现它们都是《女性用词及其意义》里的条目。她没有动它们，转向别的纸条。数量好多，可能超过一百张，每一张都有独特的笔迹和内容。有些词很普通，有些词她闻所未闻。有些引文古老到她完全看不懂它说的意思。每一张她都读了。

它们的尺寸大致相同，而且大部分看起来是专为此目的而制作的。不过有些是用手边的材料裁切而成，有的来自账本或练习簿，有的来自小说或小册子，有的词被圈起来，有的句子底下画上了线。有个词写在购物清单背面，想必寄送者已经买到她的三品脱牛奶、一盒苏打粉、猪油、两磅面粉、洋红食用色素以及麦维他消化饼。她是否先烤了个蛋糕，才坐下来抄下这个完美诠释"beat"其中一种意义的句子？她抄写的引文出自一份教区礼拜堂时事刊物的妇女版面，日期是一八七四年。那张用不着的购物清单尺寸和形状刚好。小梅想象一个既不富裕也不贫穷的女人坐在她的厨房桌边，面前搁着时事刊物，手肘旁有一壶茶，等待蛋糕膨起的时光是她一天中愉快的小憩。然后有个孩子冲进来，鼻腔里充满扑面而来的香味，在桌边逗留徘徊，直到吹蜡烛的时刻降临。

从马路对面的公园传来一阵欢呼声，将小梅的意识带回她自己和艾丝玫身上。板球球棒与球相击的熟悉声响，频繁响起的礼貌鼓掌声，以及偶尔有人出局激起的骚动，这些都在提醒她这是个星期六的早晨，提醒她身处于阿德莱德炎热的夏季，离那些词和它们的拥护者那又湿又冷的气候有十万八千里远。她感觉僵硬，心乱如麻。她起身望向外头的球员。这一天和任何星期六没什么不同，却又完全不同。

另一阵欢呼声响起，但小梅从窗前转开身子，走到书架前。那里摆放着完整的十二册《牛津英语词典》。它们摆在较低的架上，让人能轻易够得着，不过小梅还小的时候几乎拿不动。在她记忆中，她的父母一直都在搜集这套词典，最后一本是上星期才收到的。

小梅从书架末端抽出 V 至 Z 分册，翻到第一页。她能闻到它崭新的气味，感到她翻开时书脊的阻力。一九二八年出版。

仅仅几个月前，它还不存在。仅仅几个月前，艾丝玫还存在。

小梅走到书架另一端，用手指描画第一册——A 至 B 分册的金色书名。它的书脊已因经常翻开而变皱，顶端的边缘被她幼时的手拨弄而破损。这一次，小梅把它从架上取下时很小心，它的重量总是出乎她意料。她拿着它坐在她母亲的扶手椅上，把它搁在腿上，然后翻到书名页。

按历史原则编订的新英语词典

詹姆斯·A.H. 莫瑞　编

第一册　A 至 B

牛津：克莱伦登出版社

一八八八年

四十年前。艾丝玫当时应该才六岁。

小梅拿起"beat"的纸条，读那句引文。

"搅拌（beat）到糖充分融合，面糊颜色变淡。"

她翻着大词典直到找到那个词。"beat"有五十九个不同的意义，占了十栏的篇幅。其中有许多都跟暴力有关。她的手指沿着栏位往下滑，直到找到符合纸条上所写的定义。四条引文，跟打鸡蛋有关。她这张纸条上的引文并没有被收录。

小梅把 A 至 B 分册放在行李箱旁的地板上。她打开鞋盒一阵翻找。

LIE-CHILD（私生子女）

"留下私生子女对她和孩子都没有好处，我去找奶妈。"

——米德太太，接生婆，一九〇七年

艾丝玫的笔迹已经很熟悉了。小梅取下大词典的第六册，找到对应的页面。"lie-child"完全未收录，但小梅懂它指的是什么。她回到第一册，翻到"bastard"。

在未有婚姻状态下怀胎并生下的孩子。

非婚生的，未受认可的，未经许可的。

不真实的；伪造的；私生的；受贬低的；掺假的；腐败的。

小梅用力合上厚书。她从地板上站起来，腿在发抖。她感觉脆弱，突然觉得对自己感到陌生。她倒在扶手椅上开始痛哭。"bastard"有两栏，然而它对她的意义并没有任何一条引文含纳。

小梅想念妈妈，想念她所有的语词和手势，她知道它们能让客厅地板这满地狼藉都理出头绪。她把脸埋进椅子的布料里，嗅着妈妈的发香，熟悉的香皂味，她总是用这种香皂洗头发。小梅到现在也仍用它洗头发。更深的悲泣。这就是做一个女儿的意思吗？拥有和母亲一样味道的头发？使用同样的香皂？或是拥有共同的热情、共同的挫败？小梅从来没有想过像妈妈那样跪在泥土上种球茎；她渴望人们对她的关注不是出于善意，而是出于好奇，出于想要了解她的思想，尊重她的文字。

地板上这乱七八糟的东西就是这个吗？一颗好奇心的证据？挫败的碎片？一种去理解和解释的努力？小梅的渴望是不是与艾丝玫的渴望近似，而这是否就是作为女儿的意义？

等她爸爸敲门时，小梅已停止啜泣。有什么东西正试图从她的悲伤中浮出，是要让她的悲伤变得更复杂还是更单纯，她不得而知。

"小梅，亲爱的？"他的态度跟昨晚一样温柔，他走进房间的模样像是赏鸟人士担心惊飞一只鹡鸰。

小梅什么也没说，她的心思一再被某个不舒服的念头左右。

"你要吃早餐吗？"他问。

"我要一些纸，爸，如果你不介意的话。"

"写字用的纸?"

"对,妈妈的铜版纸,在她写字桌里的浅蓝色纸。"她在爸爸脸上寻找任何抗拒的迹象,不过完全没有找到。

一九二八年十一月十二日,阿德莱德

我写下这段文字时非常犹豫。把艾丝玫称作我的母亲感觉是对妈妈的背叛,可是否认她具备这个头衔,我还是很犹豫。我整夜都在思考词语的意义,大部分词语我从未使用过,甚至连听都没听过。我承认,在使用它们的文本中,它们确实很重要,而我第一次质疑起我座位对面摆满一层书架的那部巨著的权威性。

"母亲"会在那里头。当然会,不过我以前从未有过任何动机去查找。此刻之前,我都以为任何说英语的人,无论其受教育程度如何,都会懂得这个词的意义,知道如何使用它,知道该把它套用在谁的身上。可是现在,我犹豫了。意义成为具有相对性的东西。

我想要站起来从架上取下那本词典,但我担心我读到的定义不适用于妈妈。所以我多坐了一会儿,让我对妈妈的记忆抹去所有忧虑。可是这下,我又担心"母亲"不适用于艾丝玫了。

小梅折起这张纸，把它加进行李箱。

稍晚，菲利普·布鲁克斯在他女儿身边的小桌子上摆了早餐托盘。一壶茶、装在小碟子里的两片柠檬、四片吐司和新开的一罐橙子酱，这份早餐足够两个人享用。

"跟我一起吃吧，爸。"她说。

"你确定吗？"

"嗯。"

小梅拿起昨晚用过的她妈妈的瓷杯，伸向前让他加茶。他替她倒茶，再帮自己倒。他在两人的杯子里都放了柠檬片。

"有任何事改变吗？"他问。

"所有事都改变了。"小梅说。

他垂下头喝茶，他的手微微发抖。小梅看着他的脸，发现他每块肌肉都在用力，试着掩饰他不希望让她看出来的一种情绪。

"几乎所有事。"她说。

他抬起头。

"我对你的感觉并没有变，爸。我对妈妈的感觉也没有变，我记得她的方式也不会变。我想我也许甚至会更爱她一点儿。此时此刻，我想她想得要命。"

他们在艾丝玫的物品之间默默地坐着，公园里传来球棒与球不断相击的声响，标记着时间在流逝。

**尾声**　　　　　　　　　　一九八九年，阿德莱德

站在讲台后头的男人清了清喉咙，但没有效果，整座礼堂仍像是蜂巢一样嗡嗡作响。他重新整理了一下讲稿，看看表，从老花镜上缘瞥向聚集的学者。然后他再次清了清喉咙，这次更用力一些，而且是对着麦克风。

喧嚣止息了，少数几个落单者找到了座位。讲台后的男人开始说话。

"欢迎莅临澳大利亚词典编纂学会第十届年度会议。"他说，单薄的嗓音微微颤抖。然后，在一阵稍嫌太长的停顿后，他接着说下去。

"Naa Manni，"他以微微加重的力道说，目光扫视室内，"这是卡瑞纳族对超过一个人打招呼的方式，而我很高

兴见到今天有不止一个人来到这里。"观众响起一片微感逗趣的低语声,"在此禀告来访我们城市的来宾,或许也包括一些已在此住了一辈子的居民:卡瑞纳族是在这座大礼堂建成之前,甚至早在这个国家有人说英语之前,就以这片土地为家的原住民。我们住在他们的土地上,却不会说他们的语言。"

"今天早晨我使用卡瑞纳语来传达一个观点。早在十九世纪三十和四十年代,穆拉威拉伯卡、卡德里特皮纳和伊特亚麦特皮纳就用过这句招呼语,这三位卡瑞纳族长老更广为白人殖民者所知的名字是约翰国王、杰克队长和罗德尼国王。这些原住民与两个有兴趣学习本地语言的德国人坐下来谈。德国人写下他们听见的内容,并编写出别人可以理解的意义。他们做的是语言学家和词典编纂师的工作,尽管他们自己未曾这么说过。他们是传教士,我们任何一个人都能看出他们对语言的热情,看出他们渴望记录和理解说出来的话,不光是为了让它能恰当地发挥当代传递讯息的功能,也是为了让它能够保存下来,让它的历史脉络能获得理解。要不是有他们劳心劳力,我们的语言世界将缺了卡瑞纳族这一角,我们也将无法理解在过去何事对他们有重要意义,以及在'现在'什么事对他们有重要意义。现今已经很少有卡瑞纳族人还在说他们的语言了,不过因为它曾被写下来，而且词汇的意义留下了记录，卡瑞纳族人以及——容我大胆地提出——像我这样的白人是有可能再次使用它的。"他的嗓音渐渐提高，兴奋起来，他的额头在舞台刺眼的灯光下发亮。他暂停下来喘口气。

"一九八九年对英语来说是很重要的一年，不过也许可以诚实地说，出了这座礼堂没几个人知道。"观众席传来零星的笑声，他抬起头，显然很得意。

"今年，《牛津英语词典》的第二版出版了，距离第一版完成之日已过了六十一年。它结合了第一版的内容以及所有增补用词，再加上额外的五千个词汇和字义。这项功业——这项对语言的记录——是由词典编纂师完成的，据我所知其中一些人今天也来到了现场。我们恭贺诸位完成如此伟大的成就。"他鼓掌，观众也加入，有些人还吹口哨和欢呼。"请冷静，各位，我们要维持稳重严肃的名声哪。"更多笑声。他等着笑声沉寂，现在他放松多了。

"伟大的詹姆斯·莫瑞曾说：'我不是个文学人，我是个科学人，我对处理人类口语历史的那个人类学分支特别感兴趣。'

"词语定义我们，解释我们，在某些情况下，它们也控制或隔绝我们。可是当说出来的话没有被记录下来，会发生什么事？那会对说出这些话的人产生什么影响？有一位我们都必须感怀在心的词典编纂师，就在英语的各大词典中看出了弦外之音，包括莫瑞博士的《牛津英语词典》，她就是梅根·布鲁克斯教授，阿德莱德大学荣誉教授，澳大拉西亚语文学会主席，她因为语言方面的贡献而获颁澳大利亚国家勋章。

"我就不再赘言，在此邀请梅根·布鲁克斯教授上台，由她来进行开幕致辞。她的演说主题为'丢失词词典'。"

在掌声中，一位高挑而挺拔的女人走上台。她走近讲台时，把一绺脱出的褪色红发塞回耳后。男人伸出手，她和他握手，她布满纹路的脸绽开笑容。他微微一鞠躬，退开了。

梅根·布鲁克斯从外套口袋里取出一个白色信封，然后从里头小心翼翼地倒出一张脆弱的纸条，它已因岁月而泛黄。她就只把这张纸条放到讲台上，用戴着手套的手轻轻抚平。

她望向整座礼堂。这样的事她已做过上千次了，但这是她的最后一次。她花了一辈子才理解她想说的话，她知道那很重要。

她的目光聚焦在中央那几排，她快速扫视个别几张脸，没有停留在谁身上。他们多半都是男人，不过女人也不少，他们都是颇有一番成就的学者。她能感觉到在这广大的空间里开始有股躁动,不过她不予理会,只是自顾自地扫视下一排的人,然后再下一排。她注意到一张张脸开始转向邻座,窃窃私语。然而,她还在继续搜寻。

看到从前面算起第二排时,她顿住了。那里有一个年轻女人,论年龄绝对不超过大学生。她的文字之旅才刚开始,她的脸上有一种令这年老女人满意的好奇心。她微笑,她有开始的理由了。梅根·布鲁克斯拾起纸条。

"Bondmaid,"她说,"有一阵子,这个美丽的、令人困扰的词属于我母亲。"

## 作者的话

本书因两个单纯的问题而起：词汇对男人和女人有不同的意义吗？如果有的话，我们在定义它们的过程中有没有可能遗失了什么？

我这辈子都跟词汇与词典有一种爱恨交织的复杂关系。我有拼字障碍，而且经常用错词（毕竟"affluent"[ˈæfluənt]的发音跟"effluent"[ˈefluənt]非常相近，真的很容易犯错）。我小时候向身边的大人寻求帮助时，他们会说"去查词典"，可是在不懂得拼字的前提下，词典可能就像天书一样。尽管英语这种语言我只能笨拙地使用，我仍喜爱以某种方式写下文字，用它们创造韵律，或勾勒画面，或表达情感。我人生中最讽刺的事就是我选择用文字来探索我的内在与外在世界。

几年前，一位好友建议我读西蒙·温彻斯特的《天才、疯子、大字典家》，这是一本非虚构小说，描述了《牛津英语词典》主编詹姆斯·莫瑞以及其中一位多产的义工威廉·切斯特·麦诺医师之间的关系。读这本书的过程非常享受，但我读完的印象是大词典主要是由男性所主导的。就我所能搜集到的信息，所有编辑都是男性，大部分助手都是男性，大部分义工都是男性，构成词汇如何使用之证据的文献、手稿和报道，大部分也是由男性撰写，就连牛津大学出版委员会——掌控钱包的人——也是男人。

我好奇：这个故事里的女人在哪里？她们缺席是否重要？

我花了一点儿工夫才找到那些女人，当我找到时，发现她们负责的是次要的支援性角色。我找到爱妲·莫瑞，她养育了十一个孩子，并在持家的同时支持丈夫担任主编。我找到伊蒂丝·汤普森和她的妹妹伊莉莎白·汤普森，她们两人光是为A至B分册就提供了一万五千条引文，并持续提供引文以及编辑协助，直到最后一个词出版。我找到希尔妲·莫瑞、瑶尔曦·莫瑞和萝丝芙·莫瑞，她们都在累牍院协助父亲工作。然后还有爱莲诺·布莱德利，她在老阿什莫林跟着她父亲的助手团队工作。此外还有数不清的女人寄去词汇的引文。最后，有女性所写的小说、传记和诗歌被视为某些词汇使用方法的证据。但就整体而言，它们的体量都远远不及男性留下的文字，而从历史上找寻她们的踪迹是很困难的。

我认为女性的缺席确实是件大事。缺乏女性代表可能表示第一版的《牛津英语词典》有所偏颇，独尊男性的经验和感情，而且是偏年长的、白种的、维多利亚时代的男人。

我想借这本小说试着理解我们定义语言的方式可能如何定义我们。从头到尾，我都努力营造画面，传达情绪，质疑我们对词汇的理解。我把艾丝玫放在词汇之间，就能够想象它们可能对她产生的影响，以及她可能对它们产生的影响。

打从一开始，很重要的一点就是我要把艾丝玫的虚构故事穿插在我们已知的《牛津英语词典》史实中。我很快就意识到这段历史也包括英国的女性选举权运动以及第一次世界大战。就这三者而言，事件的时间轴和大致的细节我都保留了。任何错误都是无心之过。

写这本书最大的挑战，或许就在于要如实地呈现这段历史脉络中的真实人物。对《牛津英语词典》着迷的人不止我一人，我贪婪地吞下许多词典学者和传记作家的作品。琳达·马格斯通（Lynda Mugglestone）的著作《无言以对》（*Lost for Words*）给了我信心，使我相信女性的词汇确实受到与男性词汇不同的待遇，至少在某些时候是如此。彼得·吉利弗（Peter Gilliver）的书《牛津英语词典之编纂历程》（*The Making of the Oxford English Dictionary*）为我的故事提供了事实与轶闻，我希望能让它更具真实性。我有幸二度造访牛津大学出版社，那里是《牛津英语词典》档案库的所在地。我在大词典的校样中寻找这个词或那个词在最后一刻被删除的证据，而且我也获准查看纸条原件，许多仍用二十世纪初的原始细绳捆成一小沓一小沓。我找到"bondmaid"的纸条：那个美丽的、令人困扰的词，在这个故事中它就像是一个角色，地位不亚于艾丝玫。可是我没有看到写着定义的首页纸条——它真的遗失了。当一箱又一箱的纸张让我感到喘不过气时，我转向管理它们的人。贝弗莉·麦柯洛克、彼得·吉利弗和马丁·茂尔分享了一些故事和卓见，这是唯有对大词典以及制作大词典的出版社深深着迷和尊敬的人才说得出来的。我们的对话让历史鲜活起来。

参与编纂《牛津英语词典》的大部分人员，都可以轻易在历史记录中找到。除了柯瑞恩先生、丹克渥斯先生和一两位过场人物，男性编辑和助手都是以真实人物为原型的。当然，我虚构了他们在故事中与其他角色的互动，但我努力捕捉到了他们的兴趣与性格。莫瑞博士在庆祝A至B分册出版的花园派对中的致辞，是从该册前言中逐字节录过来的。

尼可森先生和马丹先生是本书所描述的年代中的博德利图书馆馆员。虽然他们的台词不多，但我希望我捕捉到了他们些许的态度。

我尽可能描绘萝丝芙·莫瑞、瑶尔曦·莫瑞和爱莲诺·布莱德利的性格，但可获得的传记信息相当贫乏，我不敢保证她们最亲近的家人会同意我所呈现的样貌。

这本小说里最重要的真实角色，或许是伊蒂丝·汤普森。她和她的妹妹伊莉莎白是非常投入且极受重视的义工。伊蒂丝从最初的词典分册出版直到最后一本，完整参与了大词典的整个编纂过程。她在大词典完成仅仅一年后的一九二九年去世。我通过《牛津英语词典》档案库里保存的资料，对她有了初步的认识。看到伊蒂丝所写并钉在校样边缘的注记，感觉真的很特别。她写给詹姆斯·莫瑞的原始信件展露出智慧、幽默以及善于嘲讽的机敏。当她力图把某个词解释得更清楚时，她习惯画图并加上注释。

我自作主张地把伊蒂丝·汤普森转变为这个故事中的关键角色。就和别的女人一样，我很难找到关于她的人生的广泛记述，不过就我确实知道的部分，我都编入这本书里了。譬如说，她确实写了一部英格兰史，而它是广为流传的学校课本。她也确实和她的妹妹一起住在巴斯。她写给詹姆斯·莫瑞那封关于"lip-pencil"的短笺是真的，但其余的部分纯属虚构。对我来说很重要的是，要说明这个角色背后的女人叫什么名字，并且要认可她的贡献。但是为了承认我对她的人生进行了虚构，艾丝玫给了她"蒂塔"这个昵称。至于伊莉莎白·汤普森（更广为人知的名字是 EP. 汤普森），她确实写了《龙骑兵的妻子》这本书（我的桌上就有一本一九〇七年的原版书呢），但除此之外我找不到任何资料来引导我摸索她的性格。我把她变成一个我愿意认识的人，并给了她"贝丝"这个昵称来承认我做了虚构处理。

最后，关于文字。这个故事中提到的所有书籍都是真的，包括《牛津英语词典》分册的出版日期、《牛津英语词典》的条目、被删除或拒绝收录的词汇和引文。艾丝玫搜集的词汇是真的，不过引文和说出那些引文的角色都是虚构的。

在本书的尾声部分，我提到与德国传教士分享语言的原住民卡瑞纳族长老。我希望在此强调，卡瑞纳名字和词汇的拼写并不简单。在欧洲殖民者到来后很长一段时间，卡瑞纳语都在等待被使用和被理解。现在这件事发生了，随着愈来愈多的人学习这种语言，关于拼字、发音和字义的疑问也纷纷出现，成为探讨的主题。卡瑞纳·华拉·卡尔潘提（"创造卡瑞纳语"）是为了协助卡瑞纳地名命名和翻译而设立的委员会，他们给了我建议和指导。他们的工作继续让卡瑞纳语保有生命力，并为"和解澳大利亚"做出贡献。

等我完成这本小说的第一版草稿，我已深切体认到第一版的《牛津英语词典》是有缺陷且有性别偏见的。但它也非常卓越，而且换作詹姆斯·莫瑞之外的任何人来编，可能都会有更多缺陷以及更多性别偏见。我渐渐领悟到大词典在维多利亚时代是一种创新做法，而且自从一八八四年的 A 至 Ant 分册开始，每一本分册的出版都反映了一点儿小小的进步，能更完整地呈现出所有英语使用者的形貌。

我数度造访牛津，与词典编纂师、档案管理员和词典学者谈过，男女皆有。令我印象深刻的是，他们对文字以及在他们的历史中这些文字如何发挥作用，都怀有热情而着迷的态度。现在,《牛津英语词典》正在进行大幅度修订。这次修订不只会加入最新的词和意义,也会根据对历史和历史文本的进一步了解,更新一些词在过去的使用方式。

大词典,就像英语本身一样,是正在进行的作品。

## 《牛津英语词典》时间轴

一八五七　伦敦语文学会的"未被收录词汇委员会"提议要编写一本新的英语词典,来接续一七五五年出版的《约翰逊词典》(*Dictionary of the English Language*)。

一八七九　詹姆斯·莫瑞被指派为主编。

一八八一　伊蒂丝·汤普森出版了《英格兰史》(给学校用的有插图版本),之后又出版了多种版本,也有为了因应市场而改编的美国版和加拿大版。

一八八四　A 至 Ant 分册出版。这是总数约一百二十五册分册中的第一册。

一八八五　詹姆斯·莫瑞和爱妲·莫瑞从伦敦搬到牛津,在他们家的花园里搭起一座大型波浪板铁皮棚屋。他们居住的洋房被称作向阳屋,棚屋则称为累牍院。

一八八五　向阳屋外设了一个邮筒柱，表明累牍院产生了大量信件。

一八八七　亨利·布莱德利被指派为第二位编辑。

一八八八　A至B分册出版。这是原始名称为《按历史原则编订的新英语词典》全套十二册的第一册。

一九〇一　威廉·克雷吉被指派为第三位编辑。

一九〇一　布莱德利和克雷吉搬到老阿什莫林的"词典室"。

一九〇一　一位读者来信，"bondmaid"遗漏的事被发现。

一九一四　查尔斯·安年斯被指派为第四位编辑。

一九一五　詹姆斯·莫瑞爵士去世。

一九一五　累牍院的人员和物品都搬移至老阿什莫林。

一九二八　V至Z分册出版，为第十二册。

一九二八　一百五十人齐聚在伦敦金匠厅，庆祝《牛津英语词典》出版，距离最初提议时已过了七十一年。会议主席是首相史丹利·鲍德温。女性没有受邀，不过有三位女性获准坐在楼座看着男人用餐。其中一人是伊蒂丝·汤普森。

一九二九　伊蒂丝·汤普森去世，享寿八十一岁。

一九八九　《牛津英语词典》第二版出版。

## 小说中提到的重要历史事件时间轴

一八九四　南澳大利亚州议会通过《宪法修正（成人普选）案》。这项法案赋予所有成年女性（包括原住民女性）投票权和参选议会代表的权利。这是全世界第一个这么做的议会。

一八九七　全国妇女投票联盟（National Union of Women Suffrage Societies, NUWSS）成立，领军者是米莉森·弗斯。

一九〇一　维多利亚女王驾崩，爱德华七世登基。

一九〇二　新成立的澳大利亚议会通过《一九〇二年联邦选举法》，让所有成年女性都能在联邦选举中投票，或参选联邦议会公职（澳大利亚、非洲、亚洲和太平洋岛国的"原住民"除外）。

一九〇三　妇女社会政治联盟（Women Social and Political

Union, WSPU）成立，领军者为艾米琳·潘克斯特。

一九〇五　WSPU开始进行激进运动，包括非暴力反抗、破坏财物、纵火和安放爆炸物。

一九〇六　"suffragette"（妇女参政运动者）这个词被套用在激进的支持妇女参政者身上。

一九〇七　伊莉莎白·汤普森出版《龙骑兵的妻子》。

一九〇八　阿德莱德妇女穆里尔·马特斯用铁链把自己拴在下议院妇女旁听席的格栅上，作为非激进投票权组织妇女自由联盟（Women Freedom League, WFL）所策划的抗议行动的一部分。

一九〇九　玛莉咏·华勒斯·丹勒普是第一个在被捕后绝食抗议的支持妇女参政者，之后许多人将追随她的脚步。

一九〇九　夏洛特·马什、萝拉·艾因斯渥斯和玛丽·莱依（婚前姓氏为布朗）在伯明翰的温森格林监狱被强行灌食。

一九一三　一月八日，"支持妇女参政者之役"，在牛津的一场支持妇女参政者团体举行的和平游行活动遭到反投票权人士破坏。

一九一三　六月三日，牛津船库被付之一炬。有人目击四个女人逃离现场，其中三人搭乘平底船，一人走陆路。非激进派支持妇女参政者谴责这项行动，并为遭解雇的工人募款。

一九一四　（英国）与德国宣战。

一九一四　六十三个人走出牛津大学出版社去从军。

一九一四　第一次伊普尔战役。

一九一五　费斯蒂贝尔战役。

一九一五　卢斯战役。

一九一八　第一次世界大战结束。

一九一八　英国政府通过人民代表法，赋予所有年满二十一岁的男性，以及年满三十岁并达到最低财产要求的女性选举权。

一九二八　英国保守党政府通过了《男女平等选举权法》，赋予所有年满二十一岁的女性与男性同等的投票权。